RENATE FEYL

Die profanen Stunden des Glücks

RENATE FEYL IM GESPRÄCH

Sie schreiben über bedeutende Frauen der deutschen Geistesgeschichte. Was reizt Sie daran?

Über Frau und Schönheit, über Frau und Mütterlichkeit ist zu allen Zeiten viel geschrieben worden. Das Thema Frau und Kopf dagegen galt immer als Provokation, weil die Geschlechterrollen über Jahrhunderte feststanden: Der Mann handelt, die Frau liebt. Er ist der Kopf, sie das Herz. Darum reizte es mich, über Frauen zu schreiben, die dieses Schema durchbrochen haben, die auf den Mut zum Eigenen nicht verzichten wollten. Bei all den Frauen meiner Romane habe ich so viel Gegenwärtiges gefunden, daß es eigentlich auch Zeitgenossinnen sein könnten.

Wie sehen Sie das Verhältnis von Fakt und Fiktion in Ihren Romanen?

Im Unterschied zu einer wissenschaftlichen Biographie, wo das ganze Leben möglichst lückenlos zu belegen ist und auch noch die Werke gewertet werden müssen, geht es mir darum, ein eigenes Bild zu entwerfen, das diese Frauen wieder lebendig werden läßt. Zwar sind die Fakten durch den äußeren Verlauf des Lebens vorgegeben, aber ich kann andere Prioritäten setzen, kann auswählen, was mich an ihnen interessiert, und das ist genau das, was nicht Geschichte ist.

ÜBER DIE AUTORIN

Renate Feyl, geboren in Prag, studierte Philosophie und lebt als freie Schriftstellerin in Berlin. Im Diana Verlag erschienen ihre biografischen Romane über bedeutende historische Persönlichkeiten: *Idylle mit Professor, Die profanen Stunden des Glücks, Das sanfte Joch der Vortrefflichkeit* und *Aussicht auf bleibende Helle.*

RENATE FEYL

Die profanen Stunden des Glücks

ROMAN

DIANA

Von Renate Feyl sind im Diana Verlag erschienen:
Idylle mit Professor, Die profanen Stunden des Glücks, Das sanfte Joch der Vortrefflichkeit und *Aussicht auf bleibende Helle.*

MIX
Papier aus verantwortungsvollen Quellen
FSC® C014496

Penguin Random House Verlagsgruppe FSC® N001967

3. Auflage
Vollständige deutsche Taschenbuchneuausgabe 11/2014

in der Penguin Random House Verlagsgruppe GmbH,
Neumarkter Straße 28, 81673 München
Umschlaggestaltung: t.mutzenbach design, München
Umschlagmotiv: © akg-images/Erich Lessing
Satz: Leingärtner, Nabburg
Druck und Bindung: GGP Media GmbH, Pößneck
Printed in Germany

ISBN 978-3-453-35832-4

www.diana-verlag.de

I

Eigentlich hätte alles so bleiben können. Sie lebte in den angenehmsten Verhältnissen und war eine zufriedene Frau. Ihr Mann hatte ein einflußreiches Amt. Die Kinder waren gesund und standesgemäß erzogen. Auch der Haushalt konnte sich sehen lassen. Das Meublement war geschmackvoll, das Tafelsilber erlesen, die Gemälde kostbar, die Bibliothek ausgesucht und das Personal in Sold und Livree gut gehalten.

Sophie war zwar wohlhabend, doch von Hause aus weder reich noch adelig geboren und konnte sich auch nicht zu den Begüterten dieser Erde zählen. Aber sie hatte stets nach den Prinzipien der Vernunft gehandelt, das Nützliche mit dem Praktischen verbunden und immer genau abgewogen, was sie tun und was sie lassen mußte, um sich ihr Leben so vorteilhaft wie möglich einzurichten.

Diesen nüchtern-kalkulierenden Sinn hatte sie jedoch geschickt zu verbergen gewußt, indem sie ihr Augenmerk nicht nur auf das Notwendige, sondern zugleich auch auf das Schöne richtete, so daß sie für ein Musterbild des Empfindsamen und Weiblichen gehalten wurde.

Sophie war vierzig Jahre alt und in ihrem Äußeren so beeindruckend, daß jeder, der sie kannte, überzeugt davon war: Bei ihrer Geburt hatten die Grazien Pate gestanden. Sie wußte dieses Äußere natürlich auch zu schätzen und legte einen besonderen Wert darauf. Nicht daß sie sich wie eine Nürnberger Puppe bemalt hätte, glaubten doch höchstens primitiv denkende Geschöpfe, mit Puder und Schminke die fliehende Jugend aufhalten zu können. Ihr kam es auf das Gesamtbild an, auf die Eleganz ihrer Erscheinung, mit der sie einen Lebensstil bekundete, wie ihn nur der gebildete Teil der Menschheit besaß. Ihm fühlte sie sich zugehörig. Außerdem war sie sich ganz sicher, daß in der Eleganz der äußeren Erscheinung auch die innere Noblesse zum Ausdruck kam. Mit dieser Haltung hatte sie bis jetzt nur Zustimmung erfahren. Leute von Geburt, Rang und Vermögen schätzten sie und suchten ihre Gesellschaft, was gleichfalls zu ihrer Zufriedenheit beitrug. Nein, es hätte keiner Veränderung bedurft.

Selbst daß sie schon achtzehn Jahre verheiratet war und bislang keinen Tag davon missen wollte, zählte sie zu den angenehmen Lebensumständen. La Roche besaß zwar gleichfalls keinen Landbesitz, keine Reichtümer und gehörte nicht zum Adel. Aber mit Zielstrebigkeit und Fleiß hatte er sich Ansehen und Wohlstand erarbeitet. Außerdem war er ein geistvoller Mann und heiterer Spötter, der auch in Gott noch Fehler entdeckte und dessen Vergnügen es war, allem die Krone des Witzes aufzusetzen, so daß an seiner Seite noch keine Langeweile aufgekommen war.

Mehrere Jahre hatte sie mit ihm am Mainzer Hof gelebt, später auf Schloß Warthausen, wo er die Geschäfte des Grafen von Stadion führte, und vor kurzem war La Roche als Geheimer Staatsrat an den Hof zu Trier berufen worden. Sein neuer Dienstherr, Kurfürst Clemens Wenzeslaus, brauchte nicht einmal zu befürchten, daß später ihre Kinder der Landeskasse zur Last fallen und den Kurtrierern einträgliche Ämter und Pensionen wegnehmen könnten. La Roche hatte vorgesorgt: Ihren beiden Töchtern standen bereits gute Partien in Aussicht, dem ältesten Sohn hatte er für 1800 Gulden eine Leutnantsstelle im Augsburgischen gekauft, und die zwei Nachzügler waren gerade erst drei und fünf Jahre alt.

Daß La Roche die Position eines Geheimen Staatsrates erreicht hatte, war für Sophie ein besonderes Glück und gab ihr das Gefühl, ganz oben zu sein. Jetzt besaß die Familie eine noch größere Reputation, und das gesamte finanzielle Budget erfuhr eine beträchtliche Erweiterung. Als Frau Staatsrätin konnte sie nun ein noch größeres Haus führen und so repräsentieren, wie sie es sich immer gewünscht hatte.

Hier in Koblenz-Ehrenbreitstein, wo der Kurfürst residierte, boten sich dafür die allerbesten Möglichkeiten. Ihr Haus lag direkt am Fuße des Schlosses. Es war groß und geräumig, hatte einen prächtigen Garten und bot einen herrlichen Blick auf den Rhein. Dicht neben ihm führte eine Zugbrücke über einen Kanal, der den Fluß mit einem künstlich ausgebauten Hafen verband, wo die kurfürstlichen Leibhofjachten, Staatsschaluppen und Küchenschiffe ankerten. Eine noblere Wohnlage hätte sie sich nicht denken können.

Sophie hatte schon eine Reihe von Empfängen gegeben und war zufrieden, als ihr deutlich wurde: Die ersten Familien drängten sich danach, im Hause des Staatsrats La Roche verkehren zu dürfen. Hier am Rhein, unter diesen regsamen, fröhlichen und offenherzigen Menschen konnte ihr Leben wie der Strom gleichmäßig und erhaben dahinfließen. Zu ihrer Freude waren auch ihre beiden Töchter aus dem Internat zurückgekehrt, und Sophie hatte endlich wieder Lulu und Maxe um sich, was ihr die neue Umgebung noch liebenswerter machte. O ja, es hätte alles so bleiben können, wie es war. Doch da trat etwas ganz Unerwartetes in ihr Leben. Sie konnte es selber kaum begreifen und wußte nicht, wie ihr geschah: Eines Morgens wachte sie auf und war berühmt.

Mit vielem hatte sie in ihrem Leben gerechnet – damit nicht. Vieles hatte sie sich schon vorgestellt, doch dies lag so fern, daß sie nie den geringsten Gedanken, nie die leiseste Hoffnung daran verschwendet hätte, geschweige denn, daß es ihr je einer Überlegung wert gewesen wäre. Nichts lag ihr ferner, nichts war ihr fremder als der Gedanke an Ruhm. Doch nun stand sie im Licht der Öffentlichkeit und nahm alles, was geschah, mit einem Gemisch von Irritation und Befremden auf. Jedesmal wenn sie ihren Namen in der Zeitung fand, schien sie aufs neue überrascht und begriff nicht, wieso ausgerechnet sie eine derartige Begeisterung auslösen konnte, denn schließlich hatte sie doch nichts weiter getan, als ein kleines ›Romängen‹ geschrieben. Es war ja nicht einmal zur Veröffentlichung bestimmt gewesen. Sie wollte sich nur einen Kummer von der Seele schreiben; den Kummer, daß sie ihre beiden Töchter nicht selber unterrichten durfte, sondern der Etikette halber in ein französisches Kloster geben mußte. Darum, nur darum hatte sie sich an den einsamen Nachmittagen ein papiernes Mädchen erzogen. Was hätte sie auch anderes tun sollen? La Roche war im Amt, die Töchter außer Haus, der älteste Sohn in Erfurt zur Ausbildung, und um die beiden Jüngsten kümmerte sich die Kinderfrau. Da blieb ihr doch gar nichts anderes übrig, als sich eine sinnvolle Beschäftigung zu suchen und sich mit dem Schreiben ein bißchen die Zeit zu vertreiben. Mehr war doch nicht! Und plötzlich dieses Aufsehen.

Selbst daß sie ihre Autorschaft auf dem Titelblatt verschwiegen hatte, nützte nichts – die Begeisterung für die *Geschichte des Fräuleins von Sternheim* war so groß, daß sich die Anonymität nicht halten ließ. Mehrmals am Tage kam der reitende Postillion, um die besonders eiligen Briefe zu bringen. Die Einladungen in die vornehmen Häuser der näheren und ferneren Umgebung türmten sich auf ihrem Schreibtisch. Schon morgens wurden ihr Billette von Fremden überreicht, die auf der Durchreise waren und der berühmten Verfasserin der *Sternheim* einen Besuch abstatten wollten.

Sophie glaubte, die Welt um sie herum hätte auf einmal die Gestalt eines Karussells angenommen. Sie wußte nicht, wer sich um wen drehte oder wer gar von wem gedreht wurde, sondern hatte nur noch den Eindruck, aus der Bahn geschleudert zu sein. Ihre Irritation war auch darum so groß, weil sie meinte, dieses plötzliche Herausgehobensein könnte sie in einen unliebsamen Gegensatz zur Mitwelt bringen und ihr die Harmonie zerstören, in der sie bisher so angenehm gelebt hatte. Sie befürchtete, die anderen könnten vielleicht annehmen, daß ihr Ruhm einer inneren Unausgefülltheit entsprang, ein Ersatz für die schöneren Dinge des Lebens war, deren sie nie teilhaftig werden durfte und daß sie sich gerade darum manch scheelen Blicken aussetzen mußte. Zum Glück aber war sie keine einsame, verwachsene, unglückliche, geschiedene, kinderlose, verwitwete oder gar exaltierte Frau, sondern die ganz normale, gesunde, heitere und zufriedene Gattin eines ganz normalen, gesunden, heiteren und zufriedenen Ehegatten; nahm, wie es sich gehörte, freudig Anteil an seinem beruflichen Aufstieg, sorgte mit mütterlichem Opfersinn für ihre fünf munteren Kinder, las eifrig die neusten Produkte der Literatur, um sich an den geistreichen Unterhaltungen der Männer zu beteiligen, so daß genaugenommen ihrem Ruhm nichts Ungehöriges oder Tadelnswertes anhaften konnte. Denn in einen solchen Ruf zu kommen, war ihre größte Sorge.

La Roche versuchte in seiner heiter-weltmännischen Art ihr den nötigen Abstand zu geben und ermunterte sie, die Dinge so zu sehen, daß sie keine tiefere Wirkung auf sie hatten. Das Aufsehen, das sie erregte, fand er überaus schmeichelhaft. Er genoß es, von so vielen Seiten auf seine Frau angesprochen zu werden. Es hob ihn von den anderen Regierungsbeamten ab. Fast alle Staatsräte, die er kannte, hatten schöne und begüterte Frauen, als gehörte dies zu ihrem Standard und ihrem Rang. Doch er war die Ausnahme. Er besaß das Besondere, die Steigerung, das absolut Ungewöhnliche – er hatte eine berühmte Frau. Sogar der Kurfürst hatte sich schon nach ihr erkundigt und sie beide zum Souper geladen.

La Roche spürte täglich: Der Ruhm seiner Sophie verlieh ihm eine Vorzugsstellung am Hofe, die er selbstverständlich auszubauen gedachte. Er war zwar schon weit oben, aber die letzte Stufe zur Regierungsspitze fehlte noch. Vor ein paar Tagen erfuhr er ganz im Vertrauen vom Konferenzminister, daß sein Name im Zusammenhang mit der Besetzung des Kanzlerpostens gefallen war. Geübt in diplomatischen Andeutungen und feinen Tonlagen, wußte La Roche die Zeichen zu deuten und kam jeden Abend fröhlicher nach Hause. Neuerdings speiste er mit Sophie länger als gewöhnlich, denn immer gab es andere Überraschungen, immer irgend etwas Unverhofftes, das sich tagsüber bei ihr ereignet hatte und das sie nun miteinander besprachen. Aus dem Kabinett brachte er die neuesten Zeitungen und Journale mit, in denen er ihren Namen gefunden hatte. Genüßlich entfaltete er Blatt um Blatt, lehnte sich voller Behagen in den Stuhl zurück und las nicht ohne Genugtuung, was die Herren Rezensenten über seine geliebte Sophia geschrieben hatten. In der *Braunschweigischen Zeitung* versprach man den Lesern, daß sie in Frau La Roches Roman die strengste Tugend in der sittsamsten Kleidung antreffen würden. Albrecht von Haller in den *Göttingischen Anzeigen* pries den sittlichen und empfindsamen Roman, dessen Heldin Religion habe, und Johann Georg Sulzer in der *Allgemeinen Deutschen Bibliothek* lobte das Prinzip der moralischen Nützlichkeit und das Wunderbare des Charakters der Hauptperson.

La Roche zitierte die Sätze mit einer so wohligen Miene, als nehme er ein Dessert zu sich. Um den Abend zu verlängern, probierte er stets noch einen der guten Rheinweine und sah überhaupt seine Frau in einem ganz neuen Licht. Daß sie schön war, hielt er immer für einen ihrer großen, wenngleich unverdienten Vorzüge. Daran hatte er sich längst gewöhnt. Aber daß sie nun plötzlich auch noch berühmt war, gab ihr einen zusätzlichen Reiz, eine ganz andere Art von Sinnlichkeit, die sie in seinen Augen jünger und begehrenswerter machte. Außerdem sah er plötzlich in allem die feineren Nuancen, die geistigen Züge zum Vorschein kommen, die den Genuß weiblicher Gegenwart noch steigerten.

Delikat empfand er lediglich die Tatsache, daß sie plötzlich wie ein Stern ausgerechnet in den Reihen derer leuchtete, von denen er seit jeher eine höchst ungünstige Meinung hatte. Denn die Romanschriftsteller hielt er für eine ganz besondere Species, die nichts anderes verdiente, als abwechselnd mit Spott und Mitleid betrachtet zu werden. Da er ein höflicher Mensch war, schwieg er sich natürlich angesichts der neuen Situation darüber aus, ja vermied die kleinste Andeutung. Doch er besaß nun mal eine natürliche Abneigung gegen all diese verblasenen Produkte verwirrter Phantasten und vermochte nicht zu begreifen, wie ein vernünftiger Mensch überhaupt einen Roman lesen konnte. War doch ein Roman für ihn ein frommes Märchen, das sich einer ausdachte, um sich zur Freude anderer aus der Wirklichkeit hinauszulügen. Und der Urheber eines solchen Werkes saß dafür von morgens bis abends in seinem Schreibkabinett vor dem entstöpselten Tintenfaß, schaute tief vor sich hinsinnend – so er Glück hatte – auf einen schönen Apfelbaum, währenddessen er seinem geplagten Gehirn Kapitel um Kapitel abdestillierte. Hatte diese beklagenswerte Natur endlich genügend Worte aus dem Nichts komponiert, schickte er die Bogen einem Verleger, der sie zwischen zwei Buchdeckel preßte und das Epos den neugierigen Lesern in der Hoffnung übergab, bei ihnen all die Gefühle herauszukitzeln, die sie selber noch nicht kannten. Gelang dem Schriftsteller die Unterhaltung des großen Publikums, das ohnehin ständig auf der Suche nach einem Zeitvertreib war, dann durfte sich auch der größte Plattkopf einer Aura popularis erfreuen, die ihn ermutigte, überall dort, wo er in Erscheinung trat, das Pfauenrad der Eigenliebe prächtig und weithin sichtbar zu schlagen. Meist führten sich diese Prosascribenten unter den Heerscharen ihrer Leser so auf, als seien sie vom Himmel herabgefahren und hätten ein Anrecht auf Unsterblichkeit. Ihm brauchte man nichts zu erzählen. Er konnte nur lachen über die Herren Romanschriftsteller, die sich doch allesamt als Konjunkturritter des Geschmacks erwiesen, als umherziehende Hilfsprediger und schwadronierende Barbiergesellen des Wortes, deren ganze Unternehmung darin bestand, andere mit ihrem Geist anzunässen, um dafür auch noch Lob und Ehre einzuheimsen. Vor allem hatte sich La Roche stets darüber amüsiert, mit welchem Ernst und welchem Eifer allerorten über Romane gesprochen wurde. Doch noch mehr amüsierten ihn diejenigen, die solche erdichteten Geschichten auch noch lasen, sogar Spaß daran fanden und in jeder Zeile die Offenbarung selber zu entdecken meinten.

Daß jetzt jedoch ausgerechnet seine geliebte Maria Sophie dieser beklagenswerten Gilde der Wortschöpfer angehören sollte, hatte für ihn mehr eine humorvolle Seite, die er einer Laune, einer Grille und vor allem dem Zufall zuschrieb, und darum ging er amüsiert darüber hinweg. Aber er hielt es für seine Pflicht, sie zu ermuntern, ihren Ruhm gelassen hinzunehmen und vor allem zu genießen. Denn Ruhm kam und Ruhm ging, und so lange sie ihn hatte, wollten sie sich gemeinsam daran erfreuen.

Inmitten der Turbulenzen strahlte seine Nähe etwas Beruhigendes aus und gab ihr ein Gefühl des Schutzes, nach dem es sie noch nie so sehr verlangt hatte, wie im Augenblick.

Voller Behagen sortierte er die Einladungen nach der gesellschaftlichen Gewichtigkeit der Absender, nach wohlgeborenen, wohlhabenden und wohldenkenden Familien, freute sich, wenn alles zusammenkam, und stellte eine Liste auf, welchen der Besuche sie zuerst wahrnehmen mußten, und welchen sie auf später verschieben konnten. Sophie spürte deutlich, wohin es ihn zog: Spötter wie er brauchten die Geselligkeit, um ihr Talent auszuleben. Sie wußte nur zu gut, wie wohl er sich auf diesem Schauplatz fühlte.

Doch diesmal nannte er einen anderen Grund: Früher hat man mich um dich beneidet, weil du so jung warst, sagte er, heute weil du berühmt bist. Das auszukosten ist mir ein ganz besonderer Genuß. Natürlich wollte sie ihm dieses Vergnügen nicht versagen, nicht nach achtzehn Jahren Ehe, wo jedes Vergnügen, das man am anderen noch fand, ohnehin schon fast etwas Heiliges war.

Dennoch löste seine Freude über die Einladungen bei ihr eher ein zwiespältiges Gefühl aus, denn Sophie hatte eigentlich gehofft, nicht mehr ganz so häufig an Empfängen, Assembléen und all diesen Geselligkeiten teilnehmen zu müssen. Sie kannte das alles zur Genüge: Mit einem Champagnerglas und ein paar hochedelgeborenen Damen herumzustehen, um zu den langweiligen Gesprächen über Kinder, Wunderheiler, Brunnenkuren und Brüsseler Spitzen ein interessiertes Gesicht zu machen; im Fischbeinharnisch und mit gestickten Tanzschuhen die Kulisse zu bilden und zuzusehen, wie sich die Herren der Schöpfung immer tiefer in die Geistlosigkeit hinabtranken, wie ihre Ratsbäuche anschwollen und sie zu guter Letzt laut polternd über gut zugerittene Dragonerpferde, Jagdfalken und die Erhöhung ihrer Revenuen sprachen – es war doch immer dasselbe.

Andererseits gab sie ihm recht, wenn er meinte, daß Ruhm nicht irgend etwas Beliebiges war, sondern eine Frage der gesellschaftlichen Reputation, die selbstverständlich gewisse Verpflichtungen mit sich brachte. Dies leuchtete ihr auch darum ein, weil sie nie etwas unterlassen hätte, was ihrer Familie Vorteile bringen konnte.

Aber Sophie war nicht im Überschwang, sondern behielt alles kühl im Blick. Sie begriff, daß sie sich diesmal in einer ganz besonderen Situation befand. Immerhin war sie als Frau Staatsrätin schon eine herausgehobene Erscheinung und genoß weithin Achtung und Respekt. Daß jetzt ihr Ruhm noch dazukam, mußte geschickt ausgeglichen werden, war sie sich doch ganz sicher: Die lieben Mitmenschen vertrugen bei anderen immer nur ein bestimmtes Maß an Erfolg.

Sie wollte aber keinen reizen, keinen verärgern oder gar neidisch stimmen. Sophie wollte gefallen und wußte, wenn einflußreiche Leute einen guten Eindruck von ihr hatten, konnte das der Stellung ihres Mannes nur dienen. Diese Steigerung, nicht nur Frau Staatsrätin zu sein, sondern noch dazu eine berühmte Schriftstellerin, wollte sie darum durch ein betont bescheidenes Auftreten ausgleichen.

Deshalb achtete sie diesmal besonders auf ihre Garderobe, erschien nirgendwo in kleiner oder gar großer Gesellschaftstoilette und kleidete sich in einer schlichten, fast durchschnittlichen Eleganz. Sie legte auch keinen Schmuck an und vermied jeglichen Aufputz, um den Gastgeberinnen das Gefühl der Überlegenheit zu lassen. Nichts wäre ihr unangenehmer gewesen, als durch eine besondere äußere Attraktivität sich noch zusätzlich von den anderen abzuheben und damit nur unnötige Barrieren aufzubauen. Sie nahm sich auch vor, nicht über die großen Gegenstände der Poesie oder gar der Philosophie zu reden, sondern über einfache, naheliegende Dinge: über die Erziehung ihrer Töchter, über die Befähigung der Tanz- und Musikmeister, über englische Wochenschriften und empfindsame Erzählungen. Diejenigen, die sie mit ihren Einladungen beehrten, sollten sehen: Die Frau Staatsrätin La Roche war eine von ihnen. Sie war nichts Besonderes und nichts Besseres. Sie war so wie sie, auch wenn der Ruhm sie plötzlich über die anderen gestellt hatte. Ihr Konzept ging auf. Die Frauen, vor deren scheelsüchtigen Blicken ihr etwas bange gewesen war, kamen mit offenen Armen auf sie zu, nahmen sie in ihre Mitte und bestürmten sie mit Fragen. Vor allem war es ihnen ein Bedürfnis, ihr zu sagen, daß das, was sie in der *Sternheim* beschrieben hatte, auch ihre eigenen Erfahrungen waren und völlig mit dem Leben übereinstimmte. Wort für Wort konnten sie das Empfinden der Heldin nachvollziehen, denn sie wußten, wie das war: hoffnungslos in einen Mann verliebt zu sein, schließlich einen anderen zu heiraten und in der Ehe nur Enttäuschung zu finden. Das Großartige der *Sternheim* bestand für sie darin, daß sie trotz allem nicht unterlag, sondern ihren Lebenselan und ihr Selbstvertrauen behielt. An dieser Romanheldin konnte man sich aufrichten. Mit ihr hatte sie für alle Frauen ein Vorbild geschaffen.

Die Schwester des Kurfürsten, Prinzessin Maria Kunigunde, die einen Kreis erlauchter Personen der Autorin zu Ehren geladen hatte, sagte ihr, worin die Ursache der allgemeinen Begeisterung lag: Noch nie war ein Roman geschrieben worden, der vom Leben einer Frau erzählte, die tätig ihr Unglück überwand. Noch nie war so deutlich gezeigt worden, daß das höchste Verdienst nicht darin bestand, dem Mann zu gefallen, sondern sich für andere nützlich zu machen. Weder Gellert noch Hagedorn war dies gelungen, nein, Sophie La Roche hatte ihnen allen aus der Seele gesprochen und sich Wort für Wort in ihre Herzen geschrieben.

An der Tafel des Kurtrierischen Staatsministers Baron von Hohenfeld las man sich gegenseitig laut die Briefe vor, die man von anderen Höfen, von hohen und gebildeten Personen bekommen hatte und in denen von der Wirkung der *Sternheim* die Rede war. Die jungen Männer wollten so empfindsam lieben können wie Lord Seymour, die jungen Frauen so selbständig handeln wie Fräulein von Sternheim, und von allen Seiten schallte Sophie nichts als Begeisterung und Lob entgegen.

La Roche hörte dem allen mit stillem Vergnügen zu und konnte sich eines inneren Schmunzelns nicht erwehren. Mochten die Anwesenden auch der Empfindsamkeit seiner Gemahlin huldigen – er kannte nur die andere, die praktische, zupackende Sophie, die stets nach der Vernunft handelte, die genau wußte, was sie wollte, die alles im Blick und alles im Griff hatte, den Haushalt rationell führte und sein Geld trefflich verwaltete. Doch hier wurde sie betrachtet wie eine poetische Mimose, wie die zarte, gefühlvolle Dichterin, die Frau, die für das Seelische zuständig war. Immer bewegt, entrückt, ergriffen, gerührt. Immer im höheren Taumel. Er konnte sich nur amüsieren, wenn er sah, daß sie sich wie eine verschwebte Muse gebärdete, von der man glauben mußte, sie würde Tag für Tag nichts anderes tun, als schöne Gedanken schön zu formulieren. Sollten sie meinen, was sie wollten – für ihn war das Geschehen ein neuerlicher Beweis, daß seine Sophia eine glückliche und seltene Anlage besaß: Alles, was sie unternahm, gelang ihr mit Bravour.

Das Überraschende war für ihn auch diesmal wieder, wie spielerisch und leicht sie auch hier die Perfektion erreichte. Hätte er sie nicht besser als all die Anwesenden gekannt, hätte er wohl gleichfalls geglaubt, die geborene Poetin vor sich zu haben: zurückhaltend, fast scheu, leicht unbeholfen antwortend und doch mit jedem Wort so schwärmerisch; so gefühlvoll in jeder Silbe; so nachdenklich, so beschaulich und so bescheiden beredt, wenn sie nach ihren Romanfiguren gefragt wurde. Ach, seine geliebte Maria Sophie! Wie gerne hätte er sie auf der Stelle in die Arme nehmen, wie gerne jetzt mit ihr zum Vergnügen aller ein bißchen küssen und ein bißchen weinen mögen. Sie war prächtig, einfach prächtig.

Obwohl es Sophie anstrengte, fast jeden Tag einer anderen Einladung zu folgen, hatte sie doch nicht das geringste Gefühl einer Erschöpfung. Manchmal ließ der Gastgeber sie in seiner Chaise nach Hause bringen oder gebot einem Diener, mit der Handlaterne vorauszugehen, um die Autorin und ihren Ehegemahl sicher zu geleiten. Immer freute sich Sophie schon auf den nächsten Abend. Diese unmittelbare Bestätigung, die sie von Mal zu Mal erfuhr, gab ihr einen ungewohnten Auftrieb. Seit langem hatte ihr Wohlbefinden nicht mehr eine derartige Steigerung erfahren, und einige Tage lebte sie sogar anhaltend im Glück: Christoph Martin Wieland hatte seinen Besuch angekündigt.

Sie geriet in eine geradezu fieberhafte Aufregung, denn Wieland war für sie in jeder Hinsicht ein besonderer Gast. Er hatte nicht nur ihren Roman herausgegeben und mit einem Vorwort versehen, er war auch ihr Cousin und mehr noch: Er war einst ihr Verlobter gewesen. Daß sie ihn damals nicht geheiratet hatte, betrachtete sie längst als eine höhere Fügung, denn an seiner Seite wäre sie wohl nie die Frau Staatsrätin geworden. Aber ihre Liebe zu ihm besaß diesen stillen Nachklang, der immer wieder durch ihren Alltag hallte und ihr oft wie aus dem Nichts die Situation von damals gegenwärtig machte.

Eigentlich sollte sie die Frau eines italienischen Arztes werden, aber ihre Mutter starb, und der Vater löste sofort die Verlobung auf, denn er wünschte nicht, daß seine Enkelkinder katholisch getauft würden. Mit ihren zwölf jüngeren Geschwistern kam sie zu den Großeltern nach Biberach. Im Hause des Pastor Wieland traf sie Christoph Martin. Er war siebzehn, doch sie hatte mit der Welt abgeschlossen, erwartete nichts mehr, wollte nichts mehr, sondern interessierte sich nur noch für das Höhere, für griechische Tragödien und englische Romane. Christoph

Martin hörte ihr überwältigt zu, ging stundenlang mit ihr spazieren und versenkte sich berauscht in die Welt des Erhabenen und Schönen. Er war hingerissen von seiner Cousine und gestand ihr, daß er keinen Augenblick mehr ohne sie leben konnte. Er wollte sie glücklich machen auf Zeit und Ewigkeit.

Bei Wieland fand sie den gleichgestimmten Ton ihrer Seelen, der über alle Enttäuschungen hinweghalf. Er verstand sie, er fühlte mit ihr, und sie lebte auf. Glücklich teilten sie den Eltern ihre Verlobung mit. Ein paar Monate blieben ihnen noch, dann ging er zu Bodmer in die Schweiz. Er schickte seiner englischen Sophie Briefe über Briefe, verfaßte herrliche Gedichte auf seine ›göttliche Doris‹ und besang sie in schönen Dithyramben. Jeden Abend lag ein anderer Gruß von ihm auf ihrem Bett. Verzückt las sie Zeile für Zeile, hoffte auf seine baldige Heimkehr, doch plötzlich wurden seine Briefe kürzer, der Ton kühler, die Abstände länger. Durch Zufall erfuhr sie, daß er sich in eine junge Witwe verliebt hatte. Sie wollte es nicht glauben, fragte nach, wartete auf eine Erklärung, doch als Antwort kam nur ein schwärmerischer Bericht über die Schönheit der Berner Frauen. Sie wußte nicht, was sie davon halten sollte, fühlte sich getäuscht und im Stich gelassen und sah keinen Sinn mehr, länger an sein Versprechen zu glauben. Nach zwei gescheiterten Verlobungen mußte sie nüchtern der Zukunft ins Auge sehen. Ihr Vater hatte wieder geheiratet, und seine Frau zeigte ihr jeden Tag deutlicher, daß sie sie aus dem Haus haben wollte. Sophie blieben nur noch zwei Möglichkeiten: entweder ins Kloster oder in eine Ehe zu flüchten. Im stillen, tief im stillen hoffte sie noch immer auf einen Brief von Christoph Martin, wartete sehnsuchtsvoll auf ein Gedicht, ein Zeichen, ein Signal seiner Liebe, Tag um Tag,

Nacht um Nacht, doch es kam nichts. Nichts, was an sein Versprechen erinnerte. Da stand für sie fest: Ihr cherissime ami hatte sie vergessen.

Um sich abzulenken von ihrem Unglück, ging sie zu einer befreundeten Familie zum Teenachmittag. Überraschend erschienen noch zwei Gäste, die in Begleitung des Grafen von Stadion auf einer Durchreise in Augsburg weilten. Der eine von ihnen kam fast zielstrebig und mit einem weltmännischen Lächeln auf sie zu, stellte sich ihr formvollendet vor und begann ein Gespräch. Die anfänglich leicht dahinperlende Konversation ging in eine angeregte Unterhaltung über. Es machte ihr Spaß, endlich einmal wieder in französisch zu parlieren, zu zeigen, was sie konnte, was sie wußte und sich über Kunst, Wissenschaft und die neuesten Journale austauschen zu können. La Roche war entzückt. Er begleitete sie nach Hause, besuchte sie am nächsten und am darauffolgenden Tag, und da er wieder abreisen mußte, fragte er sie ganz unvermittelt, ob sie ihn heiraten wollte. Einen Moment lang war sie schockiert, aber dann sah sie ihre Chance, ja geradezu ihre Rettung. Sie kannte diesen Georg Michael La Roche zwar nicht näher, aber er war Kurmainzischer Hofrat, noch dazu Junggeselle, hatte ein weltmännisches Betragen, war amüsant in seinen Betrachtungen – genaugenommen sprach nichts gegen ihn. Doch sie sagte ihm ganz ehrlich: Lieben kann ich Sie nicht, denn mein Herz gehört Wieland, einem Dichter. Aber wenn Sie mich heiraten wollen, werde ich Sie verehren und dankbar dafür sein, daß Sie mich aus dem ungeliebten Vaterhaus befreit haben.

La Roche eilte zu Herrn Gutermann und bat um die Hand seiner Tochter. Daß sie keine Mitgift zu erwarten hatte, störte ihn so wenig wie ihre schwärmerische Liebe zu diesem Dichter. Er fand das Herzensbekenntnis seiner künftigen Gemahlin sogar rührend und anmutig, denn es zeugte von ihrem aufrichtigen Charakter. Aber zugleich amüsierte es ihn auch, weil er wußte, daß so ein armer Plinius einer so schönen Frau wie Sophie kein Leben in einem gesicherten Wohlstand bieten konnte. Nicht einen Augenblick war La Roche eifersüchtig auf ihren geliebten Versifex oder wäre gar auf den Gedanken gekommen, in ihm einen Konkurrenten zu sehen. Er sagte nur lächelnd: Wann immer du es wünschst, werde ich selbstverständlich deinen kleinen Poeten in unserem Hause empfangen. Zum Aufwärmen und Sattessen findet er stets eine offene Tür.

Inzwischen waren achtzehn Jahre vergangen, und sie hatte sich längst an den Sarkasmus des geschätzten Gatten gewöhnt. Auch damals hatte sie sich nicht darüber aufgeregt, sondern sah vielmehr mit stillem Vergnügen, wie sich La Roche in seinem Urteil zurücknehmen und von seinem hohen Roß herabsteigen mußte. Denn Wieland kam. Nicht um sich aufzuwärmen und sattzuessen, sondern um sie zu sehen und ihr zu sagen, wie enttäuscht er war, daß sie nicht auf ihn gewartet hatte. Sophie schämte sich zwar ein wenig, weil er in der ärmlichen Tracht eines Abbés vor ihr stand – schwarz mit kurzem Mäntelchen und Kragen – und so gar nichts von sich her machte. Doch er unterhielt sich wenigstens sehr angeregt mit La Roche, und je länger sie miteinander sprachen, desto mehr entdeckte er in ihrem kleinen Poeten einen aufgeklärten, gebildeten Mann, mit dem es ein Vergnügen war, Gedanken auszutauschen.

La Roche besorgte ihm sogleich eine Stadtschreiberstelle in Biberach mit auskömmlichem Gehalt und freier Wohnung. Weil er sah, mit welchem Fleiß er nebenher noch seine Bücher schrieb, nutzte er seine Beziehungen zum Statthalter von Erfurt und verschaffte Wieland eine Professur an der Universität. Hier mußte er zwar viermal in der Woche pro deo et patria Vorlesungen halten, aber bekam dafür sechshundert Taler – eine Summe, von der La Roche meinte, daß es sich damit gleich doppelt so gut dichten ließ.

Um Wielands Einkünfte noch zusätzlich aufzubessern, gab er ihm ihren Sohn Fritz zur Erziehung, entlohnte es ihm großzügig und freute sich, daß jetzt die Ausbildung beendet war und Wieland ihren Sohn nun persönlich zurückbrachte. Auch Sophie sah dem Tag ihrer Ankunft freudig entgegen. Das letzte Mal hatte Wieland sie vor vier Jahren in ihrem Salon auf Schloß Warthausen besucht, und sie konnte es kaum erwarten, ihn endlich wiederzusehen.

Sie ließ das ganze Haus gründlich herrichten und vor allem den jüngst erworbenen prächtigen Kronleuchter anbringen – eine Neuheit, die inzwischen in keinem der wohlhabenden Häuser fehlen durfte. Sie schmückte die Räume mit spanischem Flieder und Pyramiden aus Wachskerzen, stattete das Gästezimmer für Wieland aufs komfortabelste aus, ließ den Weinwagen kommen, um die Vorräte aufzufüllen, und überwachte persönlich das Eindecken der Tafel. Sophie wählte ihre kostbarsten Tafelaufsätze und Dessertplatten, streute zwischen die Gedecke porzellanene Rosen als Sinnbild der Freude und legte eine englische Speisenfolge fest mit Roastbeef und Plumpudding, Whisky und Tee. Dazu passend trug sie ein englisches Kleid. Auch ihren englischen Hund, den braunbeigen Mops Charles, präsentierte sie auf einem eigens für ihn bestimmten Kissen aus feinstem türkischen Saffianleder. Wieland sollte sehen: sie war noch immer seine englische Sophie.

Sie lud auch noch ein paar gute Freunde ein, Staatsminister Baron von Hohenfeld, einen einflußreichen Mann, auch die beiden Jacobis, Georg, den Dichter, und Fritz, den Philosophen, denn Wieland sollte in ihrem Hause Gelegenheit haben, führenden Männern des Geistes zu begegnen. Außerdem war es ihr auch ein stiller Genuß, ihm zeigen zu können, wie sie als Frau Staatsrätin lebte und mit wem sie verkehrte. Doch dann, als sie draußen den Reisewagen halten hörte, begann ihr Herz zu klopfen, und sie mußte Wieland betont langsam entgegengehen, um ihre Aufregung zu verbergen. In einiger Entfernung blieb sie stehen, zwang sich wie zur Selbstberuhigung innezuhalten, damit Vernunft und kühle Einsicht in sie zurückkehren konnten. Aber als sie sah, daß auch er sich zur Zurückhaltung zwang, vergaß sie alle Etikette und rannte auf ihn zu. Wieland schien ebenfalls alles zu vergessen, warf seinen Hut hinter sich auf die Erde und ergriff ihre Hände, um sein Gesicht darin zu verbergen.

In diesem Augenblick war sie wie so oft schon froh, daß sich ihre Liebe nicht erfüllt hatte, denn gerade darum schien sich das kostbarste, das bleibende – die Idee von ihr – bewahrt zu haben.

Als sie sich dann gegenübersaßen, sah Sophie, daß sein Gesicht blatternarbig und mager geworden war. Aber die Tatsache, daß dieses Gefühl von damals nie wirklich ein Ende genommen hatte, daß sie beide vielmehr mit diesem kleinen ewig lodernden Rest lebten, gab auch dieser Begegnung ihren ganz eigenen sinnlichen Reiz, der sie spontan verwandelte. Die Gedanken formten sich wie von selbst, die Worte flogen ihr zu, sie fühlte sich ungeheuer schön und begehrenswert, fing jeden Blick berauscht auf und gab ihn über Worte zurück; jeder Satz traf, jede Begründung saß, und ihre Antworten gefielen ihm offensichtlich so sehr, daß er sie mit noch besseren übertreffen wollte. Es war ein bewegtes Hin und Her, ein Herauslocken und Zurücknehmen, ein Spiel, eine verbale Berührung, ein sich Darstellen mit Worten, sich Zeigen und Verhüllen – nie hätte sie gedacht, daß ein Gespräch eine so herrliche Umarmung sein konnte.

La Roche war beeindruckt von Wieland. Er trug nicht mehr dieses ärmliche schwarze Mäntelchen, sondern war elegant gekleidet, und der Erfolg stand ihm außerordentlich gut. Nach seinen beiden letzten Romanen genoß er die ungeteilte Liebe des Vaterlands, war zum Regierungsrat ernannt worden, und selbstverständlich konnte bei einem solchen Mann von Aufwärmen und Sattessen nicht mehr die Rede sein. Im Gegenteil: Es war eine Ehre, den Dichter des *Agathon* und *Musarion* zu Gast zu haben. La Roche kannte viele, die ihn um diese Stunden beneideten.

Wieland sprach ihn zu seiner größten Überraschung auf die *Briefe über das Mönchswesen* an. La Roche hatte seine Streitschrift vor wenigen Wochen anonym erscheinen lassen und war nicht wenig erstaunt, daß seine Autorschaft bereits bis zu Wieland durchgedrungen war. Die Kreise der hohen und niederen Geistlichkeit reagierten empört darauf, doch Wieland gratulierte ihm zu diesem Buch. Er hatte bislang noch nicht so etwas Scharfsinniges und Vergnügliches über die Scheinheiligkeit der Pfaffen und den Hochmut der Theologen gelesen. Er konnte La Roches Appell nur Wort für Wort unterstützen: Wir müssen uns überwinden, alle Menschen als unsere Brüder und Miterben des Himmelreiches anzusehen. Auf das Tun kommt es mehr an, als auf den Glauben.

Eine wirklich mutige Schrift, sagte er. Ich hoffe nur, daß sich die Anonymität des Verfassers hält und Ihnen daraus keine Nachteile erwachsen werden.

Ein solches Lob aus Wielands Munde zu hören, war für La Roche mehr als eine Anerkennung. Es war ihm ein Beweis, daß sie als aufgeklärte Männer für die gleichen Ziele kämpften. La Roche hatte ja nie daran gezweifelt, daß Wieland mehr Licht im Kopfe hatte, als eine ganze deutsche Universität, aber jetzt wußte er: Wieland war das beste, was Sophie mit in die Ehe gebracht hatte.

Dann, an der großen Tafel, sprachen sie natürlich alle über die *Sternheim.* Über den Erfolg des Romans war Wieland keineswegs erstaunt, im Gegenteil: er hatte ihn vorausgesehen. Es brauchte für seine Begriffe auch keinen merkantilischen Sinn, um zu erkennen, daß Sophie sich damit den besonderen Beifall des schönen Geschlechts verdienen würde. Ohne Zweifel hatte sie sich eine ganz neue Leserschicht, die Frauen, erobert. Und zwar nicht irgendwelche, sondern die Frauen der Mittelklasse. Ihnen, sagte er, stand der Sinn längst nach mehr als nur dem Gebetbuch und dem Hauskalender. Auch seine Frau hatte den Roman mit dem größten Vergnügen gelesen. Dies zeigte ihm, daß selbst in den treuesten und besten Ehefrauen ein rebellischer Sinn, ein Drang nach Unabhängigkeit wohnte, den Sophie wie keine andere vor ihr ausgesprochen hatte. Darum, nur darum brach ihr Roman einem neuen Weiblichkeitsideal die Bahn. Und nicht nur das, er ging weit darüber hinaus. Genaugenommen war er eine Satire auf das Hofleben und die große Welt, denn er zeigte die Lügen und den Schein, die Finessen und Schikanen der vermeintlich feinen Gesellschaft. Auch darin sah er eine Ursache, weshalb ihr Roman verdientermaßen Epoche machte.

Daß man allerdings ihn, der das Ganze an die Öffentlichkeit befördert hatte, wegen seiner gutgemeinten Empfehlungen und Fußnoten in den Rezensionen derart rupfte, stimmte ihn ärgerlich. Andererseits schien es ihm auch bezeichnend. Er sah darin einen erneuten Beweis für die unverschämte und anmaßende Art, in der die Zeitungsschreiber kritisierten. Aber mit diesen Pedanten und Halbgelehrten, die ihre Urteile ohne Überlegung trafen und sich in den Zeitungen ausbreiteten wie die Stinkmorcheln, mußte ein Schriftsteller leben. Je berühmter er war, desto lieber nahmen sie seine Bücher in ihre Ätzlauge, um es sich im Schlepptau seines Ruhmes wohl sein zu lassen. Wieland kannte das zur Genüge und hatte sich damit abgefunden: Rezensenten beschnüffelten die Bücher nur, und je nach der Witterung, die ihnen entgegenkam, wurde geurteilt. Doch darüber noch mehr Worte zu verlieren, lohnte der Mühe nicht.

Es wurde gut gegessen und gut getrunken, und dann, als der Tee kam, nahm Wieland Sophie zur Seite, um ihr etwas sehr Erfreuliches mitzuteilen. Er hatte für sie das bestmögliche Honorar herausgehandelt: fünfzig Dukaten. Fast hundertfünfzig Reichstaler. Ein beachtliches Sümmchen für eine bis dahin unbekannte Autorin. Respektabel durch und durch. Der jüngst verstorbene verehrte Gellert hatte für seine Fabeln gerademal zwanzig Reichstaler und sechzehn Groschen und für seine Lehrgedichte fünfundvierzig Reichstaler erhalten. Wieland war stolz, ihr ein solches Honorar präsentieren zu können.

Sophie wußte natürlich seine Bemühungen zu schätzen, aber sie lehnte selbstverständlich das Geld ab. Sie war schließlich kein ›armer Dichter‹ und hatte es als Frau Staatsrätin nicht nötig, von einem Verleger ein Honorar entgegenzunehmen. Sie war in der glücklichen Lage, auf die Dukaten, die er ihr zubilligte, nicht angewiesen zu sein. Gemessen an dem, was der Herr Verleger an ihrem Buch verdiente, war das Honorar in ihren Augen ohnehin nur ein Handgeld. Und gemessen an dem Vergnügen, das sie beim Schreiben empfunden hatte, war es in Geld gar nicht aufzuwiegen. Wenn der Herr Verleger ihr aber unbedingt ein Honorar zahlen wollte, so sollte Wieland es entgegennehmen, und sie würde es dann dem Armenhaus stiften.

Wieland war sichtlich beeindruckt von dieser Geste und meinte, sie könne wahrlich dem Himmel danken, so gutsituiert zu sein, daß sie auf ein Honorar nicht angewiesen war, geschweige denn, daß sie seinetwegen die Feder in die Tinte tunken mußte. Gerade für eine Schriftstellerin war ein gediegener Finanzstand der eigentliche Luxus, der ihr die geistige Unabhängigkeit garantierte. Sie war zu beneiden. Sophie genoß seine Bewunderung und vor allem, daß sie ihm vorführen konnte, den richtigen Mann geheiratet zu haben.

Fast etwas verschüchtert saß Wieland vor ihr, war fasziniert, mit welcher Souveränität sie alles zu meistern verstand, wie ihr alles glückte und alles zufiel, und gerade darum fand er, daß es seine Pflicht war, ihr einmal deutlich zu machen, daß sie die Ausnahme war. Denn nicht allen ging es so gut wie ihr. Jetzt, da sie zum Poetenstande gehörte, sollte sie wissen, wie es auf diesem Felde bestellt war, wie traurig, wie schaurig trostlos es unter den Poeten aussah. Vor allem konnte sie von Glück sagen, als Frau für den Unterhalt einer Familie nicht sorgen zu müssen, denn die Poesie trug zwar schöne Blumen ein, aber leider nicht die Früchte, die einen nährten. Er hatte ja inzwischen drei Kinder und wußte, wovon er sprach.

In Deutschland muß man Bücher über das Pillendrehen und das Klistiersetzen schreiben, um als Autor etwas zu verdienen, sagte er. Als Poet steht man allemal traurig da.

Er verhehlte ihr nicht, wie sehr ihn das Geschäft des Autors ekelte. Die Notwendigkeit, alle Jahre etwas Neues in den Druck geben zu müssen, quälte ihn oft so sehr, daß ihm das Leben manchmal unerträglich schien. Und dann diese Flut von Neuerscheinungen! Die Meßkataloge wurden immer dicker, und inzwischen wetteiferten fast dreitausend Dichter im weitläufigen Vaterland um die Gunst des Publikums. Darunter kannte er nicht wenige, die ein kümmerliches Winkeldasein fristeten. Es gab auch genügend, die als Gelegenheitsdichter für Geburts-, Hochzeits- und Leichencarmen ihr Brot verdienten oder als Soldknechte der Feder im Dienste der Bücherfabriken standen: literarische Proletarier, die sich oft redlich mühten, aber doch nie eine Aussicht hatten, Ruhm zu ernten, wie es ihr über Nacht gelungen war.

Jedes Wort von ihm schien ihr eine doppelte Bestätigung all dessen, was sie bisher getan hatte, und sie spürte auf einmal, daß auch Zufriedenheit lustvolle Formen annehmen konnte. Alles um sie herum steigerte sich zum Vollkommenen: die Tafel mutete ihr außerordentlich schön an, die Gäste fühlten sich sichtlich wohl und unterhielten sich angeregt, der Tee und das Konfekt schmeckten vorzüglich, nur ihre Kinder benahmen sich nicht so, wie sie es sich gewünscht hätte. Sie standen zu dritt in der Ecke und musterten verstohlen die Gäste. Fritz hatte sich aus der Tabaksdose seines Vaters eine Pfeife gestopft und fand offensichtlich Vergnügen daran, seine Schwestern so zu unterhalten, daß sie unablässig kicherten. Auf einmal hörte Sophie, wie Fritz sich über seinen Lehrer Wieland lustig machte und auch noch dessen hohe heisere Stimme nachahmte. Die Töchter feixten so unverhohlen, daß es peinlich war. Innerlich aufgebracht, aber beherrscht ging sie auf die drei zu, forderte sie auf, sich gefälligst an der allgemeinen Unterhaltung zu beteiligen und zu zeigen, daß sie nicht irgendwelche dummen Geschöpfe waren mit nichts als Unsinn und Albernheiten im Kopf, sondern die Kinder des Staatsrats La Roche.

Aber Maximiliane hatte keine Lust, sich unter die Gäste zu mischen. Sie waren ihr alle zu alt und außerdem zu langweilig. Sophie hätte ihr auf der Stelle den Kopf zurechtsetzen mögen. Sie begriff ihre Tochter nicht. Maxe war mit ihren sechzehn Jahren eine Schönheit und von der Natur mit allen Vollkommenheiten ausgestattet, daß nicht nur Wieland sie enthusiasmiert mit einer Miltonschen Eva verglich. Zudem las sie ständig Romane, interessierte sich für Kunst und Landschaftsmalerei und hatte doch keinen Mangel an Gesprächsstoff.

Sophie wäre so gerne stolz auf sie gewesen, hätte so gerne gesehen, wie ihre Maximiliane in den Augen der Gäste zur Zierde des Hauses avancierte, aber sie tat so, als ginge sie das alles nichts an, separierte sich mit ihren Geschwistern und fand auch noch Spaß daran, sich über alle lustig zu machen. Dabei war Maximiliane doch stets die Vernünftigste von allen.

Sophie öffnete entschlossen den Flügel und gab ihrer jüngsten Tochter ein Zeichen, denn Lulu hatte mit ihrer herrlichen Kontra-Alt-Stimme schon manches Mal eine Gesellschaft entzückt. Fritz begleitete sogleich maniriert einherschreitend seine Schwester zum Instrument, küßte in der Art eines ergebenen Bewunderers das allerliebste Primadonnenhändchen und sagte zum allgemeinen Gelächter: Soloauftritt der ersten dramatischen Sängerin des Hauses, Mademoiselle Luise La Roche. Dann fiel er mit theatralischer Geste ihr zu Füßen. Maximiliane konnte vor Lachen nicht mehr an sich halten, und Lulu bekam einen roten Kopf. Sie stand zu Sophies Ärger wie eine störrische Geiß vor dem Flügel und weigerte sich, auch nur einen einzigen Ton zum besten zu geben. Als die Gäste ihr zuredeten, ja geradezu bettelten, wenigstens ein kleines Liedchen zu singen, wurde sie nur noch unwilliger und rannte schließlich an ihrer Mutter vorbei aus dem Salon.

Um den schlechten Eindruck zu mindern, forderte Sophie ihren Sohn auf, sich an den Flügel zu setzen, zumal er einen erstklassigen Unterricht auf diesem Instrument genossen hatte und Händels Klaviersuiten so eindrucksvoll zu intonieren verstand. Doch Fritz tat baß erstaunt und meinte, er könne gar nicht Klavier spielen, er beherrsche bloß die Gambe.

Sophie war wütend, daß ihre Kinder sie so blamierten. Aber sie ließ sich nichts anmerken. Glücklicherweise bestanden die Gäste nicht weiter auf den musikalischen Darbietungen. Dennoch wollte Sophie ihre Kinder in die Unterhaltung einbeziehen und zeigen, daß sie gut erzogen und gut ausgebildet waren. Als sich Jacobi zu ihr gesellte und Fritz noch immer demonstrativ unbeteiligt und schweigend neben ihr stand, sagte sie stolz, daß Wieland ihrem Sohn gerade meisterlich die Poesie beigebracht habe, woraufhin Fritz bemerkte, ihn hätten nur Bücher über die Infanterie interessiert.

Dann erzähle doch Herrn Jacobi wenigstens einmal von deinem exzellenten Tanzlehrer, sagte Sophie, um seine Unart etwas abzuschwächen, doch Fritz meinte nur: Wieso exzellent? Mehr als Deutschwalzen hat mir der Tolpatsch nicht beigebracht.

Sophie mußte an sich halten, um nicht die Fassung zu verlieren. Augenblicke später bot sich ihr wieder das gleiche Bild: Die beiden Töchter standen mit ihrem Bruder wie ein Häuflein Verschwörer in der Ecke, musterten die Anwesenden, flüsterten und tuschelten, lachten allweil auf und blickten dabei schadenfroh auf ihre Mutter, als hätten sie es darauf angelegt, sie endlich einmal vor allen Gästen aus der Haut fahren zu sehen.

Sophie sah: Sie wollten die Provokation. Sie gefielen sich im Widerspruch. Aber das war nichts Neues für sie. Es zeigte ihr bloß wieder einmal: mit jedem einzelnen Kind konnte man auskommen, doch zusammen waren sie unerträglich. Statt sich zu freuen, daß bei ihnen im Hause die ersten Geister verkehrten, statt die Chance zu nutzen, mit ihnen zu reden, etwas von ihnen zu lernen und einen angenehmen Eindruck auf sie zu machen, gefielen sie sich ganz offensichtlich darin, das Gegenteil von dem zu tun, was von ihnen erwartet wurde. Wie blamabel, eine Wand vor sich zu haben, gegen die es kein Ankommen gab! Aber Sophie mochte sich nicht ärgern. Sie mochte sich ihre schöne Stimmung nicht verderben lassen.

Wenige Monate später, als der Sohn der Frau Rath Goethe zu Besuch kam, sah sie: die lieben Blagen konnten auch ganz anders, wenn sie nur wollten und ihnen der Sinn danach stand. Eigentlich wollte Sophie einmal Ruhe haben vor immer neuen und immer anderen Gästen, aber sie hatte jüngst Frau Goethe in Frankfurt kennengelernt, hatte einen vergnüglichen Nachmittag bei ihr verbracht, Maxe und Cornelia waren Freundinnen geworden, und es wäre gegenüber Frau Goethe mehr als unhöflich gewesen, ihren Sohn jetzt nicht zu empfangen. Nein, diesen Gefallen mußte sie ihr schon tun. Außerdem hatte sie von ihr erfahren, daß ihr Wolf ein begeisterter Leser der *Sternheim* war, und es stimmte Sophie letztlich immer milde, wenn wieder ein neuer Enthusiast die Absicht hatte, sie persönlich kennenzulernen. Dafür wollte sie sich dann doch die Zeit nehmen, zumal sie gerade gegenüber jungen Menschen auch darauf bedacht war, jeden Eindruck von Überheblichkeit zu vermeiden.

Als der Sohn der Frau Rath Goethe vor ihr stand, war sie angenehm überrascht. Er hatte ein höfliches Betragen, tadellose Manieren und war außerdem gut gekleidet. Im Hause vermied er jedes neugierige Umherschauen, sondern betrachtete nur voller Bewunderung ihre Bibliothek und verharrte geradezu andächtig vor ihrer Gemäldesammlung. Aber die Phase der Verzückung kannte sie ja von fast allen Gästen, und auf einen jungen Menschen, der nicht aus einem solchen Hause kam, mußten die Gemälde natürlich einen ganz besonderen Eindruck machen. Das jüngste Porträt von La Roche, der ihrem Freund Tischbein gesessen hatte, gefiel dem Sohn der Frau Goethe besonders gut. Ja es schien, als würde der Herr Staatsrat dem jungen Mann einen so übermächtigen Respekt einflößen, daß Sophie lächelnd hinzusetzte: Vor La Roche braucht niemand Angst zu haben, denn er ist ein umgänglicher und heiterer Mann und in Wirklichkeit ganz anders als auf diesem Bild.

Der junge Herr Goethe bedankte sich mehrmals bei Sophie dafür, das Glück zu haben, von der wunderbarsten Frau empfangen zu werden, was sie zwar schmunzelnd zur Kenntnis nahm, aber auch nicht ungern hörte, zumal sie schon nach kurzem Wortwechsel merkte, daß die schwärmerische Verehrung für sie keine artige Floskel war. Vielmehr war sie überrascht, wie zielstrebig er auf ihren Roman zu sprechen kam.

Was die Älteren und Etablierten so lobten, erwähnte er mit keinem Wort. Nein, für ihn war die *Sternheim* mehr als ein Roman, es war der Seufzer einer Menschenseele. Frau La Roche hatte die Leiden seiner Generation ausgesprochen.

So hatte sie es bis jetzt noch von keinem gehört und begriff plötzlich aus den begeisterten Äußerungen dieses jungen Lizentiaten der Rechte, daß ihr Roman eine Brücke zwischen zwei Generationen und zwei ganz unterschiedlichen Denkweisen schlug. Während die Jugend darin ihr seelisches Befinden herauslas, zollten die Älteren dem Appell an die hohe Moral und dem nützlichen Tun höchstes Lob. Vor allem staunte sie, wie genau der Sohn der Frau Goethe damit ihr Wesen getroffen hatte, das seit jeher auf Ausgleich der Gegensätze gerichtet war. Frau Rath konnte stolz auf ihre Kinder sein.

Schließlich kam noch Merck, der Kritiker, Kriegsrat und Schriftsteller mit seiner Familie und auch Leuchsenring, den es überall dorthin zog, wo ein Kongreß schöner Seelen tagte und es hinterher darüber viel zu klatschen gab. Ehe sie sich versah, hatten sich ihre Töchter und Fritz unter die Gäste gemischt. Sie brauchte keinen von ihnen erst vorzustellen, sie hatten sich untereinander bereits bekanntgemacht, gesellten sich zum Sohn der Frau Rath Goethe und waren sogleich bei Maximilianes Lieblingsthema. Sie hatte Vergnügen daran, mit ihm über Malerei zu sprechen. Als alle beim Essen saßen, erläuterte sie in fast spielerischem Ton den Unterschied zwischen heroischer und historischer Landschaft, verblüffte mit der Erklärung der Öltechnik bei van Eyck, und plötzlich war eine so angeregte Unterhaltung im Gange, die auf alle sichtlich belebend wirkte und eine Atmosphäre schuf, wie sie dem Ruf des Hauses La Roche entsprach und wie man sie auch von der Umgebung einer Schriftstellerin erwartete.

Zu vorgerückter Stunde öffnete schließlich Merck seine Schatulle und las Briefe vor, die er von anderen, vornehmlich Bekannten, Berühmten und Hochedelgeborenen bekommen hatte. Glücklicherweise war La Roche noch nicht zu Hause, denn Sophie wußte, wie sehr er diese Unsitte haßte, die inzwischen jedoch zu einem beliebten Zeitvertreib geworden war. Für ihn war der Brief eine private und intime Botschaft, die man an einen anderen richtete und die darum für keine Form von Öffentlichkeit taugte. Sophie allerdings sah darin eine Zeitung der Herzen, die nur für einen kleinen erwählten Kreis geschrieben war, der darin auch zu lesen verstand, und lauschte wie die anderen voller Hingabe einem Brief Herders, den er vor ein paar Tagen erst aus seinem einsamen Bückeburg an Merck geschrieben hatte: Alles, was Sie mir von der Verfasserin der *Sternheim* sagen, sind für mich wahre Evangelien. Man hört ja Erscheinungen von Engeln und Geistern so gern, wenn man sie auch nicht sichtet, und ein solcher menschlicher Geist, wie weit mehr kann der in der Seele wirken. Es gibt doch immer gewisse innere Winke und Divinationen: die sympathisieren in mir so sehr mit dieser vortrefflichen Frau, selbst in Kleinigkeiten, über die man nicht gern Rechnung ablegt, und die machen mich also wahrhaftig nicht bloß aufmerksam, sondern andächtig.

Sophie hatte schon von vielen Seiten gehört, wie sehr Herder ihren Roman schätzte, aber daß er so über sie schrieb, übertraf alle Erwartungen. Sie wußte im Moment nicht, was sie dazu sagen sollte, denn in Gegenwart anderer so gelobt zu werden, war eher peinlich und verunsicherte sie. Doch der Lizentiat

Goethe bestätigte in seiner jugendlichen Begeisterung jeden Satz.

Überhaupt schien er sich in ihrem Haus von Tag zu Tag wohler zu fühlen und hatte mit La Roche sogar schon etliche Stunden in seinem Mineralienkabinett zugebracht. Auch ihre beiden Töchter wurden immer fröhlicher und ausgelassener. Sie hatte ihre Maxe noch nie so strahlend und schön gesehen, und es entging ihr nicht, daß sie seit Goethes Erscheinen wie verwandelt war. Er spazierte mit ihr zur Moselbrükke, setzte mit der Rheinfähre über den Fluß, gab sich die allergrößte Mühe, ihrer Tochter zu gefallen, und wollte offensichtlich nicht mehr von ihrer Seite weichen.

Vom Personal erfuhr Sophie, daß man bereits im Ort über die beiden sprach. Es kursierte das Gerücht, dies würde wohl der künftige Schwiegersohn der Frau Staatsrätin werden. Darüber mußte Sophie dann doch herzlich lachen. So viel Naivität amüsierte sie. Gewiß, der Sohn der Frau Goethe war ein sympathischer junger Mann und verstand sich auch recht gewandt auszudrücken. Aber es konnte doch wohl niemand im Ernst annehmen, daß eine Maximiliane La Roche einen Praktikanten am Kammergericht zu Wetzlar heiraten würde. Ein kleiner Lizentiat der Rechte wie dieser Goethe – was hatte der denn schon zu bieten? Es liefen schon genug unzufriedene Ehefrauen armer Advokaten im Lande umher und mußten erleben, wie mühsam es war, sich von den Zwistigkeiten der Menschen nähren zu müssen. Außerdem war Maximiliane dem Hofrat Strauß versprochen, und auch für Lulu hatte Sophie bereits eine gute Partie im Auge. In diesen Dingen behielt sie ihren nüchternen Blick. Schließlich war La Roche ein Beamter ohne Liegenschaften und bekam später einmal nur eine Pension. Sein Gehalt war zwar alles andere als gering, aber die Familie besaß auch nicht mehr als das und war darauf angewiesen. Schon darum mußten die Töchter in ihrer Ehe gut versorgt sein. Dieser Goethe mochte ja wie ein belvederischer Apoll aussehen und womöglich auch sonst seine Qualitäten haben, aber für eine Heirat kam er nicht in Betracht. Doch seine Gegenwart war angenehm, und manchmal hatte Sophie den Eindruck, als wollten seit dem Erscheinen der *Sternheim* die Göttertage im Hause La Roche kein Ende nehmen.

Kaum war ein Jahr vergangen, da hatte sich Sophie nicht nur an den Ruhm gewöhnt, sondern genoß ihn geradezu. Es war schon schön, von vielen Menschen gekannt und vor allem geschätzt zu werden: herausgehoben zu sein aus der Masse derer, die für die Vernunft wirken wollten. Es war schön, überall offene Türen zu finden, überall mit Respekt und Achtung empfangen zu werden und allerorts auf Menschen zu treffen, die begierig waren, ihre Bekanntschaft machen zu dürfen. Vor allem empfand sie ihren Ruhm immer mehr als eine zweite Haut, die sich um sie legte und eigentlich das verhüllte, was für eine Frau ein unverzeihlicher Makel war: das Älterwerden. Sie achtete nicht darauf, bemerkte es nicht einmal.

Sophie sah sich jetzt anders und wurde auch anders betrachtet. Gleich, ob jung, alt, schön oder häßlich – sie gehörte zu den geistig tätigen Menschen und wurde an ihren Worten gemessen. Sie erfuhr eine neue, eine unkörperliche Bestätigung, die stärker und nachhaltiger war als das, was sie bisher erlebt hatte. Insofern hatte der Ruhm auch etwas Sinnliches, denn das Begehrtwerden wechselte nur. Manchmal war ihr so, als hätte sie nur einen Sprung vom Körperlichen ins Geistige gemacht, vom Gesicht zum Namen – die Bewunderung blieb. Wieder war sie begehrt, wenn auch in anderer Weise.

Sie bekam Einladungen zur Mitarbeit an Zeitschriften, Angebote als Begleiterin durchlauchter Reisen, Einladungen über Einladungen zu großen und kleinen Abendgesellschaften, und die Bitten, sich silhouettieren zu lassen, nahmen kein Ende. Fremde Menschen schrieben ihr, um sich nach ihrem Befinden zu erkundigen, ihr Gesundheit und eine phantasievolle Feder zu wünschen oder auch nur um zu fragen, wann sie wieder etwas Neues von ihr lesen durften. Diese Teilnahme empfand sie als überaus belebend, denn sie, die nach Harmonie strebte, konnte sich nichts Schöneres denken, als von der Sympathie der anderen getragen zu sein und in Übereinstimmung mit ihnen zu leben.

Doch für das größte, allergrößte Ereignis sorgte La Roche mit der Nachricht, daß er zum Regierungskanzler ernannt worden war. Sie geriet geradezu außer sich vor Freude, denn nun hatte die Familie eine noch größere Reputation. Nun stand ihr noch mehr Geld für die Haushaltung zur Verfügung, und die Töchter konnten bei einer Heirat entsprechend ausgesteuert werden. Außerdem sah sie in einer so hohen Position das angemessene Gegengewicht zu ihrem Erfolg und glaubte sogar, jetzt erst konnte dieser Erfolg so recht auch zu seinem Schmuck werden. Ohne Zweifel: ein Regierungskanzler, der eine Frau hatte, die von den ersten Gelehrten Deutschlands gerühmt wurde, erhielt dadurch in seinem Amte einen zusätzlichen Glanz. Nein, einen besseren Zeitpunkt für seine Berufung hätte es nicht geben können.

La Roche allerdings machte sich ganz andere Gedanken. Er wußte, was es bedeutete, an die Spitze einer Regierung gestellt zu sein. Je höher ein Mann aufstieg, desto unfreier und abhängiger wurde er und mußte seine ganze Kunst entfalten, um zu taktieren und zu lavieren, um streng, aber auch tolerant zu sein und Entscheidungen so zu treffen, daß Gegensätze einen Ausgleich fanden. Vor allem aber mußte er sich davor hüten, es jedem recht machen zu wollen, war dann doch überhaupt keiner zufrieden. Er kannte zu gut das Leben an den kleineren Höfen, um nicht zu wissen, daß er es hier mit Leuten zu tun hatte, die sich in alle Sättel schickten und die so dienten, wie man ihnen lohnte. Nun stand er diesem ganzen hochbedeutungsvollen Schwarm von Präsidenten, Vicepräsidenten, Ministern, Direktoren, Hofmarschällen, Kämmerern, Hofmeistern, Regierungs- und Kriegsräten vor, deren Hauptproblem darin bestand, daß die Natur sie mit einer viel zu hohen Meinung von sich selber ausgestattet hatte. Fast alle hielten sich für hochwichtig und unersetzbar in ihren Ämtern. Sie gingen stolz mit Titel und Rang umher, doch im allgemeinen waren ihre Fähigkeiten nicht den Bund Heu wert, den ein fleißiger Bauer auf seinen Wagen band. Dachte er an die hohen und höchsten Personen, die sich an einem Gala-Tage bei Hofe versammelten, dann wußte er, daß wenigstens die Hälfte davon gestandene Taugenichtse und bewährte Trunkenbolde, gediegene Schuldenmacher und erfahrene Verschwender waren und daß der Verstand so mancher hoher Herren oft nicht länger als das Ordensband war, das sie stolz auf ihren Uniformjacken trugen.

In diesen Gefilden kannte La Roche sich aus. Hatte er doch hier den größten Teil seines Lebens zugebracht und mußte jetzt nur darauf achten, die Regierungsgeschäfte so zu führen, daß sie ihm nicht mehr Feinde als für seine Ehre nötig eintrugen. Schließlich war er ein Schüler des Grafen von Stadion, was ihn verpflichtete, im aufgeklärten Geist zu handeln. Was hieß schon Schüler? Letztlich war er sein Sohn. Wenn auch nur der illegitime, aber immerhin sein Sohn. Den fünfjährigen Georg Michael Franck hatte der Graf zu sich ins Schloß geholt. Er gab ihm den Namen La Roche, der Fels, zog ihn auf, machte ihn zu seinem Sekretär, und selbst Lavater, der in Physiognomien zu lesen verstand, blieb es nicht verborgen, daß La Roche dem Grafen Stadion wie aus dem Gesicht geschnitten war. Aber damit sagte er keinem etwas Neues, denn seine Herkunft war ohnehin ein offenes Geheimnis.

So wie damals Stadion sich in seinem Kampf gegen Hexenprozesse und Aberglauben viele Feinde gemacht hatte, so sehr mußte jetzt auch La Roche auf der Hut sein. Natürlich ahnte man inzwischen am Trierer Hof, daß er die *Briefe über das Mönchswesen* verfaßt hatte. Der Hieb gegen die Frömmelei und dieses elende Gewäsch auf den Kanzeln erregte die Gemüter so anhaltend, daß sich seine Autorschaft trotz aller Anonymität in den eingeweihten Kreisen als Gerücht hielt. Beweisen konnte man ihm nichts. Freund Wieland hatte schon recht mit seiner Warnung: La Roche mußte aufpassen. Denn wer wie er in der Öffentlichkeit die Ansicht vertrat, daß die Theologen sich allerorts als die Lieblinge des Himmels darstellen, um an dem Fegefeuer die fettesten Suppen zu kochen, wer deutlich sagte, daß nützliches Tun besser als Beten sei, der hatte sich in der hohen und niederen Geistlichkeit nicht unbedingt Freunde gemacht. Und nun, daran zweifelte La Roche keinen Augenblick, war die Gelegenheit günstig, sich dafür zu revanchieren und gegen ihn zu wühlen. Doch Umsicht, Vorsicht und Weitsicht zählten für ihn sowieso zu den ersten Tugenden, ja gleichsam zur Grundausstattung eines hohen Beamten. Wer sie nicht besaß, tat besser daran, einen Kanzlerposten gar nicht erst anzunehmen.

La Roche hatte keinerlei Bedenken, er könne diesem hohen Amt nicht gewachsen sein, und war so guter Dinge wie selten. Vor allem wollte er so weiterleben wie bisher: ohne großen äußeren Aufwand. Er wollte auf prächtige Equipage verzichten und nicht wie so manche Exzellenz mit sechs Pferden vorfahren. La Roche wollte Fußgänger bleiben und froh sein, wenn er für die Zukunft seiner Kinder die nötige Vorsorge treffen konnte. War man wie er hoch genug aufgestiegen, adelte schließlich nur noch die Bescheidenheit. Und was bedeutete schon, sich ›Exzellenz‹ titulieren zu lassen? Exzellenz wurde man doch ohnehin nur dann, wenn der Lenz ex war. Er sah das mehr von der heiteren Seite.

Sophie allerdings gab in ihrem Hause gleich einen großen Empfang. Sie räumte alle Zimmer um und kleidete das Hauspersonal in neue goldbetreßte Livreen. Sie mietete drei Köche und ein Dutzend Diener, ließ die erlesensten Delikatessen von ›Pottgeißer‹ und ›Pescatore‹ kommen und bestellte eine kleine Kapelle mit Flötisten und Hornisten. Sie lud alles ein, was Rang und Namen hatte, und erschien selber in großer Gala, denn ein Ereignis wie dieses sollte nicht wie jedes andere Geschehen gestaltlos im Alltag verrinnen. Außerdem gehörte die Repräsentation zum Amte des Kanzlers, und jeder sollte sehen: La Roche stand jetzt nicht nur an der Spitze der Kurtrierischen Regierung, auch seine Familie gab in Stil und Geschmack den Ton an.

Noch nie hatte man in der Straße so viele Kutschen gesehen. Es wurde mehrspännig vorgefahren. Links und rechts neben ihrem Hauseingang stand jeweils ein Livreebedienter mit einer brennenden Fackel. In allen Fenstern standen Flambeaus und gaben dem Haus eine festliche Illumination. Es war ein prächtiger Anblick.

Sophie fühlte sich ganz in ihrem Element. Alles war wohl organisiert. Das Personal und die Köche hatten genaueste Anweisungen. Die Diener reagierten auf jeden Blick von ihr und wußten: Die Bewirtung hatte geräuschlos und gefällig zu geschehen und als stilvolles Beiwerk behandelt zu werden. Die Hauptsache oblag ihr: für eine angeregte Unterhaltung der Gäste zu sorgen.

La Roche war bereits von den Staats- und Konferenzministern umringt. Sie sah, daß er nicht zum Aufblicken kam, sondern bedrängt und belagert wurde. Um so mehr mußte sie sich um die Gäste kümmern und sie schöngeistig betreuen. Sobald sie sah, daß jemand mit seinem Glas abseits stand, gesellte sie sich zu ihm, wechselte ein paar freundliche Worte, machte ihn ganz beiläufig mit anderen bekannt und bezog ihn geschickt in die Gespräche mit ein. Dann schwebte sie zum nächsten, nahm elegant jeden Gedanken auf und hatte bald alle mit allen im Gespräch. Da sie immer La Roches Vorteil im Auge behielt, weil er immer auch ihr Vorteil war, führte sie die Gespräche so, wie sie einer Schriftstellerin geziemten und ließ sich gerne auf die *Sternheim* ansprechen. Obgleich sie die meisten Fragen, die ihr gestellt wurden, bis zum Überdruß kannte, ging sie trotzdem bereitwillig darauf ein, gab sich auskunftsfreudig in Sachen Poesie und Prosa und zeigte sich über alles im Bilde.

Vor allem vermied sie angesichts der ranghohen Gäste über Banales und Belangloses zu sprechen. Wenn die Frauen sie dennoch auf die vorzüglichen

Delikatessen oder den guten Wein ansprachen, lächelte sie nur, als wollte sie sagen, daß so etwas in ihrem Hause selbstverständlich war und keiner besonderen Erwähnung bedurfte. Ihr ging es um die höhere, die geistige Atmosphäre. Das Haus des Kanzlers La Roche sollte man mit dem Gefühl der Bereicherung verlassen. Dies war sie nicht nur ihrem Ruf als tadellose Hausfrau und ihrem Renommee als Schriftstellerin schuldig, sondern sie fühlte, daß dies die Gäste auch von ihr erwarteten.

So schwebte sie wie eine nektarsammelnde Biene von einem zum anderen, unterrichtete den Herrn Obristhofmeister über die neuesten Beiträge im *Merkur,* unterhielt sich mit dem Herrn Hofkammerrat über David Humes Essays zur Literatur, sprach mit der Frau Äbtissin über Rousseaus Freundin Julie Bondeli, mit der sie selbst seit Jahren in engem Briefwechsel stand, und schwärmte vom moralischen Trauerton in Youngs *Nachtgedanken.* Sie verstrickte einen Kreis von Damen in einen erbaulichen Disput über die Briefe der Madame de Sévigné oder schilderte dem Herrn Domkapitular das Vergnügen, das ihr Kants *Beobachtungen über das Gefühl des Schönen und Erhabenen* bereitet hatten. Jeder sollte sehen: im Hause des Regierungskanzlers herrschte eine stilvolle schöngeistige Atmosphäre, die Maßstäbe setzte.

Tage später, als die kleinen untergebenen Beamten zu den Gratulationsvisiten kamen und sie in Stellvertretung ihres Mannes die Glückwünsche entgegennahm, schien es ihr geraten, sich als Schriftstellerin zurückzunehmen und sich ganz als Hausfrau und Gattin des Kanzlers zu geben. Weil sie in ihrem Kabinett empfing, ordnete sie zuallererst ihre Bibliothek neu. Die Schriften Rousseaus, Voltaires und David Humes, die sie besonders gern las, rückte sie in die hintere Reihe und stellte dafür gleich vornan und für die Besucher gut sichtbar die Bücher, die für den praktischen Sinn und den geistigen Horizont einer tüchtigen Ehegattin von elementarer Bedeutung waren: das *Wasch-, Bleich- und Nähbuch,* die *Botanik für Frauenzimmer,* den *Vollkommenen Monatsgärtner,* das *Stettinische Kochbuch,* Rößlers *Insektenbelustigung,* die *Gartenökonomie für Frauenzimmer,* die *Gute Hauswirtin* und das *Glossarium medicinae.* Sie wußte: Dies war das literarische Alltagssortiment, das die kleinen Beamten von ihren Frauen kannten, und ihre Rechnung ging auf. Die meisten von ihnen waren angenehm überrascht, solche Bücher auch bei ihr zu finden und gerade bei ihr, weil sie von der berühmten La Roche ganz andere Vorstellungen hatten – die Vorstellung von einer exaltierten Dame der Feder, die nur mit den allerersten Größen des deutschen Parnasses verkehrte, die ganz in den höheren Sphären schwebte und es gewohnt war, daß ihr die großen Dichter der Nation zu Füßen lagen; eine exzentrische Muse, leicht überspannt, hochempfindlich, reizbar und schwärmerisch veranlagt.

Sie wußte, ihr Ruhm schuf gerade bei diesen so aufstiegssüchtigen wie blasierten und biedersteifen Beamten eine schier unüberwindliche Barriere, sich ihr zu nähern. Er machte diesen kleinen Geistern, diesen Empor- und Herabkömmlingen angst, machte sie unsicher, denn Ruhm war ihnen an einer Frau höchst fremd, höchst ungewohnt und das, was ihr eigentlich nicht zustand. Schon deshalb wollte sie jede Spur davon verwischen, vermied in den Gesprächen alles, was fern ihren Denkgewohnheiten und fern ihren Möglichkeiten lag. Sie gab sich bewußt ganz durchschnittlich und auch ein bißchen dümmlich: naiv aber liebenswert, ahnungslos aber aufmerksam.

So holte sie, sobald ein Besucher das Zimmer betrat, sogleich ihren Stickrahmen und setzte sich ihm gegenüber. Dieser Anblick war offenbar den Herren Gratulanten so vertraut, daß sie augenblicks jede Scheu, jede Unsicherheit, sich ihr zu nähern, verloren. Der Gesichtsausdruck bekam etwas Entspanntes, der Ton etwas heiter Forsches, saß doch vor ihnen ein stillfleißiger Engel, wie sie ihn von zu Hause kannten.

Sophie hatte Spaß daran, ihren Stickrahmen wie einen Zauberstab zu gebrauchen, der den kleinen braven Hausvätern ihr wahres Gesicht entlockte. Denn fast alle ließen sich bei diesem Anblick vertrauter Weiblichkeit zur alleraufrichtigsten Bewunderung hinreißen. Es war ihnen anzusehen, daß sie sich auf einmal überlegen und kreuzgescheit fühlten und vor allem frei von dem Zwang, sich womöglich mit ihr über Literatur und die schönen Künste unterhalten zu müssen. Vielmehr sprachen sie über ihr Amt, ihre Aufgaben, ihre Familie und über das, was sie kannten. Selbstverständlich hörte sie ihnen geduldig zu, ging auf sie ein, beklagte ihre Sorgen, bewunderte ihre Tüchtigkeit, und darum waren sie alle jedesmal aufs äußerste von ihr angetan. Oft drang schon Tage später unter dem Siegel der Verschwiegenheit das Echo an ihr Ohr, und sie erfuhr, was man sich in Kreisen der Beamten über sie erzählte: Die Frau Kanzler La Roche hatte nichts Verstiegenes und Unnahbares an sich, sondern war eine höchst natürliche und normale Frau, lebte so wie jede gebildete Dame ihres Standes ganz für Mann und Kinder und vergaß sich in ihnen.

Genau darauf kam es Sophie an. Dieser gute Eindruck, den die anderen von ihr mitnahmen, konnte für La Roches Stellung nur von Nutzen sein. An kleinen Höfen, das wußte sie längst, spielte dies eine große Rolle. Da fügten die Flüsterzungen hinter den Kulissen eines zum anderen und sorgten für eine Stimmung von Freundschaft oder Neid, Sympathie oder Mißgunst. Hätte sie sich vor diesen Besuchern nicht so ansprechend häuslich, so tugendhaft und treusorgend präsentiert oder sich gar im Gespräch in den Vordergrund gedrängt, wäre vielleicht der Regierungskanzler hinter vorgehaltener Hand ob seines gelehrten Hauskreuzes bedauert worden, und sie hätte ihn zum Gespött gemacht, zu einem Mann, dessen Frau das Zepter in der Hand hielt; ein Mann, der in der Regierung zwar den Ton angab, aber zu Hause zu schweigen hatte. Ein Pantoffelheld, ein Hanebambel, ein Kümmerling im Ehejoch. Dies zu steuern hatte sie in der Hand, und das war auch das eigentlich Vergnügliche an all den lästigen Gratulationsvisiten. Sie konnte sich spielerisch in alle Rollen fügen, wenn sie nur sah, daß es für sie und ihre Familie von Vorteil war.

Einmal allerdings meldete sich inmitten des Empfangstrubels ein ganz besonderer Besucher: Es war ihr Verleger. Er brachte gute, sehr gute Nachrichten. Ihre *Sternheim* war bereits ins Französische und ins Holländische übersetzt, und die englische Ausgabe stand unmittelbar bevor. Leider kursierten bereits Raubdrucke. Dies war zwar ein herber geschäftlicher Verlust für ihn, wie er betonte, doch andererseits sah er darin auch das sicherste Zeichen für den anhaltenden Erfolg des Romans, den er selbstverständlich vorausgesehen hatte. Denn sie war nun mal nicht im Dunstschweif irgendeines großen Wandelsterns in Erscheinung getreten, wie das jetzt immer üblicher wurde. Nein, sie hatte einen ganz neuen Ton angeschlagen und etwas Eigenes geschaffen.

Als sie ihn so reden hörte, kam ihr das Zufällige des Erfolges noch einmal zu Bewußtsein und die willkürliche, nicht vorhersehbare Art von Abhängigkeiten, in die ein Schriftsteller geriet, sobald er sich ans Licht der Öffentlichkeit begab: abhängig vom Geist der Zeit, abhängig vom Empfinden des Publikums, abhängig von den Veränderungen der Epoche, abhängig vom Urteil der Kritiker, und erst dann, wenn seine Arbeit mit all dem Zufälligen zusammentraf – dann war er über Nacht auf den Parnaß gehoben.

Im stillen fand sie es bezeichnend, daß erst die Weihe von außen nötig war, um den Worten Kompetenz und Gültigkeit zu verleihen. Denn ihr Urteil über die Dinge und ihr Begriff von ihnen war vor dem Erscheinen ihres Romans nicht anders als jetzt, nur hatte der Beifall der Öffentlichkeit sie mit einer Aura umhüllt, als könne bloß sie allein über die Seele des Menschen die letzte Auskunft geben. Irgendwie war das alles schwer zu begreifen. Noch vor nicht allzu langer Zeit hatte Wieland ihr gesagt, daß es nicht so einfach war, seinen Verleger davon zu überzeugen, das geschäftliche Risiko auf sich zu nehmen und die *Geschichte des Fräuleins von Sternheim* von der unbekannten Autorin zu drucken. Und nun saß genau dieser Mann vor ihr, feierte sie als seine große literarische Entdeckung und tat so, als wäre mit ihrer Person das lang erhoffte poetische Gestirn am Himmel aufgegangen.

Doch Sophie behielt inmitten der Bewunderung ihren nüchternen Sinn, weil sie ahnte, daß der Verleger ihr Talent auch darum so pries, weil er gut daran verdiente. Er fragte nach neuen Plänen und bot ihr einen Exklusivvertrag an für alle Bücher, die sie in Zukunft noch schreiben würde. Er versprach ein raisonnables Honorar, dazu dreißig Exemplare in albo. Den Formatdruck konnte sie selber bestimmen.

Dies übertraf alle Erwartungen, denn von Wieland wußte sie, wie mühsam er sich anfangs alles erkämpfen mußte; wie zäh er mit seinem Verleger Position für Position, Prozent um Prozent ausgehandelt hatte, bis ihm die Bedingungen einigermaßen zufriedenstellend erschienen. Sie dagegen hatte das Glück, das alles schon nach ihrem ersten Buch geboten zu bekommen.

Aber so sehr sie sich auch darüber freute, so mußte sie ihrem Verleger doch sagen: Sie hatte im Moment Wichtigeres zu tun, als ein neues Buch zu schreiben.

Er schien etwas konsterniert über diese Antwort, was sie verwunderte. Er konnte sich ja wohl denken, daß es für sie als Gattin des Kanzlers noch andere Beschäftigungen gab. Außerdem war sie dem Verleger zu nichts verpflichtet und wollte glücklicherweise nichts von ihm. Es war doch eher umgekehrt: Er wollte etwas von ihr und damit erneut gute Kassa machen. Um ihm aber nicht alle Hoffnung zu nehmen, deutete sie ihm lächelnd an, daß sie sich irgendwann für ein kleines ›Romängen‹ bestimmt wieder etwas einfallen ließe. Nur mußte er warten, bis es soweit war.

Dann kamen Frau von Stein und Minister von Hohenfeld, und sie läutete nach ihrem Livreebedienten, damit er den Herrn Verleger zur Tür begleitete.

Wahrlich, Sophie hatte Wichtigeres zu tun, als ein neues Buch zu schreiben: jetzt mußte sie erst einmal ihre Tochter verheiraten. So etwas durfte man nicht dem Zufall überlassen, denn die Versorgung der Kinder war das allerwichtigste. Selbstverständlich kam für Maximiliane nur ein wohlhabender Mann in Betracht. Garantierte er doch gewisse behagliche Lebensumstände, die ihrer Tochter die beste Voraussetzung boten, in relativer Unabhängigkeit sich ihren eigenen Neigungen widmen zu können. Mochte man über die Ehe denken, wie man wollte: Im besten Falle war sie kein verzehrender, aufreibender Liebesflug, sondern eine verläßliche Empfindungs- und Wirtschaftsgemeinschaft. Denn nichts war für eine Frau schlimmer, als in fortgesetzter pecuniärer Einschränkung leben zu müssen, gezwungen zu sein, den Hausbedarf womöglich noch sechserweise aus der Krämerbude zu holen und all die schönen Gedanken darauf zu verwenden, wie man mit dem kargen Verdienst des Herrn Gemahls auskommen konnte.

Sophie hatte nun mal eine elementare Angst vor Armut. Sie wußte zwar nicht, woher die kam, denn sie war in gutsituierten Verhältnissen aufgewachsen. Doch bei dreizehn Geschwistern, zwölf Mädchen und einem verwöhnten Knaben, mußte ständig gerechnet und gespart werden. Vielleicht war diese Angst auch ein ganz eigenes weibliches Empfinden, weil sie sah, daß eine Frau keine Möglichkeit hatte, selber für ihren Unterhalt zu sorgen, sondern auf einen Ernährer angewiesen war und letztlich darum in der Ehe ihren Beruf sehen mußte. Natürlich war für Sophie Geld und Vermögen keine Garantie, mit einem Mann glücklich zu werden oder es wenigstens zu einem freundschaftlichen Umgang mit ihm zu bringen. Aber wenn dann doch das Unglück eintreten sollte und die Ehe zu einem Duodram artete, dann ließ sich das in vermögenden Verhältnissen immer noch leichter ertragen als dort, wo die Armut Not an Not reihte. Da konnte ihr einer sagen, was er wollte – Armut war keine Tugend, sondern zwang eine Frau sich in all das zu fügen, was so unerträglich und so erniedrigend war.

Vor diesem Schicksal wollte sie ihre Tochter bewahren. Außerdem war Maxe auch von Hause aus nicht gewöhnt, auf irgend etwas verzichten zu müssen. Aber glücklicherweise war Hofrat Strauß ein vermögender Mann mit stattlichen Liegenschaften. Dies beruhigte Sophie. Hätte Maximiliane jedoch ihre große Liebe heiraten mögen, wäre Sophie dem nicht entgegengetreten. Doch es gab diese große Liebe nicht. Sophie betrachtete das eher als ein Glück, denn sie wußte nicht, ob sie ihrer Tochter ein solches Erlebnis überhaupt wünschen sollte. Bedachte sie es genau, so lag doch darin für eine Frau die tückischste Form der Zerstörung: Eine große Liebe machte unfrei, hielt in Angst und nahm jede Selbständigkeit. Sophie hatte es ja selber erlebt, wie es war, wenn jeder Gedanke und jedes Gefühl auf ihn gerichtet war, wenn man nichts mehr wahrnahm, weil man nur ihn noch sah, nur für ihn noch einen Sinn, nur für ihn noch ein Interesse hatte. Sie kannte diese ständige Angst, es könnte ihm ein Unglück zustoßen und alles würde plötzlich zu Ende sein. Sie kannte die Sorge, es könnte ihn plötzlich eine tödliche Krankheit befallen, und sie müßte ohne ihn weiterleben. Oder schlimmer noch: er konnte sein Herz einer anderen zuwenden. Und wie grausam, von all diesen Vorstellungen so sehr aufgerieben zu werden, bis die Seele blank und ungeschützt vor ihm lag, und man ohne es zu wollen immer schwächer wurde und immer abhängiger von dem, was er sagte und dem, was er tat. Gar nicht zu denken an all die Nerven, die Kraft und die vielen Stunden, die man dafür vergeudete, um letztlich doch nur die Erfahrung zu machen, daß einem der Himmel eröffnet wurde, um daraus verjagt zu werden. Sophie kannte das alles. Wer so wie sie geliebt hatte, der konnte nicht mehr über sich selbst bestimmen, der hielt nicht mehr die Fäden in der Hand und gab sich bis ins letzte preis, denn er verlor Verstand und Überblick. Mag sein, man mußte einmal über sich selbst hinausgetragen werden, um zu erfahren, was in einem steckte, doch der Preis dafür war allemal zu hoch. Denn letztlich konnte keine Seligkeit von Dauer sein. Damals, als alles mit Wieland zerbrochen war, kam es ihr so vor, als zögen sich die Sterne zurück und es bliebe nur die Nacht. Da fühlte sie sich leer und vernichtet, war wochenlang ohne Antrieb, ohne Gedanken, und jede Freude zog wie ein Schatten vorüber. Bloß das nicht erleben müssen! Bloß sich fernhalten von allen Extremen! Sympathie und Achtung für einen Mann genügten. Alles andere war Opfergang und führte zur Selbstaufgabe. Davor wollte sie ihre Maxe bewahren. Glücklicherweise schien die Tochter den Vernunftssinn der Mutter geerbt zu haben und stimmte völlig mit ihr überein: Ein Mann ohne Vermögen war ihrer nicht wert.

Zweimal hatte Maxe das Brautkleid schon anprobiert. Der Hochzeitstermin stand seit kurzem fest, und jetzt erwarteten sie den Besuch des kurmainzischen Geheimrats von Strauß, um mit ihm die letzten Details der Feierlichkeiten zu besprechen. Maxe hatte sich ihr schönstes Kleid angezogen und saß sichtlich aufgeregt neben ihrer Mutter.

Überraschenderweise betrat jedoch nicht Herr von Strauß den Salon, sondern sein Onkel, Dechant Dumeiz. Sophie kannte Dumeiz schon seit vielen Jahren. Er war ein Jugendfreund La Roches, mit dem sie sich stets über alles ganz offen und ungezwungen unterhalten konnte. Sie freute sich, ihn zu sehen, doch Dumeiz trat seltsam steif ins Zimmer, begrüßte recht unbeholfen die Damen und war sichtlich um jedes Wort verlegen. Geradezu umständlich überbrachte er Grüße von seinem Neffen, Herrn von Strauß, und deutete in gesuchten Worten an, daß er das Opfer einer Intrige geworden sei. Sophie wußte nicht, was das Gestotter zu bedeuten hatte und bat ihn, deutlicher zu werden. Da raffte sich Dumeiz auf, beteuerte nochmals, wie peinlich ihm das alles war und sagte, daß Herr von Strauß von seinen Heiratsabsichten zurücktrat.

Sophie verschlug es die Sprache. Maximiliane wurde kreidebleich. Beide schienen Mühe zu haben, diese Nachricht zu bewältigen. Doch Sophie erkannte sofort, was das bedeutete, ihrer Tochter kurz vor der Heirat einen Korb zu geben – das war ein Skandal. Die ganze Familie wurde dadurch zum Gespött der Leute gemacht. Und so etwas wagte dieser Strauß ihnen anzutun!

Dumeiz sah ihre Empörung und versuchte, das Verhalten seines Neffen zu erklären. Strauß lebte schließlich nicht in Kurtrier, sondern am Hofe zu Mainz, wo seit kurzem Kurfürst von Erthal regierte. Reichsreferendar von Leyken hatte Erthal nicht nur zum Kurhut verholfen, sondern hatte auch eine Tochter, die gerne den vermögenden Strauß geheiratet hätte. Als von Leyken durch Zufall erfuhr, daß sich Herr von Strauß mit Fräulein La Roche vermählen wollte, beschwerte er sich bei Erthal und forderte ihn auf, seinen Beamten zur Umkehr zu bewegen. Der Kurfürst fühlte sich seinem Helfer von Leyken verpflichtet und ließ Herrn von Strauß ausrichten, daß es für ihn keine Karriere mehr geben werde, wenn er sich mit Fräulein La Roche verbinde. Aufstiegschancen hatte er nur als Gatte der Tochter seines Reichsreferendars.

Sophie wollte kein Wort mehr davon hören. Was da im Hintergrund gespielt wurde, interessierte sie nicht. Es bewies nichts und entschuldigte nichts, denn die Tatsachen sprachen für sich: Herr von Strauß hatte die Hochzeit abgesagt, und nun konnten sie sehen, wie sie den Skandal aus der Welt schafften.

Dumeiz verstand die Empörung und überlegte als alter Freund des Hauses, wie der Schaden zu begrenzen war. Schließlich fiel ihm ein, daß er einen jungen Witwer kannte, der dringend eine Frau suchte. Er war allerdings nur ein Kaufmann, aber einer der reichsten Männer Frankfurts. Er konnte ja Herrn Brentano einmal bitten, den Damen La Roche ganz unverbindlich seine Aufwartung zu machen. Dies war leicht zu arrangieren, zumal er ohnehin gerade in geschäftlichen Angelegenheiten in Koblenz-Ehrenbreitstein weilte.

Sophie begriff sofort, daß dies eine Chance war, den Skandal zu vermeiden. Wenn Maximiliane einen noch reicheren Mann heiratete, sah es so aus, als hätte sie die bessere Partie vorgezogen. Das konnte jeder verstehen.

Maximiliane gab sich Mühe, einen unbeteiligten Eindruck zu machen, damit Dumeiz nicht auf die Idee kommen konnte, Herrn von Strauß womöglich noch zu berichten, sie wäre enttäuscht gewesen. Diesen Triumph wollte sie ihm dann doch nicht gönnen. Sie hatte sich schon darauf gefreut, als Ehefrau einem eigenen Hausstand vorzustehen und unabhängig von den Eltern leben zu können. Ihre Freundin Cornelia Goethe hatte vor kurzem geheiratet und schrieb ihr ständig, wie gut sie sich mit ihrem Schlosser verstand. Cornelia hatte es geschafft, und sie, Maximiliane, hätte es jetzt auch so schön wie Cornelia haben können. Doch nun diese Blamage. Mußte jetzt nicht jeder denken, sie war dem Herrn Geheimrat nicht gut genug? Das konnte sie dem Strauß nicht verzeihen. Gerade sie, die an Verehrern und Bewunderern bislang keinen Mangel gehabt hatte. Eine Sitzengelassene war doch in aller Augen gezeichnet. Jetzt zu warten bis einer kam und sich ihrer erbarmte, machte alles nur noch peinlicher.

Am liebsten hätte sie natürlich den fröhlichen Wolf Goethe geheiratet. Mit ihm verstand sie sich am besten. Mit ihm konnte sie sich über alles unterhalten und schöne Landschaften malen. Aber ihr Vater hatte ihr gesagt, er wünschte keinen Schwiegersohn, dem er zuvor noch einen Posten verschaffen mußte. Für Maximiliane La Roche war etwas Besseres vorgesehen, und nun hatten sie die Blamage.

Maximiliane mochte Herrn Dumeiz nicht länger sehen, stand auf und sagte ihrer Mutter leise im Vorbeigehen: Dann lassen Sie doch den Herrn Brentano mal kommen und verließ grußlos den Raum. Draußen wartete schon Lulu. Maxe fiel ihr weinend um den Hals und meinte nur: Jetzt ist schon alles egal. Wenn der Brentano nicht gerade ein Bein nachzieht, dann heirate ich ihn.

Zwei Tage später standen die Schwestern am Fenster und sahen unten auf der Straße in einem dichten Schneeregen eine moderne Halbchaise vorfahren, der ein eleganter Herr entstieg.

Augenblicke später stand Peter Anton Brentano vor ihnen, machte sich mit allen ganz unkompliziert, aber sehr höflich bekannt und sagte, daß er gerade ein paar vorzügliche Geschäfte mit dem Hofe getätigt habe, was er als ein gutes Omen deutete.

Maximiliane und Lulu standen beieinander und beobachteten fast mißtrauisch jede Geste und jeden Lidschlag Brentanos. Es fiel ihnen auf, daß er zwar zurückhaltend, aber keineswegs unsicher war gegenüber der berühmten Frau Mama. Er erstarrte auch nicht in Ehrfurcht vor der Gemäldesammlung und machte überhaupt keinen schüchternen Eindruck, wie sie es von den meisten Besuchern gewohnt waren, die zum erstenmal das Haus La Roche betraten. Maxe fand sogar, daß er etwas Großstädtisches an sich hatte und Frankfurter Weltluft ins Zimmer brachte. Plötzlich ging die Tür auf, und Charles, ihr Mops, kam bellend hereingerannt. Sophie sah zu ihrem Schrecken, daß sich der Hund auf der schneenassen Wiese gewälzt hatte, und noch ehe sie ihn ins Fell fassen und zurückhalten konnte, sprang er an Brentano hoch und hinterließ auf den eleganten gelben Samthosen schmutzige Spuren. Sophie entschuldigte sich vielmals, rief Charles zu sich, doch es schien, als würde der Hund mit jedem Ruf nur noch wilder und gereizter werden. Maximiliane und Lulu ließen noch immer kein Auge von Herrn Brentano und warteten darauf, was er tun würde – Charles zurückstoßen oder treten. Doch Brentano beruhigte den Hund, streichelte ihn und sah verlegen lächelnd zu Maximiliane. Sophie packte Charles wütend im Genick und sperrte ihn in ein Nebenzimmer, von wo aus er die weitere Unterhaltung mit einem herzzerreißenden Jaulen begleitete.

Brentano hatte auf den ersten Blick Gefallen an Maximiliane gefunden und besuchte das Haus La Roche in den kommenden Tagen noch mehrere Male.

Je länger sich Sophie mit ihm unterhielt, desto mehr erinnerte er sie an ihren ersten Verlobten Bianconi, der auch Italiener und auch so ein stattlicher Mann war. Gewiß, Brentano war fast schon vierzig Jahre alt, war Witwer und hatte fünf kleine Kinder zu versorgen, was für Maximiliane keine leichte Aufgabe sein würde. Aber als Sophie die stolzen Bilanzen des Handelshauses Brentano erfuhr, sah sie diese Umstände in einem milderen Licht. Er war ja nicht schlechthin ein Kaufmann, wie es viele in Frankfurt gab, er war ein Großhändler. Brentano bezog Waren aus London, Venedig und vom Comer See, ließ sie von seinem Amsterdamer Comtoir heranschaffen und durch italienische Geschäftsleute vertreiben: Gewürze aller Art, Zucker in verschiedenen Sorten, Kaffee, Tee, Schokolade, Rauchtabak, Südfrüchte, Öle, Fleischwaren, Käse, Lichter und Steinkohlen – ein verzweigtes Unternehmen.

So gewandt und beiläufig, wie er darüber sprach, wurde ihr bewußt, daß er mehr war als ein reichgewordener, hochgekommener Großhändler. Brentano war ein Kauf- und Handelsherr. Natürlich konnte sie von ihm nicht erwarten, daß er sich Tag und Nacht hingebungsvoll mit schöngeistiger Lektüre befaßte, sondern stattdessen in merkantiler Leidenschaft über den Zins- und Diskontotabellen saß und sich mit dem Aufrechnen von Gewinnen und Verlusten befaßte. Aber von nichts kam nichts, und wer wie er so großzügige Darlehn an Fürstbischöfe vergab, konnte seine Geschäfte gar nicht anders als mit Erfolg führen. Sophie hörte schon die Flüsterzungen, die da raunten, ein Geheimrat wäre der standesgemäßere Ehemann gewesen. Doch dieses ganze Geschwätz vom Standesgemäßen endete in Wahrheit doch immer bei der Zahlungsfähigkeit. Lebte einer in guten oder lebte einer in schlechten Kapitalverhältnissen – darin lag doch der Maßstab aller Zugehörigkeiten. Wer so reich war wie Brentano, brauchte ohnehin nichts vorzutäuschen, denn standesgemäß leben konnte er allemal und doppelt und dreifach. Zudem schien es Sophie nicht die schlechteste Kombination zu sein, wenn die Frau den Schöngeist und der Mann das Geld in die Ehe brachte. Sie konnte nur sagen: Alles sprach für ihn.

Im tiefsten Schnee fuhr Peter Anton von Ehrenbreitstein ab, und im tiefsten Schnee kam er nach vier Wochen wieder. Er hatte eine Einladung zum Hofball bekommen und bat Fräulein Maximiliane, ihn zu begleiten. Fast schüchtern fragte er, ob er sie als seine künftige Gemahlin vorstellen dürfe. Sie sagte nur: Meinetwegen, und war gespannt, wie er tanzen würde.

Sophie ließ unterdessen all ihre Beziehungen spielen, um die gnädige Erlaubnis zu erwirken, daß ihre Tochter nicht irgendwo, sondern in der Hofkirche getraut wurde. Dies war für sie ein besonderer Triumph, denn nicht jede Tochter aus erstem Hause durfte vor diesen Altar treten. Nun konnte von Strauß noch im nachhinein sehen, wie töricht es war, einer La Roche einen Korb gegeben zu haben.

Mit Brentano besprach sie sogleich alle Fragen der Aussteuer und der Mitgift, doch er wollte davon nichts wissen. Sein Haus, das ›Haus zum goldenen Kopf‹, war mit allem Komfort ausgestattet. Er brauchte keine Möbel, kein Tisch-, Tafel-, Bett- und Silberzeug. Er hatte alles. Er hatte es nicht zwölf-, sondern siebzigfach. Sophie hörte so etwas natürlich gerne, liebend gerne, denn was sie bei Maximiliane an Aussteuer einsparte, konnte sie später bei Lulu aufstocken. Dennoch bestand sie darauf, ihrer Tochter die versprochene Barschaft von fünftausend Gulden mit in die Ehe zu geben. Brentano lächelte zwar, als ob es sich dabei um ein Naschwerk handelte, doch Sophie fand, daß dies eine beträchtliche Summe war. Auch wenn sie nicht gebraucht wurde, konnte sie doch immerhin für das Selbstbewußtsein einer jungen Frau von Nutzen sein. Auf jeden Fall hielt es Sophie für ratsam, zu einem reichen Mann nicht mittellos zu kommen.

Maximiliane war nur traurig, daß ihr Vater und ihr Bruder sie nicht als Braut sehen konnten. Sie weilten noch immer in Wien, und La Roche hatte erst kürzlich geschrieben, daß noch kein Ende seiner diplomatischen Mission abzusehen war. Doch Sophie fand, es mache wenig Sinn, auf La Roches Rückkehr zu warten. Es hätte die Eheschließung nur unnütz verzögert und die Lage von Maxe nicht besser gemacht. Sophie hatte ein Gespür für die Gunst des Augenblicks und war zufrieden, die schwierige Situation so glänzend gemeistert zu haben.

Besonders freute sie sich natürlich, als sie sah, welche Wertschätzung ihre Familie genoß. Zur Trauung kamen hohe und höchste Herrschaften, und kein Platz in der Hofkirche blieb leer. Von allen Seiten wurde Sophie ehrerbietig gegrüßt. Beim Hinausgehen gratulierte man ihr zu einem solchen Schwiegersohn und fand es geradezu legitim, daß eine so schöne Tochter einen so reichen Mann bekommen hatte. Die Schwester des Kurfürsten, Prinzessin Maria Kunigunde, gestand Sophie, noch nie eine so schöne Braut gesehen zu haben, sprach aber dann von der *Sternheim* und sagte in einem fast scherzenden Ton, die Autorin solle nicht immer bloß an ihre Kinder, sondern auch wieder einmal an ihre Leser denken.

Sophie verstand die Aufforderung nur zu gut. Aber jetzt konnte sie keinen neuen Roman schreiben, sondern mußte mit den Neuvermählten nach Frankfurt fahren, um ihre Tochter in den Haushalt einzuweisen. Sie wollte Maxe, ihrem Liebling, die schwierige Umstellung erleichtern. Selbstverständlich zweifelte sie nicht daran, daß ihr das gelingen würde, war doch Maximiliane ganz nach ihr geraten und bedachte in allem, was sie tat, immer auch den Nutzen, den sie davon hatte. Um Maxe war ihr nicht bange.

Wochen später, als Sophie von Frankfurt nach Hause zurückkehrte, traf sie ihre jüngere Tochter in einer Verfassung an, die sie erschrecken ließ. Lulu kam ihr völlig abgemagert entgegen. Sophie fragte, was passiert war, aber Lulu gab keine Antwort und rannte in ihr Zimmer. Sophie wollte sie nicht gleich bedrängen, näherte sich ihr behutsam, setzte sich zu ihr, hielt ihre Hand, und als sie zu weinen aufhörte, prüfte sie, ob sie Fieber hatte. Sie fragte, ob ihr etwas wehtat und ob sie einen Arzt rufen sollte. Doch das wollte Lulu nicht, denn sie hatte weder Fieber noch Schmerzen. Sophie wollte wissen, wie lange das schon ging und erfuhr nach mühseligem Fragen und Ausforschen, daß dies alles mit Maximiliane zu tun hatte. Seit sie verheiratet und von zu Hause weggezogen war, mochte Lulu nichts mehr essen. Sophie verstand das nicht. Sie begriff nicht, worin das Unglück lag.

Du tust ja gerade so, als hättest du deine Schwester für immer verloren, sagte Sophie. Maxe ist doch nicht aus der Welt. Du kannst sie jederzeit besuchen.

Aber ich kann ihr abends nicht mehr meine Gedichte vorlesen, entgegnete Lulu und schluchzte erneut laut auf.

Sophie hörte zum ersten Mal, daß Lulu Gedichte schrieb, aber sie fand nichts Ungewöhnliches daran, denn dies taten ja viele junge Mädchen. Neu war ihr lediglich, daß man seinem Körper die Nahrung entzog, nur weil den schönen Versen die Zuhörerin fehlte. Du kannst mir ja deine Gedichte vorlesen, meinte Sophie, doch Lulu wehrte ab. Das würde ich nur tun, wenn ich so gut schreiben könnte wie Sie. Aber ich kann nun mal nicht so gut schreiben, rief sie und schluchzte erneut laut auf.

Das mußt du doch auch gar nicht. Das verlangt doch keiner von dir, sagte Sophie und war erschrokken über den Gefühlsausbruch ihrer Tochter.

Du kannst eben etwas anderes. Außerdem bist du noch jung, und alles liegt vor dir.

Nein, ich bin zu nichts zu gebrauchen, antwortete sie tränenüberströmt, ich kann weder schön singen, noch schön zeichnen und weiß nicht, wozu ich überhaupt auf der Welt bin.

Sophie hatte Mühe, ihren Ärger zu verbergen. Sie fragte sich, wie Lulu so etwas überhaupt denken konnte. Nicht wissen, wozu man auf der Welt war! Ihr wäre ein solcher Satz nie über die Lippen, geschweige denn in den Sinn gekommen. Hätte Lulu einen gediegenen Liebeskummer gehabt mit dem Wunsch, nicht mehr leben zu wollen, hätte Sophie die Gemütsverfassung der Tochter noch verstanden. So aber kam sie ihr wie aus dem Nichts, ja im Grunde gewollt vor. Sophie wurde auf einmal klar, ohne Maximiliane wußte Lulu nichts mit sich anzufangen. Offenbar konnte sie sich selbst keine Aufgaben stellen oder wollte sie nicht sehen. Vielleicht ging es ihr auch nur zu gut. Statt sich aus purer Langeweile die Gesundheit zu ruinieren, hätte sie sich in ihrer Abwesenheit um die zwei jüngeren Brüder kümmern können.

Sophie wußte nicht, was sie zuerst machen sollte, und das Fräulein Tochter hatte nichts Besseres im Sinn, als sich in die Krankheit zu hungern, um anschließend feierlich ihr Leiden präsentieren zu können. Soweit kam es noch. Als sie so jung war wie Lulu, mußte sie sich um ihre Geschwister kümmern. Lulu dagegen war es gewohnt, daß diese Aufgabe das Personal übernahm. Das war der Unterschied. Sie blickte in die tiefliegenden schattenumränderten Augen ihrer Tochter, fing diesen leeren trostlosen Blick auf und glaubte, ein Gespenst würde sie anschauen und nicht ihre schöne Lulu. Je länger sie ihr gegenübersaß, desto größer wurde ihr Zorn. Mag sein, daß sich da größere seelische Abgründe auftaten, doch darauf wollte sich Sophie nicht einlassen. Ging sie erst einmal diesen Dingen nach, war das für die Tochter doch nur eine Bestätigung, daß man ihren Kummer ernstnahm und sich mit ihrem Leiden beschäftigte. Aber Lulu hatte kein Leiden. Sie hatte offenbar nur die Lust, sich jeder Vernunft zu widersetzen.

Sophie fragte sich, woher das kam und sah nur, daß sie und La Roche ihre Kinder zu sehr verwöhnt hatten. Zu viele Wünsche wurden ihnen zu selbstverständlich erfüllt. Sie hätten ihnen statt dessen mehr Pflichten auferlegen sollen. Jeden Tag zwei Stunden Arbeit im Gemüsegärtchen. Mehr gegenständliche Beschäftigung, mehr körperliche Arbeit und vor allem nicht zu früh eigenes Handgeld.

Auch Lulu hatte keine Vorstellung, wie schlecht es anderen Kindern in ihrem Alter ging und was sie alles entbehren mußten. Sie dagegen hatte alle Möglichkeiten, sich ihren Neigungen gemäß zu entfalten. Doch jetzt begriff Sophie, daß es eine Illusion war zu glauben, es würde von selbst geschehen. Die Kinder brauchten strenge Führung und ein klar vorgegebenes Ziel, sonst kamen sie auf dumme Gedanken. Nein, ihre Lulu bedurfte jetzt weder Mitleid noch Trost, sondern nur einer gehörigen Portion Arbeit. Es war ja noch nicht zu spät, sie an die Hand zu nehmen und ihr Aufgaben zu übertragen, damit sie aus dieser trostlosen Verfassung wieder herauskam.

Ab sofort hatte sie jeden Vormittag die wichtigsten Artikel aus dem *Spectator* zu übersetzen und Briefe zu kopieren, um sie ihrem Vater nach Wien zu senden. Sophie hätte ihr natürlich auch auftragen können, den unterlegten Plattstich zu üben, um endlich den Ofenschirm für ihre kranke Tante Cateau fertigzustellen, aber sie wollte Lulu jetzt keine Beschäftigung geben, die ihr gar noch Zeit ließ, in sich hineinzuhorchen, um hier eine Stimme zu finden, die es gar nicht gab oder die sie womöglich nur aus Langeweile erfand.

Sophie gab ihr auch appetitanregende Mittel, ein bitterschmeckendes Gebräu aus Enzianwurzel und Tausendgüldenkraut und bereitete eine Trauben- und Molkenkur vor, damit Lulu nicht länger das erbarmungswürdige Bild einer Fischgräte bot. Schließlich hatte sie ja nicht ein Kind in die Welt gesetzt, um vielleicht noch voller Verständnis zuzusehen, wie es sich selbst ruinierte.

Natürlich ermunterte Sophie ihre Tochter, weiter Gedichte zu schreiben. Sie sollte auch ein Tagebuch führen, aber noch wichtiger waren ihr jetzt die praktischen Tätigkeiten. Sie schickte Lulu mit dem Personal zum Wochenmarkt, um selbständig die Einkäufe zu leiten, ließ sie sämtliche Weißzeugschränke ordnen, täglich nach dem Essen ihre beiden jüngeren Brüder ausführen und übertrug ihr die Pflege der Bibliothek des Vaters. Wenn La Roche nach Hause kam, sollte er sich an seinen Büchern freuen können. Die Gestelle mußten abgestaubt und hinter die Bücher Tuchlappen gelegt werden, die mit Kampfer, Terpentin oder Cedernöl getränkt waren, damit sie den Buchwurm und andere Insekten vertrieben. Sie sollte darauf achten, daß die Atlanten, die Foliowerke und Sammelmappen in den unteren Reihen standen, die Quart-, Groß- und Kleinoktavbände darüber und sollte die Bretter mit einem ausgezackten Lederstreifen versehen, damit die unteren Reihen vor Staub geschützt waren. Die Bücher mit Goldschnitt mußte sie mit einem weichen Tuch, die Bücher mit rauhen Schnitten mit einer Bürste reinigen und jedes einzelne prüfen. Waren die Ecken von den harten Holzbrettern beschädigt, mußte sie sie zum Buchbinder tragen, damit er sie mit Velvet oder Chamoisleder überzog.

Vor allem sollte sie von der Bibliothek des Vaters ein Verzeichnis anlegen. La Roche hatte sich das immer vorgenommen, war aber bis jetzt noch nicht dazu gekommen. Am übersichtlichsten war es, wenn sie es alphabetisch und doppelt führte: nach den Namen der Autoren und nach dem Titel der Bücher. Wahrlich, es gab genügend zu tun. Sophie staunte, wie widerspruchslos sich die Tochter in alles fügte und hatte sogar den Eindruck, daß sie gern tat, was ihr aufgetragen wurde. Sie freute sich, als sie sah, wie sich Lulu von Tag zu Tag erholte und allmählich dieses leblose Grau aus ihrem Gesicht verschwand. Aber gleichzeitig ärgerte sie sich, Sorgen aufgetischt zu bekommen, die nicht nötig waren. Sie hatte schließlich mehr zu tun, als sich mit der Unvernunft einer fast erwachsenen Tochter zu befassen.

Auf Sophies Schreibtisch stapelten sich die Einladungen zu Defiliercouren, Damentees, Soireen und Wohltätigkeitsfesten, denen sie sich weder als Frau des Kanzlers noch als Schriftstellerin entziehen konnte. Was immer das empfindsame Fräulein Tochter sich demnächst noch einfallen lassen sollte – Sophie mußte in Stellvertretung ihres Mannes gesellschaftliche Verpflichtungen wahrnehmen und die Verbindung zum Hofe halten. Davon hielt sie nichts ab.

Inmitten des Trubels brachte ihr der Postbote ein Paket. Sophie nahm es freudig entgegen, weil sie glaubte, La Roche hätte ihr aus Wien die angekündigten Bücher und den Taffet geschickt, doch das Paket war von Goethe. Neugierig, was der Sohn der Frau Rath ihr schicken könnte, öffnete sie es sogleich und hielt ein Manuskript in den Händen. Sie las die Überschrift: *Die Leiden des jungen Werther.* Im beiliegenden Brief bat Goethe, den Roman doch einmal zu lesen und ihm zu sagen, was sie davon hielt. Noch niemandem hatte er das Manuskript gezeigt. Sie war die erste, und von ihr wollte er ein Urteil hören. Darauf legte er einen ganz besonderen Wert. Sagen Sie mir doch ein Wort von Herzen, schrieb er. Sie werden sehen, wie Sie meinem Rad Schwung geben, wenn Sie meinen Werther lesen.

Seufzend zählte Sophie die Seiten und war froh, daß es wenigstens kein umfangreiches Manuskript war. Sie hatte im Augenblick wahrlich Wichtigeres zu tun, als sich den poetischen Versuchen angehender Advokaten zu widmen. Aber mit Rücksicht auf seine Mutter blieb ihr wohl nichts anderes übrig, als da mal reinzulesen und ihm etwas dazu zu sagen. Wenigstens war es schön sauber geschrieben. Doch im tiefsten Herzen bedauerte sie ihn: wieder einer, der es nicht lassen konnte, sich ins Unglück zu stürzen. Statt darauf zu sehen, als Advokat gediegen voranzukommen und seine Kenntnisse zu nutzen, glitt Goethe in eine Nebenrichtung ab und auch noch in so eine, wo es nichts zu verdienen gab. Jüngst erst hatte sie gehört, daß Fontenelle zu Diderot gesagt hatte, er solle aufhören mit dem Bücherschreiben. Er erspare sich dadurch viele Unannehmlichkeiten. Vielleicht sollte sie das dem Herrn Lizentiaten gleich schreiben. Er hatte ja mit seinen fünfundzwanzig Jahren noch alles vor sich, und sie sah, was kommen würde: Selbst wenn er noch so eifrig seine Feder bemühte, so konnte er damit doch nur unter den allergrößten Schwierigkeiten später einmal seiner Familie ein einigermaßen standesgemäßes Leben bieten. Und La Roche konnte auch nicht ständig angehenden Dichtern einen lukrativen Posten verschaffen. Sophie wußte zwar, daß junge Menschen, die sich einmal etwas in den Kopf gesetzt hatten, sich nicht mehr davon abbringen ließen und ohnehin keinem Rat mehr zugänglich waren. Trotzdem tat es ihr leid, daß der Sohn der Frau Goethe ausgerechnet diese unglückselige Richtung einschlagen wollte. Sie hätte ihm wahrlich Besseres gewünscht. Denn nach wie vor galt eine Art von Naturgesetz, das da hieß: Der Dichter säte, der Verleger erntete, und dann kam der Kritiker mit der Hungerharke, um die noch verbliebenen Ähren auf dem Felde abzuräumen. Nein, es wäre traurig, wenn Goethe seine gesicherte Advokatenlaufbahn an den Nagel hängen und sich auf den unsicheren Weg der Romanschreiberei begeben sollte.

Wieland hatte ja völlig recht: Es dichteten schon zu viele, und jeder von ihnen hoffte darauf, davon leben zu können. Dieser Goethe hatte ganz einfach nicht verdient, daß es ein böses Erwachen gab.

Sophie nahm sich fest vor, ihm ein paar ernsthafte Worte zu sagen, denn wenn er auf jemanden hörte, dann auf sie. Ein anderer sagte es ihm nicht, und für seine werte Frau Mama war er ohnehin nur der geliebte Hätschelhans, dem sie alles durchgehen ließ.

Aber dann, als sie *Die Leiden des jungen Werther* las, war Sophie überrascht und fand doch in dem Sohn der Frau Goethe ein beachtliches poetisches Talent. Acht Bogen pur gute Prosa, das wollte etwas heißen. Sie las es in einem Zug und war ergriffen. Mag sein, daß Goethe damals recht hatte, als er zu ihr sagte, ihre *Sternheim* war der Seufzer einer Menschenseele. Sie sah jetzt, er selbst ging noch einen Schritt weiter: Sein *Werther* war der Aufschrei. Sie las das Manuskript ein zweites Mal. Wahrlich, es handelte sich um eine sehr gefühlserfüllte Geschichte, aber in der Literatur hatten die großen Gefühle auch ihren Platz. Im wirklichen Leben allerdings hielt sie den Selbstmord für keine akzeptable Lösung und lehnte einen solchen Schritt kategorisch ab. Doch so wie sie den munteren

Goethe kannte, zweifelte sie nicht daran, daß er ebenso dachte und zwischen Literatur und Leben sehr wohl zu unterscheiden wußte. Das einzige, was ihr nicht gefiel, war die Tatsache, daß er Werthers Lotte die Gestalt und die Gesichtszüge ihrer Maximiliane gegeben hatte. Das war nicht die rechte Art, mit Freunden umzugehen. Da hätte sie sich dann doch mehr Phantasie von dem jungen Dichter gewünscht. In diesem Punkt hatte es sich der liebe Goethe-Sohn wohl etwas zu einfach gemacht und daneben gegriffen. Aber sonst schien ihr der *Werther* durchaus gelungen, und sie hoffte nur, daß sich ein Verleger finden würde, der das genauso sah. Gab es den nicht, dann wollte sie ihre Beziehungen nutzen und das Buch zum Druck empfehlen, denn ein solcher Text durfte der Öffentlichkeit nicht vorenthalten werden.

Als sie das Manuskript zur Seite gelegt hatte, spürte sie das Bedürfnis, endlich wieder einmal selbst etwas zu Papier zu bringen. Viel zu lange hatte sie das Empfindsame vernachlässigt. Es war höchste Zeit, wieder das Gemüt in einem Roman zu Wort kommen zu lassen. Schließlich hatte die Schwester des Kurfürsten bereits ein neues Buch angemahnt.

II

Sophie merkte gar nicht, daß sie fast schon ein Vierteljahrhundert verheiratet war.

Verglich sie sich mit anderen Frauen, dann fragte sie sich, weshalb sie eigentlich ihre Ehe noch nie mit einer kleinen Coquette hatte teilen müssen und weshalb es bis heute noch keine Gleichgültigkeit gegeneinander gegeben hatte. Sie sah darin vor allem ein geistiges Problem, denn immer wenn sich ihre unterschiedlichen Welten wie Schnittpunkte berührten, gab es einen Zusammenklang, der das Gefühl für den anderen erneuerte.

Doch gleichzeitig hatte es wohl auch mit einer gewissen Distanz zu tun, die sie ganz bewußt über all die Jahre zu ihm gewahrt hatte. Die alles abtötende körperliche Liebe stand ihr wie ein Schreckgespenst vor Augen. Darum hatte sie vom ersten Tag ihrer Ehe an auf getrennten Schlafzimmern bestanden. In ihren jungen Jahren sah sie darin eine gewisse Romantik, mußte er doch anklopfen, wenn er kam, was immer einem kleinen Akt der Eroberung glich und nie so selbstverständlich war, als wenn er bloß nach ihr greifen mußte, weil sie zufällig neben ihm lag und alles so bequem, so mühelos mit einer Handbewegung zu erreichen war.

Inzwischen allerdings hatte es nichts mehr mit Romantik, sondern mit Stil und Ästhetik zu tun. Sah sie morgens in den Handspiegel, glaubte sie eine Fremde zu sehen. Dieses verquollene Aufwachgesicht löste jedesmal eine schreckliche Vorstellung von Alter und Krankheit aus. So wollte sie von keinem gesehen werden und sich niemandem zeigen. War ihr dieses Gesicht schon selber unerträglich, konnte sie es erst recht keinem anderen zumuten. Immer sprang sie dann wie auf der Flucht vor sich selbst aus dem Bett und stürzte sich fieberhaft in allerlei Beschäftigungen, weil sie wußte, daß durch Aktivitäten sich dieses Gesicht wieder straffte und in seine vertraute Form zurückfand.

War es dann soweit, schritt sie selbstsicher und aufs sorgfältigste hergerichtet zum Frühstückstisch: das Haar wohlgesteckt und mit Reismehl gepudert, die Lippen geschminkt, das Wangenrot nicht á tranchant aufgelegt, wie es sich für eine Dame von Stand gehörte, sondern zurückhaltend und natürlich. Sie lehnte die französische Art zu schminken ab und erschien auch nicht in Frankreichs Modefarbe, denn sie fand, die Cheveux de la Reine, diese Gänse- und Pariser Gassenkotfarbe stand ihr nicht. Sie trug ein elegantes Négligé in Musselin oder Kattun, dazu eine zierliche Dormeuse, begrüßte gutgelaunt ihren La Roche, der stets schon am Tisch saß, wenn sie um sieben Uhr kam und der sie morgens nie anders als wohlgerüstet für den Tag gesehen hatte. Immer empfing er sie strahlend, als würde mit ihrem Erscheinen die Sonne aufgehen und der Tag nun auch für ihn seinen eigentlichen Anfang nehmen. Seine Freude ob ihres Anblicks war der Kuß an sich, der unkörperliche, wohltuende Morgenkuß, den sie von ihm bekam und doch sich selber gab.

Es gab aber noch einen anderen, banalen und sehr irdischen Grund, weshalb sie von Anfang an auf getrennten Schlafzimmern bestanden hatte: es war die Furcht vor dem Spucknapf. Mochte er auch von Künstlerhand gestaltet sein, in feinstem Porzellan oder als anmutigste Fayence – für sie blieb es die Ablagerungsstätte des Auswurfs und darum das Ekelerregende an sich. Schon daß er obligatorisch zur Schlafzimmereinrichtung gehörte, war schlimm genug. Doch noch ärger war ihr die Vorstellung, der Ehemann könnte sich darüberbeugen, um sich auf diese Weise des Speichels oder des Schleims zu entledigen und sie müßte diesen Anblick und diese Geräusche ertragen. Sie war sich ganz sicher: ein speiender, schneuzender und schnaubender Mann schmolz über dem Spucknapf zu einem erbärmlichen Erdenkloß dahin, dessen Ansehen und Überlegenheit, ja dessen ganze Aura in diesem Gefäß endete. Sie brauchte nicht erst auf so einen Napf zu schauen, um zu wissen, daß in ihm alle Reste der Männlichkeit lagen. Auch wenn inzwischen die holländischen Modelle in Delfter Blau überaus beliebt waren – stand so ein Quispedorje erst einmal neben dem Bett, wurde er auch gebraucht. Anfangs womöglich verschämt und mit Worten der Entschuldigung, später aus Gewohnheit, dann mit lautem Schniefen und Räuspern, und ehe man sich versah, war er schließlich zum unentbehrlichen Utensil der Gesundheit und des guten Schlafes geworden.

Nein, damit durfte man gar nicht erst anfangen. Dieser Spucknapf hätte alle Illusionen, die sie sich bewahren wollte, zunichte gemacht. So aber, mit getrennten Schlafzimmern, blieben ihnen die letzten Ernüchterungen voreinander erspart.

Natürlich klopfte er noch immer an ihre Zimmertür, was ihr nicht unlieb war oder gar mißfiel, denn es bestätigte ihr, daß sie noch immer eine körperliche Begehrlichkeit für ihn besaß und das Weibliche keine geringere Wirkung als das Geistige hatte.

Doch auch ihm waren die getrennten Schlafzimmer nicht unlieb. Denn seit seiner Kanzlerschaft kam er abends immer müde nach Hause und wollte nur noch eins: Ruhe. Nichts als Ruhe. Er wollte Fürsorge und Anteilnahme, und nichts gab sie ihm lieber als das. Lustvoll umsorgte sie ihn, kam jedem Wunsch zuvor und nahm ihm alles ab. Sie freute sich, ihn trösten zu können und fand es wunderbar, einen erschöpften Mann zu haben. Ein erschöpfter Mann war etwas Wohltuendes. Er schätzte jede kleine Handreichung und Aufmerksamkeit, war dankbar für Verständnis, war fügsam und anspruchslos, stellte keine Forderungen, wünschte keinen Aufwand, war leicht zu handhaben und die reine Freude. In diesem Zustand, da La Roche wortkarg, in sich gekehrt und mit sich selbst beschäftigt am Kamin saß, liebte sie ihn ganz besonders.

Meist bat er sie nur, daß sie sich zu ihm setzte und erzählte, was sich tagsüber zu Hause ereignet hatte. Sie sprach dann betont leise, aber aufmunternd und bewunderte ihn für das, was er im Amte leistete, wohl wissend, daß er dies gerne hörte. Hin und wieder stand sie auf, um ihm einen Kuß auf Stirn und Wangen zu geben und zu zeigen, wie sehr sie ihm zugetan war, wie gut sie ihn verstand. Diese flüchtigen Berührungen genoß sie um so mehr, weil sie wußte, daß sie keine Aufforderung zu ehelicher Lustpflicht nach sich zogen und war glücklich, daß seine Erschöpfung ihren eigenen schwindenden Bedürfnissen so herrlich entgegenkam. Mehr an Gemeinsamkeit hätte es nicht mehr geben können.

Als Kanzler hatte sich La Roche ja nicht nur um die Staatsgeschäfte und Kontakte zu den auswärtigen Regierungen zu kümmern. Er mußte vor allem dafür sorgen, daß Handel und Gewerbe florierten, daß ordentlich Geld in die Staatskasse floß und die Einnahmen immer größer als die Ausgaben waren. Die Untertanen sollten zufrieden, das Polizeiwesen intakt und das Schulwesen vorbildlich sein.

Zwischen den täglichen Kabinettsberatungen mit den Ministern und Geheimen Räten erschienen ohne Unterlaß immer andere zum Vortrag: Ob es der Obersteuereinnehmer, der Vicepräsident der Universität, der Oberforstmeister, der Gerichtspräsident, der Landjägermeister, die Schultheißen oder die Stiftsherren waren – von den Männern der Praxis erfuhr er, wie die Verwaltungen arbeiteten. Aus ihren Berichten wählte er in seinem Bericht für den Landesherrn die Schwerpunkte so aus, daß sie zugleich Akzente in der Politik setzten.

Da La Roche die Vorliebe seines Kurfürsten für die Reform des Schulwesens erkannt hatte, widmete er diesem Bereich natürlich eine besondere Aufmerksamkeit und übertrug das Ressort seinem Freund, dem Staatsminister von Hohenfeld. Mit ihm verband ihn nicht nur eine aufgeklärte Weltsicht, sondern bei ihm konnte er sicher sein, daß er sich auch engagiert der Sache annahm, die Schulen persönlich visitierte, sich um die Ausbildung neuer Lehrer kümmerte und an Stelle der vielen verstreuten Heckengymnasien, diesen unqualifizierten Winkelschulen, den kurfürstlichen Plan zur Gründung einer Normalschule entschlossen vorantrieb.

Dort, wo die Weisungen des Kurfürsten eine besondere Brisanz besaßen, hielt es La Roche allerdings für ratsam, sich selbst einzuschalten. Er wußte, wie behutsam und vorsichtig der Kurfürst den Beschluß des Papstes zur Aufhebung der Jesuitenschulen umgesetzt wissen wollte. Bei dieser politisch heiklen Aktion durfte es weder zu Fehlern noch zu Übergriffen kommen. La Roche begriff die schwierige Lage, in der sich der Kurfürst befand: Einerseits konnte er sich der

Order des Papstes nicht widersetzen, denn er war ja zugleich auch Erzbischof; andererseits wollte er seine Untertanen nicht gegen sich aufbringen, genossen doch die Jesuiten im Lande als Erzieher kein geringes Ansehen.

La Roche achtete darauf, daß ihnen keine Gewalt geschah oder daß man sie gar bei Nacht und Nebel aus ihren Schulen davonjagte, wie er aus anderen Ländern vernommen hatte. Persönlich fuhr er zu den Gütern der Jesuiten, um dem Kurfürsten zu garantieren, daß die Inventarisierungen korrekt erfolgten und nichts zum Besten der Hofkammer eingezogen wurde. Gleichzeitig veranlaßte er, daß die älteren jesuitischen Erzieher Pensionen bekamen und die jüngeren an weltlichen Schulen ein neues Auskommen fanden. Er regelte die leidige Angelegenheit mit großem diplomatischem Geschick und sehr zur Zufriedenheit seines Kurfürsten.

Für die Inspektionsreisen benutzte La Roche natürlich eine Equipage und durfte als Exzellenz auch vierspännig fahren, aber die Wege waren so schlecht und die Strapazen solcher Reisen so groß, daß er sich jedesmal auf die Bequemlichkeit zu Hause freute. Erholsam fand er es, wenn wie jetzt das lärmende Stimmengewirr der Kinder fehlte. Fritz war zur Offiziersausbildung und Lulu in Frankfurt.

La Roche freute sich, daß Maximiliane ihre Schwester oft zu sich einlud und sich die beiden so gut verstanden. Er sah in dem Zusammenhalt der Schwestern das Ergebnis einer gelungenen Erziehung. Doch Sophie verband mit den Besuchen noch etwas anderes: die stille Hoffnung, daß Lulu gleichfalls einen vermögenden Mann kennenlernte. In einer so großen Stadt wie Frankfurt gab es schließlich ganz andere Möglichkeiten. Außerdem verkehrten im Hause

Brentano Freunde ihres Schwiegersohnes, die keine armen Männer waren. Warum sollte nicht einer darunter sein, der an ihrer Lulu Gefallen fand? Sie war zwar schüchtern und hochempfindsam, aber schön anzusehen. Das schien ihr noch immer die beste Empfehlung für eine gute Partie zu sein. Fand sich keiner, dann mußte Lulu eben den heiraten, den Sophie für sie ins Auge gefaßt hatte. Sie wollte nichts überstürzen, denn gewiß gab es noch Besseres. Aber Lulu war schon achtzehn, und da wurde es Zeit, an die Zukunft zu denken. Sophie hoffte, daß sich dieses Problem bald lösen würde und ihr damit eine Sorge genommen war. Denn je eher Lulu selbständig wurde, um so beruhigter konnte sich Sophie auch mal wieder den anderen Dingen widmen. Schließlich gab es inzwischen nicht wenige davon.

Seit Georg Jacobi in seiner Zeitschrift ihre *Frauenzimmerbriefe* in Fortsetzung abdruckte, war sie literarisch allerorts wieder im Gespräch. Erneut brach eine Begeisterung über sie herein, und Jacobi berichtete ihr jubelnd, daß die *Iris* durch ihre Beitrage eine große Verbreitung fand. Monat für Monat sandte er ihr Briefe von Lesern zu, die von dem empfindsamen Ton und der Tugendbegeisterung der Autorin beeindruckt waren und mehr von ihr lesen wollten. Den erneuten Ruhm betrachtete sie als etwas fast Beiläufiges. Vielmehr genoß sie es, allen vorführen zu können, daß sie nach ihrer *Sternheim* nicht verstummt war, geschweige denn, daß es ein Zufallsprodukt gewesen wäre. Sie hatte als Frau eines Regierungskanzlers nur zu wenig Zeit zum Schreiben. Aber wenn sie sich denn dazu entschloß, erregte sie allemal Aufsehen.

Andere mußten sich mühen und schrieben sich Jahr für Jahr die Finger wund, um einigermaßen beachtet zu werden. Bei ihr ergab sich alles von allein. Was sie unternahm, hatte Erfolg. Sophie machte sich keine quälenden Gedanken, wie sie einen Charakter entwickeln, eine Handlung ins Bild setzen oder ein Befinden ausdrücken sollte. Sie schrieb es nieder, und es fand Zustimmung und Begeisterung. Wenn ihr das Schreiben Mühe gemacht hätte, wäre sie nie auf die Idee gekommen, die Feder in die Hand zu nehmen. Ein guter Gedanke wurde für sie dadurch nicht besser, daß er unter einem quälenden Grübeln oder ruhelosem Nachsinnen entstand. Er gab sich ihr ein, war plötzlich da. Sie teilte ihn mit, und die anderen freuten sich daran, weil sie in ihm etwas von ihrem eigenen Empfinden wiederfanden. Das war es, was die Leser schätzten.

Selbstverständlich nahm sie auch diesmal kein Honorar für den Abdruck, sondern stiftete den Gewinn alleinstehenden Wöchnerinnen. Wohltätigkeit war das ihr gemäße. Sie genoß es, allen zeigen zu können, daß sie es nicht nötig hatte, für Geld zu schreiben, sondern in der glücklichen Lage war, Geld zu verschenken. Außerdem stellte sich mit dieser Geste nicht nur das angenehme Gefühl her, Gutes zu tun, sondern es erhöhte auch ihre Reputation. Wer wie sie das Honorar stiftete, kam zusätzlich zu Ehren und galt als das Noble an sich. Aber es wäre einer Frau Staatsrätin auch nicht würdig gewesen, wie jeder gewöhnliche Autor ein Honorarium pro labore anzunehmen. Sie konnte sich nun mal den Luxus des Wortes gönnen. Eingeweihte wußten dies zu schätzen. Besonders der Sohn der Frau Goethe.

Sophie bedauerte, daß er nach Weimar gezogen war und nun nicht mehr in ihrer Nähe wohnte. Dennoch fand sie es sehr klug, daß er sich für eine Amtslaufbahn entschieden hatte, den Titel eines Geheimen

Legationsrats trug und die Geschäfte der Wegebaukommission, der Bergwerks- und Forstverwaltung und der Kriegskommission führte. Sie korrespondierte viel mit ihm, und er schrieb ihr ganz offen: Seine Autorschaft hatte ihm die Suppe noch nicht fett gemacht. Vom Schreiben konnte er nicht leben. Dabei erwartete jeder von ihm den großen neuen Roman. Galt er doch seit Erscheinen seines *Werthers* als der neue Wundermann. Daß er damit so kometenhaft zu Namen und Ansehen kommen würde, hätte Sophie zwar nicht gedacht, aber sie gönnte es ihm von Herzen. Denn dort, wo ein junger Mensch seine Zeit nicht im Kaffeehaus vertrödelte, wie ihr Sohn Fritz es bevorzugte, sondern tüchtig war und einem Ziel nachstrebte, sollte ihn der Erfolg auch belohnen.

Da Goethe wissen wollte, woran sie arbeitete, hatte sie ihm etliche ihrer *Frauenzimmerbriefe* geschickt, und er hatte ihr sogleich zur Veröffentlichung geraten, denn sie waren für seine Begriffe in einem ganz eigenen Ton geschrieben, der seine Wirkung bei allen empfindsamen Gemütern nicht verfehlen würde.

Inzwischen galt sein Urteil etwas, und er hatte mit seiner Prophezeiung recht behalten: Die *Frauenzimmerbriefe* lösten von Monat zu Monat ein immer größeres Echo aus.

Die Post türmte sich wieder auf Sophies Schreibtisch, und sie hatte Mühe, alle Briefe zu beantworten. Einer fiel ihr wegen seines begeisterten Tons besonders auf. Sie amüsierte sich über seine Formulierungen, die etwas Glühendes und Fieberhitziges an sich hatten: Sie schreiben über Menschen, die Erdbeben in meinen Empfindungen machen. Niemand ist in der Lage, so feine moralische Schattierungen zu malen wie Sie, große Sophie, Zierde unseres Säculums. Wielands Pinsel dagegen ist grob. Sollten Sie mich hassen, so würde mir ihr Haß werter sein, als die Liebe einer anderen Frau.

Dieser Herr Lenz steigerte sich von Brief zu Brief. Sie kannte ihn nicht persönlich, sondern wußte nur, daß er ein junger Theaterdichter war, dessen *Hofmeister* keinen geringen Effekt machte. Neuerdings sandte er ihr nicht nur Briefe, sondern seine dramatischen Entwürfe. Nein, er sandte sie ihr nicht, er legte sie ihr zu Füßen. Nur sie sollte entscheiden, ob er *Die Soldaten* und *Menoza* überhaupt einem Verleger geben oder ins Feuer werfen sollte. Sehr bald erkannte Sophie, was dieser Jacob Michael Reinhold Lenz über seine Verehrung hinaus wirklich von ihr wollte: Führung. Weise mütterliche Führung. Sie sollte sich an die Spitze der wilden jungen Dichter stellen, sollte ihre Fürsprecherin und Schutzpatronin werden und ihr literarisches Banner vorantragen.

Gewiß, auch sie wollte, daß endlich ein souveräner Bürgersinn erwachte, doch diese Feuerköpfe, diese jungen Genies hatten keine Geduld. Sie brannten vor Tatendurst, wollten alles umstülpen, alles ganz anders machen und das alles sofort.

Sie spürte ja aus den Briefen, was für ein gärender wilder Sinn sich in dem Lenz verbarg. In allem Herkömmlichen sah er den puren Zwang, im Zügellosen die lockende Freiheit. Schon allein seine Sprache war Rebellion: respektlos, frech, frei heraus und zugegebenermaßen erfrischend. Natürlich konnte es nicht schaden, all diese steifleinernen spröden Tugendwächter der Vernunft einmal kräftig wachzurütteln und zu zeigen, daß es im Menschen noch mehr gab als den Regelkreis des Sittsamen und Gehorsamen und daß in seinen Adern noch ein anderes Blut floß als das des ewigen Dienens und des stillen Verzichts. Doch diese draufgängerische verwegene Art, die Dinge zu betrachten, wollte sie nicht unbedingt als die einzig richtige und einzig mögliche ansehen. Sie wollte sich nicht für eine Richtung festlegen lassen, weil sie befürchtete, daß daraus nur eine neue Enge entstehen könnte. Sie konnte auch nicht alles Alte so radikal verachten, wie es die jungen poetischen Hitzköpfe taten, sondern wollte das eine mit dem anderen verbinden. So wie sie Lenzens politische Ungeduld begriff, genauso begriff sie Klopstocks und Gleims poetische Gelassenheit, die auch ihren Reiz und ihre Wahrheit besaß. Außerdem wußte sie inzwischen ja von Merck und Goethe, wie die Weimaraner über Lenz dachten: Gut und fromm wie ein Kind, aber zugleich voller Affenstreiche; ein junger Stürmer mit viel Imagination, aber wenig Verstand; ein Schelm in der Einbildung, der sich darin gefiel, sein Innerstes zu untergraben, damit er um so kräftiger an der Zeitgesinnung leiden konnte.

Sophie sah keinen Grund, dem Drängen des jungen Verehrers nachzugeben. Natürlich war es von Vorteil, wenn man lautstark die Auffassung einer Gruppe teilte und von Zeit zu Zeit sein Bekenntnis dazu abgab. Dies erwies sich auf dem Weg durch die Öffentlichkeit allemal als ein guter Begleitschutz. Doch sie brauchte diesen Schutz nicht. Sie wollte für sich selber stehen und sich heraushalten aus den literarischen Kontroversen, auch weil Zänkereien dieser Art nicht der Erkenntnis, sondern nur der Unterhaltung dienten. Ging es dabei doch weniger um Prinzipien als vielmehr um Personen. Was hätte es denn gebracht, für Goethe Partei zu ergreifen gegen Wieland? Die Auffassung der Jungen gegen die der Älteren zu verteidigen, wie Lenz es von ihr erwartete? Inzwischen waren Goethe und Wieland die engsten Freunde, weil jeder den Wert des anderen erkannt hatte, und nun war sie noch im nachhinein froh, sich weder auf die Seite des einen noch auf die Seite des anderen gestellt zu haben. Mit einer Parteinahme hätte sie die Entfernung zwischen den beiden nur noch vergrößert. Ohnehin entsprach es ihrer Natur, ihrem Bedürfnis nach Harmonie, stets nur das Gute in beiden Seiten zu sehen. Mochten die Positionen auch noch so fern voneinander, noch so extrem unterschieden sein – irgend etwas Richtiges und Einleuchtendes besaß meist jede von ihnen, und genau dies sog sie instinktiv wie Nektar in sich ein, so daß es ihr nie an Stoff zur Vermittlung fehlte. Für ein Verstärken und Betonen der Unterschiede war sie nicht geschaffen. Sie war eine Frau des Ausgleichs, eine Frau der Balance.

Behutsam, aber deutlich gab sie Lenz zu verstehen, sie wollte niemandes Banner tragen.

Gerne hätte sie sich mit Wieland darüber verständigt, doch der geliebte Vetter hüllte sich in Schweigen. Sie hatte schon oft bedauert, daß er so weit entfernt von ihr war und sie sich schon so lange nicht mehr gesehen und gesprochen hatten. Noch immer kannte sie seine Frau und die sieben Kinder nur aus den Briefen. Daß Wieland inzwischen einen so großen Aufstieg genommen hatte und als Erzieher des Erbprinzen an den Weimarer Hof berufen worden war, erfüllte Sophie mit besonderer Genugtuung. Immerhin bekam er nun tausend Taler Jahresgehalt solange sein Dienst währte, sechshundert Taler lebenslängliche Pension und führte den Titel ›Herzoglicher Hofrat‹. Endlich besaß er das ersehnte wirtschaftliche Fundament, um seiner Familie ein standesgemäßes Leben zu bieten und in relativer Unabhängigkeit sich seinen literarischen Arbeiten und vor allem der Herausgabe des

Deutschen Merkurs widmen zu können. Wieland hatte es geschafft.

Seine Berufung an den Hof zu Weimar war für Sophie auch darum so erfreulich, weil sie nun allen sagen konnte, daß der Erzieher des Herzogs Karl August auch der Lehrer ihres Sohnes Fritz gewesen war. Das unterstrich noch einmal, daß ihre Kinder eine erstklassige Ausbildung bekommen hatten. Eine standesgemäßere Erziehung hätte es für ihren Sohn gar nicht geben können. Sie freute sich auch, daß La Roche zu denen gehörte, die Wieland frühzeitig gefördert und ihm einen guten Posten verschafft hatten. Auf diese Weise an der Entwicklung eines Genies Anteil zu haben, vor allem zu einem Zeitpunkt, wo er noch nicht als der große Dichter und Kritiker galt, zeugte von Menschenkenntnis und Weitblick und sprach für sich selbst.

Sophie schrieb ihrem geliebten Cousin, um sich nach der Ursache des langen Schweigens zu erkundigen und mußte erfahren, daß sie nicht in seiner beruflichen Belastung lag, wie sie vermutet hatte. Sie konnte es kaum fassen – aber seit die jungen Dichter sie so verehrten und vor allem Dr. Goethe ihr nahestand, fühlte sich Wieland offensichtlich von ihr vernachlässigt. Sie erhielt ein kurzes Antwortschreiben, in dem er in einem beleidigten Ton anfragte, ob er die Puppe gewesen sei, mit der sie gespielt hatte.

Sophie war konsterniert. Sie wollte keine Mißverständnisse zwischen ihnen aufkommen lassen. Sie wollte ein gutes Verhältnis zu ihm haben. Andererseits sah sie aber auch nicht, was es ihr vorzuwerfen gab. Goethe hatte ihr seinen *Werther* gesandt und sie um Rat gefragt, und sie hatte ihm ihre *Frauenzimmerbriefe* geschickt, und nun befanden sie sich in einem literarischen Austausch, der für beide Seiten so angenehm wie erfreulich war. Wieland sandte ihr seine Bücher immer nur, wenn sie schon erschienen waren, so ganz in Mentormanier. Er, der allzeit Fertige, grüßte sie, die talentierte Anfängerin. Goethe sah in ihr die erfolgreiche Schriftstellerin, Wieland beurteilte sie aus der Vorgeschichte. Das war der Unterschied.

Vielleicht hatte es ihren lieben Cousin aber auch gekränkt, daß sie ihm die *Frauenzimmerbriefe* nicht für den *Merkur* zum Druck überlassen hatte. Aber schließlich hatte sie mit ihm ja keinen Kontrakt geschlossen, daß alles, was aus ihrer Feder floß, ihm zuerst vorgelegt werden mußte, damit er dann großzügig entschied, ob es zur Veröffentlichung taugte. Er mußte sich schon daran gewöhnen, daß sie alt genug war, ihre Entscheidungen selbst zu treffen, und das wollte sie dann doch ihrem Wieland für jetzt und die Zukunft sehr deutlich sagen: Sie haßte nichts ärger, als alle Augenblicke ihr Verhalten vor ihren Freunden rechtfertigen zu müssen.

Gewiß, er hatte ihr das Tor zur Literatur geöffnet, Eintritt in den bunten Salon verschafft, aber schreiben und entscheiden mußte sie schon alleine. Und wie sie das tat und wann sie das tat, bestimmte nicht er; schon gar nicht, mit wem sie in Austausch trat. Mit seiner Eifersucht tat er geradeso, als ob er einen geistigen Besitzanspruch auf sie hätte. Schon darum war es gut und doppelt wichtig, daß er endlich einmal vorgeführt bekam: sie war nicht auf ihn angewiesen, sondern hatte noch andere urteilsfähige Freunde und beabsichtigte auch nicht, ewig mit seinen Fußnoten und Empfehlungen auf dem Felde der Literatur zu wandeln. Sie ärgerte sich über ihn. Denn letztlich ging es doch dabei gar nicht um sie, sondern um seine Eitelkeit. Ihn sollte sie fragen und nicht den Wundermann Goethe. Wieland und kein anderer Dichter sollte für sie zuständig sein. Er beanspruchte den ersten Platz, wollte Schirmherr, Seelenfreund und das alles durchwaltende Pneuma für sie sein. Und wehe, wenn es neben ihm noch andere gab. Dann zog er sich schmollend und grollend von der Undankbaren zurück und strafte sie mit Schweigen. Lenz hatte schon recht, wenn er ihr schrieb, die Männer wollen nicht geliebt, sie wollen geschmeichelt sein. Er kannte seine Artgenossen, und warum sollte Wieland die Ausnahme sein? Ob Dichter oder nicht, berühmt oder unbekannt, kleines oder großes Licht – zuerst sprach immer der Mann. Seine Eigenschaften waren zu stark, zu elementar, als daß sie sich verleugnen ließen. Doch so oder anders – sie wollte keinen Mißklang aufkommen lassen und schrieb ihrem cherissime ami einen Brief. Versöhnlich und verbindend, aber ganz in der Überzeugung, daß auch er zu den Männern gehörte, die im Bewußtsein ihrer Größe alles um sich herum klein und abhängig sahen und sich gar nicht vorstellen konnten, daß die angeblich so Schwachen an ihrer Seite, die geliebten Frauen, ihre schönen Musen, durchaus auch ohne sie zurechtkommen konnten.

Mit dem Brief sandte sie noch ein Straßburger Häubchen für seine jüngste Tochter, weil sie wußte, wie sehr ihn diese kleinen Aufmerksamkeiten erfreuten und wie dankbar er sich in modischen Dingen von ihrem Geschmack leiten ließ. Ach, ihr geliebter Herr Dichtercousin, wieviel hatte er schon über Frauen geschrieben, und wie wenig wußte er von ihnen! Sie erinnerte sich genau, von welcher Art Frauen er immer geträumt hatte – ein braves Weibchen, geschäftig bei Tag, verliebt bei Nacht. Sophie klang noch ihr Gelächter und ihr Einspruch von damals im Ohr, und sie begriff erst heute, warum er beides nicht verstehen konnte. Es gab eben doch mehr Schlichtes in einem

Genie, als sich das manch ein ergebener Bewunderer vorstellen konnte. Mochte ihren Dichtercousin auch das ganze Vaterland feiern – sie hatte eher Mitleid mit ihm. Immer hochgereizt, immer dürstend nach neuen Einfällen, immer auf der Hut vor Angriffen, geplagt von der Fieberhitze der Poesie, besorgt um seinen geistigen Vorrat, ewig um sich selbst kreisend, jedes Wort tausendmal abwägend, jede Reaktion des anderen hundertmal deutend; rasch erregt, rasch gekränkt, überempfindlich und doch ein so gutes Schwabenherz, das niemandem lange böse sein konnte.

Betrachtete sie sein kindisches, halb schmollendes, halb grollendes Verhalten länger, hatte es zugleich auch etwas rührend Unbeholfenes, das die alte Sympathie für ihn eher erneuerte. Es tat gut zu wissen, daß auch ein Mann wie er dem Normalen und Durchschnittlichen nicht fernstand und an der unvermeidlichen Unvollkommenheit irdischer Geschöpfe seinen Anteil hatte.

Nach solchen Einsichten war sie glücklich, ihren La Roche zu haben. Er stand diesen ganzen literarischen Eitelkeiten und Launen fern und verwandte all seine Energie darauf, seine Position zu festigen.

Eines Abends kam er gutgelaunt nach Hause, ließ den bereits gedeckten Tisch wieder abräumen und breitete eine Pergamenturkunde aus. Sophie brauchte nicht zweimal hinzusehen um zu wissen, was es war und fiel ihm jubelnd um den Hals. Sie küßte und herzte ihn und konnte sich vor Freude kaum fassen. La Roche hatte das Adelsdiplom bekommen. Er war ja schon seit längerem darum bemüht gewesen, diese letzte Hürde zu nehmen, die ihm auch äußerlich die Zugehörigkeit zur Spitze der Gesellschaft bestätigte und ihm für so manche dienstliche Mission den Zugang erleichterte. Sogar ein Schreiben Voltaires hatte ihm dabei geholfen. Er lancierte es geschickt an den Kurfürsten, denn in diesem Brief sprach Voltaire rühmend von den Verdiensten La Roches und lud ihn mit schmeichelhaften Worten zum Diner in seine Eremitage ein. Als eine zusätzliche Empfehlung hätte es nichts Besseres geben können, denn damit konnte sich der Kurfürst überzeugen, wie sehr La Roche auch von der geistigen Elite des Auslands geschätzt wurde.

Endlich bist du belohnt worden, sagte Sophie und sprach den nobilitierten Namen laut und fast andächtig vor sich hin: Sophie von La Roche. Es tönte angenehm in ihr nach, denn es klang doch gleich ganz anders, viel vornehmer, viel würdiger und irgendwie edler. Sie fand, dieses kleine Wörtchen ›von‹ lag wie eine Perle vor ihrem Namen. Es gab ihm Glanz und feinen Schliff, machte ihn ansehnlicher, größer und verlieh ihm ein stabileres Fundament. Auch auf einem Buchtitel nahm sich dieses Prädikat gut aus. Vor allem aber konnte sie nun mit den ersten Damen der Gesellschaft als eine der ihren verkehren: Frau von La Roche begrüßte Frau von Kerpen. Das war schon etwas ganz anderes.

Zwar verbarg sich hinter ihrem ›von‹ keine gediegene familiäre Tradition mit großen Ländereien und anderem erfreulichen Besitz, sondern lediglich das Verdienst. Aber ob Tradition oder Verdienst – ehrenvoll war das Adelsprädikat allemal, und sie sah sich erneut im Bunde mit der Vorsehung, die ihr einen Mann wie La Roche in die Arme geführt hatte. Durch seine Kenntnisse und seine Tüchtigkeit waren sie nun in die erste Klasse der Gesellschaft aufgenommen. Seit langem hatte sie ihn nicht mehr so innig geliebt. Am liebsten hätte sie gleich Briefe an alle Freunde und Bekannte geschrieben, um mit dem neuen, klangvolleren Namen zu unterzeichnen und ihnen das Renommee einer Präposition nicht länger vorzuenthalten. Doch La Roche ließ einen guten fruchtigen Mosler kommen und genoß ihre fast kindliche Freude an seiner Nobilitierung. Er kostete Wort für Wort und Blick für Blick aus. Lag doch in ihrer Reaktion eine zusätzliche Bestätigung, die ihm wohltat: die Anerkennung seiner Tatkraft. Gleichzeitig schmunzelte er im stillen, weil er wieder einmal sah, wieviel Wert Frauen auf Äußerlichkeiten legten und wie sehr auch Sophie den Reizen der Reputation unterlag, statt den eigentlichen Nutzen zu erkennen.

La Roche sah durch die Verleihung des Adelsdiploms keine besondere Zäsur in seinem Leben. Er fühlte sich dadurch auch keiner besseren Menschenklasse zugehörig, und es änderte nicht seine Einstellung zum Hofe, den er noch nie für den Stammsitz der ewigen Wahrheit gehalten hatte. Er war auch weit davon entfernt, sich nun einen neuen Lebensstil zuzulegen und sich gar Pferde anzuschaffen, denn jetzt hatte er ja das Recht, auch als Privatmann vierspännig zu fahren. Nein, er wollte Fußgänger bleiben, wie es einem Mann mit freiem aufgeklärten Bürgersinn geziemte. Doch er war Pragmatiker genug, um zu begreifen, daß die Aufnahme in den Adelsstand ihn künftig in seinen Amtsentscheidungen besser absicherte und seine Position gegenüber seinen Feinden stärkte. Ihm war klar, daß er seit Erscheinen der *Briefe über das Mönchswesen* hinter vorgehaltener Hand als Atheist verdächtigt wurde und die romtreuen Katholiken ein waches Auge auf ihn geworfen hatten. Für sie zählte er zu denen, die die Macht der Kirche untergraben und geistliche Stätten in weltliche Erziehungsinstitute umwandeln wollten. Ihnen paßte weder seine Nobilitierung noch seine Ernennung zum Hofkriegsrat und Direktor des Revisionshofes. Er zweifelte keinen Augenblick daran, daß diese neuerlichen Beförderungen Anlaß sein würden, gegen ihn zu wühlen.

Doch solange der Kurfürst hinter ihm stand, konnte ihm nichts passieren. Die Frage war nur, wie lange Clemens Wenzeslaus die Macht der Kirche zurückdrängen konnte oder ob nicht am Ende doch die konservative Geistlichkeit Einfluß auf ihn gewann – alles war offen, alles im Fluß. Sicher schien La Roche inzwischen nur eins: Die Kämpfe hatten längst eine andere Qualität angenommen und nichts mehr mit den kleinen Neidern zu tun, die stets mit Schmerzen den Erfolg anderer wahrnahmen und den Nachweis ihrer Existenz vornehmlich dadurch erbrachten, daß sie mit gediegenen Intrigen allgemeinen Unfrieden stifteten. Diesmal ging es um mehr. Es ging um kirchliche oder weltliche Vorherrschaft, um rückständigen Geist oder aufgeklärten Bürgersinn – um die politische Zukunft von Kurtrier.

Gegenüber Sophie erwähnte La Roche nichts von seinen Befürchtungen, zumal der Kurfürst ihn jetzt mit einer ganz neuen Aufgabe betraut und ihm die Oberaufsicht über den Neubau des Residenzschlosses in Koblenz übertragen hatte. Fortan war er für eines der Lieblingsprojekte des Kurfürsten verantwortlich, was Gutes, aber auch Schlechtes bedeuten konnte. Doch wozu Sophie damit belasten? Das mußte er schon alleine tragen. Seine Frau sollte sorglos leben und zur Freude der anderen ihre schönen Geschichten schreiben.

Sophie war in Gedanken bereits bei den Pflichten der Repräsentation. Selbstverständlich mußte sie ein Dinner geben. Keinen so großen Empfang wie anläßlich seiner Kanzlerschaft. Diesmal wollte sie einen kleinen ausgesuchten Kreis zu sich bitten. Von Immanuel Kant hatte sie zwar gehört, daß die Zahl seiner Gäste niemals weniger als die der Grazien und niemals mehr als die der Musen betragen durfte. Wenn sie niemanden kränken wollte, mußte sie über die Zahl weit hinausgehen. Zudem mußte sie darauf achten, daß diejenigen, die sie zu sich bat, sich auch vertrugen. Feindseligkeiten störten die geistige Atmosphäre. Über den Anlaß des festlichen Abends verlor sie kein Wort, ging er doch aus den Einladungskarten indirekt hervor. Wer genau las, konnte das neue ›von‹ vor dem Namen nicht übersehen. Deshalb viel Aufsehen zu machen, wäre peinlich gewesen und hätte womöglich verspottet werden können als die Freude kleiner Leute, endlich dazuzugehören. Sie wollte zeigen, daß derlei Ehre für sie zur Normalität gehörte. Man nahm sie entgegen und sprach nicht darüber.

Darum kam ihr auch ein Brief ihres Bilderhändlers gelegen, der mitteilte, daß er einen neuen Rembrandt bekommen hatte und anfragte, ob er ihn zur Besichtigung reservieren solle.

Sie fand, es war der rechte Zeitpunkt, die repräsentative Ausstattung ihrer Wohnung zu vervollkommnen. Wenn sie schon keine Liegenschaften besaßen, nirgendwo ein schmuckes Anwesen oder ein kleines Landschlößchen, wohin man in den Sommermonaten so gerne die Freunde lud, dann mußten sie wenigstens ihren Kunstsinn als den ihnen gemäßen Besitz herausstellen. Gewiß, in Gemälden eine Wertanlage zu sehen, blieb eine unsichere Sache. Rembrandts Bilder waren einmal sehr gefragt gewesen, fanden aber jetzt kaum noch Liebhaber. Trotzdem hatte sie vor längerem ein Porträt von ihm gekauft, denn ihr gefielen seine Farben.

Als ihnen der Händler dann seinen neuen Rembrandt zeigte, fand Sophie, daß schon der Rahmen sein Geld wert war. Sie entdeckte noch zwei besondere Raritäten: ein Fruchtstück von de Heem und – was sie schon so lange suchte – vom ›Raffael der Vögel‹, von Hondecoeter, den *Hühnerhof*. Sie war begeistert von der herrlichen Darstellung des Gefieders, von dem Spiel der Farben, und sie kauften alle drei Bilder.

Als sie Tage später zu Hause an der Wand hingen, holte sich Sophie einen Stuhl, setzte sich davor, ließ sich ein Täßchen heiße Schokolade bringen und betrachtete voller Zufriedenheit die Neuerwerbungen. Die *Dame* von Rembrandt kam neben der *Judith* von Caravaggio und dem *Hexentanz* von Elsheimer besonders gut zur Geltung. Stundenlang hätte Sophie auf die Wand schauen können, denn es kam ihr vor, als blicke sie auf ihr eigenes schönes Leben. Die Bilder schienen alles festzuhalten und widerzuspiegeln: seinen beruflichen Erfolg, das Aufrücken in den Adelsstand, ihre erneuten literarischen Ehren, die ihr die *Frauenzimmerbriefe* eintrugen – eines entsprach dem anderen, alles gehörte zusammen und bestätigte sie in dem Bewußtsein, zu den Herausgehobenen zu gehören. Dennoch fiel ihr beim Betrachten ihrer Gemäldesammlung auf, daß in ihrer Galerie, dem neuen Status entsprechend, das obligatorische Familienporträt fehlte. Wenn sie schon keine adlige Tradition besaßen, bestand zumindest die Verpflichtung, das Bewußtsein dafür zu schaffen und einen Anfang zu setzen.

Sie bat ihren Freund Tischbein, ein Porträt ihrer Familie anzufertigen. Natürlich gegen Honorar, zumal er ein gefragter und vielbeschäftigter Meister war und gerade erst den Vorsitz der Kunstakademie in Kassel übernommen hatte. Von ihm gemalt zu werden, konnten sich nur wenige leisten, was sie doppelt motivierte, ihm den Auftrag zu erteilen. Außerdem war es für Sophie ein willkommener Anlaß, die Familie wieder einmal vollzählig zu versammeln.

Wochen später stand Lulu mit ihren kleinen Brüdern Franz und Carl am Fenster und beobachtete, wie unten auf der Straße eine elegante Lütticher Halbchaise hielt, aus der ihre Schwester stieg. Sie verfolgte jeden ihrer Schritte, sah, wie die Nachbarn herbeieilten, um Frau Brentano zu begrüßen, und lief dann selber ihrer Schwester entgegen, die das Flair einer Großstadt nach Ehrenbreitstein brachte. Der Federhut und das Reisekostüm, die zierlichen Lederschuhe, die handlichen Koffer, der Livreebediente und der Kutscher in gleichfarbigen Uniformen, in denen die Insignien des Handelshauses Brentano eingestickt waren – so bei den Eltern vorfahren zu können, davon träumte Lulu.

Ehe sie sich versah, lag der Tisch voller Geschenke, alles Dinge, die es nur in dem großen Frankfurt zu kaufen gab: hellgraue englische wollene Strümpfe und einen englischen Hut für die Frau Mama; Bänder, Flor, Blumen und Seidenzeug für Lulu; Tabak und Tee für den Herrn Papa; ein Feuerzeug in Form eines französischen Flintenschlosses für Fritz, dazu drei große Eichsfelder und drei Göttinger Würste, Pumpernickel und Früchte vom Comer See. Wenn Maximiliane nach Hause kam, glaubte Lulu jedesmal, es wäre Weihnachten.

Sie sah auf den Tisch, sah auf ihre Schwester, die begeistert von ihren Kindern erzählte, sah, wie die Mutter Maximiliane bewunderte, wie beeindruckt der Vater ihr zuhörte, wie die ganze Familie stolz auf sie blickte und wollte nur eins: auch endlich heiraten. Auch am liebsten so einen wie Brentano. Dieser Wunsch stand ihr im Gesicht geschrieben. Sophie sah ihn ihr an, und sie hörte ihn auch nicht zum ersten Mal.

Immer wieder wurde dieses leidige Thema erörtert, und auch ein Jahr später, als Sophie mit Maximiliane nach Hamburg fuhr, sprachen sie darüber. Hofrat Möhn hatte schon zweimal vorgesprochen und auf einen Hochzeitstermin gedrängt, denn Fräulein Lulu ging schließlich schon auf die zwanzig zu. Alles, was Sophie bisher über ihn in Erfahrung gebracht hatte, war recht vielversprechend. Immerhin besaß er ein Barvermögen von sechzigtausend Talern. Seine Aussichten als Adjunkt beim Kurtrierischen Revisionsrat standen gut. Außerdem erwartete er von seinen Eltern eine stattliche Erbschaft und war zudem einziger Neffe eines reichen Onkels. Mit Möhn hatte Lulu ausgesorgt. Hätte sich allerdings noch etwas Besseres gefunden, wäre es Sophie recht gewesen. Maximiliane hatte ja auch schon nach einem Mann für ihre Schwester Ausschau gehalten, aber es war schwierig. Dem einen war sie zu scheu, zu verhuscht, dem anderen noch zu kindlich und für das Leben viel zu schwärmerisch veranlagt.

Sophie ärgerte sich noch jetzt über Lulus Marotte, nichts mehr essen zu wollen. Sie hatte sie zwar davon abbringen können, meinte aber, wenn sie immer wie ein normaler Mensch gegessen hätte, wäre sie jetzt nicht so flachbrüstig und besäße eine gewisse ansprechende weibliche Form, wie sie den Männern gefiel. Nun mußte sie sich eben mit dem schlacksigen, hageren Möhn begnügen. Maximiliane versuchte den Unmut der Mama etwas zu dämpfen und meinte, sie könnten heiraten, wen sie wollten, Gerede würde es so und so geben. Sie hatte gerade Frau Goethe in Frankfurt besucht und erfahren, daß Kriegsrat Merck über ihre Ehe mit Brentano nur Schlechtes in die Welt setzte und überall behauptete, sie wäre in ein düsteres Handelshaus geraten und müßte fern aller Musen zwischen Käse- und Heringstonnen ihr Leben verbringen. Mutter und Tochter waren sich einig: Da sprach der Neid, der blanke Neid.

Gewiß, Maximiliane bedauerte es, nicht mehr so viel Zeit für ihre Landschaftsmalerei zu haben, denn bei zwei eigenen und fünf Stiefkindern gab es genug anderes zu tun. Auch die Hausmusikabende und Konzertbesuche waren weniger geworden. Vor allem vermißte sie Goethe und fand es traurig, daß er jetzt in Weimar lebte. Doch man konnte nicht alles haben. Brentano liebte sie, freute sich auf ihr drittes Kind, war zwar sparsam gegen andere, aber ihr erfüllte er jeden Wunsch. Auch diesmal hatte er, wie immer, wenn sie sich auf Reisen begab, eine Messe für sie lesen lassen und um eine glückliche Ankunft gebeten. Was wollte sie mehr? Und ein großes Haus zu führen, war ihr immer noch lieber, als sich den ganzen Tag zu langweilen.

Sophie fand zu ihrer Freude wieder einmal bestätigt, daß Maxe ganz und gar nach ihr geraten war, ihre Vernunft und ihren praktischen Sinn geerbt hatte. Außerdem bewies es ihr, daß man die Kinder so früh wie möglich selbständig werden lassen mußte. Waren sie erst einmal vom Leben in die Pflicht genommen, dann bewährten sie sich ganz von selbst. Sophie war stolz auf ihre Tochter.

Auch die Umstände dieser Reise hatten sich günstig gefügt. Maxe brauchte in ihrem Zustand eine Luftveränderung und war froh, daß ihre Mutter sie an die See begleitete. Brentano war zu sehr mit seinen Geschäften belastet, als daß er dafür Zeit gefunden hätte.

Sophie nutzte die Gelegenheit, um in Hamburg

endlich einmal Klopstock zu besuchen, der sie so oft schon zu sich eingeladen hatte. Zum erstenmal erlebte sie, welch ein Unterschied es war, sich mit dem eigenen Gefährt in die Welt zu begeben oder auf einen dieser primitiven Post- und Mietwagen angewiesen zu sein. Maximilianes Halbchaise, ein Geschenk von Brentano, war nicht nur elegant, sondern auch gut gefedert und noch dazu mit hellblauer Seide ausgepolstert. Die Pferde waren gut genährt und gepflegt, das Gepäck sicher verstaut, die Diener in Livree und der Kutscher ohne Willkür und Rüpelton. Er hielt, wann immer sie es wünschten, und wählte die Route nach der Beschaffenheit der Straßen. Es war zwar ein teures Fahren, mußten sie doch für jede neugebaute Straße Chausseegeld entrichten, aber es war ihnen lieber, für ihre Bequemlichkeit zu zahlen, als womöglich noch aussteigen und stundenlang durch Morast waten zu müssen. Auch die Gasthöfe, in denen sie logierten, konnten sie sich aussuchen und hielten sich dabei an den Rat von Peter Anton, der wußte, wo man komfortabel nächtigen konnte. Derart bequem und dazu noch im eigenen Wagen zu fahren, ließ gleich ein ganz anderes Reisegefühl aufkommen. Vor allem so vorfahren zu können, war wahrlich nicht jedem beschieden.

Klopstock empfing sie in einem einfachen Hausrock, aber mit großer Herzlichkeit.

Der Anblick eines Menschen ist immer der beste Text zu allem, was über ihn gesagt werden kann, meinte er zur Begrüßung und war hocherfreut, endlich die verehrte Frau Staatsrätin nebst Tochter persönlich kennenzulernen.

Sophie war erstaunt, wie bescheiden der Dichter des *Messias* eingerichtet war. Er besaß altmodische Möbel, kaum Bilder und nur eine kleine Bibliothek.

Das schönste an seinem Arbeitszimmer war der Blick in einen herrlichen Garten. Obwohl Klopstock nur sechs Jahre älter als sie war, wirkte er auf sie wie ein Mann, der alle Höhen und Tiefen schon hinter sich hatte und den nichts mehr zu erschüttern vermochte. Er sprach wenig, aber wohlüberlegt. Die Präzision seines Denkens, die sich in seiner Wortwahl widerspiegelte, beeindruckte sie so sehr, daß sie Mühe hatte, sich in seiner Gegenwart nicht so klein wie Schafgarbenkraut neben einem Lorbeerbaum zu fühlen oder gar in andächtige Bewunderung zu verfallen.

Je länger sie sich mit ihm unterhielt, desto deutlicher wurde ihr aber auch, wie enttäuscht er von allem war. Seine *Gelehrtenrepublik* hatte wenig Beachtung gefunden. Ihm mißfiel der ganze literarische Betrieb, weil er zunehmend von Marktschreiern beherrscht wurde. Für alles hatte er nur noch eine abwinkende Handbewegung übrig und meinte: Jeder durfte sich heutzutage ›Dichter‹ nennen, wenn er nur imstande war, einen Wisch voller Verse zu beschreiben und möglichst viel von seiner poetischen Hundswut auf das Leservolk loszulassen. Auf Sprache und Stil kam es schon lange nicht mehr an. Nur noch auf den Effekt. Das Schrille und Spektakuläre war gefragt, das Übereinanderherfallen, Verleugnen, Auszählen und Anprangern. Wer das beherrschte, war der poetische Held. Drittrangige Schreibertalente schossen auf wie die Zedern Libanons, wurden gefördert und gefeiert, so daß ihm bei dieser allgemein fortschreitenden Profanierung der Poesie nichts weiter als der stille Rückzug blieb.

Klopstock wollte aber den beiden Damen nicht die Stimmung verderben und ging rasch zu einem erfreulicheren Thema über. Er hatte die *Frauenzimmerbriefe* der Frau Staatsrätin in der *Iris* gelesen und riet ihr, einen Roman daraus zu machen. Alles, was sie ihre Rosalie in den Briefen erzählen ließ, was sie gesehen und erlebt hatte, war es wert, in einem Roman festgehalten zu werden. Für Entwicklungen über große Zeiträume gab es keine bessere Form. Über diese Bemerkung freute sich Sophie ganz besonders, denn sie trug sich schon seit längerem mit dem gleichen Gedanken. Auch sie sah in den Briefen jeweils Romanepisoden, die es nur noch kunstvoll zusammenzufügen galt.

Klopstock ließ es sich nicht nehmen, ihr zu Ehren seine Freunde zu sich zu bitten. Die Gebrüder Stolberg, Graf Schimmelmann mit seiner eloquenten Tochter Julia, die sich von ihrem Verlobten, Herrn von Reventlow, begleiten ließ, Boie, der Herausgeber des *Deutschen Museums,* Matthias Claudius, der bis vor kurzem für den *Wandsbecker Boten* verantwortlich zeichnete – sie alle sprachen über die *Frauenzimmerbriefe,* und auch sie meinten, daß nicht nur die Geschichte der Rosalie in einem Roman forterzählt werden müsse, sondern auch die Geschichten derer, die ihr begegneten. Vor allem über die Leidenschaft einer Frau von Guden sollte sie mehr erzählen, denn hier lag der Stoff für einen weiblichen *Werther.*

Selten hatte Sophie so anregende Gespräche über ihre schriftstellerische Arbeit geführt. Einmal mehr bedauerte sie es, von vielen Kollegen aus der schreibenden Zunft räumlich so weit entfernt zu sein, denn auch der eifrigste Briefwechsel konnte solche Gespräche nicht ersetzen.

Als Klopstock ihr zum Abschied sagte, sie hätte ihm goldene Tage geschenkt, dachte sie, daß es eher umgekehrt war und schrieb diese Bemerkung einzig seiner Bescheidenheit zu. Er gab ihr einige Auszüge seiner neuen Arbeit über Sprache und Dichtkunst mit und bat die verehrte Frau Staatsrätin, falls sie Zeit fand, ihm ein paar Worte dazu zu schreiben.

Früher als erwartet trafen sie zu Hause ein und gerieten in helle Aufregung, denn Maximiliane bekam plötzlich Wehen. Eilig wurde die Hebamme gerufen, weißes Leinen, Schüsseln und Krüge mit Wasser bereitgestellt und alle Vorbereitungen für die Entbindung getroffen. Sophie saß am Bett ihrer Tochter, sah auf dieses blasse, schweißnasse Gesicht und mußte plötzlich an Cornelia Goethe denken, die vor einem Jahr bei der Geburt ihres Sohnes gestorben war. Sophie zwang sich, diesem Gedanken keinen Raum zu geben und nichts von ihrer Unruhe und ihrer Angst sichtbar werden zu lassen, denn Angst in solchen Augenblicken, das wußte sie aus Erfahrung, schwächte die Kräfte.

Lulu führte aufgeregt die Hebamme herein und verließ mit ihrer Mutter das Zimmer. Sie fand es traurig, der Schwester jetzt nicht helfen zu können. Auch Sophie hatte Mühe, ihre Nervosität zu verbergen. Dabei hatte sie selbst acht Kinder geboren und stand diesem Vorgang nicht fremd gegenüber. Aber immer, wenn es soweit war, kam ihr alles erneut wie ein Mysterium vor. Ob es damals nun ihr widerfahren war oder jetzt ihrer Tochter geschah – immer war es ein Kampf mit dem Ungewissen.

Lulu fragte sichtlich verstört, ob es nicht besser gewesen wäre, als Mann auf die Welt gekommen zu sein. Sophie verneinte dies. Es gab nichts Schöneres, als eine Frau zu sein, meinte sie in einem fast barschen Ton. Sie wußte, wie schnell Lulu sich in etwas hineinsteigern konnte. Wie schnell sie bereit war, sich selbst abzulehnen, und wie gern sie immer das sein wollte, was sie nicht war. Kinder zu bekommen war schließlich für eine Frau das Natürlichste auf der

Welt, und Sophie sah keinen Grund, es zu problematisieren. Im Gegenteil: Schlimm wurde es nur dann, wenn man versuchte, sich seiner Natur zu widersetzen. Und was bedeutete der vorübergehende Schmerz einer Geburt gegen die anhaltende Mühsal eines Mannes, den Kindern ein Vermögen zu schaffen und mit Tüchtigkeit und Umsicht dafür zu sorgen, daß jedes von ihnen eine gesicherte Zukunft hatte – finanziell und beruflich? Das war schließlich auch mit Torturen verbunden und erforderte oft noch einen viel größeren Kampf. Lulu wollte dies nicht unwidersprochen lassen, doch da hörte sie die Rufe, daß ein Sohn geboren war, und Augenblicke später hielt Sophie ihr drittes Enkelkind im Arm. Maxe gab ihm den Namen Clemens. Clemens Brentano, sagte sie zu Mutter und Schwester, klingt doch ganz hübsch, meint ihr nicht?

Sophie umarmte ihre Tochter, gab ihr eine kräftige Hühnerbrühe, und Lulu bestand darauf, am Bett ihrer Schwester zu wachen, bis sie einschlief.

Als Brentano seine Frau und seinen Sohn abgeholt hatte, zog endlich wieder Ruhe in das Haus ein. Voller Ungeduld hatte Sophie darauf gewartet, denn sie wollte die *Frauenzimmerbriefe* zu einem Roman ausbauen, so wie Klopstock ihr geraten hatte. Sie brauchte die Geschichte der Rosalie, die mit ihrem Onkel auf Reisen war, nur über einen längeren Zeitraum bis zur Hochzeit und der Geburt ihres ersten Kindes zu erzählen, brauchte den Personen, die ihr begegneten, nur noch eine eigene Biographie zu geben, und dann war das neue Werk, das alle von ihr erwarteten, geschaffen. Sophie fand nun auch, daß es höchste Zeit dafür wurde. Acht Jahre nach Erscheinen ihrer *Sternheim* konnte durchaus ein zweiter Roman von ihr kommen. Das war sie ihrem Ruf schon schuldig. Außerdem hätte es dafür keinen günstigeren Zeitpunkt geben können. Da die *Frauenzimmerbriefe* so viel gelesen wurden, konnte sie davon ausgehen, daß sich auch für den Roman viele interessieren würden. Sie wollte die Gunst der Stunde nutzen.

Entschlossen und diszipliniert widmete sie fortan jeden Nachmittag drei Stunden dem Schreiben und ließ sich von nichts und niemandem dabei stören. Hinter diesem Rückzug von allen anderen Pflichten lag die ehrgeizige Freude, in Kürze wieder als Romanschriftstellerin präsent zu sein. Der Verleger wollte den neuen Titel bereits zur Herbstmesse herausbringen und im Messekatalog an erster Stelle plazieren. Ihr blieb nichts weiter übrig, als *Rosaliens Briefe* jetzt in einem Zuge zu schreiben.

Lulu übernahm während der nachmittäglichen Klausurstunden der Frau Mama die Führung im Hause. Mit Eifer und Geschick hielt sie alles Störende von ihr fern. Sie dirigierte das Personal, wies lästige, neugierige, aber auch angemeldete Besucher ab, kümmerte sich, daß ihre jüngeren Brüder Franz und Carl die Aufgaben des Hauslehrers ernstnahmen und bestätigte dem Postboten die recommandirten Briefe. Wo es die gesellschaftliche Etikette erforderte, ging sie zu den Teenachmittagen, um von der Mutter Grüße zu überbringen, verbunden mit der Bitte, den Besuch später nachholen zu dürfen.

Sophie saß unterdessen an ihrem Lesetisch und schrieb. Wenn sie wie jetzt alles um sich herum in geordneten Bahnen wußte, dann fiel es ihr leicht, sich ganz auf die Niederschrift des Romans zu konzentrieren. Neben ihr lag der Molossus fricator, ihr braunbeiger Mops Charles, bei Wohlverhalten auch ›Sir Charles‹ genannt. Charles war eine vornehme, sehr englische und sehr eigenwillige Erscheinung, der Beef als auch Pudding zu schätzen wußte. Stets war er dankbar für jede Gunstbezeugung, indem er den Kopf leicht senkte und mit der Pfote zweimal aufschlug, was seine ganz eigene Art der Verbeugung war. Sir Charles lag auch nie in irgendeiner Ecke, sondern auf seinem ihm eigenen Platz – einem Kissen aus feinstem türkischen Saffianleder, auf dem kein anderer sitzen durfte. Er lag auch nicht einfach so da, er residierte. Selbst in der Art, wie er vor sich hindöste, demonstrierte er Überblick.

Anfangs lag Sir Charles zu Sophies Füßen neben dem Tisch. Doch mit fortgesetztem Winseln, Schwanzwedeln und einem vorwurfsvollen Blick machte er sie auf seine unwürdige Position aufmerksam. Er gab erst Ruhe, als Sophie ihn auf den Tisch setzte. Jetzt fühlte sie sich zwar beim Schreiben beengt, denn der Hund streckte sich so wohlig aus, daß ihr gerade noch Platz für ein Quartblatt blieb. Doch der Blick auf ihn, dieses direkte vis-à-vis wirkte beruhigend und auch belebend auf sie.

Mal fixierte er neugierig, mal mißtrauisch die Bewegungen des Federkiels. Meist aber verlor sich das Interesse an diesem Gegenstand, der ein gleichmäßig kratzendes Geräusch von sich gab, und er schlief leise schnarchend ein. In solchen Momenten bot er einen Anblick, der sie angenehm ablenkte und ihre Gedanken fast spielerisch hervortreten ließ. So machte ihr das Schreiben Spaß, und sie hatte das Gefühl, gut voranzukommen.

Trotz der Arbeit entging ihr nicht, daß Hofrat Möhn sich des öfteren an den Nachmittagen einstellte, um Lulu seine Aufwartung zu machen. Sie hatte nichts dagegen und atmete beinahe auf, als Lulu ihr mitteilte, daß sie sich bei den Kapuzinern in Bornhofen trauen lassen wollten. Sophie fühlte sich von einer Sorge befreit und war froh, daß die Tochter sich zu diesem Entschluß durchgerungen hatte.

Einige Tage später waren sie bereits in Frankfurt, wo Möhn sich im Hause Brentano vorstellte.

Natürlich ließ Sophie es sich nicht nehmen, bei dieser Gelegenheit auch Frau Goethe zu besuchen, um ihr den zweiten vermögenden Schwiegersohn zu präsentieren. Sie wußte, wie gerne sie es gesehen hätte, wenn ihr Sohn eine Tochter aus dem Hause La Roche geheiratet hätte. Doch glücklicherweise, davon war Sophie überzeugt, hatten sich die Dinge anders gefügt. Selbst wenn Goethe demnächst noch einiges an die Öffentlichkeit bringen und sich damit den Beifall des großen Publikums verdienen sollte, so hätte es Sophie keiner ihrer Töchter gewünscht, mit einem Dichter verheiratet zu sein. Sich von seinem Lorbeer ernähren zu müssen, war ein mühsames Geschäft. So etwas hatten die Töchter des Kanzlers von La Roche nicht nötig.

Als Frau Goethe die Herrschaften in prächtiger Eleganz, in Seide und Taffet anrauschen sah, empfand sie erneut, wie ungerecht die Dinge des Lebens verteilt waren. Ihr Sohn mußte hart arbeiten und Ämter annehmen, um in den wenigen freien Stunden, die ihm blieben, seine Poesie zu Papier zu bringen, während der Staatsrätin von La Roche alles wie von selber zuflog. Kaum setzte sie ein Frauenzimmerbriefchen in die Zeitung, sprach gleich die halbe Welt davon und rief nach dem großen Roman. Frauen wie die La Roche waren doch viel zu verwöhnt, als daß sie noch wissen konnten, wie es im wirklichen Leben zuging. Vermögen, Rang und Ansehen – alles wovon andere träumten, waren für sie Selbstverständlichkeiten. Ein bißchen ärgerte Frau Goethe auch, daß Sophie nicht zu Fuß gekommen war, sondern sich für das kleine Stückchen von der Sandgasse zum Hirschgraben eigens eine Kutsche genommen hatte. Aber, so sagte sie sich, vielleicht brauchte eine Erfolgsdame der Literatur inzwischen einen solchen Auftritt.

Sophie wollte ihren künftigen Schwiegersohn in aller Form vorstellen, doch sie fand keine Gelegenheit dazu. Frau Goethe überfiel sie gleich mit den neuesten Nachrichten von ihrem geliebten Sohn und führte sie in die neueingerichtete Weimarer Stube, die sie ihnen voller Stolz präsentierte. Hier verwahrte sie die verschiedensten Geschenke vom Hofe. Die Büsten von Herzog Karl August, der Herzogin-Mutter Anna Amalia und ihrem berühmten Sohn standen wie auf einem Altar, und die Eintretenden fragten sich, ob vielleicht von ihnen erwartet wurde, davor niederzuknien.

Sophie konnte noch immer nichts sagen, denn Frau Goethe sprach ununterbrochen von ihrem geliebten Hätschelhans. Sie pries das gelobte Weimarland, wo sich seinem Talent alle Möglichkeiten zur Entfaltung boten. Je länger sie von ihrem Sohn sprach, desto mehr fühlte sich Sophie übergangen und ärgerte sich, überhaupt gekommen zu sein.

Als Frau Goethe ihnen dann eine vorzügliche Welschhahnpastete servieren ließ und dazu einen der besten Jahrgänge des Rüdesheimer kredenzte, hoffte Sophie, daß nun endlich einmal von ihr gesprochen würde, daß Frau Goethe sie nach ihren neuesten literarischen Vorhaben fragen oder etwas zu ihren *Frauenzimmerbriefen* sagen würde. Aber sie sagte zu all dem kein Wort.

Überall, wohin Sophie kam, wurde sie als berühmte Schriftstellerin mit Fragen und Anteilnahme überhäuft. Überall schlug ihr Interesse entgegen. Nur im Hause der Frau Goethe war die Schriftstellerin von La Roche Luft. Statt dessen wurde von nichts anderem als von dem dichtenden Sohn gesprochen. Frau Rath hörte nicht auf, seine Erfolge schwärmerisch vor ihnen auszubreiten. Sie schilderte bis in die Kleinigkeiten die grandiose Aufführung seines jüngsten Theaterstücks, das vor wenigen Tagen Premiere hatte und das Publikum zu Beifallsstürmen hinriß.

Hofrat Möhn hörte all dem sichtlich gelangweilt zu und trank in so vollen Zügen den Wein, daß Frau Goethe sich genötigt sah, eine zweite Flasche des kostbaren Rüdesheimer zu öffnen.

Während sie abermals sein Glas füllte, fragte sie ihn, wann er sich denn die *Iphigenie auf Tauris* ansehen werde? Sophie sah ihr an, daß sie von Möhn die Beteuerung erwartete, er werde dank ihres Hinweises sofort ins Theater eilen. Doch Möhn erweckte den Eindruck, als hätte er die Frage nicht verstanden, ja als sei ihm schleierhaft, wie ein solches Ansinnen überhaupt an ihn gestellt werden konnte. Als Frau Rath ihre Frage mit anderen Worten wiederholte, meinte er lediglich, daß sein Amt ihm keine Zeit für derlei Belustigungen ließ.

Aber den Wertherroman meines Sohnes werden Sie doch wenigstens kennen, entgegnete sie mit einem Anflug von Empörung in der Stimme.

Hofrat Möhn wollte sich den Genuß des Weines nicht verderben lassen. Was kümmerte ihn angesichts des guten Tropfens der dichtende Sohn im Thüringer Wald, den er nicht kannte und auch nicht die Absicht hatte kennenzulernen. Aus den Gesprächen mit seiner künftigen Schwiegermutter konnte er ohnehin entnehmen, daß sich in Deutschland die Dichter auf die Füße traten. Ihm kam es auf einen mehr oder weniger nicht an, und so meinte er nur: In letzter Zeit erscheint so viel, daß man gar nicht mehr weiß, was man zuerst lesen soll.

Lulu ärgerte sich über diese Gleichgültigkeit, und auch Sophie fand das Betragen ihres Schwiegersohnes unhöflich. Ihr entging nicht, daß Frau Goethe erst jetzt Hofrat Möhn eingehend betrachtete und ihr Urteil in einem so abwertenden Blick zusammenfaßte, als säße ein Banause, ja geradezu ein Kannibale an ihrem Tisch.

Sophie konnte aber auch verstehen, daß Hofrat Möhn so provokant reagierte. Nichts war langweiliger, als wenn Mütter ihre Söhne vergötterten oder sie vor den anderen wie Reliquien ausstellten. Sophie fürchtete, daß Frau Rath ihnen jetzt voller Hingabe einen Vortrag halten würde, wer Iphigenie gewesen war und weshalb ihr Sohn gerade sie und keine andere als Titelheldin für sein Stück erkoren hatte. Das wollte sie sich ersparen. Sie mochte keine Belehrung in Sachen Literatur. Schließlich war sie selbst berühmt. Und sie war auch nicht gekommen, um sich stundenlang Lobgesänge auf andere anzuhören.

Das Echo auf diesen Besuch kam prompt. Kaum daß Lulu geheiratet hatte, ließ Wieland über Merck bei Sophie anfragen, ob es wahr sei, was man sich erzählte: daß sie ihre schöne Luise an ein ›Ungeheuer‹ gegeben habe? Wieland wußte es von der Herzogin von Weimar, die deshalb böse auf die Verfasserin der *Frauenzimmerbriefe* war, und die wiederum hatte es von Frau Goethe, die vom Schwiegersohn der La Roche behauptete, er sehe aus wie der Teufel in der siebenten Bitte in Luthers kleinem Katechismus, sei so dumm wie ein Heupferd und zu allem Unglück auch noch Hofrat.

Sophie wußte natürlich, welche Kreise diese Klatscherei nun ziehen würde: Fritz Jacobi in Pempelfort, Frau von Stein in Nassau, Schlosser in Emmerdingen, Gleim in Halberstadt, Georg Jacobi in Düsseldorf, Goethe und Herder in Weimar – sie alle wußten nun, wer sie in Wirklichkeit war: nicht die empfindsame Dame der Literatur, die bewegend vom Schicksal junger Frauen zu erzählen wußte, sondern die große Natter, die Dämonin, die ihre Töchter dem Teufel auslieferte und ins Elend stürzte.

Was sollte sie dazu sagen? Jede Rechtfertigung hätte alles nur noch schlimmer gemacht. Gewiß glich Hofrat Möhn nicht gerade einem Adonis. Mit seinem gebogenen Zopf und seiner nachlässigen Kleidung schien er auf sein äußeres Erscheinungsbild keinen besonderen Wert zu legen. Er war nun mal, wie er war. Ein anderer und besserer Mann hatte sich für Lulu nicht finden lassen. Sophie war überzeugt, daß sie sich im Gegensatz zu Frau Goethe einen nüchternen Blick auf ihre Kinder bewahrt hatte, und fand es ratsam, sie mit Distanz zu betrachten.

Was sollte sie Wieland antworten? Letztlich kam in dieser Tratscherei doch nichts anderes als der Neid auf ihren Ruhm zum Ausdruck. Doch das wollte sie ihm nicht schreiben. Briefe gerieten oft in seltsame Hände. Aber der Unterschied zwischen ihr und Frau Goethe war nicht zu übersehen: Frau Goethe lebte nur noch durch ihren Sohn. Das Wölfchen zu bewundern war ihr Lebensinhalt geworden. Sophie jedoch war durch ihre eigenen Arbeiten berühmt geworden. Das mußte einer ambitionierten Frau, wie der Frau Rath, zum Vorwurf werden. Aber vielleicht würde Wieland das gar nicht verstehen? Sophie kam zu dem Schluß, daß man solche Klatschereien am besten durch Schweigen beendete. Jedes aufgeregte Reagieren würde letztlich nur gegen sie sprechen. Die Menschen waren nun mal so. Sie ertrugen den Erfolg bei anderen schwer. Sophie dachte nicht daran, sich deswegen üble Stunden bereiten zu lassen. Frauen wie sie wußten sich damit abzufinden, daß sie unter öffentlicher Aufsicht standen. Das gehörte zum Herausgehobensein, zur Prominenz, und so ging es schließlich allen, die sich über das Maß des Durchschnittlichen erhoben: sie waren von Neidern umgeben. Dem einen neideten sie den Ruhm, dem anderen den Umsatz, dem dritten den Grundbesitz, dem vierten den Einfluß. Der Neid setzte sich wie ein Spürhund auf die Fährte des Erfolges. Schließlich gehörte der Neid zu den sieben Todsünden, die auch Sophie nicht aus der Welt schaffen konnte. Sie hielt es für verlorene Zeit, sich darüber zu entrüsten.

Sophie war auch nicht gewillt, all diese negativen Seiten des Menschen in sich aufzunehmen. Dies gab dem Blick etwas Düsteres, zersetzte den Mut, ließ an allem zweifeln, nahm den Elan und untergrub langsam, aber nachhaltig die Lebensfreude. Außerdem waren ihre Schultern nicht breit genug, um all das Schlechte, das einem aufgebürdet werden sollte, zu tragen. Sie wollte es gar nicht erst an sich herankommen lassen. Sie wollte sich freihaken davon, um aufnahmefähig zu bleiben für das, was sie innerlich stärkte. Freude erhielt die Sinne heiter und war die beste Medizin. Davon konnte niemand sie abbringen. Nicht die gelehrteste Theorie und auch nicht der klügste Rat.

So nahm sie zielstrebig und sehr bewußt die angenehmen Seiten von allem, was sie umgab, wahr und freute sich, daß La Roche nun auch der Familie ihrer Maxe etwas Gutes tun konnte, indem er ihrem Schwiegersohn Peter Anton zu einem angesehenen Titel verhalf. Sie fand, es war auch höchste Zeit, denn ein Mann wie Brentano hatte eine solche Anerkennung mehr als jeder andere verdient.

Sophie war bekannt, daß die Leute über die Italiener im stillen die Nase rümpften, aber sie hatte Sympathie für sie. Denn sie besaßen etwas, das den Einheimischen längst abhanden gekommen war: den Ehrgeiz, in Deutschland ihr Glück zu machen. Die Italiener waren ganz anders motiviert, etwas zu leisten und Pflichten zu erfüllen, als die Satten an Rhein und Mosel, die am liebsten das ganze Jahr zum Karneval gemacht hätten und auch nicht mehr bescheiden beginnen wollten, sondern gleich nach den fettesten Pfründen verlangten.

Sophie hatte es nie gestört, daß die Vorfahren Brentanos kleine italienische Einwanderer waren, die ihre selbstgezogenen Orangen, Pomeranzen, Zitronen und Oliven über den Rhein geschafft hatten, sie auf Wochenmärkten anboten und den Rest der Waren als Hausierer absetzten. Immerhin hatten es Brentanos Brüder schon zu Zwischenhändlern gebracht, die mit Gewürzen und Spezereien handelten und respektable deutsche Steuerzahler geworden waren. Peter Anton jedoch war es geglückt, das Geschäft in großem Stile aufzuziehen. Seit Jahren schon konnte er beachtliche Darlehn an Fürstbischöfe geben.

Es freute Sophie, daß ihr Schwiegersohn fortan Resident des Kurfürsten von Trier mit dem Titel eines Rates war. Die Tüchtigen mußte man herausstellen, ob sie nun aus Italien oder sonstwoher kamen, ob es der Schwiegersohn oder ein Fremder war. Darin war sich Sophie mit La Roche einig: Gerade weil die Faulheit immer salonfähiger wurde und die Erinnerung an Pflichten als altmodisch galt, gerade weil man auf das Vergnügen und den Tanz mehr Wert legte als auf die Arbeit – gerade darum waren die Tüchtigen die

Tugendhaften und Standesgemäßen, die höchstes Lob verdienten.

Diesen Satz wiederholte La Roche, als Sophies neuer Roman erschien. Wie damals vor zehn Jahren brachte er auch jetzt wieder die neuesten Zeitungen und Journale aus dem Kabinett mit und las ihr voller Stolz die Rezensionen vor. Auch diesmal hatte er ihren Roman nicht gelesen. Er war nun einmal ein notorischer Abstinenzler der Prosa, aber er zweifelte keinen Augenblick daran, daß sie ihr Metier beherrschte. Wer wie Sophie Bildung und Geschmack besaß und stets anregende Gespräche führte, konnte gar nicht anders als eine unterhaltsame stilvolle Feder führen.

Das Echo auf den Roman gab ihm recht. *Rosaliens Briefe*, hieß es, waren die reife Frucht eines weiblichen Geistes und Herzens, ein planmäßiger praktisch-sittlicher Unterricht für Frauenzimmer. Was wollte sie mehr, als zu hören, die Verfasserin könne Charaktere nicht nur genau beobachten, sondern auch lebhaft schildern und blättere mit sprachlicher Ausdruckskraft ein Bilderbuch der Seele auf?

Solche Abende liebte er besonders: nach Hause kommen, nicht mehr an den Trubel des Amtes erinnert werden und sich an dem Ansehen seiner Frau erfreuen zu dürfen. Jetzt, da er fast ständig in Koblenz war, um den Bau des Residenzschlosses zu überwachen, brachte er Sophie auch immer kleine Geschenke mit, denn in Koblenz ließ es sich ganz anders einkaufen. Mal war es ein Karton mit feinstem holländischen Schreibpapier, mal ein Dollondisches Sehrohr, vor ein paar Tagen ein kristallenes Tintenfaß mit Silberdekkel, und diesmal überreichte er ihr ein Federmesser mit Silberstiel, Schreibtafel und Reißzeug – alles Dinge, die sie gut gebrauchen konnte und dankbar zu schätzen wußte.

Die Stunden seiner Ankunft bereitete Sophie besonders vor. Mochte er auch noch so viel Gefallen an ihrem Ansehen finden – es ersetzte nicht eine behagliche Atmosphäre. Sie ließ die Teemaschine einrichten und den Tisch im Kaminzimmer decken. Neben sein Glas stellte sie eigenhändig das Porzellankörbchen mit der Post, die tagsüber für ihn gebracht wurde. Sie legte seinen Hausrock zurecht und achtete darauf, daß die Tabatieren gefüllt waren. Dann zog sie sich noch einmal um. Meist wählte sie ein elegantes Déshabillé und steckte sich die Haare neu, um La Roche einen erfreulichen Anblick zu bieten. Sie sorgte auch dafür, daß sich um diese Zeit keine Gäste mehr im Hause aufhielten. Selbst Durchreisenden, die ihr nur eine kurze Aufwartung machen wollten, schenkte sie um diese Zeit kein Gehör. Sie wußte, La Roche mußte erst einmal den Trubel des Alltags abstreifen, sich in seine Gewohnheiten fallen lassen, um dann wieder aufnahmefähig zu sein.

Die Abende mit Sophie waren für ihn das Schönste am Tage. Er rückte die Fauteuils an den Kamin, lauschte dem Knistern des Feuers, genoß die Stille und schien erst jetzt zu spüren, daß die drei ältesten Kinder aus dem Haus waren. Von Fritz lag ein Brief auf dem Tisch, der die Mitteilung enthielt, daß er in das französische Regiment ›Royal Deux Ponts‹ eingetreten war und nach Amerika ging, um George Washington in seinem Kampf um die Unabhängigkeit von England zu unterstützen. La Roche nahm diese Nachricht weder mit Freude noch mit Bedauern auf. Fritz hatte sich nun mal für die Offizierslaufbahn entschieden, und dagegen war nichts einzuwenden. Schließlich konnte nicht jeder ein Gelehrter oder Diplomat werden. La Roche hielt es für richtig, daß die Söhne das taten, wozu sie sich berufen fühlten. Für welches Gebiet sie sich entschieden, war zweitrangig. Hauptsache war, die Arbeit machte ihnen Spaß. Wenn Fritz seine Abenteuerlust darauf verwandte, ein guter Offizier zu werden, dann sollte es ihm recht sein. Als Vater blieb ihm jetzt ohnehin nur noch eins: zu hoffen, daß der Sohn unversehrt aus dem Krieg zurückkam.

Mit einem leisen Seufzer legte La Roche den Brief zur Seite und wandte sich wieder der Stille zu. Kein Türschlagen, kein Hin- und Herlaufen, kein Rufen, kein Toben, keine Fragen, kein Quengeln, kein Drängen, keine Stimmen, sondern Ruhe. Herrlich wohltuende Ruhe. Die beiden Jüngsten Franz und Carl schliefen längst. Das Personal hatte sich zurückgezogen. Der Tag war unter die schwarzen Fittiche der Nacht gekrochen, doch La Roche sah ihn noch und freute sich, ihn für ein paar Stunden hinauszudehnen und ihn für Sophie und sich gegenwärtig machen zu können. Besonders gern trank er ein Pfälzer Bier, was sich inzwischen als eine Leidenschaft erwies, die er mit seinem Hund zu teilen hatte. Wenn Sir Charles den Geruch des Bieres wahrnahm, vergaß er alle vornehme Zurückhaltung, die ihm seine englische Herkunft auferlegte. Er sprang von seinem Saffianlederkissen, jaulte, winselte und wedelte so lange mit dem Schwanz, bis La Roche ihm ein Gläschen Bier in seine Schale goß. Sir Charles schleckte es mit einer so selbstvergessenen Hingabe, so tief selig und weltversunken auf, daß allein schon der Anblick das abendliche Behagen steigerte. Bis auf den letzten Tropfen leckte Sir Charles seine Schale aus und lag dann noch eine Weile schnuppernd vor dem leeren Gefäß, als gelte es, aus dem Geruch noch einen köstlichen Nachgeschmack zu ziehen. Dann wälzte er sich auf den

Rücken, streckte die Pfoten wie gottergeben zum Himmel und schlief ein. Ohne Zweifel – nach dem Genuß von Pfälzer Bier erreichte Sir Charles den Gipfel der Glückseligkeit.

Auch Sophie tat es gut, einmal mit La Roche allein zu sein und über sich selbst reden zu können. Es gab ja nicht nur die Kinder und die ständige Sorge um ihr Wohlergehen. Nein, sie beide, Sophie und La Roche, waren auch noch da. Nach sechsundzwanzig Jahren Ehe hatten sie sich solche Abende verdient. Auch Eltern mußte es einmal vergönnt sein, sich von ihren Kindern erholen zu dürfen. Fast jeden Tag brachte La Roche neue Einladungen für Sophie. Vor allem war er stolz, daß sich die näheren Freunde so gut über ihren Roman äußerten. Es freute ihn, daß Goethe *Rosaliens Briefe* seinen Bekannten empfahl. Jüngst erst hatte er mit Jacobi gesprochen, der fasziniert davon war, daß Sophie die Geschichte ihrer Heldin Rosalie von der Jugend bis zur Geburt ihres ersten Kindes erzählte und dabei die innere wie äußere Entwicklung so meisterlich zu verbinden verstand. Jacobi ließ grüßen und gratulieren und fügte hinzu, daß er sich bereits mit Wieland darüber verständigt hatte und mit ihm die Auffassung teilte: einen solchen Roman hatte es noch nicht gegeben.

Nichts war angenehmer für La Roche, als ihr so gute Nachrichten überbringen zu können. Wog doch die Bestätigung im engsten Freundeskreis schwerer als jedes Urteil der Öffentlichkeit. Besonders allerdings freute ihn das Echo des Hofes. Selbst jetzt, da er weniger im Kabinett und mehr im Reisewagen saß, wurde er von verschiedenen Seiten auf den Roman der Frau Gemahlin angesprochen und immer wieder um Auskunft gebeten, wann der zweite Teil erscheinen würde. Es ehrte ihn, daß die Schwester des Kurfürsten, Prinzessin Maria Kunigunde, so beeindruckt von Sophies neuem Werk war, daß sie die Autorin zum Vogelschießen einlud. La Roche war sich der Exklusivität einer solchen Einladung sehr wohl bewußt und kündigte ihr an, daß diesmal sogar der Kurfürst von Köln zur Jagd erwartet wurde. Angst vor dem Schießen brauchte sie nicht zu haben. Der Reisemarschall hielt die besten Büchsen aus der kurfürstlichen Gewehrkammer bereit, der Oberjäger schoß sie am Abend vorher ein, und treffen brauchte sie nicht. Das war ohnehin das Vorrecht der Prinzessin.

La Roche fand es auch sehr ehrenvoll, daß Sophie dem Hofporträtmaler sitzen mußte, denn man wünschte von Herrn Beckenkamp eine Vorlage für Stiche zu haben, nach denen eine große Nachfrage bestand. Als besondere Auszeichnung jedoch empfand er die Einladung zum Déjeuner dinatoire beim Kurfürsten, zu der er Sophie begleiten durfte. Zu diesem höheren und überaus vornehmen Gabelfrühstück hatten beide in großer Gesellschaftstoilette und er mit kleiner Ordensdekoration zu erscheinen. Er bedauerte nur, daß Sophie wegen des engen Mieders, das sie schon in aller Herrgottsfrühe schnüren mußte, so wenig von den erlesenen Delikatessen essen konnte; denn begonnen wurde mit Austern und Champagner und geendet mit Trüffeln und Desserts.

Als sie dann auch noch vom Koblenzer Stadtschultheißen zum Wochenende in den Stadtwald eingeladen wurde, wo er auf anmutiger Höhe ein Zelt aufschlagen ließ und hier die Bürgermeister, die Stadträte und einen Teil der Noblesse aufs prächtigste bewirtete, begriff La Roche die neue Qualität der Einladungen: Sophie war aufgerückt in den Status der Elitegäste. Und dies hatte sie allein ihrem Ansehen als Schriftstellerin zu verdanken.

Natürlich freute sich auch Sophie, daß ihr zweiter Roman einen solchen Erfolg hatte und bei Frauen wie Männern gleichermaßen Lob fand. Es entsprach ihrem innersten Bedürfnis, das Verbindende in allem zu suchen und dort, wo sich Gegensätze auftaten, das Gemeinsame hervorzuheben. Im Gleichklang mit anderen ließ sich die eigene Wirkung verdoppeln. Davon war sie fest überzeugt. Und dennoch blieb nach all den ehrenvollen Einladungen und Empfängen eine gewisse Unzufriedenheit zurück.

Sie fühlte, daß sie beim Schreiben zu viele Kompromisse machte und zu vieles verschwieg. Wie gerne hätte sie einmal das geschildert, was sie bei ihrem Umgang mit dem Hofe erlebte. Es reizte sie, einmal zu zeigen, wie groß der Luxus und wie klein der Geist war, der sich unter den prächtigen Kronleuchtern versammelte. Sie hätte gerne die Leute von vermeintlichem Rang in ihrer Langeweile vorgeführt, diese herumwuselnden Eiferer und dienstfertigen Seelen, die sich mit ihren kleinen Leistungen brüsteten und deren ganzes Denken darum kreiste, wie sie ein schnuckliges Pöstchen ergattern konnten, das ihnen wenig Pflichten auferlegte und gutes Gehalt einbrachte. Leute, die sich vor lauter Untertänigkeit das Mark aus den Knochen logen und die auf nichts begieriger waren, als dabeizusein und dazuzugehören.

Gerne hätte sie einmal beschrieben, wie Graf S., ein vierzigjähriger abgerittener Hengst, sich coram publico seiner Weiberader brüstete und zum Entzücken der Anwesenden schlüpfrige Geschichten erzählte. Nicht minder gern hätte sie die grenzenlose Dummheit des Ministers K. geschildert, der stolz darauf war, seinen Namen noch nie auf eine Subscriptionsliste gesetzt zu haben. Sie hätte etwas darum gegeben, diese Blasiertheit und Borniertheit zeigen zu dürfen, aber sie mußte Rücksicht nehmen. Rücksicht auf das Amt von La Roche, Rücksicht auf ihr eigenes Ansehen, Rücksicht auf den achtbaren Namen ihrer Familie, auf die Familien ihrer Kinder, auf ihre Freunde – tausendfache Rücksicht. Doch andererseits hielt sie es schon für schäbig, auch nur ernsthaft zu erwägen, über Leute, die sie verehrten, die ihre Bücher kauften und lasen und die sie an den Hof einluden, schlecht zu schreiben. So etwas gehörte sich nicht. Sie verkehrte nun mal in den Kreisen. Sie genoß das Privileg, in ihre innersten Räume eingelassen zu werden, und es hätte ihrem Charakter zutiefst widerstrebt, sie in einem Roman öffentlich bloßzustellen. Für Schmutz und üble Nachrede war ihr das Papier zu schade. Selbst wenn sie die Personen bis zur Unkenntlichkeit verfremdet und mit Masken kostümiert hätte – jeder wußte, in welchen Kreisen sie verkehrte und hätte es zumindest als pauschale Verunglimpfung deuten können. Nein, ihr blieb nichts weiter übrig, als auch in Zukunft sehr genau hinzusehen und sich im stillen ihren Teil dazu zu denken. Letztlich war entscheidend, das Gute und Edle hervorzuheben, denn nur so konnte sie, wenn überhaupt, ihre Leser zum Besseren leiten.

So nahm sie denn wie vor Jahren, als ihre *Sternheim* erschienen war, all die Einladungen an, auch mit dem Wissen, daß es sich dabei mitunter um recht nutzlose Vergnügungen handelte und sie mit so manchem eingebildeten Plauderer ihre Zeit verschwätzen mußte. Aber ganz umsonst, ganz ohne Nutzen war auch das nicht. Denn wenn alle, mit denen sie über ihre Literatur sprach, *Rosaliens Briefe* kaufen würden oder den Roman an Freunde weiterempfahlen, hatten sich die Abende schon gelohnt. Schließlich sollten ja auch die Fortsetzungen einen guten Absatz finden. War ihr

Honorar hoch genug, konnte sie desto wohltätiger sein.

Als ein Jahr später der zweite Teil ihres Romans erschien, gab der Intendant des Mannheimer Theaters ihr zu Ehren einen Empfang. Freiherr von Dalberg war eigens dafür nach Ehrenbreitstein gekommen, um der Autorin nebst ihrem Gemahl, dem Herrn Kanzler, seine Verehrung bekunden zu können. Sophie freute sich über die Einladung ganz besonders, denn einen Intendanten persönlich zu kennen, konnte nur von Vorteil sein.

Sie ließ sich für diesen Abend ein neues Kleid nähen und saß schon Stunden vorher am Toilettisch, um sich zu schminken, zu pudern und das Haar zu stekken. Sie wollte gut aussehen und zeigen, daß es bei ihr zwischen Werk und Person keinen Unterschied gab. Sie war in ihrem sprachlichen Ausdruck so elegant wie in ihrer äußeren Erscheinung.

La Roche versprach ihr, so früh wie möglich aus Koblenz zu kommen, denn er wollte nicht abgehetzt oder gar noch verschwitzt zum Empfang erscheinen. Außerdem nahm er gern noch einen Kaffee oder blätterte in einem Journal, um sich zu entspannen und auf den Gastgeber einzustellen. Zu solchen Anlässen wollte er in guter Stimmung das Haus verlassen.

Doch gerade heute ließ er auf sich warten. Hin und wieder lief sie zum Fenster, um nach ihm zu sehen, und begriff nicht, wie er sich derart verspäten konnte. Handelte es sich um Vergeßlichkeit oder Überarbeitung, oder hatte er gar den Tag verwechselt? Sie ärgerte sich mit jeder Minute, die sie auf ihn warten mußte, mehr. Ungehalten lief sie in ihrer neuen Robe im Zimmer auf und ab, lauschte nervös nach dem Geräusch einer heranfahrenden Kutsche, aber vor dem

Haus blieb alles still. Allmählich begann sie die Ungeduld zu quälen, denn die Stunde des Empfangs rückte immer näher. Die Dämmerung brach schon herein, doch von La Roche war weit und breit nichts zu sehen. Sie derart im Stich zu lassen war ungeheuerlich. Wenn er kam, sollte er sich etwas anhören, denn dafür gab es keine Entschuldigung. Sie sah zur Uhr und überlegte, was sie tun sollte. Noch konnte sie ohne grobe Verletzung des Schicklichen mit einer halben Stunde Verspätung erscheinen. Doch dann, als sie die Wachslichter anzünden lassen mußte, entschloß sie sich, ihren Diener zu Herrn von Dalberg zu schicken, um ihm die Situation zu schildern und abzusagen. Es war ihr peinlich. Äußerst unangenehm und peinlich, denn so etwas war ihr noch nie vorgekommen. Aber sie wollte auch nicht ohne La Roche die Einladung wahrnehmen, zumal sie sich sein Ausbleiben nicht erklären konnte. Einerseits war sie wütend, daß der Herr Gemahl ihr ausgerechnet diesen Abend mit dem Intendanten verpatzen mußte, andererseits verunsicherte sie das Warten auch, gerade weil sie seine Zuverlässigkeit kannte. Sie begann, sich Sorgen zu machen.

Wäre er über Nacht in Koblenz geblieben, hätte er einen Courier geschickt, wie er das schon manches Mal getan hatte. Aber auch ein Reiter kam nicht die Straße heraufgesprengt. Plötzlich überkam sie die Angst, ihm könnte etwas zugestoßen sein. Man hörte ja in letzter Zeit, daß die Straßen immer unsicherer wurden, und jüngst erst hatte man Landhofmeister von Kesselstadt überfallen.

Von Stunde zu Stunde steigerte sie sich in die düstersten Befürchtungen hinein und war sich auf einmal sicher, daß etwas Schlimmes mit La Roche passiert sein mußte. Sie hatte die Kaminuhr neben sich gestellt, obwohl sie wußte, daß der ständige Blick auf das Zifferblatt an ihrer Situation nichts mehr änderte. Es ging auf Mitternacht zu. In all den Jahren hatte es so etwas noch nicht gegeben. Es ließ sich zwar nie genau sagen, wann er nach Hause kam, aber wenn sie verabredet waren, konnte sie sich auf ihn verlassen. Sie wollte etwas tun, um das Warten zu verkürzen. Ein Buch lesen, ja selbst auch Zinn scheuern – nur irgend etwas tun, um sich abzulenken. Jetzt erst wurde Sophie sich bewußt, daß sie noch in voller Abendrobe dasaß. Sie eilte ins Toilettzimmer, um sich des unbequemen Aufputzes zu entledigen, schaute in ihrer Angst nach Franz und Carl und blieb wie zur Selbstberuhigung an ihrem Bett sitzen. Eine viertel, eine halbe und noch eine viertel und eine dreiviertel und eine ganze Stunde. Dann hörte sie draußen das Wiehern der Pferde. Sie stürzte zur Haustür. Als sie La Roche aussteigen sah, rannte sie auf ihn zu, umarmte ihn und hielt ihn so fest, als wäre er gleich Odysseus nach langer Irrfahrt heimgekehrt. Doch La Roche reagierte nicht. Er sah sie nicht, sagte nichts, gab dem Kutscher ein Zeichen, daß er abfahren sollte und ging mit so schweren Schritten ins Haus, daß sie meinte, es hinge das Gewicht von Sträflingsketten an seinen Füßen. Er legte den Mantel nicht ab, schleppte sich in sein Arbeitszimmer, setzte sich in den Sessel und starrte auf die Platte des Schreibtisches.

Sophie bemerkte im Kerzenschein sein blasses Gesicht. Sie fragte erschrocken, was passiert sei, rüttelte ihn, als wolle sie ihn ins Leben zurückrufen und endlich zum Sprechen bringen, doch er sah mit einem abwesenden Blick an ihr vorbei. Dann endlich sagte er: Den Kanzler von La Roche gibt es nicht mehr.

Sophie fragte entsetzt, was geschehen sei. Er legte sein Entlassungsschreiben auf den Tisch und verließ den Raum. Sie las das Papier und vermochte im Augenblick nichts zu fühlen als eine tiefe Ratlosigkeit. La Roche gestürzt. Das mußte ein Irrtum sein.

Am Morgen füllte sich das Haus. Unter den nichtigsten Vorwänden stellten sich Beamte aus der Regierung und der Kammer ein. Sie wollten hören, was an der Sache wahr sei, denn es kursierten bereits die wildesten Gerüchte. Ihr Freund, Baron von Hohenfeld, kam direkt aus dem Kabinett, um zu sagen, daß er aus Protest gegen den Kanzlersturz um seine Entlassung als Minister gebeten habe. La Roche meinte nur, er solle sich das gut überlegen, doch Hohenfeld hatte sich bereits entschieden.

Sophie stand noch immer fassungslos neben dem Geschehen. Sie wagte nicht, nach den näheren Einzelheiten zu fragen, nach Hintergründen und Zusammenhängen. Sie wollte mit keinem unnötigen Wort die Wunde vertiefen und wußte nur eines: Da er offenkundig das Opfer einer politischen Intrige war, stand sein Nachfolger schon fest und wartete nur darauf, in dieses Haus einzuziehen.

La Roche bestätigte es ihr einen Atemzug später, denn er sagte: Der Hof hat keine Verwendung mehr für mich. Wir müssen uns nach einem neuen Wohnort umsehen.

Es schien Sophie, als hätte sie die Fähigkeit verloren, zwischen wirklich und unwirklich unterscheiden zu können. Sie sah die Trennungslinie nicht mehr. Alles fand irgendwo weit hinter den Grenzen der Wahrnehmung statt. Die Aufregung um sie herum, das Kommen und Gehen, das Vorfahren und Abfahren, die Menschen, die Stimmen – alles hörte sie, alles sah sie, und doch kam es ihr vor, als würde nichts davon ihr Bewußtsein erreichen.

Kürzlich hatten sie sich noch so angeregt mit dem

Kurfürsten unterhalten, daß sie glauben mußten, sich seiner besonderen Gunst erfreuen zu dürfen, und heute war La Roche kaltgestellt. War nichts mehr. Ein Beamter ohne Amt und ohne Aufgabe. Nach all den Verdiensten fallengelassen und davongejagt. Zu begreifen, daß so etwas möglich war und ausgerechnet ihm passieren konnte, hätte eines Sprungs über den eigenen Schatten bedurft. Aber sie war zu keiner Bewegung fähig.

Obwohl der Trubel im Hause immer größere Ausmaße annahm und ihr mit diskreter Neugier fortwährend Fragen gestellt wurden, zwang sie sich zu der Vorstellung, eine Zuschauerin zu sein, die nicht ihre eigene, sondern die Geschichte einer anderen erlebte. Sie brauchte die schützende Einbildung, um sich langsam, Lidschlag für Lidschlag, der Wirklichkeit des Geschehens anzunähern und die wenigen Gedanken, die sie noch zu ordnen vermochte, vorsichtig und behutsam darauf hinzulenken, daß sie vor einer unumkehrbaren Tatsache stand.

Doch erst als Baron von Hohenfeld ihnen anbot, in seinem Haus in Speyer zu wohnen, und La Roche nicht zögerte, das Angebot des Freundes anzunehmen, wurde Sophie in die neue Wirklichkeit zurückgeholt. Die gewohnte Ratio kehrte zurück, und auf einmal stand ihr die Zukunft klar vor Augen: der Mann ohne Einkommen, die beiden Söhne in der Ausbildung und eine Frau, die zwar Ruhm, aber keine Einkünfte hatte. Nach vierzig Dienstjahren in Ungnade entlassen zu werden, ohne Ansehen und ohne Pension dem Alter entgegensehen zu müssen – tiefer hätte sein Sturz nicht sein können.

Sophie dankte dem Himmel, daß sie wenigstens ihre Töchter so gut verheiratet hatte, daß die Zukunft von Lulu und Maxe gesichert war. Wovon allerdings die Restfamilie künftig leben sollte, wußte sie nicht. Fest stand für sie nur, daß sie es sich nicht mehr erlauben konnte, ihre Honorare der Wohltätigkeit zu stiften. Sie durfte auch nicht mehr acht Jahre zwischen zwei Romanen vergehen lassen, sondern mußte in Zukunft fleißiger die Feder führen und aus ihrem Ruhm einen pekuniären Gewinn ziehen. Zu verschenken hatte sie nichts mehr. Die Katastrophe war eingetreten, und es nützte nichts, das Schicksal zu beklagen. Gleich, was auf sie zukam, sie mußte nach vorn blicken.

III

Da es nun einmal zu den liebsten Beschäftigungen des Menschen gehört, über das nachzudenken, was er nicht besitzt und wie viele günstige Gelegenheiten ihm entgangen sind, kam La Roche zu dem Ergebnis, daß es in dem allgemeinen Auf und Ab des Lebens etwas gab, das sicher über alle Abgründe hinwegtrug: Es war das Eigentum. Liegenden Grund und fahrende Habe sein eigen zu nennen, glich einem verläßlichen Netz, das in prekären Situationen auffing und schon darum für die Gewißheit sorgte, nie wirklich zu den Verlierern gehören zu müssen. Es mußten ja keine großen Güter und kein prächtiger Landsitz sein – ein Haus wäre schon genug gewesen. Es hätte ihm Halt gegeben und ein Gefühl der Sicherheit.

Jetzt, da La Roche viel Zeit hatte und seinen Freund Baron von Hohenfeld bei der Inspektion seiner Güter begleitete, merkte er, wie gelassen, wie souverän und überlegen es sich auf dem eigenen Grund und Boden dahinschreiten ließ. Betrachtete er es genau, so kam alles aus ihm, was dem Menschen guttat: Nahrung, Freude, Lebenssinn und Kreditwürde. Vor allem Kreditwürde, die in einer zunehmend materiellen Welt wohl die höchste Form der Würde war. Sie gab Glaubwürdigkeit und offenbarte die besondere Kraft des Mannes: die Finanzkraft. Das Bewußtsein, Herr über die Grundlage all dessen zu sein, hatte etwas Beruhigendes und wirkte tief nach innen.

Nach all den Erfahrungen war sich La Roche inzwischen sicher, daß die Sonntagsprediger und Kanzelredner über das Wesen des Menschen sagen konnten, was sie wollten – seine eigentliche Erweiterung erfuhr es durch das An-Wesen. Nichts formte den Charakter so sehr. Es hielt in Bewegung, stärkte das Verantwortungsgefühl, vertrieb die Langeweile, hob das Ansehen, stellte fortgesetzt neue Aufgaben, und wenn es groß genug war, nährte es auch noch seinen Mann. So ein Anwesen legte sich wie ein Schutzgürtel auch um den verlorensten Erdensohn und bewahrte ihn davor, ins Nichts zu fallen und niemand mehr zu sein. Ein Mann mit Anwesen war nie heimatlos, nie wurzellos und stand nie mit leeren Händen da. Er kam nicht in die fatale Situation, sein Leben wie einen Fehlbetrag abbuchen zu müssen, denn aus dem eigenen Grund und Boden sprach indirekt auch immer die eigene Tatkraft und – der Erfolg. Gleich, ob er in der Jugend oder im Alter kam – Hauptsache, er hatte sich irgendwann im eigenen Grund und Boden vergegenständlicht. Denn hier grünte er fort.

La Roche hatte es versäumt, so ein Fleckchen Erde, so ein Anwesen zu erwerben, auf das er sich jetzt mit seiner Familie hätte zurückziehen können und das ihn unabhängig gemacht hätte von fremder Gunst. Er machte sich Vorwürfe, nicht weitsichtig, nicht vorausschauend genug gewesen zu sein und sich auf ein dauerndes Wohlwollen seines Kurfürsten verlassen zu haben. Er wollte sich nie mit einem Besitz belasten, um jederzeit dorthin gehen zu können, wohin ihn sein Dienstherr rief. Er wollte beweglich bleiben und nirgendwo Wurzeln schlagen. Jetzt allerdings war das Versäumte nicht mehr aufzuholen. Angesichts der Güter seines Freundes beschlich ihn das Gefühl, doppelt gescheitert zu sein.

Daß Baron von Hohenfeld ihn nicht nur in seinem

Hause wohnen ließ, sondern auch noch seine Pension an ihn abtrat, war eine große Freundestat. Sie hätte La Roche eigentlich überglücklich machen können, aber das Gegenteil war der Fall: sie beschämte ihn. Nie hätte er gedacht, einmal von der Großzügigkeit eines Freundes leben zu müssen und nicht mehr in der Lage zu sein, seiner Familie ein standesgemäßes Leben bieten zu können. Es war das schlimmste, was ihm passieren konnte.

An manchen Tagen stand ihm dies als eine so große Blamage vor Augen, daß er an nichts anderes zu denken vermochte, niemanden mehr sehen wollte und sich in sein Arbeitszimmer verkroch. Er las weder ein Buch, noch schrieb er einen Brief. Er betrachtete seine Mineralien, als suche er in ihren Strukturen das Festgefügte und Beständige, das er jetzt in seinem Leben vermißte. Das Gefühl, niemand mehr zu sein und nichts mehr bewirken zu können, war mitunter so groß, daß es sich zur Selbstverachtung steigerte und ihn völlig antriebslos machte.

Sophie begriff ihn nicht. Ganz Deutschland hatte Anteil an seinem Schicksal genommen, denn jeder wußte: Er war nicht irgendein alltägliches Opfer irgendeiner alltäglichen Intrige. Er war als freisinniger aufgeklärter Mann aus dem Regierungsamt gestürzt worden, weil man in Kurtrier keinen Aufklärer als Kanzler haben wollte. Goethe hatte eigens Herrn von Knebel, den Prinzenerzieher, zu ihrem verehrten Gemahl geschickt, um ihm zu sagen, wie empört er über die Art und Weise seiner Entlassung war. Er hätte einen Mann von seiner Geistigkeit gerne am Weimarer Hof gesehen. Die Brüder Jacobi, Frau von Stein, Merck, Iffland, von Dalberg, Jung-Stilling – alle waren sie gekommen. Wieland hatte ihm geschrieben, daß sämtliche verständigen und ehrlichen Leute auf seiner Seite waren und er froh sein sollte, nach einem so langjährigen Dienst seine Freiheit und seine Ruhe genießen zu können.

Doch genau das wollte La Roche nicht gelingen. Jetzt, da er genügend Muße gehabt hätte, all das nachzuholen, was er in seinen Dienstjahren versäumen mußte, saß er den ganzen Tag untätig herum und stahl ihr die Zeit. Von morgens bis abends dachte er darüber nach, was wohl die tieferen Ursachen seines Sturzes gewesen sein mochten und weshalb man ihn nach vierzig Jahren in Ungnade aus dem Amt entlassen hatte.

Unzählige Male hatte sie mit ihm dieses Ereignis erörtern müssen und konnte nichts mehr davon hören. Vor allem war sie es leid, mit ihm die Fehler zu suchen, die er nicht begangen hatte. Natürlich war es ein vorgeschobener Grund, wenn behauptet wurde, er hätte den Bau des Residenzschlosses nicht energisch genug vorangetrieben und zu viele Schludereien geduldet. Jede Entlassung bedurfte nun mal eines äußeren Vorwandes. Sie war überzeugt, es hatte mit seinen *Briefen über das Mönchswesen* zu tun, über die eigentlich schon kein Mensch mehr gesprochen hatte. Als aber kurz vor seiner Entlassung ein zweiter und dritter Band anonym erschienen und erneut für Aufruhr sorgten, mußte natürlich jeder denken, daß er der Verfasser der Fortsetzungen war. Hätte Riesbeck, dieser lotterzüngige Journalist, sich als der Autor zu erkennen gegeben, wäre La Roche noch heute im Amt. So aber war er das Opfer eines übereilten Urteils geworden. Andererseits wäre es für den Kurfürsten ein leichtes gewesen, die Entlassung rückgängig zu machen, hätte er seinen Kanzler behalten wollen. Doch es war ja bekannt, wie sehr Clemens Wenzeslaus unter dem Druck der Geistlichkeit stand. Nein,

La Roche hätte sich noch so makellos verhalten und noch so gut sein Amt ausfüllen können – man wollte ihn los sein.

Sophie fand es sinnlos, immer wieder über Ereignisse zu reden, die sich nicht ändern ließen und die einer zweifellos abgeschlossenen Epoche ihres Lebens angehörten. Wehmütiges Zurückblicken half nichts und war auch nicht gerechtfertigt. Nie hätten sie erfahren, geschweige denn sich vorstellen können, was ein Freund vermochte. Baron von Hohenfeld hatte zwar als Dompropst zu Worms, Domherr zu Speyer und Bamberg, Generalvikar des Fürstbischofs von Speyer und Eigentümer größerer Besitzungen stattliche Einnahmen, aber auch stattliche Ausgaben. Vor allem aber hatte er eine große Familie, und Sophie brauchte niemand zu sagen, was die Zukunftssicherung der Kinder kostete. Außerdem kannte sie nur Reiche, die noch reicher werden wollten und niemals freiwillig auf einen guten Groschen verzichtet hätten. Daß Baron von Hohenfeld seine eigene Pension von zweitausend Gulden seinem Freund La Roche überließ und ihm noch eine Wohnung in seinem Hause in Speyer bot, daß es Männer wie ihn gab, erlaubte beiden nicht, auch nur einen einzigen Augenblick von Unglück zu sprechen.

Allein dieser Erfahrung wegen konnte Sophie nicht begreifen, daß La Roche noch immer umherlief wie ein Mann, der sich von aller Welt bestraft fühlte. Sie fand, es war höchste Zeit, daß er wieder Mut faßte, und gab sich Mühe, ihn aufzurichten. Er war nicht gescheitert. Er war nur zu klug für dieses Amt gewesen, zu aufgeklärt, zu selbständig. Den Einfluß der Kirche zurückzudrängen und dafür eine gute Landesverwaltung zu schaffen, war eine Jahrhundertaufgabe, die ein einzelner nicht bewältigen konnte. Weder in

Deutschland noch irgendwo anders, und in Kurtrier schon gar nicht. Doch er hatte sie wenigstens begonnen, und auch Wagnisse blieben nicht ohne Wirkung. Denn alles war Samenkorn.

Innerlich sträubte sie sich dagegen, ihn zu bemitleiden. Es war ihr eine schreckliche Vorstellung, den Tag damit zu verbringen, gemeinsam das Schicksal zu beklagen und sich gegenseitig all die Hoffnungen aufzuzählen, um die man sich betrogen fühlte. Sicherlich, ihm hätte das wehmütige Zurückschauen wohlgetan. Es wäre Balsam für sein verwundetes Selbstgefühl gewesen. Nur was nutzte es, in der Vergangenheit zu leben. Die Zeit ging weiter, und wer sich ihr nicht stellte, das sagte sie ihm sehr deutlich, fiel ins Abseits.

Es verging kein Tag, an dem sie nicht solcherlei beschwörende Appelle an ihn richtete. Ihm wurden diese Mahnungen zunehmend unerträglicher, so daß er sich manchmal nur noch zu den Mahlzeiten blicken ließ.

Einmal allerdings kam hoher Besuch – ein Obrist, den der König von Preußen in persönlicher Mission zu La Roche gesandt hatte. Im Auftrag Seiner Majestät übergab er ihm ein persönliches Schreiben Friedrichs des Großen und bat um sofortige Antwort.

La Roche las den Brief und war tief bewegt. Der König bot ihm an, in preußische Dienste zu treten, denn so schätzenswerte Männer wie Georg Michael von La Roche konnten nur ein Segen für das preußische Staatswesen sein.

La Roche bat sich eine kurze Bedenkzeit aus und zog sich in das Arbeitszimmer zurück. Noch wußte jeder im Lande, daß sein Sturz politische Gründe hatte. Faßte er jetzt am preußischen Hof nicht sofort Fuß, war er nicht vom ersten Tag an erfolgreich, konnte vielleicht noch verspätet der Verdacht aufkommen, er sei womöglich doch wegen Unfähigkeit aus dem Amt entlassen worden. Sich dieser Situation auszusetzen, mußte gut überlegt sein. Mit dreiundsechzig Jahren konnte er nicht mehr auf Entwicklung und Zukunft bauen. Da galt es die Dinge sofort durchzusetzen. Nach all seinen Erfahrungen zweifelte er, ob ihm dies in kurzer Zeit gelingen werde. Selbst wenn der große Friedrich schützend die Hände über ihn hielt, so kannte La Roche das Leben am Hofe doch zu gut, als daß er nicht wußte, daß er gerade darum keine leichte Position haben würde. Aber ein zweiter Abschied aus einem hohen Staatsamt durfte nur ein Triumph sein. Anders gab es für ihn keine Rehabilitation. Da der Ausgang jedoch ungewiß war, schien es ihm vernünftiger, das Risiko zu meiden und die Dinge so zu belassen, wie sie waren. Einem gestürzten Reformer ging immer noch ein anderer Ruf voraus als einem gescheiterten und der Unfähigkeit verdächtigten Beamten.

Das Angebot des großen Friedrich war zwar ehrenvoll, aber La Roche lehnte ab.

Sophie war enttäuscht. Maßlos enttäuscht. Gerade jetzt hätte er zeigen können, wie unrecht man ihm getan hatte. Sie an seiner Stelle wäre sofort in preußische Dienste getreten, schon um den Koblenzern vorzuführen, wie sehr er an anderen Höfen geschätzt wurde. Diesen Triumph hätte sie sich nicht nehmen lassen. Außerdem hätte er auch wieder ein schönes Einkommen gehabt, und sie hätte sich wieder standesgemäß Livreebediente halten können, statt wie jetzt nur noch mit einer einzigen Hausmagd auskommen zu müssen. Sie verstand ihn nicht, und es ärgerte sie, daß er sich nichts mehr zutraute.

Von einem Tage zum anderen hatte sie einen

Mann, der den ganzen Tag über nichts Besseres zu tun wußte, als seine Mineralien zu betrachten und über mögliche Fehler im Dienste des Kurfürsten zu reflektieren. Doch damit wollte sie sich nicht abfinden. Schließlich hatte sie einmal einen tüchtigen Mann geheiratet. Sie machte ihm Vorwürfe, so untätig zu sein, denn Arbeit gab es genug. Statt einen teuren Hauslehrer zu bezahlen, konnte er jetzt seine Söhne selber unterrichten und ihnen die nötigen Kenntnisse in Geschichte, Naturkunde und Rechtschreibung beibringen. Und wenn er dazu schon keine Neigung verspürte, konnte er ihr wenigstens bei der Beantwortung der Post helfen oder Briefe kopieren. Hauptsache, er saß nicht nutzlos herum.

Aber La Roche wollte sich von ihr nicht vorschreiben lassen, was er zu tun hatte, und nicht ständig mit irgendwelchen Erwartungen, die sie an ihn stellte, drangsaliert werden. Er besaß nun einmal nicht ihre Aktivität, und das mußte sie akzeptieren. Wenn er ein einziges Mal in seinem Zimmer hätte Ruhe finden können, wäre er schon zufrieden gewesen. Sophie aber wollte die Beschäftigung mit den Mineralien nicht als sinnvolle Tätigkeit anerkennen. Dafür fehlte ihr der Sinn. Außerdem begriff sie nicht, wie angenehm, wie wohltuend es sein konnte, in der Vergangenheit zu leben. Denn alles, was im Augenblick geschah, war doch nur der Abgesang auf eine große Zeit und darum nicht wert, auch nur mit einer einzigen Silbe bedacht zu werden. Es war nun einmal so gekommen, und jedes Aufbäumen dagegen konnte nicht mehr als ein Scheingefecht sein. Ändern ließ sich an seiner Situation ohnehin nichts mehr. La Roche hätte sich schon irgendwie damit abgefunden, wenn er nicht ständig in ihren Worten und Blicken diesen stillen Vorwurf gespürt hätte. Sie wollte ihn so entschlossen wie früher sehen, und genau das machte ihm das Leben unerträglich.

Wann immer er es zu Hause nicht mehr aushielt, mietete er sich eine Kutsche und fuhr zu seinen Töchtern. Lulu freute sich jedesmal über den Besuch des Vaters, aber sobald Möhn erschien, kamen Spannungen zwischen den Eheleuten auf, und es entstand eine kalte, wortkarge Atmosphäre.

Lieber besuchte La Roche Maximiliane. Im Hause Brentano war er von seinen Enkeln umgeben und hatte inzwischen dort auch sein eigenes Zimmer. Überhaupt verstand ihn keiner so gut wie Maxe. Sie begriff, daß der Vater nichts mehr wollte und einen neuen Anfang scheute. In ihrer Nähe fühlte er sich wohl und konnte auch seinem Schwiegersohn, der mit dem Kurfürsten Geschäfte machte, mit mancherlei Detailkenntnissen über den Hof nützlich sein.

Sophie war nicht böse, wenn La Roche für einige Zeit das Haus verließ. Im Gegenteil: Sie begrüßte es, daß wenigstens er die Verbindung zu den Töchtern hielt, denn ihr blieb kaum Zeit dazu. Außerdem wußte sie ihn auf diese Weise beschäftigt und brauchte nicht zu befürchten, daß seine ständige Nähe und seine düstere Sicht sie selber in eine pessimistische Stimmung versetzten. Im Gegensatz zu ihm wollte sie sich mit dem Unrecht, das ihm zugefügt worden war, nicht abfinden. Vielmehr motivierte es sie zu doppelter Aktivität.

Sophie korrespondierte wieder eifriger mit Wieland. Sie war stolz, daß sich ihr cherissime ami längst einen Platz auf dem Olymp erschrieben hatte und als berühmtester Dichter der Nation weit über die Grenzen des Vaterlandes hinaus bekannt war. Mit jedem Brief spürte sie, wie dieser ewige Nachhall ihrer Liebe erneut in ihrer Seele klang, wie er wieder Raum in ihr bekam und sie in eine Stimmung versetzte, aus der heraus ihr alles leicht und erreichbar schien. Es war tröstend, daß es ihn gab.

Wieland bot ihr an, ja bat sie inständig, ihr Beiträge für seinen *Teutschen Merkur* zu senden. Er wollte alles drucken, was sie ihm schickte, und schlug ihr sogar vor, ständige Mitarbeiterin an seiner Zeitschrift zu werden. Selbstverständlich wollte er ihr auch ein angemessenes Honorar zahlen. Vor allem legte er aber Wert darauf, daß ihre Handschrift im *Merkur* vertreten war. Der *Merkur* hatte in der Zwischenzeit viele weibliche Leser, und bei denen – wer wußte das nicht – fand eine so geschätzte Autorin wie Sophie von La Roche den größten Anklang.

Sie zögerte keinen Augenblick, Wieland ihre neuen *Moralischen Erzählungen* zum Druck zu überlassen, schrieben in seiner Zeitung doch auch Goethe, Herder und Jacobi. Im *Merkur* zu erscheinen war außerdem eine Chance, ihrem Rosalienroman neue Leser zu gewinnen, denn sie mußte jetzt mit jedem Gulden rechnen.

Ob sie jedoch ständige Mitarbeiterin am *Merkur* werden sollte, das allerdings galt es gut zu überlegen. Sie kannte ja ihren geliebten Cousin und wußte, daß er sich von ihrer Mitarbeit einen Gewinn versprach. Ihr Name sollte den Absatz seiner Zeitschrift steigern. Schon an den Themen seines *Merkur* sah sie, daß er in letzter Zeit mehr auf die zunehmende Leserzahl der Frauen setzte. Und sie sollte das Zugpferd dafür sein.

Je länger sie darüber nachdachte, desto mehr fragte sie sich, warum sie eigentlich nicht selbst eine Zeitschrift herausgab: eine Zeitschrift für Frauen. Sie war doch dafür die weit Berufenere. Wenn Wieland herausgefunden hatte, daß es dafür einen Bedarf gab, dann konnte sie seinem Gespür vertrauen. Er kannte die Buch- und Zeitschriftenbranche wie kein anderer. Er wußte, was die Leute lesen wollten. Andernfalls würde er an seinem *Merkur* nicht so gut verdienen. Warum sollte sie ihm für seine Zeitschrift ihren Namen leihen? Wenn, dann konnte sie schon selber aus ihrem Ruhm Gewinn schlagen. In ihrer Situation hatte sie nichts zu verschenken.

Vor allem aber schuf sie sich damit eine Möglichkeit, erzieherisch zu wirken und Einfluß auf Deutschlands Töchter zu nehmen. Sie konnte etwas für das Selbständigwerden der Frauen tun. Ihnen etwas von den eigenen Erfahrungen vermitteln und zeigen, daß jede Form des Zusammenlebens, die Ehe eingeschlossen, nur dann sinnreich war, wenn jeder in ihr seine Selbständigkeit entfaltete. Sie hatte allerdings nicht vor, die Frauen im Tone eines Karwochenpredigers zu Buße und Besserung zu ermahnen und mit dem Kehrbesen der Moral die Köpfe stubenrein zu fegen. Aber sie wollte den Frauen ihre Chancen zeigen. Mit einer eigenen Zeitschrift konnte sie unmittelbarer und direkter wirken als mit einem Roman. Genaugenommen brachte solch ein Projekt nur Vorteile für sie.

Wenn ihre Zeitschrift nur halb so erfolgreich sein würde wie Wielands *Merkur,* dann konnte sie sogar mit guten Einnahmen rechnen und ihren beiden Söhnen weiterhin eine solide Ausbildung finanzieren. Es mußte ja nicht das Philantropinum in Dessau sein. Das hätte sie tausend Gulden im Jahr gekostet, was von La Roches Pension nicht zu bestreiten war. Außerdem kannte sie den werten Basedow persönlich und zweifelte an seinen pädagogischen Fähigkeiten. Wer wie er so marktschreierisch für sein *Elementarwerk* trommelte und noch dazu seine Tochter auf den

Namen ›Praenumerantia Elementaria Philantropia‹ taufen lassen wollte, wer derlei Grillen im Kopf hatte, dem mußte man mit Distanz begegnen. Herrn Basedow hätte sie nicht mal Kälber zur Erziehung anvertrauen mögen. Für Franz und Carl kam nur eine seriöse Ausbildung in Frage. Aber preiswert waren auch die unspektakulären Erziehungsinstitute nicht. Schon darum kam für ihre Zeitschrift nur ein Selbstverlag in Frage. Den Gewinn mit einem Verleger zu teilen, verspürte sie wenig Neigung, weil sie wußte, daß ihr dann nicht mehr viel übrig blieb. Zweifellos bürdete sie sich mit einem Selbstverlag die doppelte Arbeit auf, aber sie sah ja an Wieland, daß es sich auszahlte. Abschrecken konnte sie die Arbeit nicht. Im Gegenteil: Eine anstrengende Tätigkeit kam gerade recht.

Sie wäre jetzt nicht in der Lage gewesen, sich an ihren Lesetisch zu setzen und im stillen Rückzug einen Roman zu schreiben. Unweigerlich wäre darin etwas von La Roches gedrückter Stimmung eingeflossen. Sie brauchte jetzt eine Arbeit, die ganz auf den Tag gerichtet war und sie davon abhielt, sich von dem enttäuschten Gemahl in die Vergangenheit ziehen zu lassen. Und sie brauchte jetzt die Bestätigung, den unmittelbaren Erfolg. Einen Erfolg, der nicht jahrelanger Vorarbeit bedurfte, sondern sich von Monat zu Monat mit jeder Abrechnung einstellte und vielleicht auch ihm zeigte: Wer von sich aus tätig wurde, konnte etwas erreichen.

Während eines Spaziergangs fiel ihr der Name für die Zeitschrift ein: Pomona. Die Göttin des Herbstes, der fruchttragenden Bäume. Diese Bezeichnung schien ihr am sinnreichsten, klang nach ernten, sammeln und einbringen und kam ihrer Absicht am nächsten. *Pomona für Teutschlands Töchter.*

Da La Roche noch immer bei Maxe weilte, besprach sie ihren Plan mit von Hohenfeld und Hutten, dem rührigen Rektor des Gymnasiums. Beide waren begeistert und erboten sich sogar, ihr den organisatorischen Teil der Arbeit abzunehmen. Rasch war eine Druckerei in Speyer gefunden, bei der sie die *Pomona* in Auftrag gab. Blieb nur noch die schwierige Frage des Vertreibens und Verteilens. Doch hier half ihr, daß sie Freunde in ganz Deutschland und in der Schweiz hatte, mit denen sie seit Jahren korrespondierte. Sie schilderte ihnen ihr Vorhaben, fragte an, ob sie ihnen jeden Monat zehn Exemplare ihrer *Pomona* schicken durfte, die sie dann an Freunde, Bekannte und sonstige Interessenten verkaufen sollten. Als Lohn für ihre Mühe und ihre Bereitschaft, Collektor zu werden, erhielten sie das elfte Exemplar kostenlos.

Da ihr die hohen Portokosten zur Genüge bekannt waren, bemühte sie sich beim Fürsten Thurn und Taxis um eine Postbefreiung. Zusätzlich schrieb sie Poststationen und Buchhandlungen an und bat sie, den Verkauf ihrer Zeitschrift zu übernehmen.

Das Echo war überwältigend. Lavater übernahm den Vertrieb für die Schweiz, Wieland für Thüringen, die Buchhändler Reich für Leipzig, Schwan für Mannheim, Dieterich für Göttingen, Palm für Erlangen, Wriebrecht für Petersburg. Die Freunde Boie, Pfeffel, Jacobi, Merck, die Gebrüder Stolberg, Jung-Stilling, Iffland, von Dalberg und Möser warben für die *Pomona* nicht weniger als Gräfin Julia von Reventlow in Kopenhagen, Karoline von Dacheröden in Erfurt, Frau Geßner in Zürich, Caroline von Lengefeld in Rudolstadt und Jenny von Voigts in Osnabrück. Sie alle hatten sich schon für das erste Exemplar vormerken lassen. Auch die Poststationen in Meiningen, Lemgo, Gotha, Heilbronn, Bremen, Ulm und Frankfurt reagierten so rasch, daß Sophie den Eindruck hatte, als hätten sie seit langem schon auf ihre Zeitschrift gewartet.

Von so viel Zuspruch ermutigt, setzte sie sich gleich an die Arbeit und konzipierte die ersten drei Hefte, die mit Beginn des kommenden Jahres fortlaufend erscheinen sollten. Seit Monaten hatte sie nicht mehr mit so viel Lust und so viel Schwung geschrieben. Herrlich, wenn man sich nicht jedes Wort mühsam abringen und einen ganzen Tag lang vor einer leeren Oktavseite sitzen mußte. Herrlich, wenn einem die Gedanken von selber zuflogen. Wenn sie ungesucht und unerwartet wie von einer anderen Stimme diktiert wurden und sie nur noch die Feder auf das Papier zu halten brauchte. Nach solchen Stunden hatte sie sich in den letzten Jahren immer gesehnt. Jetzt schienen sie gekommen und eröffneten ihr Möglichkeiten, die sich mit keinem Roman erfüllen ließen. Sie konnte all die Themen aufgreifen, die sie bewegten, und war an keine strenge Handlungsführung gebunden. Sie konnte ihre Gedanken über Mode, Tanz, Musik, Geschmack und wirtschaftliche Haushaltsführung, über Bücher und das Lesen notieren und ihren Leserinnen den maßvollen Weg der Mitte, jenseits aller Extreme und Verschwendungen, als das Fundament der Zufriedenheit aufzeigen. Sophie war ganz in ihrem Element.

In jedes Heft wollte sie einen ›Brief an Lina‹ aufnehmen, gleichsam als ein durchgehendes Motiv, um vor allem den jungen Leserinnen Lebensorientierung zu geben, und natürlich auch eine Spalte einrichten, in der sie selbst zu Wort kamen. Auch an Sonderhefte dachte sie, die jeweils einem europäischen Land gewidmet waren. Ein Heft über Frankreich, über Italien, über England – alles stand in ihrem Kopfe bereits fest.

Das größte Vergnügen sah sie jedoch darin, für den Inhalt der Zeitschrift ganz allein verantwortlich zu sein. An Mitarbeiter dachte sie vorerst nicht. Wieland konnte die ersten Gelehrten und Dichter der Nation als Mitarbeiter gewinnen, denn er war in der Lage, ihnen gute Honorare zu zahlen. Sie dagegen mußte erst einmal abwarten, wie hoch ihr Gewinn sein würde. Ein Heft der *Pomona,* das 6 Bogen umfaßte, veranschlagte sie mit 3 Reichstalern oder 4 Gulden 30 Kreuzer. Bedachte sie, daß das Jahreseinkommen eines tüchtigen Lehrers 150 Gulden nebst Garten und Feld betrug, konnte sie sich ausmalen, daß die Zeitschrift keine massenhafte Käuferschar anziehen würde, sondern mehr eine Lektüre für Leserinnen der oberen Stände war. Doch ob hoher oder niederer Stand – das Bewußtsein für die Selbständigkeit tat allen Frauen not.

Nächtelang war Sophie mit der Finanzierung befaßt, rechnete hin und her, rauf und runter, in Gulden und Talern, ob sich der Aufwand auch lohnen würde. Erschien die *Pomona* zwölfmal im Jahr, machte dies 72 Bogen Manuskript. Dafür brauchte sie 22 Ballen Papier à 9 Reichstaler, ergab 198 Reichstaler, plus Druck pro Bogen à 3 ½ Reichstaler, machte 252 – in summa 450 Reichstaler, die erst einmal von ihr vorgestreckt werden mußten.

Honorare entfielen. Wieland zahlte zwar 10 Reichstaler pro Bogen Manuskript, Schlözer sogar 12, wie sie gehört hatte. Doch da Sophie alles selbst schreiben wollte, lag sie recht kostengünstig. Den Buchhändlern und Postämtern, die ihr die *Pomona* abnahmen, räumte sie selbstverständlich einen Rabatt ein; allerdings unter der Bedingung, daß sie den Versand selbst übernahmen.

Zu den Unkosten rechnete sie noch Briefporto,

Fracht, Packtuch und Packpapier, und schließlich mußte sie auch noch den Rektor Hutten für seine Mitarbeit entlohnen. Doch gesetzt den Fall, sie verkaufte 500 Exemplare, dann bekam sie fast 1500 Reichstaler. Gingen die Unkosten ab, blieb es immer noch ein Betrag, der alle Mühe lohnte.

Gewiß, das Heft war teuer. Für 3 Reichstaler oder 4 Gulden 30 Kreuzer bekam man anderthalb Pfund Tee, allerfeinsten Pekoe und vier Pfund Tabak aus Puerto Rico. Aber sie sah auch nicht ein, warum der Genuß geistiger Nahrung umsonst sein sollte. Sie sah keinen Grund, hier etwas zu verschenken. Ob man Schuhe besohlte oder eine Zeitschrift herausgab – beides war Arbeit, und wer seine Arbeit gut machte, der sollte auch dafür gut bezahlt werden. Die noblen Zeiten, wo sie auf ihr Buchhonorar verzichten konnte, waren vorbei. Darum fand sie es durchaus legitim, mit dem, was sie tat, endlich auch einmal wohltätig gegen sich selbst zu sein. Wenn das Leben sie zwang, praktisch zu denken, dann wäre es geradezu leichtsinnig gewesen, in den höheren Sphären des Schönen und Idealen zu schweben und so zu tun, als würden sich die finanziellen Bedürfnisse ganz von selbst erfüllen. Die Situation hatte sich geändert. Jetzt war sie froh, ein Talent zu besitzen, das ihr die Möglichkeit gab, sich diese schönen Einkünfte zu verschaffen.

La Roche war entsetzt, als er aus einem Brief von ihrem Projekt erfuhr. Daß sie eine Zeitschrift herausgab, gefiel ihm zwar nicht schlecht, daß sie aber damit Geld verdienen wollte, beschämte ihn. Denn ein Mann, der nicht fähig war, seiner Frau und seinen Kindern ein gutes Einkommen zu sichern, war in seinen Augen eine blamable Erscheinung und hatte seine Bestimmung verfehlt. Er begriff nicht, daß Sophie ihm so etwas antun konnte. In ihrer klar erkennbaren Absicht, Geld zu verdienen, stellte sie ihn vor aller Welt bloß und verletzte seine Ehre. Er empfand dies als eine zusätzliche Erniedrigung, brach sofort seinen Aufenthalt bei Maximiliane ab, nahm die Extrapost und fuhr nach Hause. Schon auf der Türschwelle bot er alle rhetorischen Fähigkeiten auf, um ihr dieses Vorhaben auszureden. Er verwies auf seine Situation und bat sie, doch Vernunft anzunehmen. Schließlich würden sie bei äußerster Sparsamkeit mit seiner Pension auskommen.

Sophie machte ihm eine Gegenrechnung auf. Hätten sie Ersparnisse, auf die sie jetzt zurückgreifen könnten, sähe die Lage anders aus. Aber alles, was sie einst besaßen – ihr Vermögen von 18 000 Gulden – war in die Kinder geflossen. Das wußte er so gut wie sie. Die Mitgift für die beiden Töchter und mehr als 6000 Gulden für den leichtlebigen Herrn Sohn – das waren die Tatsachen. Die Kinder waren ihre Konten, und sie als Eltern mußten sehen, wie sie mit dem, was sie noch besaßen, zurechtkamen. Doch von seiner Pension ließ sich die Ausbildung von Franz und Carl nicht finanzieren. Da konnte sie einsparen, was sie wollte – es reichte ganz einfach nicht. Vor allem hatte ihr liebster La Roche keinerlei Vorstellungen, wie teuer das tägliche Leben war. Er mußte sich ja auch nie darum kümmern und wußte bis heute nicht, was ein Pfund Rindfleisch beim Landfleischer kostete. Nie war er mit diesen Dingen behelligt worden, und darum hatte er auch von der ständigen Teuerung nichts gespürt. Daß ihm die Preise für Bücher, Anzüge und Reisen bekannt waren, nützte bei der Finanzierung des täglichen Lebens nicht viel. Sophie war weit davon entfernt, ihm eine Haushaltsrechnung aufzumachen. Sie bemühte sich, ihm in den scheinbar nebensächlichen Dingen seinen gewohnten Lebensstandard zu erhalten. Wie immer servierte sie ihm jeden Mittag sechs Schüsseln – Suppe und Rindfleisch, Gemüse und Beilage, Ragout und Gebackenes –, und selbstverständlich brauchte er ein angemessenes Reisehabit, wenn er im Sommer mit Baron von Hohenfeld nach Holland und Frankreich fuhr. Es sei denn, er zog wie einst Wieland, als er noch ein armer Plinius war, in der Tracht eines Abbés durch die Welt: schwarz, mit kurzem Mäntelchen und Kragen. Doch so wollte sie ihren La Roche nicht sehen. Gerade in diesen äußeren Dingen sollte er wie früher leben, damit er nicht alle Tage an sein Unglück und seinen Verlust erinnert wurde.

Aber darüber schwieg sie und bemerkte lediglich, daß sie nichts Entehrendes für ihn darin sah, wenn sie als Ehefrau dazu beitrug, den gewohnten Lebensstil einigermaßen aufrechtzuerhalten. Im Gegenteil: Er sollte sich freuen, daß sie das konnte. Er hatte ihr immer gesagt, daß nützlicher Fleiß besser als Beten sei, und sie sah nicht ein, warum sie untätig herumsitzen sollte, wenn sie doch gleichzeitig mit ihrem Federeifer Geld verdienen konnte. Außerdem – daran wollte sie ihn dann doch erinnern – hatte sie bislang mehr Geld verschenkt als alle Schriftsteller Deutschlands, und darum konnte sie jetzt wohl mit gutem Gewissen welches verdienen. Zudem unterschied sich das Honorar für eine Autorin von jedem anderen Einkommen. Es war ein Ehrenlohn, ein Ehrensold. Eine Gebühr, womit die Verehrung vergütet wurde. Noch wurde sie von vielen geschätzt. Noch war ihr Ruhm groß. Und solange es so war, wollte sie die Gunst der Stunde nutzen und sich ihre Arbeit angemessen vergüten lassen.

La Roche verlangte einen Kompromiß. Sie sollte die Zeitschrift in einem bekannten Verlag publizieren. Dann wußten die Eingeweihten, daß sie daran nichts verdienen konnte, und die Dinge lagen klar vor Augen: der Verlag kassierte den Gewinn, und der Autorin blieb anteilig die Ehre. Wenn sie aber die Zeitschrift im Selbstverlag herausgab, dann tat sie vor aller Welt kund, daß sie damit Geld verdienen mußte, und das beschämte ihn.

Sophie schrieb diese Empfindlichkeit einzig seiner schwächlichen Verfassung zu. Aber das war etwas Vorübergehendes, und darum ließ sie sich nicht umstimmen.

Nach einem halben Jahr erschien das erste Heft des ersten Jahrgangs. La Roche warf keinen Blick hinein. Er war gekränkt, daß sie sich über seine Wünsche so achtlos hinwegsetzte. Er hätte ihr das Projekt strikt untersagen können, aber ein solcher Rigorismus lag nicht in seiner Natur. Außerdem war Sophie auch nicht die Frau, die sich von einem solchen Verbot hätte beeindrucken lassen. Auch einen Streit zu beginnen, fand er das denkbar schlechteste Mittel, um sich durchzusetzen. Zudem hatte die Vorstellung, nach dreißig Jahren Ehe plötzlich zum Kampfhahn zu mutieren, für ihn etwas Lächerliches.

All diese Bedenken verstärkten nur sein Gefühl, daß es für ihn künftig immer schwerer sein würde, es neben Sophie auszuhalten. Ob sie nun Briefe schrieb, Postberge sichtete, die Druckerei besuchte, Antworten kopierte, Rechnungen prüfte oder Besucher empfing – inmitten dieser Geschäftigkeit kam er sich nur noch störend vor. Er atmete auf, als Baron von Hohenfeld früher als beabsichtigt seine Reise nach Frankreich antrat und er ihn begleiten konnte. Noch nie hatte La Roche sich so fröhlich von Sophie verabschiedet. Allein die Aussicht, einen ganzen Sommer fort zu sein, empfand er wie eine Befreiung.

Sophie konnte ihn nicht begreifen. Statt sich zu freuen, daß sie etwas zur Aufbesserung der gemeinsamen Haushaltskasse beitrug, spielte er den Gekränkten. Vielleicht hätte er sich wohler gefühlt, wenn sie sich mit den bescheidenen Verhältnissen, die er ihr bot, zufriedengegeben hätte. Doch warum sich einschränken? Warum verzichten, wenn eine neue Geldquelle sich auftat? Vielleicht hätte sie nur etwas mehr auf seine enttäuschte Weltsicht eingehen sollen. Aber sie sah nicht ein, weshalb eine Frau bis in den letzten Seelenwinkel alles mit ihrem Ehemann zu teilen hatte. Es wäre die pure Selbstaufgabe gewesen.

Obwohl La Roche mehrere Monate auf Reisen war, fühlte Sophie sich keine Stunde allein. Sie vermißte ihn auch nicht, denn sie nutzte die Zeit, um die Beiträge für die nächsten drei Hefte der *Pomona* vorzuarbeiten. Franz, ihr jüngster Sohn, half ihr dabei. Stundenlang kopierte er in gut lesbarer Schrift ihre Manuskripte, um sie dann zur Druckerei zu tragen, oder er schrieb Teile aus Erzählungen und Zeitschriften ab, die sie für den Nachdruck vorgesehen hatte. Den ganzen Tag war er um sie herum – immer heiter, immer aufnahmebereit für jeden Rat, immer darauf bedacht, seiner Mutter Arbeit abzunehmen, und immer lächelte er, wenn sie das Zimmer betrat. Manchmal stellte er ihr nur eine Tasse Tee auf den Lesetisch oder legte ihr an kühlen Tagen eine Decke über die Schulter. Er war so voller Aufmerksamkeit und Sorge für sie, daß sie sich nichts Schöneres denken konnte, als einen solchen Sohn zu haben.

Auch wenn es ihr wenig ratsam schien, die lieben

Kinder miteinander zu vergleichen, drängte sich dennoch ständig der Unterschied zwischen ihrem jüngsten und ihrem ältesten Sohn auf. Wäre Fritz auch nur ein einziges Mal so aufmerksam und so zuvorkommend gewesen, hätte sie gejubelt. Doch er schien es darauf abgesehen zu haben, ihr in allem zu widersprechen und sie vor anderen Leuten zu blamieren. Wieland hatte ihr zwar einmal geschrieben, daß man nicht lauter vortreffliche Kinder haben konnte, doch das tröstete sie wenig. Inzwischen glaubte sie die Ursache zu kennen: alle Charakteranlagen hatten mit dem Stillen zu tun. Fritz durfte sie nicht stillen. Graf Stadion hatte es allen Frauen im Schloß untersagt, weil er fürchtete, sie könnten dadurch ihren Humor verlieren. Den Sohn heimlich zu stillen, war nicht möglich, denn der Graf hatte eigens Ammen beschäftigt. Außerdem hielten alle Frauen, auch seine eigene, diese Anweisung für vernünftig und ganz auf der Höhe der Zeit. Graf Stadion kämpfte schließlich gegen Aberglauben und Hexenprozesse, las in der Enzyklopädie, und jeder wußte, daß er zu den aufgeklärtesten und fortschrittlichsten Männern gehörte. Warum hätte sie ihm nicht vertrauen sollen? Sie war zu jung, zu unerfahren, um zu wissen, was einem Kind gut oder nicht gut tat. Aber bei der Geburt von Franz und Carl war sie fast vierzig Jahre alt, hatte genügend Erfahrung gesammelt und wollte sich nichts mehr vorschreiben lassen. Ihre beiden Nachzügler hatte sie selber gestillt, und deshalb waren sie so geraten, wie sie sich ihre Kinder immer gewünscht hatte. Heute wußte sie, daß man mehr auf die innere Stimme als auf die ganze Wissenschaft hören sollte. Die Natur hatte es nun einmal so eingerichtet, daß Mütter ihre Kinder stillten. Darin lag ein tieferer Sinn, den weder der Fortschritt noch irgendein Schlaukopf aufheben konnte. Diese ganze Wissenschaftlichkeit änderte sich ohnehin von Jahr zu Jahr und war doch nichts weiter als eine Theorie, die sich ein emsiger Gelehrter im Kampf gegen einen anderen emsigen Gelehrten ausgedacht hatte und die wenig zur Verbesserung des Befindens beitrug. Aber es war müßig, sich deshalb im nachhinein Vorwürfe zu machen. Es war nun einmal so, wie es war, und das Ideale schuf nur der Zufall.

Sophie hatte den ganzen Sommer über fleißig Heft für Heft ihrer *Pomona* vorgearbeitet, denn sie erwartete im Herbst La Roche von seiner Reise zurück und wollte dann für ihn Zeit haben. Doch sie erhielt von ihm einen Brief, in dem er mitteilte, daß sich sein Aufenthalt in Frankreich noch um etliche Wochen verlängern werde. Sie verstand sofort: Die Art, ihr auszuweichen, hätte diplomatischer nicht sein können. Und alles nur, weil sie verdiente und er sich dadurch herabgesetzt fühlte. Doch darauf konnte sie keine Rücksicht nehmen. Sie mußte an die Zukunft ihrer Söhne denken. Carl wollte Bergwerkswissenschaft in Berlin und Franz Forstwissenschaft bei Jung-Stilling studieren. Da sie La Roches Unmut für eine vorübergehende Erscheinung hielt und davon ausging, daß er sich eines Tages mit ihrer *Pomona* anfreunden würde, sah sie keinen Grund, sich über sein Ausbleiben Gedanken zu machen.

Für sie war es höchste Zeit, einmal etwas anderes zu sehen und etwas anderes zu hören. Kurzentschlossen nahm sie die nächste Post und fuhr mit Franz nach Mannheim. Es war nicht allzuweit von Speyer, hatte ein Theater, das viel von sich reden machte, einen Intendanten, der ihre Romane schätzte und dessen Frau inzwischen zu den begeisterten Leserinnen ihrer *Pomona* zählte.

Je weiter sie sich von zu Hause entfernte, um so mehr spürte Sophie, wie gut es ihr tat, diese ganze Schreibtischarbeit verlassen zu können.

Sie besuchte sogleich eine Vorstellung des neuen Sensationsstücks *Die Räuber* mit Iffland als Karl Moor und war froh, daß sie ihren Platz in der Intendantenloge hatte und nicht befürchten mußte, von den hereindrängenden Massen erdrückt zu werden. Sie kamen aus der nahen und fernen Umgebung, zu Fuß, zu Pferd und mit Wagen. Sophie konnte sich nicht erinnern, jemals einen solchen Andrang von Menschen gesehen zu haben. Fünf Stunden harrte sie aus, dann verließ sie in einer seltsamen Stimmung das Theater: entrüstet und zugleich angetan. Zweifelsohne war es ein freches Stück, und ihr Freund, Adolph von Knigge, hatte mit seiner Rezension völlig recht: Ein erschreckliches Gemälde des bejammernswürdigsten Elends, der tiefsten Verwirrung, des schrecklichsten Lasters. Und wieviel Unverfrorenheit, diesen menschlichen Morast auf die Bühne zu bringen! Doch gleichzeitig all diese gräßlichen Szenen so nuanciert, so stark ausgemalt, so lebhaft, so äußerst fein das Colorit, und die Charaktere der Räuber so meisterhaft gearbeitet. Nein, dieser Autor konnte kein gemeiner Kopf sein.

Sophie wollte ihn persönlich kennenlernen, und darum gab Intendant von Dalberg ihr zu Ehren am nächsten Tag in seinem Haus ein Essen, zu dem auch der Dramatiker geladen war. Sophie hatte sich den Dichter der *Räuber* ganz anders vorgestellt: wild, kühn, ungebärdig, ohne Manschetten und Jabot, und sie hätte sich auch nicht gewundert, wenn er, statt artig den Raum zu betreten, ganz in Empörermanier mit einem Fußtritt die Tür geöffnet hätte. Statt dessen saß ein bläßlicher, schüchterner junger Mann neben ihr, war nicht einmal so alt wie ihr Sohn Fritz und unterhielt sich respektvoll, fast ehrfürchtig mit ihr. Voller Bewunderung gestand er ihr, daß er vor Jahren auf der Akademie mit Bewegung ihre *Sternheim* gelesen hatte. Dies hörte sie natürlich gerne, faßte eine gewisse Sympathie für den hageren Rebell und erkundigte sich nach seinen weiteren Plänen.

Daß ihm die berühmte La Roche so viel Aufmerksamkeit schenkte, schien ihm ganz offensichtlich die Schüchternheit zu nehmen, und er berichtete ihr, am Mannheimer Theater eine Anstellung als Dichter bekommen zu haben – mit der Auflage, drei Stücke im Jahr zu schreiben und die Stadt nur während der größten Sommerhitze verlassen zu dürfen. Auf Wunsch des verehrten Herrn Intendanten arbeitete er jetzt den *Fiesko* um, der schon im nächsten Monat zur Aufführung kommen sollte.

Dieser Friedrich Schiller machte auf Sophie einen so angenehmen, bescheidenen und intelligenten Eindruck, daß sie sich ganz sicher war, er würde noch bessere Stücke als *Die Räuber* schreiben können. Sie sagte ihm, daß sie ihn für einen talentierten jungen Mann hielt, der vielleicht sogar die Lücke, die Lessing mit seinem Tode für die deutschen Bühnen gerissen hatte, schließen konnte.

Schiller verneigte sich mit einem Anflug von Röte im Gesicht und lenkte, sichtlich verlegen über soviel Ehre, auf ein anderes Thema. Er wollte demnächst eine eigene periodische Schrift herausgeben, die *Rheinische Thalia,* und darum erkundigte er sich behutsam nach den ersten Erfahrungen, die Sophie mit ihrer *Pomona* gesammelt hatte. Vor allem interessierte er sich für die Unkosten, die mit einem solchen Unternehmen verbunden waren.

Sophie sah nichts Ungewöhnliches darin, daß ein

Autor sympathischer als sein Werk war. Bei diesem Schiller jedoch wollte ihr nicht in den Kopf, wie ein so gesitteter junger Mann, der so wenig aß, so geziemend trank und so höflich fragte, ein so rohes Stück auf die Bühne bringen konnte.

Auf der Heimfahrt, in einer neu eingerichteten bequemen Diligence, vergaß sie fast, daß Franz neben ihr saß. Unentwegt dachte sie über diesen Akt der Verwegenheit nach und mußte sich eingestehen, daß sie nie fähig gewesen wäre, solch ein Räuberstück zu Papier zu bringen. Sicherlich hatte auch sie keinen Grund, die Welt, in der sie lebte, vollkommen zu finden. Aber sie hätte sie auch nie so respektlos vorgeführt. Gleich, ob sie eine Gesellschaft oder einen Menschen öffentlich an den Pranger stellte – dazu konnte sie sich nicht überwinden, denn sie sah in allem zuerst das Gute. Wahrscheinlich brauchte man eine Schnüffelnase für das Schlechte und Verkommene, für diesen ganzen politischen Morast, um Aufsehen zu erregen und das Publikum zu Feuertänzen der Begeisterung hinzureißen. Sie wollte eher das Verbindende, das Miteinander unter den Menschen befördern, und dies ließ sich nicht über seine abstoßenden Seiten, über die gefallenen Engel und die salonfähigen Teufel zeigen. Sophie war sich ganz sicher, daß dort, wo man das Gute hervorhob, sich auch das Gute bewirken ließ. Knüpfte doch gesetzmäßig Gutes wiederum nur an Gutes an. Mag sein, daß es allzu oft verborgen und verschüttet war, um auf den ersten Blick und von allen gesehen zu werden. Zu wenige wiesen darauf hin. Zu wenige gaben ihm einen Namen. Zu wenige setzten es ins Bild. Wer es wie sie bislang versucht hatte, genoß zwar allgemeine Verehrung und ein gewisses Ansehen, aber war doch meilenweit davon entfernt, einen solchen Sturm der Begeisterung auszulösen, wie er diesem Räuberdichter entgegenschlug.

Jetzt nach dem Theaterbesuch wurde ihr aber auch zum ersten Mal bewußt, wie sehr sich die Zeit geändert hatte. Inzwischen erregte nur derjenige unter den Dichtern noch Aufsehen, der seine poetische Hundswut losließ und laut gegen die Zeit anschrie. Unwillkürlich mußte sie an ihren Besuch bei Klopstock denken, der dies alles schon längst gesehen und längst empfunden hatte. Man mußte wohl herausspeien, was man fühlte, herausspeien, was man dachte und rücksichtslos aussprechen, was andere nicht wagten. Man mußte bekennen, wenn man als Dichter gehört werden wollte. Richter und Hinrichter sein und kein empfindsamer Wanderprediger. Sie hatte ja gesehen, wer im Publikum saß: die obligatorischen Kunstrichter und Bescheidwisser mit ihren allzeit fertigen Urteilen; die eleganten Belesprits, immer auf der Suche nach Ruchlosem und Aufsässigem, das sie sich wie einen neuen Duft zulegten. Immer in Tuchfühlung mit Sensationen aller Art, um selbst interessant zu bleiben und etwas zu wissen, was sich in den Salons zum Entzücken aller so unterhaltsam ausbreiten ließ. Der Rest der Besucher ein Haufen junger Leute – stehend, sitzend und die gemeinsame Ekstase nach jedem Vorhang steigernd. Und mittendrin ihr Franz begeistert wie alle anderen.

Ohne Zweifel, es war ein Generationswechsel erfolgt. Im Lande herrschte eine Atmosphäre der Unzufriedenheit, und wer sie in Szene setzte, war ihr Mann. Sophie aber konnte nicht im Sumpf der Zeit, in Moder und Fäulnis herumstochern. Sie wollte nicht mit der Autorenfeder in den blutenden Wunden der Gesellschaft bohren und gegen Despotie und Tyrannenherrschaft zu Felde ziehen. Das ganze Politische war in ihren Augen nicht wert, beachtet zu werden. Denn von da war keine Besserung zu erwarten. Das Gute mußte vom einzelnen selber kommen. Wenn der einzelne nichts tat, nicht an seiner Vervollkommnung arbeitete, konnte sich auch im Großen nichts ändern. Was gingen sie all die fernen Machthaber und Regenten, diese Kaiser und Könige, diese Fürsten und Herzöge an? Reichte es nicht, wenn sie ihr Land in Schulden und Chaos stürzten? Warum sollte dann auch noch der einzelne darunter leiden müssen, statt sich als Gegenwehr ein glückliches und sinnerfülltes Leben aufzubauen? Kein Herrscher war es wert, daß man sich ihm persönlich opferte.

Trotzdem, was sie tat – diese Art individueller Unabhängigkeit zu proklamieren – glich eher einer verdienstvollen Kleinarbeit an der Seele des Lesers, aber war weit davon entfernt, als ein Sturmgeläut empfunden zu werden. Es blieb brave Arbeit mit dem Wort. Schiller, das fühlte sie, war der neue poetische Held. Schiller schlug zu und traf. Das wollten die Leute haben: Dichtung als Kampfansage. Der Dichter als Stimmwerdung der gleichgültigen Mehrheit. Doch sie besaß eine solche Gabe und einen solchen Charakter nicht.

Fast war sie ein wenig bedrückt darüber, denn sie kam sich plötzlich ungeheuer altmodisch vor. Sophie zweifelte, ob ihre Art zu schreiben überhaupt noch ein Echo hatte. Ob sie nicht viel zu still, viel zu rücksichtsvoll, zu vornehm geworden war.

Doch dann, als sie nach Hause kam, wurde sie eines Besseren belehrt. Rektor Hutten überreichte ihr bewegt die Abonnentenliste der *Pomona*, die sie in der nächsten Nummer veröffentlichen konnte und die zeigte, wie rasch ihre Zeitschrift in den höchsten Kreisen Verbreitung gefunden hatte.

Die Fürstin von Anhalt-Dessau, die Herzogin Friederike von Braunschweig, Ihre Königliche Hoheit die Frau Erbprinzessin zu Hessen in Hanau, die Frau Erbstatthalterin in Holland, Frau Gräfin von der Lippe in Wien, die Regierende Herzogin von Sachsen-Weimar, Ihre Majestät die Königin von Neapel, Ihre Durchlaucht die Herzogin von Oldenburg – Hutten las wie in einer feierlichen Proklamation Name für Name vor, und Sophie gab es auf, mitzuzählen. Es waren mehrere hundert. Sie konnte es nicht fassen.

Als Wochen später Baron von Hohenfeld aus Frankreich zurückkam und von ihrem Erfolg hörte, ließ er Champagner kommen. Sie bedauerte, daß La Roche in dieser Runde fehlte. Er war zwar mit Hohenfeld zurückgekommen, aber er hatte den Baron gebeten, sein Gepäck in die Wohnung zu bringen und war zu seiner Tochter weitergereist. Sophie ließ die Koffer und Kisten unausgepackt im Vorraum stehen. Jedenfalls hat er nicht vergessen, wo er sein Gepäck abstellen kann, bemerkte sie mit spöttischem Schmunzeln. Letztlich konnte es ihr nur recht sein, wenn sich die Tochter um ihn kümmerte.

La Roche war in Frankreich nicht nur seinem Zeitvertreib nachgegangen, sondern hatte die Gelegenheit genutzt, um einige Aufträge für seinen Schwiegersohn Brentano zu erledigen. Er hatte in seinem Auftrag mit zwei großen Pariser Handelshäusern Kontakte geknüpft, etliche Gespräche am Hofe geführt, auch zwei Niederlassungen und mehrere seiner Geschäftspartner besucht.

Er überbrachte Brentano wichtige Briefe und Geschäftsnachrichten und war ganz in seinem Element. Wie früher verfügte La Roche über allererste Informationen und wertvolles Detailwissen und hatte das

Gefühl, endlich wieder einmal – wenn auch nur kurze Zeit und für einen kleinen Teil seiner Familie – die Fäden in der Hand zu halten. Die Enkel erlebten einen fröhlichen Großvater, der auf jeden ihrer Späße einging. Sie wollten alle an seiner Seite sitzen, alle mit ihm spazierengehen, und Maximiliane hatte Mühe, allein mit ihrem Vater das Haus zu verlassen, um ihn zu den Visiten zu begleiten.

Diesmal besuchte La Roche auch Frau Goethe. Er hätte es unhöflich gefunden, immer wieder nach Frankfurt zu kommen und nicht ein einziges Mal die Zeit zu finden, in der Santa Casa am Hirschgraben vorbeizuschauen. Maxe fand es wenig aufregend, bei Frau Goethe zum Tee zu sein, denn es war immer dasselbe: In der ersten halben Stunde sprach sie von den neuesten poetischen Erfolgen ihres Sohnes, die zweite halbe Stunde von den Intrigen am Frankfurter Theater, in der dritten halben Stunde durfte dann auch mal der Gast zu Wort kommen, und in der vierten halben Stunde wurde er entlassen, weil er gar nicht unterhaltsam war.

Diesmal jedoch erkundigte sie sich sogleich nach den Eindrücken, die La Roche aus Frankreich mitgebracht hatte, denn man hörte ja Gerüchte von seltsamen Regungen des Ungehorsams.

Als sie auf das einheimische Pressewesen zu sprechen kamen, mit dem niemand zufrieden sein konnte, dankte sie dem lieben Gott, daß er sie nicht so tief hatte herabsinken lassen, um an einem Journal arbeiten zu müssen.

Tja, sagte sie, ich bin froh, daß ich mir die Langeweile besser zu vertreiben weiß, als mich für eine Zeitschrift zu prostituieren. Maximiliane begriff sofort, daß diese Bemerkung auf ihre Mutter gemünzt war, und auch La Roche trafen die Worte. Er lächelte zwar aus gewohnter Diplomatie, aber dahinter verbarg sich nur, daß dieser Satz seine Wunde noch tiefer aufriß. Im Grunde stimmte er Frau Goethe zu, denn das gleiche, wenn auch anders formuliert, hatte er Sophie gesagt. Jetzt wurde ihm sein doppeltes Versagen erneut bewußt: Er hatte nicht verhindern können, daß seine Frau mit einer Zeitschrift Geld verdiente und ihn entehrte. Frau Goethe sprach nur aus, was die anderen dachten und trug zudem, wie jeder wußte, ihr Urteil auch noch gern in alle Welt.

La Roche drängte zum Aufbruch. Er hatte das Interesse an einem weiteren Gespräch verloren. Maximiliane ärgerte sich. Wenn sie sich schon die Zeit nahm, Frau Goethe zu besuchen, dann wollte sie nicht auch noch deren Sticheleien ertragen müssen. Das war dann doch des Guten zu viel. Wer war sie denn, außer der Mutter ihres berühmten Wolfgangs? Maximiliane war immerhin die Frau eines der reichsten Männer Frankfurts, ihr Vater war Staatsrat und Exkanzler und ihre Mutter eine angesehene Schriftstellerin, die von den ersten Kreisen der Gesellschaft gelesen wurde. Frau Goethe konnte froh sein, wenn sie ihr überhaupt ihre Aufwartung machten.

Maxe spürte, daß nach diesem Besuch die heitere Ankunftsstimmung des Vaters verflogen war. Doch glücklicherweise hatte sie diesmal noch eine ganz besondere Überraschung, ohne die er nicht nach Hause fahren sollte. Es war ein Geschenk von Brentano.

Seit längerem hatte sie schon darüber nachgedacht, wie sie ihre Eltern in ihre Nähe holen konnte, und Brentano fand eine einfache Lösung: Bei einer Zwangsversteigerung erwarb er preisgünstig ein Haus in Offenbach, in das seine Schwiegereltern einziehen sollten. Da Maxe für die Empfindlichkeiten des Vaters jedoch ein feines Gespür hatte und nur zu gut verstehen konnte, daß er nach seinem Sturz unter jeder Form von Zuwendung und Geschenken litt, war sie mit Brentano übereingekommen, daß der Vater zu einem symbolischen Kaufpreis das Haus selber erwerben sollte. Dem Besitzer hatte Brentano die größte Summe bereits bezahlt, so daß nur noch ein kleiner Rest von La Roche beglichen werden sollte – ein Rest, der seinem Selbstbewußtsein geschuldet war.

Maxe fuhr mit dem Vater nach Offenbach, ließ vor dem Haus halten, drückte ihm die Schlüssel in die Hand und bat ihn aufzuschließen. Sie gingen durch die Zimmer, die auch in leerem Zustand warm und behaglich wirkten, und traten dann durch die Küche hinaus in den Garten. Als er in die hohen Akazien sah, sagte er fast andächtig: Das ist ja ein kleines Paradies.

Es ist für dich und Mama, entgegnete Maxe. Brentano hat es für euch ausgesucht und festgehalten, denn die Gelegenheit es zu erwerben, ist günstig wie nie.

Sie zeigte ihrem Vater den Kaufvertrag, der auf einem Küchentisch zur Unterzeichnung bereitlag. Als er den Preis las, konnte er nicht fassen, daß es im Umkreis einer Messestadt wie Frankfurt überhaupt noch so günstige Angebote gab und unterschrieb unbesehen. Dank der Umsicht seines Schwiegersohns und seiner Tochter kam er nun doch noch zu einem eigenen Anwesen. Dank ihnen ging sein sehnlichster Wunsch in Erfüllung, und er konnte wie Candide seinen Garten bestellen.

Überglücklich eilte er nach Hause, um Sophie von seiner neuesten Erwerbung zu berichten. Er schilderte ihr das Haus und den Garten, als würde er von einem neugewonnenen Leben sprechen, das ihn von der Last entband, die Güte seines Freundes weiterhin über Gebühr in Anspruch nehmen zu müssen.

Daß er zu so einmalig günstigen Konditionen ein Haus gekauft hatte, fand Sophie zwar gut, denn es war immerhin eine Wertanlage. Doch die Vorstellung, jetzt dorthin ziehen zu müssen, löste bei ihr nicht einen Funken Freude aus. Es war zwar schön, in der Nähe der Tochter und der Enkelkinder zu wohnen. Aber da sie ohnehin nicht die Zeit hatte, sich um sie zu kümmern, nützte das wenig. Außerdem hatte sie ihre Druckerei in Speyer und bekam als gute Kundin einen schönen Rabatt. Der Setzer lieferte beste Arbeit, so daß sie sich die Erratalisten sparen konnte. Und auch mit der Zuarbeit von Rektor Hutten war sie zufrieden. Die Zeitschrift hatte einen erfreulichen Absatz. Sophie verdiente gut und sah keinen Grund, das alles aufzugeben. Ohne Frage – ein Umzug hätte eine Gefährdung ihres Unternehmens bedeutet. Sie hatte zuviel an Kraft und Zeit investiert, um ihre *Pomona* leichtfertig aufs Spiel zu setzen.

La Roche sah von ihren Argumenten unbeeindruckt seine Post durch, bis er endlich auf eine Nachricht von Fritz aus Amerika stieß. Er las ihr den Brief vor, sichtlich froh, ein anderes Thema gefunden zu haben. Fritz hatte als Leutnant des französischen Regiments ›Royal Deux Ponts‹ an der Belagerung von Yorktown teilgenommen, war unversehrt geblieben und hatte bei einem Schiffbruch seinen Kameraden das Leben gerettet.

Sophie deutete das als ein Zeichen, daß aus ihm doch noch ein brauchbarer Mensch geworden war, und La Roche atmete auf, daß der Sohn seine Rückkehr nach Deutschland ankündigte. Er holte eine Flasche Markgräfler, goß dem altersschwachen Charles ein Pfälzer Bier in den Trinknapf, denn auch er sollte auf sein abendliches Behagen nicht verzichten müssen. Wie früher wollte La Roche mit Sophie noch ein wenig zusammensitzen und den ausklingenden Tag genießen, doch sie war viel zu müde und freute sich auf etwas ganz anderes: Sie machte sich eine Tasse Kaffee und stellte sie auf ihr Nachtschränkchen. Dann zündete sie ein Wachslicht an, holte ihre Schreibkanzlei und ihr Kontobuch, setzte sich ins Bett und prüfte die eingegangenen Zahlungen für die *Pomona.* Die noch ausstehenden Beträge vermerkte sie mit roter Tinte, die überwiesenen Summen mit schwarzer und notierte sich dahinter die Namen der Collektoren, damit es keine Verwechslungen und am Ende gar versehentliche Mahnungen gab, für die sie sich noch entschuldigen mußte. Dann rechnete sie zusammen, was sie eingenommen hatte und spürte, dieweil sie Gulden um Gulden addierte, wie sich ein tiefes Wohlgefühl in ihr ausbreitete. Je länger die Zahlenreihen wurden, desto mehr nahmen sie eine ganz eigene Kontur an und wurden zu Sinnbildern ihres Unternehmungsgeistes. Innig verbunden fühlte sie sich den vielen unbekannten Leserinnen, die ihr jeden Monat durch den Erwerb ihrer Zeitschrift mitteilten, daß sie als Erzieherin der Töchter Deutschlands nicht nur so manches Gute bewirken konnte, sondern in dieser neuen Rolle auch weithin akzeptiert war.

Sophie lehnte sich in ihr Kopfkissen zurück, trank ihren Kaffee, ließ Schluck für Schluck heiß und süß in den Magen rinnen, blickte auf die schwarzen Zahlen, die ihr freudig ins Auge und freudig ins Herz sprangen. Sie sprach die Summe des bereits eingegangenen Geldes laut vor sich hin, als müsse sie sich ihrer doppelt vergewissern. Am liebsten hätte Sophie sie in Noten schreiben und singen mögen, so wohl war ihr zumute, so groß im Augenblick ihre Lebenslust. Noch nie hatte sie so viel mit ihrer Schriftstellerei verdient. Aber bislang war sie ja auch nur die Dichterin von Romanen gewesen. Jetzt aber war sie literarischer Produzent, Unternehmer und Kaufmann in einer Person. Jetzt sah sie: Man mußte sich verdreifachen, wenn man dreifach verdienen wollte. Ihr schien es gelungen zu sein. Zum ersten Mal war sie stolz auf sich. Wenn alles so weiterlief, überstieg am Jahresende ihr Gewinn La Roches Pension.

Nachdem sie die Quittungen über die eingegangenen Beträge sorgfältig nach dem Datum sortiert hatte, holte sie ein mit Perlmutt belegtes Kästchen – ihren ganz privaten Tabernakel, der nicht die geweihte Hostie, sondern die Belege ihres Fleißes und ihrer Tüchtigkeit verwahrte. Dieses Kästchen bewahrte sie an einem so diskreten, gut versteckten Platz in ihrem Toilettisch auf, als hütete sie darin ein Stück von sich selbst.

Dann löschte sie das Wachslicht und schlief mit dem Gedanken an den Gewinn in einem schönen Gefühl ein, denn sie sah sich gleiten in den Flutungen des Glücks.

Des Morgens saß sie Stunden vor dem Frühstück an ihrem Lesetisch und beantwortete die Post. Sie nahm es damit sehr genau. Nicht nur, um einen festen Kundenstamm eng an ihre Zeitschrift zu binden, sondern auch um den Eindruck zu vermitteln, mit allen Käuferinnen in einem persönlichen Gespräch zu stehen.

Eine Leserin schrieb ihr, der Doktor des Ortes kritisiere die *Pomona,* weil nichts von Rezepten darin stünde und nichts von Frauenzimmer-Diät, ja nicht einmal ein Wort vom Nachteil öfterer Aderlässe und dem Schaden warmer Getränke. Einer anderen Leserin mußte sie beantworten, ob es mehr gute oder mehr schlechte Menschen auf der Welt gäbe. Charlotte aus Berlin bat um Erziehungsratschläge für ihre Tochter. Vigilande aus der Wetterau äußerte den Wunsch, Sophie solle die Beichtmutter vor den Ohren des ganzen Publikums werden. Auch über den Neid und seine traurigen Folgen für den Umgang untereinander sollte sie schreiben. Vor allem aber sollte sie mitteilen, wie ihr Arbeitszimmer aussah, welche Bücher sie las, was sie freute und was sie schmerzte.

Immer mußte Sophie ihre Antworten sorgfältig überlegen, denn sie wußte, wie ernst die Frauen jeden Rat und jedes Wort von ihr nahmen. Sie durfte Auguste vom Rheinstrom, Christiane ohnweit Anspach, Jukunde, Caroline, Laura, Luise und alle, die sich an sie wandten, nicht enttäuschen. So lobte sie dann die eine wegen ihrer geographischen Studien, rügte die andere wegen Spottlust und Koketterie, erteilte Ratschläge für junge Witwen, äußerte sich über den Einfluß des Klimas auf die Trägheit, beantwortete die Fragen, aus welcher Gegend die besten Erbsen kamen oder was sie von dem neuen Erziehungshaus in Frankenthal hielt und war meist so im Fluß des Schreibens, daß sie das Frühstück vergaß.

La Roche rief sie jedesmal laut an ihre Gesundheit gemahnend an den Tisch. Sie nahm unwirsch und wortkarg Platz und hatte einen so mürrischen Gesichtsausdruck, daß er glaubte, ihm säße eine fremde Person gegenüber.

Sophie gruppierte rasch alles in Griffweite um ihren Teller herum, achtete nicht auf das, was sie aß, schnitt ab, strich auf, faßte blicklos ihre Kaffeetasse, tunkte beiläufig das Brot ein und schluckte alles so überstürzt hinunter, als hätte sie Angst, zuviel Zeit mit dem Essen verlieren zu können. Kein freundliches Wort, kein offener Blick, kein gelöstes Lächeln –

verschlossen und nervös hockte seine Frau Pomona am Frühstückstisch und demonstrierte mit ihrem Schweigen, daß sie in Gedanken ganz woanders war. Sie bot einen Anblick, der ihm den Tag verleidete. Er wäre nicht überrascht gewesen, wenn sie die Zeitschriftentexte, die sie noch schreiben wollte, laut vor sich hingesprochen hätte. Ihn wunderte gar nichts mehr.

Seine abwesendanwesende Frau war zwar wie gewohnt gut frisiert und gut gekleidet, aber die Tatsache, daß sie mit jeder Stunde geizte und sich kein Aufschauen und kein Ausruhen gönnte, hinterließ sichtbare Spuren. Höchst unangenehm fiel ihm die spitze Nase und der dünne faltige Hals auf, der ihrer Erscheinung etwas Ältliches und Ausgemergeltes gab und auf ihn einen bemitleidenswerten Eindruck machte. Er begriff nicht, wie eine vernünftige und kluge Frau sich ohne äußere Not unter eine derartige Zeitpeitsche begeben konnte. Er fand, daß sie durch ihre gehetzte und fahrige Art an Schönheit und Ausstrahlung verloren hatte. Gemessen an früher war sie kein so erfreulicher Anblick mehr. Sie tat ihm nur noch leid.

Dabei hätten sie jetzt vieles gemeinsam unternehmen können. Sie hätten wie früher ein angenehmes, geselliges Leben führen können. Mit seiner Pension kamen sie doch gut zurecht. Sie war immerhin so groß, daß er davon ein Haus kaufen konnte. Aber Frau Pomona wollte davon nichts wissen. Voller Ungeduld wartete La Roche auf den Tag, da seine beiden jüngsten Söhne aus dem Haus waren und er nach Offenbach ziehen konnte. Er verspürte ein körperliches Verlangen, etwas Gegenständliches, Sinnvolles zu tun. Er wollte im Garten arbeiten, etwas säen, das vor seinen Augen keimte, sproß und blühte, das sich ihm zur Freude entfaltete. Nach all den Jahren, in denen er nichts als Papier und immer nur Papier beschrieben und gesiegelt hatte, in denen er mit Verordnungen, Beschlüssen und Berichten befaßt war, endlich sich dem Elementaren und Fruchtbaren, dem Boden zuwenden zu können, schien ihm wie eine große Belohnung zu sein – eine Welt, die von allen kleinen Übeln heilen und für alle großen Übel entschädigen konnte. Doch es wäre sinnlos gewesen, mit seiner manisch tätigen Frau darüber zu reden, denn ihr fehlte im Augenblick jegliches Empfinden dafür.

Sophie arbeitete unter einem ganz ungewöhnlichen Zeitdruck. Bis spätestens zur Monatsmitte mußten die sechs Bogen ihrer *Pomona* gefüllt sein und das Manuskript in der Druckerei liegen. Inzwischen suchte sie noch aus englischen, französischen und italienischen Zeitschriften Erzählungen heraus, die sie abdrucken konnte und bat auch Elisa von der Recke und Caroline von Wolzogen um ihre Mitarbeit. Die Zeitschrift länger mit ausschließlich eigenen Beiträgen zu bestücken, war ihr nicht mehr möglich. Die Erwartungen der Leserinnen stiegen von Heft zu Heft und mit ihnen die Pflicht, ständig Neues zu bringen, interessant und abwechslungsreich zu sein und darüber hinaus ihrem Ruf als Erzieherin von Deutschlands Töchtern gerecht zu werden.

Im ersten Jahr hatte sie noch genügend Vorrat an eigenen Geschichten und Betrachtungen gehabt, doch jetzt war er aufgebraucht, und jede gute Idee, die sie hatte, mußte sofort zu Papier gebracht werden. Nicht der beiläufigste Gedanke durfte unter den Tisch fallen. Um alles mußte sogleich eine Geschichte gerankt werden, und in jeder alltäglichen Begebenheit lag mit einemmal die Frage, ob sich daraus nicht ein Beitrag für die *Pomona* machen ließ. Alles mußte verwertet werden.

Einmal allerdings wurde sie in ihrer Arbeit unterbrochen. Sophie hörte ein Schluchzen, das leise anschwoll. Sie drehte sich erschrocken um und sah Lulu im Zimmer stehen. Sie wollte ja nicht stören, sagte sie wie früher. Lulu hielt einen Augenblick inne. Dann rannte sie auf ihre Mutter zu und fiel ihr weinend um den Hals.

Sophie wußte nicht, wie ihr geschah. Sie reichte etwas hilflos Tee mit candiertem Anis. Lulu ließ alles unberührt stehen und noch ehe Sophie fragen konnte, was passiert war, brach es Wort für Wort aus der Tochter heraus: Sie konnte nicht mehr länger mit diesem Möhn unter einem Dach leben. Er war kein Ehemann, er war ein Unmensch, ein Barbar. Er soff den ganzen Tag. Er soff wie ein Bürstenbinder schon in den frühen Morgenstunden bevor er ins Amt ging. Nach Dienstschluß saß er bis spät in die Nacht hinein mit Kutschknechten und Postillionen im Wirtshaus und trank sich die Seele aus dem Leib. Kam er nachts nach Hause, riß er sie aus dem Bett, das sie mit ihm nicht teilen wollte. Aber auch das wäre ihr egal, herzlich egal, wenn er sie nicht regelmäßig schlagen und bedrohen würde. Sie verbarg sich schon vor ihm so gut es ging und vermied auch jedes Wort. Sagte sie dann aber doch einmal etwas, sprang er wie ein Wüterich auf sie zu, packte sie mit beiden Händen am Hals und würgte sie solange, bis sie fast ohnmächtig war.

Lulu zeigte ihrer ungläubig blickenden Mutter die unter einem Tuch verborgenen blauen Flecken an Hals und Oberarmen. Nein, es war kein Leben mehr. Oft zückte er aus purer Lust ein Messer, hielt es ihr gegen die Brust, stieß sie damit im Zimmer umher, trieb sie durch das ganze Haus, und wenn sie dann schreiend in den Garten floh, jagte er ihr hinterher, freute sich an ihrer Angst und lachte schallend, daß sie um ihr Leben rannte. Eilten Nachbarn zu Hilfe, um dem Treiben des Hofrats ein Ende zu setzen, zerrte er sie ins Haus, warf sie zu Boden und prügelte sie, weil sie ihn mit ihrem Geschrei vor den Leuten bloßgestellt hatte.

Für Lulu stand es fest: Eher nahm sie sich das Leben, als daß sie noch einmal das Haus dieses Kannibalen betreten würde. Sophie war erschüttert. Sie sah die bleiche, zitternde Lulu und wußte, daß ihre Tochter zum äußersten entschlossen war. Daß ausgerechnet ihre schöne Lulu an einen der niedrigsten Vertreter der Gattung Mann geraten war, fand sie blamabel, und sie machte sich Vorwürfe, dies nicht rechtzeitig genug erkannt zu haben.

Beschämt gab sie Frau Goethe im nachhinein recht, die schon bei der ersten Begegnung mit dem Hofrat Möhn das Untier erkannt haben mußte. Nun fragte sie sich, wieso ihr das damals entgangen war. Aber jetzt von Schuld zu reden, nützte auch nichts mehr. Sophie nahm ihre Tochter in den Arm, versuchte, sie zu beruhigen, und glaubte nach all dem, was sie gehört hatte, daß Möhn krank war. Sie zweifelte nicht daran: Er litt an Misogynie, an Weiberhaß. Sie hatte schon viel von dieser Krankheit gehört. Sie tobte sich, sofern man den Ärzten trauen konnte, in den schwächsten und elendsten Gestalten des Mannsvolkes aus, kehrte alle guten Anlagen in ihr Gegenteil, trieb zur Perversion, steigerte sich zum Haß und schlug schließlich in eine krankhafte Abneigung gegen das weibliche Geschlecht um: Sein eigenes Elend schob der Kranke den Frauen zu. Weil sie existierten, ging es ihm schlecht.

Vielleicht mißhandelte Möhn Lulu nur, um sich auf diese Weise an all den übrigen zu rächen. Wer konnte wissen, was in den Abgründen einer so beklagenswerten Kreatur vor sich ging? Wer an Misogynie litt, gehörte ins Tollhaus. Stockschläge verdiente er, aber keine Ehefrau.

Sophie richtete ihrer Tochter ein Zimmer ein, damit sie sich erst einmal erholen konnte. Allerdings fand sie es geraten, nichts zu übereilen, sondern abzuwarten, wie sich die Dinge entwickeln würden. Sie wollte keine schnellen Entschlüsse fassen, die nur unnötig Zeit und Nerven kosten würden. So ein Saufaus hatte ohnehin kein langes Leben zu erwarten, und es war für ihre Tochter ehrenvoller, als Witwe durch die Welt zu gehen, denn als geschiedene Frau. Jetzt galt es, durchzuhalten. Wer so viel zu erleiden hatte, besaß auch einen Anspruch auf die Erbschaft.

Von Stund an saß Sophie voller Unruhe am Lesetisch. Einerseits spürte sie, wie sehr Lulu ihres Beistandes bedurfte, andererseits mußte sie pünktlich ihr Zeitschriftenmanuskript dem Drucker liefern. Sie wußte nicht, was sie zuerst machen sollte.

In dieser Situation erhielt sie zu ihrer größten Überraschung die Nachricht, daß Katharina die Große, Kaiserin von Rußland, künftig jeden Monat fünfhundert Exemplare der *Pomona* abonnierte. Sophie war außer sich vor Freude. Jubelnd lief sie zu Rektor Hutten und von Hohenfeld, denn einen größeren Erfolg, eine größere Anerkennung hätte es für sie nicht geben können. Nunmehr war die Zeitschrift auch finanziell gesichert. Bildete doch die feste Abnahme von fünfhundert Exemplaren den Grundstock für einen soliden wirtschaftlichen Fortbestand.

Gleichzeitig wurde ihr ganz schwindlig bei der Vorstellung, daß ihre *Pomona* künftig auf dem Nachttisch der großen Kaiserin lag. Der Gedanke trieb ihr einen kalten Schauer über den Rücken. Sie fühlte den Erwartungsdruck, der ohnehin schon auf ihr lastete, noch größer werden, und Zweifel brachen auf einmal in ihr aus, ob sie ihren eigenen Anspruch überhaupt noch halten konnte: mit jedem Heft sich zu steigern und die Dinge so zu beschreiben, daß sie mit Gewinn und Vergnügen gelesen wurden.

Sophie befürchtete, das alles nicht mehr bewerkstelligen zu können. Sie konnte immer nur eins nach dem anderen tun, behutsam und maßvoll. Dann blieb für sie alles übersichtlich und alles lösbar. Erledigte sie die Dinge in einem ruhigen Nacheinander, wuchs die Gewißheit, den Aufgaben gewachsen zu sein, und dies gab ihr das anspornende Gefühl, mit sich übereinzustimmen und in der Balance zu sein. Brach aber alles gleichzeitig und von verschiedenen Seiten über sie herein, geriet sie unwillkürlich in eine innere Panik, weil sie dann meinte, sich in alles teilen zu müssen und darum alles nur halb zu tun, nichts wirklich richtig, nichts wirklich gut zu machen. Setzte sie sich in einer solchen Verfassung an den Lesetisch, schienen ihre Gedanken wie angepflockt, und ihr gelang keine Zeile.

Von Tag zu Tag spürte sie mehr, welch ein Unterschied es war: zurückgezogen und aus der Stille heraus, ohne auf das Geld sehen zu müssen, einen Roman zu schreiben oder als Unternehmerin eine Zeitschrift herauszugeben, für deren Druck, Verlag und Absatz sie die alleinige Verantwortung trug. Es war, als hätte sie die ideale Welt verlassen und sei in die Realität abgestürzt.

Die freudige Nachricht vom Abonnement der Zarin wurde bald überschattet von der Mitteilung Huttens, daß sich die Nachdrucker der *Pomona* bemächtigt hatten. Im ganzen südlichen Raum sowie in Österreich kursierte eine Billigausgabe ihrer Zeitschrift, die reißenden Absatz fand. Sie mußte damit rechnen, daß in Kürze alle nichtverkauften Exemplare an sie zurückgesandt wurden und sie auch noch die erheblichen Portogebühren dafür zu tragen hatte. Sophie wußte, wie wenig den Nachdruckern mit Appellen und Ermahnungen beizukommen war, denn sie hatten keinen Begriff von Moral. Wie die Geier vom Aas nährten sie sich vom Erfolg der Autoren. Sie schmarotzten mit dreister Selbstverständlichkeit am Gewinn anderer und waren ihr seit der *Sternheim* ein vertrautes Übel. Sie hatte noch von keinem Autor und keinem Verlag gehört, dem es gelungen wäre, diesem Gesindel das Handwerk zu legen. Offenbar besaß Erfolg die Eigenschaft, daß viele an ihm mitverdienen wollten. Sie konnte nur versuchen, den Nachdruckern das Geschäft zu verderben, indem sie ihre Abonnentenzahl vergrößerte und das Abonnement an eine Vorauszahlung zu einem Vorzugspreis band. Außerdem teilte sie ihren Collektoren und Kommissionären mit, daß sie bereit war, demjenigen hundert Gulden Belohnung zu zahlen, der ihr hundert neue Abonnenten werben würde.

Natürlich hätte sie auch den Billigpreis der Nachdrucker unterbieten und einen Teil der Auflage auf ordinairem Druckpapier herausbringen können. Aber das wäre in ihren Augen unfair denjenigen gegenüber gewesen, die bereits zum teuren Preis abonniert hatten. Auf keinen Fall konnte sie sich auf einen stillen Wettbewerb mit den Nachdruckern einlassen. Menschen von so niedriger Klasse durfte man nicht einmal der Ehre würdigen, daß man ihr Dasein bemerkte. Damals bei der *Sternheim* trug der Verlag den

Verlust. Jetzt aber war sie selbst der Verlag, und jedes nichtverkaufte Exemplar der *Pomona* minderte ihren Gewinn.

Gerade war die Abrechnung von Wieland gekommen, die ihr in erschreckender Weise deutlich machte, wie sehr sich bereits die Nachdrucker in ihr Geschäft gemischt hatten. Sie mochte seinen Brief gar nicht recht lesen, sondern überflog nur die Zeilen: Soviel steht fest, schrieb er, daß ich vom 1. Jahrgang der *Pomona* 36 Exemplare abgesetzt habe. Mit dem 2. Jahrgang aber ging es nicht mehr so gut. Herr von Blanckenburg schickte von den 21 Exemplaren, die er sich monatlich zusenden ließ, in der Hoffnung, noch Liebhaber zu finden, 11 wieder zurück und bezahlte nur für 9. Herr Hofrat Bode hat sich immer 5 Exemplare geben lassen, aber noch für keines bezahlt. Außer dem Betrag des Restes von 1783 können Sie, liebe Freundin, für die abgesetzten 23 Exemplare von 1784 über 11 ½ Louisdor à 9 Gulden oder über 103 Gulden 30 Kreuzer bei mir disponieren.

Sophie hätte sich andere Zahlen und andere Summen gewünscht. Nach dieser Abrechnung wurde ihr noch deutlicher, welches Gewicht das Abonnement der Zarin für den Fortbestand der *Pomona* besaß, ja daß es den Ruin des gesamten Unternehmens bedeuten könnte, wenn Katharina davon zurücktreten würde. Es war eine Gratwanderung, ein Balanceakt. Gelang er ihr, mußte sie dies wohl dem Zufall zugute halten.

Wieland hatte zwar nach elf Jahren mit seinem *Merkur* noch immer keine Verluste, aber auch er hatte sinkende Abonnentenzahlen. Neuerdings war er sogar genötigt, Bertuch zum Teilhaber zu machen und ihm ein Drittel des Gewinns zu überlassen. Für Sophie war jedoch kein finanzstarker Partner in Sicht.

Sie mußte versuchen, sich eine kleine Rücklage zu schaffen, falls sie einmal gezwungen sein sollte, ihre Zeitschrift über eine Durststrecke hinwegzuretten.

Die Mitteilung des Verlegers, daß ihr Rosalienroman eine zweite Ausgabe erfuhr, klang da schon erfreulicher. Er schrieb von Erfolg, von gutem Absatz, von der großen allgemeinen Beachtung, aber kein Wort vom Honorar. Sophie setzte sofort einen Brief an ihn auf und erinnerte an die fällige Zahlung, damit sie vor lauter Lob nicht vergessen wurde. Doch als sie ihn auf die Post gegeben hatte, zweifelte sie plötzlich daran, ob es klug war, das Honorar so schnell anzumahnen. Vielleicht hätte sie besser abwarten sollen, bis er es von selbst überwies. Möglicherweise sah die Eile zu unpoetisch, zu gierig, zu geldbewußt aus. Andererseits sagte sie sich, daß es ziemlich gleichgültig war, welchen Eindruck der Herr Verleger von ihr hatte. Ob sie sich nun geschickt oder ungeschickt verhielt – letztlich war alles nur eine Frage des Interesses. Wenn der Verleger sich einen Gewinn von ihren Romanen versprach, zahlte er bereitwillig, ob sie das Honorar voreilig anmahnte oder nicht. Der Autor brauchte weder nett, noch umgänglich oder gar bescheiden und diplomatisch zu sein. Ihn schätzte man nach anderen Eigenschaften und vor allem nach dem, was er dem Verleger in die Kasse trug.

Gerne hätte sie mit La Roche darüber gesprochen. Einfach um sich einmal sachlich darüber auszutauschen, aber er wollte von diesem Thema nichts hören. Er meinte noch immer, das Licht des Autors müsse wie die Sonne umsonst scheinen. Alles andere war in seinen Augen eine Entheiligung der Poesie. Glaubte er doch mit der Zahlung eines Honorars nur die Quittung für eine käufliche Feder und einen käuflichen

Geist zu erhalten. Aber so konnte eben nur ein Vertreter der alten Schule denken, die längst von der Wirklichkeit überholt worden war.

Wieland hätte ihr sofort recht gegeben: Auch der kreuzbescheidene Gellert würde heute mit seinen 100 Talern Jahressalär vor den Toren des Armenhauses stehen müssen. Überdies waren die Zeiten, wo der Schriftsteller als Hofpoet ein schönes Auskommen hatte und dafür jedem August seinen Kutzen streichen mußte, endgültig vorbei. Nur das sah ihr lieber, viel zu vornehm denkender La Roche nicht. Der größte und beste Teil der Menschheit lebte von dem, was er für sich und andere erarbeitete, und darum gab es für sie keinen Grund, weshalb dies ausgerechnet ein Dichter nicht tun durfte. Wer wie er den ganzen Tag am Schreibtisch saß und so oft auf angenehme Geselligkeit verzichten mußte, brauchte sich wahrlich nicht wie ein armer Tintenteufel behandeln zu lassen. Sie fragte sich, weshalb man gerade einen Schriftsteller so gerne zwischen Luftikus und Lebenskünstler ansiedelte, ihn immer in tiefsinnigen Betrachtungen über dem schäumenden Gerstensaft wähnte oder sich gar als den eitlen Schöngeist vorstellte, der zur Schaulust aller stets bereitwillig seine poetische Ader öffnete.

Für Sophie gehörte es zum Selbstbewußtsein des poetischen Berufsstandes, an diesem Dichterbild vom heimatlosen Wanderer, der stets wie der arme Lazarus vor seine Leser trat, nicht länger festzuhalten, sondern seinen legitimen Anspruch auf eine gesicherte bürgerliche Existenz vorzuleben. Auch in dieser Hinsicht besaß Wieland ihre ganze Zustimmung. Es war nicht einzusehen, weshalb ein Poet seine rebellischsten Gedanken nicht in der behaglichen Wärme eines Kaminfeuers formulieren durfte. Man mußte es halten wie Pope und Voltaire: immer streng auf die Stärkung des Finanzstandes bedacht.

Wenn auch nicht mit La Roche, so konnte Sophie wenigstens mit Schiller darüber reden. Er hatte sie schon öfter besucht, aber diesmal sein Erscheinen rechtzeitig angekündigt, so daß es ihr nicht schwerfiel, große Tafel zu halten – eine Ehre, die sie für einen jungen Bühnendichter mit drei erfolgreichen Stücken durchaus für angemessen hielt. Außerdem schätzte auch Baron von Hohenfeld das dramatische Talent des jungen Schwaben und hatte nichts dagegen, daß der Marquis von Posa seine Züge trug.

Schiller nahm sich an der stilvoll gedeckten Tafel in seinem mausgrauen Anzug mit den stählernen Knöpfen mehr als ärmlich aus und machte überhaupt einen niedergeschlagenen Eindruck. Als sie von ihm erfuhr, daß er gerade das kalte Fieber überstanden hatte, wunderte sie sein kränkliches Aussehen nicht. Die Heilung mit Chinarinde nutzte wenig, wenn man hinterher in der Art der jungen Leute auf Wein und Spanioltabak nicht verzichten wollte. Sie bemerkte auch, wie wenig Appetit er hatte. Aber da sie diese neumodische Form von Enthaltsamkeit bestens von ihren Kindern kannte, forderte sie ihn gar nicht erst auf, zuzulangen, sondern lenkte das Gespräch auf *Kabale und Liebe,* seinen neuesten Erfolg.

Schiller reagierte fast gleichgültig darauf und überlegte, ob er das Geschäft des Theaterdichters nicht an den Nagel hängen sollte. Er trug sich mit der Absicht, nach Leipzig zu gehen und Rechtswissenschaften zu studieren. Dies versprach ihm für die Zukunft wenigstens eine gesicherte Existenz, denn – er gestand es ihr ganz offen – von seiner Schriftstellerei konnte er nicht leben. Er sah auch keine Veränderung der Zustände: Das Eigentum des Schriftstellers und Verlegers war vogelfrei; die höheren Stände und der teutonische Adel nahmen an den Erzeugnissen der Literatur nur geringen Anteil; ein Dichter ohne besoldeten Nebenverdienst konnte von den Früchten seines Talents nicht halbwegs ein solches Einkommen erlangen, wie es jedem durchschnittlichen Handwerksmann mit mäßigem Können möglich war. Nach drei erfolgreichen Theaterstücken sah er sich noch immer nicht in der Lage, seine Geldverbindlichkeiten zu erfüllen. Für den *Fiesko* hatte er 11 Louisdor bekommen und für *Kabale und Liebe* gerade mal 6 und einen halben Carolin. Er machte sich keine Illusionen: In Deutschland wurde der schlechteste Maßschneider besser honoriert als der genialste Poet.

Sophie konnte seine gedrückte Stimmung gut nachfühlen. Wahrscheinlich gehörte es zum Beruf des Dichters, sich damit abzufinden, daß für ihn nur eine Maxime galt: Je größer das Verdienst, desto kleiner die Belohnung. Hätte er ein Buch geschrieben über die Machenschaften eines Finanzrats oder über die Vervollkommnung der Kunst, einen Auerhahn zu schießen, hätte er mit einer großen Auflage und einem fürstlichen Honorar rechnen können.

Sophie überraschte das alles nicht. Sie hatte sich längst damit abgefunden. Ärgerlich fand sie nur die fortgesetzte falsche Bewertung, diese verkehrte Welt, die in der Dichtkunst alles von den Füßen auf den Kopf stellte. Alle, die ein Kunstwerk interpretierten, die es aufführten, edierten oder auch nur zelebrierten, verdienten daran mehr als der Autor, dem sie ihren Wohlstand verdankten. In der glitzernden Galareihe der Experten stand er ganz hinten. Er war der stille, unscheinbare Demiurg, der von Erbsenbrei und schwarzem Brot leben sollte. Huber hatte für die Übersetzung von Winckelmanns *Geschichte der Kunst des Altertums* ansehnliche Geschenke von Katharina der Großen und dem Kurfürsten von Sachsen erhalten, während Winckelmann nur drei Taler für den Bogen bekam. Jeder Theaterdirektor einer großen Bühne durfte im Jahr mit stattlichen 3000 Gulden rechnen, dieweil der Autor ihm ergebenst danken mußte, daß er ihn überhaupt aufführen ließ.

Sophie konnte Schiller nur bestätigen, daß es traurig um den Beruf des Schriftstellers bestellt war. Doch sie fühlte sich auch verpflichtet, dem jungen Schwaben Mut zu machen, zumal er doch bis jetzt ein beachtliches Talent gezeigt hatte. Für die Zukunft konnte sie ihm nur eines raten: Der Autor mußte immer im Auge behalten, wer er war. Ohne seine Stücke gab es weder ein Theater noch einen Direktor. Ohne seine Bücher gab es keinen Verlag und keinen Verleger. Ohne den Autor kamen die Kunstrichter an den Bettelstab. Er und kein anderer schuf das Gerüst, auf dem dann so viele Besserwisser ihre Turnübungen zeigten. Er und kein anderer bereitete den Boden, auf dem die Äffchen der Kunst ihre Purzelbäume schlagen konnten. Ohne Frage, der Autor mußte sich seines Wertes bewußt sein und konnte wie ein Gentleman immer tête levée gehen. Mit ihrem verehrten Vetter war sie sich darin einig, daß es zur Ehre eines Schriftstellers gehörte, sich nicht unter seinem Talent bezahlen zu lassen. Ein Honorar, das nicht einmal den Kopistenlohn trug, war seiner nicht würdig. Natürlich vertrat sie wie Wieland generell die Auffassung, daß Geist wie Feuer, Wasser, Luft und Erde unbezahlbar war. Aber wenn man ihn auf den Markt hinaustrug, dann wurde er zur Ware. Und jede Ware hatte ihren Wert. Und genau den wollte sie gut bezahlt haben. Sophie sagte dem schüchternen Schiller, daß er keinen Grund hatte, sich nach drei erfolgreichen

Theaterstücken noch als Anfänger zu fühlen. Er konnte zu Recht seine Forderungen stellen. Es stand schließlich nirgends geschrieben, daß der Autor geboren wurde, um zu säen, und daß die Verleger und Theaterdirektoren geboren wurden, um zu ernten.

Sie sah dem jungen Dramatikus an, wie wohl ihm diese Worte taten. Sie schienen ihn gelöster und gesprächiger zu machen, so daß sie die Hoffnung hatte, er würde es mit der Juristerei wohl doch nicht so ernst gemeint haben.

Zu ihrer Freude bekam Schiller sichtlich Appetit und griff zu den Pasteten, trank vergnügt den Rüdesheimer und entschloß sich, noch den nächsten Tag zu bleiben. Doch da begann die Wäschewoche, und Sophie war froh, daß sich La Roche und Hohenfeld des Gastes annahmen.

Früher hatte ein Livreebedienter diese Arbeit zu beaufsichtigen, heute mußte sie die Prozedur selber dirigieren. Die Vorbereitungen für die Wäschewoche waren seit langem getroffen. Sophie hatte den Trokkenplatz bestellt und den Böttcher kommen lassen, damit er die schadhaften Gefäße ausbesserte, die Dauben einrichtete und alles einbühnte. Für fünf Körbe naß stand ihr in den nächsten Tagen von Sonnenaufgang bis Sonnenuntergang nur Trubel ins Haus. Es kamen vier Wäscher, zwei Plätterinnen, zwei Rollmänner und zwei Mägde. Sophie hatte alles reichlich bereitgestellt: Brot, harte Semmeln, Brennöl, Lichter, großes und kleines Hartholz, Weich Flößholz zur Wäsche, Seife, Kochseife, Stärke und Blaue Farbe.

Vorsorglich hatte sie die Mahlzeiten für Montag, Dienstag und Mittwoch schon am Sonntag abkochen lassen und genau den Speiseplan festgelegt. Montag gab es Rindfleisch mit Meerrettich, abends Blutwurst mit Krautsalat. Dienstags Saure Linsen, dazu Schöpsenfleisch mit Rüben, mittwochs Weizengraupen mit Milch und Rindskaldaunen mit Kräutern. Donnerstags Biersuppe und Schweinefleisch mit Sauerkraut und zu jeder Mittags- und Abendmahlzeit für jeden einen Krug Bier. Zusätzlich montags, dienstags und donnerstags einen halben Quard Käse, einen halben Klump Butter und drei Pfennig für Branntwein. Um den Überblick zu behalten und keinen Groschen mehr als nötig dafür ausgeben zu müssen, hatte sie alles selber eingekauft. Bei diesen Mengen, die sie für die Wäschewoche brauchte, kaufte sie das Fleisch nicht irgendwo, sondern bei den preiswerten Landfleischern, die mehrmals in der Woche in die Stadt kamen: elf Pfund Rinderbraten à 10 Pfennig, acht Pfund Schöpsenbraten, zehn Pfund Kalbfleisch und neun Pfund Schweinefleisch. Vom ersten Tage achtete sie darauf, daß die Wäscher bestens verpflegt wurden. Konnte sie doch dann die Hoffnung haben, daß sie ordentlich arbeiten würden. Wasser tragen, Lauge bereiten, Einweichen, Feuermachen, Auskochen, Auswaschen, Aufbrühen, Sortieren, Stärken, Spülen, Einpacken, Aufhängen, Abnehmen, Einsprengen, Rollen, Plätten – eine ganze Woche lang Pferdearbeit, die nicht mit Eselsfutter gelohnt werden durfte.

Da sie diesmal neue Wäscher erwartete, hatte Sophie vorher die Wäschestücke besonders sorgfältig gezählt und die Stückzahlen auf einer Weiß- und einer Buntliste festgehalten. So konnte sie vor Auszahlung des Lohnes überprüfen, ob nichts davon entwendet worden war. Sie atmete auf, daß sie bereits das Sortieren, Zählen und Einpacken hinter sich hatte: in einem Handkorb die Bündchen, Krausen, Manschetten, Strümpfe, Küchenquehlen, Puderschürzen, Socken, Nachtjacken, Nachtmützen und baumwollenen Mützen. In einem Tragekorb die Köller, Ärmel, Volants und Falbeln. Im dritten Korb das gesamte Bettzeug des letzten halben Jahres, im vierten das Tischzeug mit allem übrigen und das Bunte in einem extra Paket.

Seit langem war der Wäscheberg nicht mehr so groß gewesen. Einerseits stöhnte sie darüber, andererseits bestätigte sich für Sophie aber auch etwas Erfreuliches: La Roche hatte endgültig das zurückgezogene Leben überwunden. Auf ihrer Wäscheliste standen 5 Dutzend Hemden, davon ein Dutzend mit Spitzenmanschetten, 38 Halsbinden, 60 seidene und leinene Taschentücher, 40 Ober- und Unterstrümpfe, 6 Beinkleider, darunter die schwarzen Samthosen, dann seine Sommerröcke von gelber Seide und bräunlicher Camelotte, seine 4 Staatsröcke von roter, aschgrauer, hell- und dunkelgrüner Farbe mit goldenen und silbernen Tressen benäht und schließlich die Westen – kirschrote, goldgalonnierte Westen, weiße mit grüner Chenille und Silber bordiert –, Westen in allen Farben, Westen wie in früheren Zeiten. Sie zählte sie lieber als seine Hausröcke. Sophie gab diesmal den Wäschern zum Lohn von 12 Groschen noch jeweils zwei Groschen extra, damit sie nicht ihre eigenen Wäschestücke zum Waschen mitbrachten und sich der ansehnliche Berg nicht noch vergrößerte. An alles mußte sie denken und für alles Vorsorge treffen. Wenn das Geringste im Ablauf einer Wäschewoche durcheinandergeriet, kam es zu Verzögerungen, die das Ganze nur unnötig verteuerten. Außerdem sprach sich so etwas rasch herum und zeugte von mangelnden Grundqualitäten einer Hausfrau. Da sie aber wußte, wie sehr gerade sie in diesen Dingen unter allgemeiner Beobachtung stand, paßte sie ganz besonders auf. Schließlich sollte es nicht heißen, die Autorin von La Roche gebe den Leserinnen der *Pomona*

Ratschläge für eine gute Führung des Haushaltes, sei aber selber ganz und gar unfähig, eine Große Wäsche zu dirigieren. Zudem durfte es diesmal keine Verzögerungen geben, denn ihre Reise in die Schweiz stand unmittelbar bevor.

Glücklicherweise konnte ihr Lulu in allem zur Hand gehen, so daß es Sophie diesmal etwas leichterfiel, zwischendurch immer wieder an den Schreibtisch zu fliehen. Für das kommende Quartal hatte sie noch drei Hefte ihrer *Pomona* fertigzustellen. Für das übernächste Quartal waren noch Gespräche zu führen und Vereinbarungen zu treffen, denn sie wollte einen Anzeigenteil aufnehmen, um auf diese Weise den Buchhändlerrabatt einzusparen. Sie annoncierte kostenlos die Neuerscheinungen bestimmter Buchhandlungen, und dafür rechneten sie als Gegenleistung ihre *Pomona* zum vollen Preis ab. Geschäft war Geschäft und wo, wenn nicht hier, galt das Prinzip des Manus manum lavat: Eine Hand wäscht die andere.

Vor allem war Sophie darauf bedacht, in einem ständigen Gespräch mit ihren Leserinnen zu bleiben und auf jede Frage von ihnen einzugehen, denn sie wollte ihnen das Gefühl der Bindung an ihre Zeitschrift geben. Jetzt allerdings, da sie auf Vorrat schrieb und nicht wußte, was für Briefe kommen würden, erfand sie in der Eile die Fragen selber: Dient die Politik für uns Frauenzimmer? Warum gibt es unter den Männern mehr aufrichtige Freundschaft als unter uns Frauen? Wie soll man glücklich werden, wenn man nicht reich, nicht schön, nicht vornehm ist? Fragen, die ihr immer wieder Frauen stellten und deren Beantwortung ihr nicht schwerfiel. Sie suchte aus den philosophischen Abhandlungen Christian Garves einen Auszug heraus, baute für das Augustheft noch eine Ernteerzählung aus Thomsons *Jahreszeiten* ein, gab Empfehlungen, wie man zur Schärfung des Verstandes aus beliebigen Worten eine zusammenhängende Geschichte erzählen und ein Gedicht verfassen konnte, und floh wieder vom Schreibtisch fort, um in der Küche nach dem Rechten zu sehen. Die Wäscher sollten pünktlich ihre Mahlzeit haben.

Als sie sich endlich vom häuslichen Trubel erholen wollte, stand plötzlich ihr Sohn Fritz in der Tür. Gesund und strahlend, in Uniform und mit Ordenskreuz. Er begrüßte seine Mutter mit einem spritzigen Amerikanisch, und ehe er sich versah, war er von seinen jubelnden Geschwistern umringt. Er wirbelte sein Schwesterchen in der Luft herum und umarmte seinen Vater, der über dieses glückliche Wiedersehen zu Tränen gerührt war.

Alle wollten sofort von seinen Erlebnissen aus Amerika hören. Fritz schien diesen Wunsch erwartet zu haben, denn überall, wohin er kam, war dies das erste, wonach er gefragt wurde. Er verstand sie gut. Im Gegensatz zu all den anderen war er weit herumgekommen und hatte viel gesehen. Schließlich konnte nicht jeder von sich sagen, daß er als deutscher Soldat unter französischer Flagge für die Unabhängigkeit Amerikas gekämpft hatte.

Theatralisch berichtete er seiner Familie vom Krieg wie von einem großen Abenteuer. Er hatte nach der Schlacht von Yorktown sechshundert Franzosen bei stürmischer See auf ein Transportschiff gerettet, war dafür vom Kriegsminister ausgezeichnet und in die *gardes françaises* aufgenommen worden.

Sophie sah, wie die Geschwister ihren großen Bruder bewunderten, der nun auch noch ein großer Held geworden war, und es bot sich ihr ein Anblick, den sie von früher her kannte: Sobald Fritz erschien, gruppierten sich die Geschwister um ihn wie Verschwörer. Sie tuschelten und sandten ihr renitente Blicke. Daß Fritz gegen ihr geliebtes England gekämpft hatte, fand sie nicht gerade sehr erfreulich, aber immerhin hatte er etwas für die Unabhängigkeit Amerikas geleistet, und Unabhängigkeit war in jedem Falle ein begrüßenswerter Zustand. Der Krieg hatte ihm zwar kein Vermögen beschert, aber er hatte immerhin die Anerkennung des Ministers und als sichtbaren Ausdruck dafür einen schönen Orden bekommen, was für die Laufbahn eines jungen Mannes eine gute Empfehlung war. Alles deutete darauf hin, daß aus Fritz doch noch ein ganz ordentlicher Mensch geworden war.

Sie fragte ihn nach seinen weiteren Plänen, und er entgegnete im Tone eines Charmeurs, daß es nun endlich an der Zeit für ihn sei, eine reiche kleine Frau zu heiraten. Alle fanden das überaus witzig, nur Lulu meinte: Bloß nichts Reiches. Reich bringt Unglück.

Sophie bedauerte, nicht mehr Zeit für Fritz zu haben, aber sie hatte zwei Reisewagen bestellt. In dem einen brachte La Roche seinen Sohn Carl nach Berlin, um ihn an der Königlichen Bergwerksschule einschreiben zu lassen. In dem anderen fuhr sie mit Franz in die Schweiz, um ihn dann auf Pfeffels Akademie nach Kolmar zu bringen. Sie dankte dem Himmel, daß ihre jüngsten Söhne mit einer so gesunden praktischen Vernunft ausgestattet waren und nicht irgendwelche künstlerischen und poetischen Ambitionen hegten. So brauchte sie nicht zu befürchten, daß sie später einmal ein unregelmäßiges oder gar kein Einkommen haben und bei ihrer Mutter die Hand aufhalten würden. Nach all den Erfahrungen war sie sich mit La Roche in einem absolut einig: Eine gediegene Fachkenntnis zahlte sich auf die Dauer mehr aus, als die glänzendste politische Laufbahn. Gerade in diesen unsicheren Zeiten. Niemand konnte sagen, welcher Wind in den nächsten Jahren aus Frankreich herüberwehen würde. Gab es doch dort beängstigende Signale des Aufruhrs und Ungehorsams. Ein guter Forstassessor und ein tüchtiger Bergkadett aber wurden immer gebraucht. Was auch kommen würde: Der Wald und das Beamtentum waren verläßliche Stützen im lieben deutschen Vaterland. Zwar waren es keine Goldgruben, aber sie nährten still und gediegen ihren Mann, denn sie gediehen unabhängig von allen politischen Entwicklungen. Darin lag ihr eigentlicher Wert.

Sophie hatte jeden von ihnen für mehr als 100 Taler neu eingekleidet und ihnen noch ausreichend Bares zugesteckt, damit sie sich in der Gesellschaft gebührend bewegen konnten und sich nicht als verarmte Kinder eines gestürzten Kanzlers fühlen mußten.

Freilich hätte sie, gemessen an dem, was ihr bisher die *Pomona* eingetragen hatte, ihre Söhne noch üppiger ausstatten können. Aber sie wollte nicht übertreiben. Erstens war es nicht gut, bei den Kindern den Eindruck zu erwecken, ihre Eltern seien eine unerschöpflich sprudelnde Geldquelle, und zweitens mußte sie mit ihren Einnahmen behutsam umgehen. Schließlich konnte sie nicht wissen, wie sich der Absatz in den kommenden Monaten gestalten würde. Im Augenblick nahm sich der Reingewinn zwar erfreulich aus, aber sie mußte sich hüten, leichtsinnig zu werden. Nicht in diesem wankenden und schwankenden Zeitschriftengeschäft.

Hätte sie allerdings im Neid den Maßstab des Erfolges gesehen, hätte sie sich viel sicherer fühlen können und weit weniger vorsichtig sein müssen. Gehörte es doch schon fast zum guten Ton des Klatsches, ihr Einnahmen anzudichten, von denen sie kaum zu träumen wagte. Mephistopheles Merck setzte astronomische Summen in Umlauf und tuschelte allerorten von 3000 Gulden Reinertrag, der ihr angeblich noch immer nicht genügte, weil die Unersättliche auf eine noch höhere Auflage und eine noch bessere Cassa drängte. Aber derlei Geschwätz ärgerte sie nicht. Waren doch Gerüchte von hohen Gewinnen allemal vorteilhafter als ein Geflüster darüber, daß sie womöglich vor dem Bankrott stand und ihre *Pomona* mangels Käufer eingehen würde. Eine Geschäftsfrau wie sie mußte so manch einem gutgeschmierten Mundwerk eher dankbar sein. Früher hätte sie das alles hinterhältig und gemein gefunden. Inzwischen hatte sie gelernt, daß die Neider die verläßlichsten Begleiter des Erfolges waren.

Traurig stimmte sie nur, daß sie sich für längere Zeit von Franz trennen mußte. Nicht, weil ihr eine fleißige Hilfe für die *Pomona* verlorenging; die konnte künftig auch Lulu ersetzen. Es war mehr: Mit Franz fehlte die Sonne, die sie wärmte. Seine Aufmerksamkeiten, seine Bewunderung, seine Anteilnahme an allem, was sie betraf – all das mußte sie in den nächsten Jahren entbehren. Darum machte sie mit ihm auch diesen schönen langen Umweg durch die Schweiz, bevor sie ihn nach Kolmar brachte. Sie brauchte die Gewißheit, den Abschied hinausgezögert zu haben, sonst hätte sie sich zu jäh verlassen gefühlt.

Als sie mit ihm in die Kutsche stieg, überreichte er ihr ein in Leder geschlagenes Kästchen. Sie öffnete es neugierig und hielt ein kleines aufklappbares Reiseschreibpult in den Händen. Ich weiß doch, was Ihnen guttut, sagte Franz, und sie freute sich über ihren wohlgeratenen Sohn.

Drei Monate später, bei ihrer Rückkehr, traf sie keinen in der Wohnung mehr an. Die Möbel waren ausgeräumt. Sie ging sofort zu Baron von Hohenfeld, um zu hören, was passiert war, und er überreichte ihr mit den besten Grüßen vom Gemahl einen Brief. In kurzen Worten teilte La Roche ihr mit, daß der neue Wohnsitz der Familie fortan Offenbach war.

IV

Schweren Herzens verließ sie Speyer. Der Zeitpunkt war ungünstig, weil sich zunehmend Schwierigkeiten mit ihrer Zeitschrift einstellten. Aber deswegen von La Roche getrennt zu leben, kam für sie nicht in Frage. Er hatte in Offenbach für sie ein Schreibstübchen einrichten lassen und Sophie mit einem Rollbureau überrascht. Es war ein praktischer, platzsparender Schrank, der statt aufklappbarer Türen eine verschließbare Rollwand und viele Fächer für Briefe, Petschaften, Manuskripte, Quartmappen und Papiere aller Art besaß. Auf dem Schreibtisch, den er eigens so stellen ließ, daß das Licht nicht hinter die Hand fiel, lag als Begrüßungsgeschenk eine Gemme zum Siegeln der Briefe.

Auch den Garten hatte La Roche für Sophie besonders schön hergerichtet und das Grundstück nicht mit einem Zaun, sondern mit einer Geißblatthecke einfassen lassen. Unter den Pappeln und Akazien hatte er Wege angelegt, die unauffällig vom Ziergarten in den Nutzgarten führten. Er hatte zwei Reihen Spalierobst eigenhändig gepflanzt und dafür gesorgt, daß Sophie vom Schreibtisch aus nicht auf Kohl- und Salatbeete, sondern auf eine Hortensie, eine hohe Bergtabakstaude und auf die Blütenkerzen des Fingerhuts blicken konnte. Links und rechts vom Eingang hatte er jeweils einen Teich mit einer Blumeninsel anlegen lassen; eine Idee, die Sophie besonders gut gefiel.

Sie fühlte sich wohl in ihrer neuen Umgebung. Nur die Zeitschrift machte ihr Sorgen. Sie warf nicht mehr so viel Gewinn ab, als daß sich ein ständiges Hin und Her zwischen Offenbach und Speyer gelohnt hätte. In Dessau waren 160 Exemplare liegengeblieben, in Heidelberg 200, und für 300 Exemplare hatte sie auch noch das Porto für die Rücksendung bezahlen müssen. Sophie schob das Dilemma auf die gleichgültige Art der Buchhändler und der Postknechte, die die Fracht achtlos liegenließen, so daß es zwangsweise zu Verzögerungen beim Ausliefern kommen mußte. Es brauchte keinen geschärften merkantilischen Sinn, um zu erkennen, daß ein solcher Schlendrian auf die Dauer auch das blühendste Zeitschriftenunternehmen zu Fall bringen mußte. Doch sie sah keine Chance, gegen diese um sich greifende Seuche der Faulheit, Pflichtvergessenheit und Schlamperei vorzugehen. Sie war ihr ausgeliefert.

Sophie ahnte nicht, daß hinter ihrem Rücken von ganz anderen Ursachen des stockenden Absatzes die Rede war. Jenny von Voigts, die Tochter Justus Mösers, die mit Sophie korrespondierte, wagte nicht, der verehrten Autorin zu schreiben, wie in den gebildeten Kreisen inzwischen über ihre Zeitschrift geurteilt wurde: Der Ton, den sie in der *Pomona* anschlug, paßte nicht mehr in die Zeit. Sie schrieb zu getändelt, zu süßlich, machte zu viele Komplimente, wand um alles zu viele Girlanden, statt direkt zu sagen, was sie meinte. Ihre Helden waren alle reich, ihre Heldinnen alle schön, und damit langweilte sie die Leserinnen, die doch sahen, daß es in der wirklichen Welt ganz anders zuging.

Trotz allem bat Jenny von Voigts ihre Freundin, die Fürstin von Anhalt-Dessau, die *Pomona* zu abonnieren, um die Autorin zu unterstützen. Sie bewunderte den Mut, mit dem Sophie nach dem Sturz ihres Mannes das Leben meisterte. Doch beide waren sich längst einig: Die Tugendschwärmerei der guten La Roche ging auf die Nerven.

Sophie aber schrieb unablässig Mahnbriefe an die lustlosen Buchhändler und nachlässigen Postämter, forderte sie auf, für die pünktliche Auslieferung der *Pomona* zu sorgen, und räumte ihnen zum Ansporn einen noch größeren Rabatt ein. Obwohl ihr Appell nicht ungehört blieb und Freunde aus verschiedenen Städten ihr die termingerechte Lieferung bestätigten, trafen immer wieder Retoursendungen bei ihr ein, die sie sich nicht erklären konnte.

Nun erhielt sie auch noch zu allem Überfluß von Wieland die Nachricht, daß unter seiner Aufsicht in Kürze die *Allgemeine Damenbibliothek* erscheinen werde, eine freie Übersetzung aus dem Französischen. Er ließ sie wissen, daß er sich von dieser Zeitschrift einen guten Absatz versprach. Sophie ahnte, weshalb er sich auf dieses Unternehmen einließ und nach einem neuen Erfolg Ausschau hielt. Seit Erscheinen der Jenaer *Allgemeinen Literaturzeitung* wandten sich immer mehr Leser vom *Merkur* ab, und Wieland wußte, daß zweihundert Abonnenten weniger mindestens 500 Taler Verlust brachten. Es war auch für ihn keine erfreuliche Situation. Außerdem war ihr liebster Cousin inzwischen als Kritiker immer umstrittener. Sie hatte noch gut im Ohr, wie Lenz öffentlich forderte, Herr Hofrath Wieland solle mit einer Pension vom deutschen Volk endlich in den Ruhestand treten und nicht länger den Diktator auf dem deutschen Parnaß spielen.

Doch ob er sich nun selber mit seinem *Merkur* in Schwierigkeiten befand oder nicht – Sophie begriff sofort, daß die *Allgemeine Damenbibliothek* für ihre *Pomona* eine harte Konkurrenz sein würde, gegen die es kein Ankommen gab. Es sei denn, sie hätte ihren

Arbeitsaufwand verdoppelt und verdreifacht. Doch dazu fehlte ihr die Motivation, denn der Zwang, Geld zu verdienen, erschien ihr nicht mehr so dringlich. Das Studium der Söhne war finanziell gesichert. Sie und La Roche lebten schuldenfrei in einem eigenen Haus. Livreebediente und große Tafel hielten sie schon lange nicht mehr. Der Lohn für Magd und Köchin fiel nicht ins Gewicht, so daß sie bei bescheidener Lebensführung mit La Roches Pension in Zukunft auskommen konnten. Hätte sie jetzt noch so gut wie in den ersten drei Halbjahren an ihrer Zeitschrift verdient, wäre dies ein Ansporn gewesen, die Strapazen auf sich zu nehmen. Aber so lohnte es der Mühe nicht.

Sophie faßte den Entschluß, die *Pomona* einzustellen. Sie versprach allerdings ihren Leserinnen, daß sie die fortlaufenden Beiträge, die *Briefe an Lina,* zusammenfassen und als ein eigenständiges Buch herausbringen werde.

Sie wollte nicht lange damit warten, denn noch war vielen diese Kolumne ein Begriff. Erhielt ihr Buch auch nur annähernd ein solches Echo, wie es die Beiträge in ihrer Zeitschrift ausgelöst hatten, konnte sie mit einem guten Absatz rechnen, denn sie hoffte, einen Teil der Pomonaleserinnen als Käuferinnen für die *Briefe an Lina* gewinnen zu können. Zudem mutete das Ende der Zeitschrift mit dieser Buchherausgabe nicht ganz so abrupt an.

Sophie schrieb an die Collektoren, dankte für ihre Mitarbeit und erbat sich ihr Wohlwollen, falls sie zu einem späteren Zeitpunkt in ähnlicher Sache noch einmal auf sie zukommen sollte. Sie siegelte mit ihrer Gemme und atmete auf, die Last dieses Unternehmens los zu sein.

La Roche war sehr zufrieden. Er hatte eine solche Entwicklung zwar nicht so bald erwartet, freute sich nun aber um so mehr, daß seine Frau mit diesem Geschäft nichts mehr zu tun hatte und das peinliche Geldverdienen endlich beendet war. Nun brauchte er nicht mehr beschämt den Blick zu senken, wenn im Kreise von Freunden und Nachbarn das Gespräch auf die Tätigkeit seiner Frau kam. Auch ihm war eine Last von der Seele genommen. Er riet Sophie, sich gründlich von dieser Galeerenarbeit zu erholen. Am besten sollte sie die Gelegenheit nutzen und ihre Freundin, Elisabeth von Bethmann, auf ihrer Reise nach Frankreich begleiten. Sophie war begeistert. Einen besseren Rat konnte er ihr nicht geben. Als hätte er nie daran gezweifelt, daß sie sich beflügelt in das Abenteuer stürzen würde, überreichte er ihr ein Ledersäckchen mit Gulden, Talern, Louisdor und Carolins. Ein leidgeprüfter Reisender wie er wußte, daß Frankreich nicht nur ein teures Gastland war, sondern daß schon der Weg dorthin den Beutel kräftig leerte. Auch wenn sie im eigenen Wagen der Frau Bethmann fuhren, so blieben noch genügend andere Ausgaben, an denen sie sich beteiligen mußte. Das Postgeld für sechs Pferde, das Toraufschließen, das Sperrgeld, das Chausseegeld, das Brückengeld, das Schmiergeld für die Wagenräder, der Schmiedelohn – all das summierte sich Meile für Meile; ganz abgesehen davon, daß bei Reisenden von Condition noch zusätzlich allerorts die Hand aufgehalten wurde. Vor allem, so riet er ihr, sollten sie immer nur zwanzig Meilen im voraus bezahlen und so wenig Gepäck wie möglich mitnehmen. Höchstens zwei Hutschachteln, denn sie nahmen nur unnötig viel Platz weg. Am besten einen großen Koffer mit nichts als dem Hauptweißzeug, denn der brauchte nur an den großen Orten geöffnet zu werden; einen kleinen Koffer für Kleid, Kostüm und abzugebende Pakete und ein Felleisen für alles, was sie unmittelbar bei sich führen mußte: Nachtzeug, Proviant und Bücher, die sie auf der Reise lesen wollte. Kam sie an ein Zollhäuschen und wurde nach ihrem Namen gefragt, dann laut und deutlich Vor- und Zunamen nennen, denn die Zöllner gaben ihn in stiller Übereinkunft an die Herren Redakteure des Ortes weiter, so daß ihre Durchreise oder Ankunft in dem jeweiligen Intelligenzblatt vermeldet wurde. Beim Belegen des Quartiers darauf achten, womöglich nach vorneheraus zu logieren und nicht zu hoch, wegen der Feuersgefahr. Auch möglichst große Gasthöfe wählen, denn in den kleinen wurde man gewöhnlich geprellt. Zudem waren dort die Abtritte abscheulich. Und noch eins: Wollte sie von Paris einige Ausflüge in die nahe oder weitere Umgebung machen, sollte sie sich unbedingt einen Mietslakai und eine Carosse de remise nehmen. Das war zwar teuer, aber sobald sie an ihrer Bequemlichkeit zu sparen begann, wurde die Reise zur Tortur.

La Roche hatte seine Ratschläge kaum ausgesprochen, da waren die Koffer und die Bettkiste schon gepackt, und Sophie brach nach Frankreich auf.

Ein Vierteljahr später kam sie so fröhlich, so vergnügt und so verjüngt zurück, daß ihr La Roche gleich noch einmal ein gutgefülltes Ledersäckchen überreichte und sie die Schwester des Baron von Hohenfeld nach Holland und England begleitete.

Seit Sophie mit Franz die Schweiz bereist hatte, war sie wie von einem Reisefieber befallen und fand nichts schöner, als die Welt in Augenschein zu nehmen und sich ein eigenes Bild zu machen. Reisen bedeutete für Sophie weder die Befriedigung von Neugier noch das Verlangen nach einem Abenteuer. Es war auch nicht bloß Sehen, Hören, Sammeln und

Schreiben. Es war viel mehr: Es war der Wechsel in einen anderen Gemütszustand. Es war dieses wunderbare, zeitlich begrenzte Losgelöstsein von Familie und Haus, von allem, was sie in einen gewohnten, geordneten und überschaubaren Lebensrhythmus einband und ihr Pflichten und Verantwortung auferlegte. Der Luxus, einmal für Wochen ganz sich selbst zu gehören, kam ihr wie die Berührung mit einer anderen Existenz vor. Einmal nicht für den Mann, einmal nicht für die Kinder dasein zu müssen, sich treiben lassen von immer neuen Eindrücken, morgens nicht zu wissen, wie der Tag enden wird – es gab nichts Aufregenderes, denn es war das Erlebnis des Kontrastes.

Jede Stunde genoß sie in ihrem geliebten England. Sophie besuchte die Übersetzerin ihres Sternheimromans Madame la Fite, wurde von der Königin empfangen, fuhr nach Slough, um den Entdecker des Uranus, William Herschel, kennenzulernen, ließ sich von seiner Schwester Karoline das Große Teleskop vorführen, traf mit Julia von Reventlow, mit Reinhold Forster, mit Miß Burney, mit vielen der Besten zusammen und reiste im Triumph durch das Land.

Von all diesen Begegnungen und Erlebnissen aufgewühlt und erhoben kam Sophie nach Hause. Sie hatte den Wagen noch nicht verlassen, als Lulu laut schluchzend auf sie zustürzte. Sophie war unangenehm berührt, denn der Anblick einer weinenden Lulu hatte noch nie etwas Gutes bedeutet. Ihre Tochter fand vor lauter Aufregung keine Worte, sondern stammelte nur ein paar unzusammenhängende Sätze. Augenblicke später sah Sophie, was geschehen war. La Roche lag im Bett, nicht fähig zu sprechen und sich zu bewegen. Ihn hatte der Schlagfluß getroffen.

Sophie war entsetzt. Sie konnte es nicht fassen. Nun, da sich alles zum Guten gefügt zu haben schien und er das Unglück des Kanzlersturzes einigermaßen überwunden hatte, kam ein noch größeres Unglück auf sie zu. Sie fragte sich, warum das ausgerechnet ihm passieren mußte. Als sie abfuhr, war er fröhlich und guter Dinge gewesen, und jetzt lag er reglos im Bett und brachte kein Wort hervor. Sie begriff das Jähe nicht, denn er war immer gesund gewesen, hatte nie über irgendein Übel geklagt, und nie hatte es Anzeichen für eine Krankheit gegeben. Anscheinend wollte es das Schicksal, daß sie nicht zur Ruhe kam. Sie wußte sich keinen Rat, sondern sah nur, daß das Unglück offenbar die Eigenschaft besaß, dort, wo es einmal seinen Fuß auf die Schwelle gesetzt hatte, sich auch niederzulassen. Aber sie wehrte sich gegen jede symbolische Deutung. Sie befürchtete, wenn sie sich jetzt zu viele Gedanken über das Unglück machte, dann zog sie es nur noch fester an sich. Bestürzt saß sie am Bett von La Roche und brauchte Tage, um sich an den Anblick seiner Hilflosigkeit zu gewöhnen.

Lulu sagte ihr, der Arzt hätte gemeint, sie könnten trotz allem noch froh sein über den Verlauf, denn der Herr Staatsrat sei knapp dem Tode entronnen. Bei guter Pflege bestünden allerdings gute Heilungschancen.

Sophie zog noch zwei andere Ärzte zu Rate. Dank ihres einstigen Umgangs mit dem Hofe wußte sie noch immer, wer in Fachkreisen einen guten Namen hatte. Als die beiden Koryphäen bestätigten, daß sich sein Zustand bessern werde und die Lähmung eine passagere Erscheinung sei, schöpfte sie wieder Hoffnung. Allerdings konnten sich die Heilherren über die Ursachen nicht einig werden. Den Blutschlagfluß, Apoplexia sanguinea, und den wäßrigen Schlagfluß,

Apoplexia serosa, schlossen sie aus. Der eine meinte jedoch, daß es sich nach den Anzeichen um einen gastrischen Schlagfluß, einen Apoplexia spasmodica, handele, während der andere von einem Nervenschlag, einem Apoplexia nervosa, ausging. Sophie hielt zwar bislang im allgemeinen nicht allzuviel von diesen Herren Doktores der Medizin, weil sie ohnehin davon ausging, daß die Natur heilte und der Arzt bloß die Rechnung schrieb. Aber diesen Streit fand sie denn doch nicht ganz unnütz, zumal es um die Ursachen und damit um die Art der Behandlung ging. Diesmal stand sie allem so überrascht und hilflos gegenüber, daß sie peinlichst genau die ärztlichen Anweisungen befolgte.

Um die erschlafften Fasern zu beleben, stellte sie rigoros das Essen um und verabreichte ihm eine Diät. Keine schwerverdaulichen Speisen, kein Fleisch, kein Fett, sondern Gemüse. Sie ließ es nach ärztlicher Vorschrift nicht zu lange kochen, damit möglichst viel Luft darin enthalten blieb, weil Luft wegen ihrer Elastizität ein wichtiges Hilfsmittel für die Verdauung war. Darum hatte sie auch darauf zu achten, daß die Nahrung mit genügend Speichel durchmischt wurde. Zur Belebung des Speichelflusses gaben ihr die Ärzte ein besonderes Zahnpulver: verkohlte und feingepulverte Brotrinde mit ein wenig feingestoßenem weißen Zucker vermischt und das Ganze mit sechs Tropfen Nelken- und Bergamotteöl wohlriechend gemacht. Damit rieb Sophie ihm nach jeder Mahlzeit sorgfältig die Zähne ein, denn die Ärzte befürchteten, wenn jetzt seine Zähne erkrankten, könne der Speichelfluß nachlassen und seine Verdauungssäfte zum Stocken kommen.

Sobald er das Bett verlassen konnte, wollte sie mit ihm zur magnetischen Kur fahren. Auf ihrer Frankreichreise hatte sie Mesmer besucht, dessen Heilkünste in aller Munde waren. Durch Strahlung, Berührung, Blick und Rede hatte er schon hunderte Patienten von ihren Leiden befreit. Sophie wollte nichts unversucht lassen. Gewiß, der Magnetismus war umstritten, aber wenn Mesmer die rechte Hand auf den Kopf und die linke unter die Füße einer in Wolle oder Seide gekleideten Person legte, konnte er den magnetischen Funken ganz durch sie hindurchführen und in ihrem Körper eine nervöse Revolution in Blitzesschnelle bewirken. Das genau brauchte La Roche. Seine Säfte mußten wieder in Bewegung kommen, um die Lähmung zu überwinden.

Unangenehm war lediglich, daß La Roche seit seinem Schlagfluß wie Voltaire an Harnstrenge litt und sie ihm allweil die Bettschüssel reichen und täglich die Wäsche wechseln mußte. Ihre Schlafzimmer hatte sie durch ein Glöckchen verbinden lassen, damit sie auch des Nachts für ihn erreichbar war. La Roche versuchte zwar, Sophie so wenig wie möglich in Anspruch zu nehmen, aber sie mußte doch ständig auf dem Sprung und ständig in Bereitschaft leben.

Allerdings schien sich die Anstrengung zu lohnen, denn nach etlichen Wochen stellte sich tatsächlich eine erste Besserung ein. Er konnte sich wieder alleine anziehen und mit ihrer Hilfe sogar aufstehen. Sie setzte ihn in einen fahrbaren Lehnsessel, den sie eigens für ihn hatte anfertigen lassen und in dem sie ihn durch die Wohnung und auch durch den Garten schieben konnte. Lulu räumte sofort seine Bibliothek um, damit er all die Bücher, die ihm besonders wichtig waren, in Sitzhöhe erreichen konnte.

Sophie dachte wieder an das Schreiben. Zwar blieb ihr für einen großen Roman jetzt nicht die Ruhe, doch auf die kleine Form, die sich rasch zu Papier bringen ließ, wollte sie nicht verzichten. Das Tagebuch ihrer Schweizreise, das sie vor kurzem publiziert hatte, verkaufte sich gut. Der Verleger drängte darauf, daß sie endlich auch das Tagebuch ihrer Frankreich- und Englandreise fertigstellte – ein sicheres Zeichen für sie, daß Reisejournale Konjunktur hatten. Deshalb wollte sie diesmal bei der Übergabe des Manuskripts an den Verlag handfeste Bedingungen stellen und den Kontrakt genau aushandeln. Ihre Mindestforderung lautete: ein Carolin pro Bogen. Zweihundert Reichstaler sollten in summa schon herausspringen. Dann waren wenigstens die Reisekosten gedeckt. Vor allem aber wollte sie kein ewiges Verlagsrecht mehr akzeptieren, sondern die Auflage zeitlich auf fünf Jahre begrenzen. Danach sollte das Manuskript wieder ihr Eigentum sein, über das sie frei verfügen konnte. Gab es in diesem limitierten Zeitraum eine zweite oder gar dritte Auflage, dann mußte dafür erneut ein Honorar gezahlt werden, dessen Höhe nicht der Laune des Verlegers anheimgestellt war. Je höher die Auflage, desto größer die Gewinnbeteiligung. Wenn, dann wollte sie am Nachschuß schon mitverdienen. Außerdem verlangte sie Mitsprache bei der Ausstattung. Format und Schriftgröße waren wichtige Fragen.

Vor allem war sie nicht gewillt, einer engen Schrift zuzustimmen. Wählte der Verleger sie doch nur, um mehr auf den Bogen zu bekommen und so das Honorar zu drücken. Ob mit oder ohne Kupfer, ob fein holländisch Papier, ob schön inländisch Schreibpapier oder ordinaire Druckpapier – auf alles wollte sie diesmal als Autorin achten, denn alles hatte Einfluß auf Verkauf und Debit. Der Verleger sollte auch überlegen, ob es bei guter Nachfrage nicht lohnte, eine Taschenbuchausgabe mit geringem Preis und hoher

Auflage herauszubringen, um auch den weniger Bemittelten den Buchkauf zu ermöglichen. Punkt für Punkt wollte sie diesmal alles im Kontrakt formuliert haben und es halten wie Wieland, der durch sein entschiedenes Auftreten bei den Verlegern allerhöchsten Respekt genoß und inzwischen sogar für jeden Druckfehler noch Abzug vom Setzerlohn forderte.

Natürlich war das Honorar auch Ausdruck der Reputation. Schließlich kam der Ruhm nicht von allein, sondern war auf Arbeit und Fleiß gegründet, und dem mußte Rechnung getragen werden. Das Renommee eines Schriftstellers erhöhte das Ansehen eines Verlages, und weshalb sollte dieser Vorzug nicht auch beim Honorar zu Buche schlagen? Ohne Frage trug der Verlag das Risiko. Aber das gehörte zum Geschäft, bei dem der Schriftsteller nicht irgendeine drittrangige Erscheinung, sondern der wichtigste Beteiligte war. In solchen Momenten bedauerte Sophie, so fern von ihrem Wieland zu sein, denn er kämpfte wie kein anderer für die Rechte des Autors, und jeder wußte, daß er derjenige war, der dem Verleger die Gesetze gab. Aber sie wollte diesen vielbeschäftigten Mann nicht in eine lange Korrespondenz darüber verwickeln. Es war ja schon hilfreich zu wissen, welche Forderungen man als Autor überhaupt erheben konnte, um nicht allzu naiv, nicht allzu weltfern vor seinem Verleger zu stehen.

Sogleich machte sich Sophie daran, einen Vertragsentwurf aufzusetzen. Sorgfältig formulierte sie Punkt für Punkt, um jeder späteren mißverständlichen Auslegung vorzubeugen. Sie hatte gelernt, daß die Verleger sich die Verträge um so genauer ansahen, je mehr an einem Buch zu verdienen war. Die kleinste Nachlässigkeit konnte Anlaß zu endlosen Deuteleien sein. Wenn es zu einer Einigung kam, lachte in der Regel immer der Verleger. Eines war ihr im Laufe der Jahre klargeworden: Die Arbeit am Vertrag war mindestens ebenso wichtig wie die am Manuskript.

Sophie hörte ein leises Klopfen. Ungehalten über die Unterbrechung wandte sie sich zur Tür, aber bevor die Magd etwas sagen konnte, stand schon ihr Schwiegersohn, den Chapeaubas unter dem Arm, mit einem großen Blumenstrauß im Raum. Lulu verließ panikartig den Raum, denn sie wollte Möhn nicht sehen. Sophie jedoch empfing ihn mit der nötigen Contenance.

Er wollte nur einen kurzen Krankenbesuch machen und brachte seinem Schwiegerpapa in einem Samtkästchen einen seltenen Kugeldiorit und einen Granitporphyr. Sophie fand dies eine sehr aufmerksame Geste, zumal sie sah, wie sehr sich La Roche über die Mineralien freute. Es fiel ihr auf, daß Möhn gut gekleidet war, nicht nur Spitzenmanschetten und Chabot trug, sondern auch ein Gilet aus violettem Moiré mit bunten Vogelköpfen, wie es der neuesten Mode entsprach. Sein Zopf hing nicht krumm, sondern steif und schön bebändert im Nacken. Selbst die Spur eines Geruches von Wein oder Bier konnte sie an ihm nicht wahrnehmen. Er sagte, daß er gerade aus Frankfurt kam, seine Schwägerin Maximiliane besucht hatte, und sprach lange und voller Bewunderung von Brentanos Glück, mehrfacher Vater zu sein. Er kann zu Recht schöne Häuser bauen und sich kostbare Möbel kaufen, meinte Möhn, denn er hat genügend Erben dafür. Vermögen zu schaffen ist doch nur dann eine Freude, wenn man es eines Tages seinen Kindern hinterlassen kann.

Je länger Sophie ihrem Schwiegersohn zuhörte, desto mehr wurde ihr bewußt, wie sehr er darunter litt, ein Mann ohne Nachkommen zu sein.

Kein Glas würde ich mehr anrühren, sagte er plötzlich, wenn Lulu mir ein Kind schenken würde. Aber sie will nicht, und das treibt mich ins Wirtshaus. Dabei liegt mir gar nichts am Trinken. Ich möchte nur ein schönes Zuhause haben und meinen Kindern ein guter Vater sein.

Möhn blieb lange. Offenbar hegte er die stille Hoffnung, Lulu zu sehen und sie bewegen zu können, ihm nach Hause zu folgen. Wie er so dasaß – mit seinen weißen Manschetten und seinem traurig verlorenen Blick, konnte Sophie sich gar nicht vorstellen, daß dieser Möhn ein brutaler Mensch sein sollte. Im stillen fragte sie sich, ob nicht auch Lulu an seinem Verhalten Schuld trug, und hätte gern eine Versöhnung zwischen den beiden gesehen. Er machte nicht im mindesten einen kranken Eindruck auf sie und sah auch nicht aus wie ein Mann, der ins Tollhaus gehörte. Er war nur unglücklich und tat ihr in tiefster Seele leid.

Sie ging zu Lulu, um sie zu bewegen, ihm wenigstens einmal ›Guten Tag‹ zu sagen, denn schließlich war sie noch mit ihm verheiratet und bekam ja auch monatlich einen schönen Betrag von ihm.

Mag sein, daß er manchmal zu viel trank und dann die Kontrolle über sich verlor, aber Lulu konnte nicht sagen, daß er kleinlich gegen sie war, und von Haß konnte Sophie auch nichts an ihm bemerken. Er war nur untröstlich, keine Kinder zu haben.

Lulu aber wollte den Mister Kannibal nicht sehen und verbot ihrer Mutter, zwischen ihnen zu vermitteln. Möhn mochte noch so viel Besserung geloben – er verstellte sich nur. Hätte er Kinder, sagte sie, würde er sie gleichfalls verprügeln, und reich ist er schon lange nicht mehr. Ich muß froh sein, wenn er nicht auch noch meine Mitgift durch die Kehle jagt. Das

Geld, das er mir jetzt schickt, wird eines Tages das einzige sein, was mir von allem bleibt.

Lulu regte sich auf, daß die Mutter ihr eine Versöhnung überhaupt zumuten wollte und warf ihr vor, daß sie vor lauter Harmoniesucht gar nicht mehr zwischen Gut und Böse, Recht und Unrecht unterscheiden konnte.

Anstatt Menschen immer nur zu verstehen, sollten Sie ihnen lieber mal die Meinung sagen, entgegnete sie. Wenn Möhn sich nicht scheiden lassen will, werde ich eben warten, bis ich Witwe bin. So oder so – mein Leben ist ohnehin vertan.

Solche Bemerkungen konnte Sophie nicht ertragen. Nicht, wenn man wie Lulu siebenundzwanzig Jahre alt und immer noch schön war. Aber Sophie schwieg, um bei ihrer hochgereizten Tochter nicht in den Verdacht zu geraten, sich in die Ehe einmischen zu wollen. Außerdem hatte sie von dem Zustand des Getrenntlebens nur Vorteile, denn Lulu ging ihr bei der Pflege von La Roche kräftig zur Hand. Eine bessere Hilfe hätte sie sich nicht denken können. Überdies stand die Tochter finanziell auf eigenen Füßen und fiel ihrer Haushaltscassa in keiner Weise zur Last. Trotzdem fand Sophie es trostlos, als ihr Schwiegersohn allein die Kutsche bestieg.

Versehentlich hatte er seinen Chapeaubas auf dem Sessel liegenlassen, und Sophie rannte noch einmal zur Kutsche, um Möhn den Hut zu bringen. Doch er sagte nur: Geben Sie ihn Lulu, damit sie weiß, daß ich bei ihr noch etwas aufbewahre. Dann fuhr er traurig winkend ab. Sophie wollte einfach nicht glauben, daß ein Mann, der sich nichts sehnlicher als eigene Kinder wünschte, ein so schlechter Mensch sein konnte.

Doch es schien ihr müßig, diesem Duodram zwischen Möhn und Lulu zu viele Gedanken zu widmen.

Am besten kam sie mit der Tochter aus, wenn sie gar nicht darüber sprach, so tat, als gäbe es das alles nicht und ihr keine Fragen stellte. Dennoch bedrückte es sie.

Daß in diesem Augenblick ausgerechnet ihr Sohn Fritz für die freudigste aller Überraschungen sorgte, wertete Sophie als einen Wink des Schicksals, sich immer noch zu denen zählen zu dürfen, die stets auf die Bahn ihres inneren Gleichgewichts zurückgeführt wurden. Fritz kündigte den Eltern seine bevorstehende Heirat an und lud sie zur Trauung nach Amsterdam ein. Seine Frau Elsa war eine Witwe von fünfundzwanzig Jahren, hatte ein großes Vermögen und einen Vater, der Verleger war. Liebe Mama, schrieb er, ist das nicht schön ?

Sophie betrachtete den Schattenriß ihrer künftigen Schwiegertochter, den Fritz für eine erste Vorstellung beigefügt hatte. Ihr fiel ein Stein vom Herzen. Sie hätte nie gedacht, daß der Kavalleriehauptmann Fritz von La Roche, der zwar ein schöner Mann, aber doch ein Flattergeist war, eines Tages seine Existenz mit einer reichen Heirat sicherstellen konnte. In der Tat, sie hatte ihren Sohn unterschätzt. Es war ihm doch noch geglückt, seinen Abenteuerdrang zu bändigen und das Beste zu tun, was man mit dreißig Jahren tun konnte: sich eine vermögende Frau zu suchen. Nun brauchte La Roche von seiner Pension dem lieben Herrn Sohn nicht mehr jährlich 400 Gulden zu überweisen, damit er in der Gesellschaft eine gute Figur machte; nun hatte sich die Investition in ihren Ältesten ausgezahlt.

Im stillen dankte sie tausendmal ihrer künftigen Schwiegertochter, daß sie sich auf diese Weise ihres Fritzes annahm, ihn nicht nur mit ihrem Geld gut bettete, sondern ihn auch vor einem leichtlebigen Junggesellendasein bewahrte. Sie schrieb Elsa einen überschwenglichen Gratulationsbrief und bedauerte, am Herzensfest ihres Sohnes nicht teilnehmen zu können, denn La Roches Zustand ließ keine Entfernung zu.

Die Tatsache, daß Sophie ihren Sohn endlich in gesicherten Verhältnissen wußte, drängte ihren Kummer über die Hinfälligkeit La Roches zurück. Sie setzte sich an ihren Schreibtisch und verfaßte in einem Zuge das *Journal einer Reise durch Frankreich.* Doch diesmal passierte etwas, was sie noch bei keiner Niederschrift erlebt hatte. Sie spürte eine seltsame Unruhe, die von Bogen zu Bogen stärker wurde. Je deutlicher die Reiseeindrücke hervortraten, desto schroffer standen ihr die Gegensätze vor Augen, die sie in Paris erlebt hatte. Die Extreme erschreckten sie. Am liebsten hätte sie Immanuel Kant fragen mögen, woher die Verbindung des Artigen, Leichten, Glänzenden und Weichen mit dem Unbarmherzigen, Gefühllosen und Boshaften kam, wie sie es in dieser Nation so oft beobachten mußte.

Sie sah Ludwig XVI. mit seinem Hofstaat in die Notre-Dame-Kathedrale fahren, wo er einem Tedeum für die Geburt seines zweiten Sohnes beiwohnen wollte. Voraus die Stadtgarde, dann die Kutschen mit den Herzögen und schließlich – umringt von der Leibgarde – die Prachtkarosse des Königs. Die acht Pferde, die sie zogen, waren mit so reichen Geschirren und herrlichen Federbüschen geschmückt, daß sie glaubte, die ärmlichen und elend gekleideten Untertanen am Rande hätten all ihr Gold zu diesem Schmuck verwenden müssen.

Ludwig ließ Geld unter die Menschen werfen, doch die Soldaten der Leibgarde hieben mit den Kolben ihrer Flinten auf jeden ein, der sich vordrängte und dem

König zu nahe kam. Immer mehr sanken blutend zu Boden und blieben am Straßenrand liegen. Die Herrschaften in den Kutschen warfen einen achtlosen Blick auf sie, als würde es sich um zerbrochene Radspeichen handeln.

Sophie sah Tage später den Zug von Marie-Antoinette, zählte zwanzig Kutschen, jede mit acht Prachtrössern bespannt. Sie sah ein wogendes Meer von Seide, von Gold- und Silberflittern, von Federn, Flor, Spitzen und Blumen; sah die Königin in spanischer Kleidung und mit schwerprächtigen Diamanten bedeckt. Ihre Hofdamen, sichtlich ermüdet von der Last des Kopfputzes, blickten mit verächtlichen Gesichtern auf die Menschenmenge, die die Straße säumte. Nirgendwo erscholl ein Hochruf auf Marie-Antoinette. Niemand rief: Vive la reine. Der feenhaft glitzernde Zug fuhr durch einen Korridor eisigen Schweigens. Kein Laut, keine Bewegung, kein Gruß, kein Winken. Nur starre Reglosigkeit, nur gespenstige Stille. Sophie spürte deutlich: Das Volk zeigte sein Mißvergnügen. Hätte sie in einer dieser prunkvollen Kutschen sitzen müssen, wäre ihr angst und bange geworden.

Sophie besuchte die berühmte Madame Bertin, die die Kleider für die Königin und die Damen des Hofes nähen ließ und dafür eine jährliche Leibrente von 40 000 Livres erhielt. Madame Bertin beschäftigte zweitausend Personen, die nach ihren Entwürfen außerdem noch Bänder, Zeuge, Blonden, Flor und Folienblumen fertigten, und war gerade dabei, der Königin ein paar Nachmittagskleider für eine halbe Million Livres zu liefern. Sophie hatte kaum den Fuß aus der Werkstatt gesetzt, als sie erfuhr, daß im letzten Winter Tausende Arme an Hunger und Kälte gestorben waren und daß die Regierung junge Burschen bezahlte, die maskiert singend und tanzend durch die Straßen laufen mußten, damit die Erzählungen über die Unglücklichen übertönt und vergessen wurden.

Sie war zum Tee bei einer reichen Wöchnerin geladen, deren Gemahl den Hof mit Strohmatten hatte auslegen lassen, damit sie vom Rollen der Räder und dem Stampfen der Pferde nicht in ihrer Ruhe gestört wurde. Sophie schilderte ihr die Armut und den Schmutz in den Gassen von Paris und bekam zur Antwort: Sie müssen hier das Ansehen des Elends nicht achten, sonst verderben Sie sich das Vergnügen Ihres Aufenthalts.

Je mehr Sophie von diesen Gegensätzen sah, desto mehr kamen sie ihr wie die Ankündigung eines großen Unheils vor, das sie zu ängstigen begann.

Um Ruhe zu finden, fuhr sie nach Ermenonville zum Grab von Rousseau. Es lag mitten im See auf einer kleinen, von Pappeln umgebenen Insel, der sie sich in einer Barke näherte. Sie setzte sich vor den Grabstein und beobachtete die Sonnenstrahlen, die auf die einfache Inschrift fielen: Hier ruht der Freund der Wahrheit und der Natur. Sie dachte daran, daß Friedrich der Große Rousseau antragen ließ, mit einem jährlichen Gehalt von achttausend Reichstalern Präsident der Akademie zu werden, und Rousseau ihm geantwortet hatte: Nicht achttausend Reichstaler, sondern Speise, Trank, Kleidung und die Freiheit, nicht mehr Präsident zu sein, wenn ich es nicht mehr sein will. Sie fragte sich, ob Bescheidenheit nicht letztlich doch ein Ausdruck geistiger Größe war.

Ab und zu stand sie vom Schreibtisch auf, um nach La Roche zu sehen und ihm die Bettschüssel zu bringen. Gern hätte sie mit ihm über dieses zwiespältige Empfinden bei der Niederschrift gesprochen, hätte nach all dem Erlebten ihm etwas von ihrer Ahnung mitteilen wollen, daß es in Frankreich nicht mehr lange gutgehen konnte. Sie hätte ihn fragen mögen, ob eine Regierung, die das Volk gegen sich aufbrachte, nicht eine Gefahr für die ganze Menschheit war – doch sie wollte ihn nicht beunruhigen. Sie wollte nicht seine geschwächten Gemütskräfte zusätzlich in Anspruch nehmen. Außerdem war sie sich nicht sicher, ob seine Vernunft dies alles noch zu fassen vermochte.

Von Tag zu Tag kam er ihr abwesender vor. Sein Blick war leer geworden, und das Sprechen fiel ihm von Mal zu Mal schwerer. Die Ärzte hatten zwar eine Heilung in Aussicht gestellt und gemeint, daß sein Zustand eine vorübergehende Erscheinung sei, doch sie erlebte den fortschreitenden Verfall. Seit kurzem war er auch noch von einem bösartigen Krampfhusten befallen, und darum entschloß sie sich, ihn täglich ein Luftbad nehmen zu lassen. In Frankreich hatte sie von Benjamin Franklin gehört, daß er dies seit Jahren als eine Garantie für eine gute Gesundheit ansah. Wer, wenn nicht der Mann, der dem Himmel den Blitz entriß, hätte es besser wissen können?

So schob sie jeden Morgen La Roche in seinem Lehnsessel in den Garten, fuhr ihn auf und ab, während er mit halbentblößtem Oberkörper tief durchatmen mußte. Danach packte sie ihn im Bett in warme Decken ein, um seinen Blutfluß in eine gute Zirkulation zu bringen und die giftigen Säfte auszudünsten. Doch es stellte sich keine Besserung ein. Sie wollte neue Ärzte zu Rate ziehen, zwei Berühmtheiten aus Mainz, aber La Roche mochte keinen dieser Herren Genesungsmeister mehr sehen und nichts verlängern, wozu ihm die Zeit gekommen schien. Er wollte nur noch Sophie um sich haben. Sobald sie an seinem Bett saß und ihm wie einem kranken Kind die Hand hielt, schienen sich ihm alle Wünsche erfüllt zu haben. Meist legte er dann seinen Kopf zur Seite und schlief beruhigt ein. Sophie wartete stets, bis sie ein tiefes gleichmäßiges Atmen hörte, dann holte sie ihre Reisekanzlei, legte sie auf ihre Knie, klappte sie auf und begann zu schreiben. Denn die Stunden untätig an seinem Bett zu sitzen, konnte sie sich nicht leisten. Zumindest die Briefe, die täglich kamen, wollte sie beantworten. Es war zwar unbequem, so zu schreiben, aber wenn er aufwachte und sie am Bett sitzen sah, freute er sich. Und alles, was ihm guttat, wollte sie tun.

Lulu hatte unterdes ihren Geschwistern geschrieben, daß es nicht gut um den Vater stand, und darum erschienen sie Wochen später alle zu seinem Geburtstag. Wie immer, wenn Besuch erwartet wurde, stand sie verdeckt am Fenster und litt. Ihre Geschwister kamen aus Amsterdam, Frankfurt, Marburg und Berlin. Sie aber war über Koblenz nicht hinausgekommen und hatte nichts, worauf sie stolz sein konnte. Hatte keine Kinder und keinen Mann. Bloß einen Säufer, der nichts weiter auf dieser Welt verstand, als Schulden zu machen. Die Geschwister hatten es alle zu etwas gebracht. Nur sie wohnte bei den Eltern und war schon jetzt für die Kinder von Maxe das gute Tantchen Möhn, das zum Inventar des Hauses La Roche gehörte. Wieder einmal fand sie es trostlos, wie das Schicksal die Aufgaben verteilt hatte: Sie pflegte den kranken Vater, und die anderen kamen, um ihm gute Besserung zu wünschen. Das Leben war ungerecht.

Lulu sah ihre Schwester aus Frankfurt diesmal in einem besonders großen Wagen vorfahren, denn sie hatte ihre acht Kinder mitgebracht, die alle dem Großvater gratulieren wollten. Sie waren aufs Feinste herausgeputzt und umgaben ihre Mutter wie Festtagsblumen. Während sie lärmend ins Haus stürmten, sah Maxe lächelnd zum Fenster hinauf, als erwarte sie, daß hinter den Scheiben niemand anders als ihre Schwester stehen konnte. Lulu hätte weinen mögen. Doch dann war Maxe schon an ihrer Seite, und sie sahen wie früher gemeinsam auf die Straße hinab, weil das Wiehern der Pferde einen ihrer Brüder ankündigte. Es hielt ein weißes Kabriolet. Fritz half strahlend und als vollendeter Kavalier seiner Frau aus dem Wagen. Die Schwestern sahen, wie die Leute auf der Straße zusammenliefen, um den Wagen zu bestaunen, den carmoisinsamtene Sitze und eine Rosengirlande zierten. Maxe meinte, daß ein solches Kabriolet für Offenbachs Gassen unpassend sei und eher auf die Pracht- und Paradechausseen von Paris gehörte. Aber sie wußte ja, Fritz liebte das Mondäne.

Er gab den Kindern, die zu dem Wagen rannten, eine Münze, und Lulu sagte: Wie gut sich Fritz fühlt, mit dem Geld seiner Frau imponieren zu können.

Hauptsache, er macht ihr nicht soviel Kinder, entgegnete Maxe trocken, und Lulu sah sie verblüfft an.

In vierzehn Jahren Ehe fast jedes Jahr schwanger zu sein, gleicht einer Tortur. Ich weiß gar nicht mehr, wie das ist: einen Rock in der Taille zu binden. Immer verformt, immer entstellt, immer behindert. Statt Kaffee nur Milchsuppe, täglich Klistiere, nicht rennen, nicht bücken, nicht holprige Wege fahren, nicht reiten, nicht Schlittschuhlaufen – immer nur Vorsicht und Schonung wie eine Kranke –, ach, das ist kein normales Leben, das ist bloß noch Ausnahmezustand. Ich mag meine Kinder, aber ich wünsche nichts sehnlicher, als keines mehr bekommen zu müssen. Sei froh, daß du das nicht erleben mußt.

Noch ehe Lulu antworten konnte, sahen sie Franz und Carl vergnügt in einer Postchaise ankommen, und dann waren sie alle schon am Bett von La Roche versammelt. Maximiliane gab ihren Kindern ein Zeichen, und sie brachten dem Großvater ein Ständchen dar. Meine Engel, sagte er, aber mehr brachte er nicht hervor. Sophie sah zwar, wie sehr ihn diese Überraschung freute, aber er hatte diesmal mehr Schwierigkeiten beim Sprechen als sonst. Er versuchte ihnen Dank zu sagen, rang nach Worten, setzte mehrmals dazu an und bot ein erschütterndes Bild. Keines der Kinder hatte sich die Hinfälligkeit des Vaters so vorgestellt. Schließlich sagte Carl: Was wollen wir noch länger hier am Bett herumstehen, er nimmt uns doch sowieso nicht mehr wahr. Mit einer gleichgültigen Kopfbewegung winkte er seine Geschwister aus dem Zimmer. Sophie erschrak über soviel Kaltherzigkeit. Carl bekam immerhin noch jährlich zweihundert Gulden von seinem Vater zugesteckt, damit er in Berlin nichts entbehren mußte. Alles hatte La Roche getan, um den Sohn gut auszustaffieren, und nun eine solche Reaktion. Allerdings wunderte es sie bei Carl nicht, denn er war mitunter auch ihr gegenüber von einer bemerkenswerten Hochnäsigkeit. Sie glaubte, daß dies mit seinem Studium zu tun hatte, denn seit diesem Zeitpunkt meinte er, allerorts einen intellektuellen Anspruch dokumentieren zu müssen. Aus einem vertraulichen Brief hatte sie erfahren, daß ihr werter Sprößling bei einem Besuch in Rudolstadt sich zum Ergötzen von Lotte von Lengefeld und eines Herrn von Humboldt schlecht über die Schriftstellerei seiner Mama geäußert und sich damit gebrüstet hatte, die Bücher der Frau von La Roche nicht zu lesen, weil in ihnen zu viele schöne Sentiments ausgekramt werden. Er mochte nun mal keine überfirnißten Gedanken.

So etwas fand natürlich Anklang bei den jungen

Leuten, die sich allesamt wie kleine Helden fühlten, wenn sie den anderen zeigen konnten, daß sie selbstverständlich alles ganz anders als ihre Eltern sahen und sich weidlich von ihnen unterschieden, ja am liebsten gar nichts mit ihnen zu tun hatten. Tröstlich fand Sophie, daß wenigstens bei Geldzahlungen die lieben Eltern für die Kinder noch akzeptable Personen waren. Wenn sie nachher ihrem Carl das Fahrgeld von Berlin nach Offenbach zusteckte, war er wieder ganz der dankbare Sohn mit dem dankbaren Blick. Sie kannte diese Verwandlungen.

Dennoch – als sie dann alle an der gedeckten Geburtstagstafel Platz genommen hatten, kam es ihr so vor, als säße eine neue Generation vor ihr, deren offensichtliches Ziel es war, sich nur mit sich selbst zu beschäftigen. Ob ihre Bücher den Ansprüchen ihres omnigescheiten Söhnchens genügten oder nicht, berührte sie eigentlich herzlich wenig. Glücklicherweise war Lesen eine freiwillige Angelegenheit und nicht irgendein Joch, in das man die Unbelehrbaren pressen mußte. Sie hatte weder ihre Söhne noch ihre Töchter jemals gezwungen, ein Buch von ihr zur Hand zu nehmen, geschweige denn erwartet, einmal die Lieblingsautorin ihrer Kinder zu werden. Schlimm war etwas ganz anderes. Schlimm war – das sah sie jetzt –, eines Tages so hilflos vor seinen Kindern liegen zu müssen und ihnen mit Krankheit und Hinfälligkeit zur Last zu fallen. Sie betete im stillen, daß ihr dieses Schicksal erspart bleiben möge. Nur nie auf ihre Pflege angewiesen sein müssen. Denn von dieser Generation war nicht das mindeste Maß an Mitgefühl zu erwarten.

Sie hatte eigentlich gedacht, daß der Zustand des Vaters Thema des Gesprächs sein würde, aber darüber fiel kein Wort. Carl sprach von nichts anderem als von Berlin und tat vor seinen Schwestern so, als hätte ihn das Schicksal dazu ausersehen, nicht in irgendeiner Stadt, sondern im Zentrum des Universums zu leben.

Hier geben sich die Besten der Besten ein Stelldichein, sagte er, hier trifft sich die Welt. In Berlin schlägt das Herz der Zeit. Er hatte mit seinem Freund Wilhelm von Humboldt, dem kreuzgescheiten Bill, einen Tugendbund gegründet und ihn zum Bruder seiner Seele ernannt. Sie verkehrten in den Salons der Henriette Herz und Dorothea Veit, der Tochter von Moses Mendelssohn. Sie atmeten Philosophie pur und wetteiferten beide um das Herz der Karoline von Dacheröden, die sich für ihn oder Wilhelm entscheiden mußte und die an Verstand und Klugheit alles übertraf, was ihm je begegnet war. Dies sagte Carl in einem so arroganten Entzücken, daß alle, die am Tisch saßen und nicht das Glück hatten, diese drei Damen persönlich zu kennen, sich dumm und äußerst provinziell vorkommen mußten; Menschen, an denen der Geist der Zeit achtlos vorbeigaloppierte.

Natürlich ließ sich Fritz, der an der Seite von Lafayette in Amerika gekämpft hatte, von seinem kleinen Bruder nicht sagen, wo die große Welt ihr Domizil hatte und wo man leben mußte, um auf der Höhe der Zeit zu sein. Auch wenn Carl gerade zum preußischen Bergrat ernannt worden war und zum erstenmal in seinem Leben eigenes Geld verdiente, so hatte es Fritz doch zum Chevalier de La Roche gebracht und außerdem noch reich eingeheiratet. Darum war es ihm ein besonderes Vergnügen, seine Geschwister mit der Nachricht zu überraschen, daß er sich kommende Woche das schönste Haus in Offenbach kaufen werde, um sich hier mit seiner Frau niederzulassen.

Als nunmehr vermögender Bruder lächelte er fast spitzbübisch seiner vermögenden Schwester zu, die ja auch durch die Ehe zu mehr als Wohlstand gekommen war. Doch Maxe sah es nicht. Sie war mit den Kindern beschäftigt. Sie paßte auf, daß sich Clemens um seine jüngeren Geschwister kümmerte, denn sie hatte die dreijährige Bettina auf dem Schoß und mußte noch dazu die weinende Ludovica beruhigen. Geld und Glücksgüter interessierten Maximiliane schon lange nicht mehr. Derlei Themen waren ihr keiner Erörterung wert. Ihre einzige Sorge galt nur noch den Kindern: daß sie sich gut vertrugen, daß sie sich anständig benahmen, daß sie selber gesund durch ihr bevorstehendes neuntes Wochenbett kam und daß danach Schluß, endgültig Schluß mit dem Gebären war.

Fritz ahnte von Maxens Problemen nichts, sondern zählte sie ob ihres Reichtums zu den Frauen, für die sich alle Wünsche erfüllt hatten. In dem Glauben, daß sie die Fragen einer repräsentativen Ausstattung interessieren würden, erläuterte er hingebungsvoll die Pläne zur Eingangsgestaltung des neuen Hauses. Selbstverständlich sollte es eine Kutschenauffahrt geben und rechts und links der Eingangstür je eine Knotensäule, in der für seine Begriffe der wahre Adel der Formen lag.

Carl setzte ein geringschätziges Lächeln auf, denn der echte Kenner fand natürlich dorische Säulen viel schöner als romanische, und am elegantesten waren für ihn ohnehin nur die Halbsäulen wie am Zeustempel zu Agrigent und wie man sie jetzt an einigen der neuesten Berliner Villen sehen konnte.

Sophie saß neben ihrer Schwiegertochter Elsa, die sie ob ihrer bescheidenen und stillen Art sogleich ins Herz geschlossen hatte, und schämte sich, daß über alles, nur nicht über den Vater gesprochen wurde. Keine Frage nach einer Besserung, kein Wort zu seinem Befinden, kein Erkundigen, wie sie und Lulu mit ihm zurechtkamen. Es mußte der Eindruck entstehen, für die Kinder war er ein alter, in Auflösung begriffener Mann, von dem sie nichts mehr erwarteten und den sie darum bereits abgeschrieben hatten.

Nur Franz bat alle in den Garten. Er hatte als Geschenk für den Vater zwei seltene Bäume mitgebracht, die er in die Erde bringen wollte. Eine kanadische Hemlocktanne und eine blaunadlige Coloradofichte, die er von einem Botaniker aus Übersee bekommen hatte. Sie waren frosthart, erreichten eine stattliche Höhe, und er war ganz sicher, daß der Vater an ihnen Freude haben würde. Franz rettete die Ehre der Geschwister.

Es war ja nicht so, daß Sophie die Augen verschlossen hätte vor dem Verfall La Roches. Sie sah sehr wohl, daß der Schlagfluß seinen Verstand getrübt hatte, aber schließlich konnte niemand bestimmen, wie er sich aus dieser Welt verabschiedete, und keiner konnte wissen, was ihn selber noch erwartete.

Monate dauerte die Pflege nun schon und war mehr als beschwerlich. Sie war eine Bürde. Inzwischen mußte sie ihn sogar noch füttern, weil seine Hände nichts mehr halten konnten. Sie band ihm jedesmal ein Lätzchen um, reichte Löffel für Löffel und litt an seinem Zustand so sehr, daß sie sich selber dabei ganz krank fühlte. Doch sie saß mit Pflichtbewußtsein an seinem Bett, sprach mit ihm, auch wenn sie wußte, daß er fast nichts mehr verstand, geschweige denn antworten konnte. Sie wechselte täglich seine Wäsche, hielt ihm alle zwei Stunden die Bettschüssel und zwang sich, bei all den Verrichtungen den anderen La

Roche zu sehen, den, der einmal ein witziger und unterhaltsamer Mann gewesen war. Obwohl sie versuchte, aus der Erinnerung an die schönen Jahre Mut zu schöpfen, spürte sie doch, wie dieses Dasein als Krankenwärterin sie innerlich auszehrte. Abends sank sie todmüde und kraftlos ins Bett. Ihr Leben kam ihr plötzlich wie ein Gebundensein an den Verfall vor, dessen Zeugin sie nie sein wollte. Doch noch schlimmer war ihr die Vorstellung, eine Pflegerin ins Haus zu holen. Niemand Fremdes sollte La Roche in diesem Zustand sehen. Das war sie ihm und sich und ihrer ganzen Familie schuldig. Es galt, seinen Ruf zu wahren; und dazu gehörte, daß niemand von seiner Verstandestrübung erfuhr.

Von Woche zu Woche hoffte sie auf eine Besserung seines Zustandes, doch es gab keine Veränderung. Es war, als wäre etwas in ihm zum Stillstand gekommen. Er verzog keine Miene, bewegte sich nicht, sondern lag nur noch abwesend von sich selber im Bett. Sie spürte, daß nun nicht einmal mehr die Erinnerung half, um in ihm den anderen zu sehen, der er einmal gewesen war.

Eines Nachmittags, als sie seine Bettwäsche wechseln wollte, bemerkte sie, daß seine Arme eiskalt waren. Sie ging aus dem Zimmer, um eine zweite Decke zu holen, weil sie meinte, La Roche würde frieren. Doch als sie zurückkam, war er tot.

Sie hielt inne, als müsse sie sich über die Wahrheit dieses Augenblicks Gewißheit verschaffen. Dann verhüllte sie die Spiegel, hielt die Uhren an, zog alle Vorhänge zu, zündete Kerzen an und blieb in Tränen aufgelöst neben dem Leichnam sitzen. Stunde um Stunde verging. Der Abend kam, es wurde Nacht, doch sie wich nicht von seiner Seite. Niemand durfte das Zimmer betreten, niemand sie in ihrer Trauer stören. Sie wollte allein sein, ein letztes Mal allein mit ihrem La Roche. So saß sie regungslos, bleich und erschöpft, bis der Sarg aus dem Haus getragen wurde.

Sie lauschte noch eine Weile tiefbewegt dem sich entfernenden Wagen nach, dann trocknete sie die Tränen und ging bedrückt in ihr Zimmer.

Als sie wieder herauskam, war sie wie verwandelt. Sie trug ein schwarzes Kleid, war gut geschminkt, und ihr Auftreten zeugte davon, daß sie ihre alte Energie zurückgewonnen hatte.

Energisch wies sie das Hausmädchen an, die Fenster zu öffnen, die Verhüllungen von den Spiegeln zu nehmen und die Uhren in Gang zu setzen. Sie war entschlossen, augenblicklich wieder in die Zeit einzutreten.

Sophie stellte sich an das offene Fenster und empfand die Novembersonne wie eine Frühlingsbotin, die ihr neues Leben brachte. Jetzt bin ich frei, sagte sie laut, frei in meiner Seele, frei in meiner Person. Endlich gehöre ich wieder mir selbst.

Schon in den nächsten Tagen handelte sie. Als erstes suchte sie alle dienstlichen Unterlagen ihres verstorbenen Mannes heraus, kopierte sein Anstellungsdekret und das eigenhändige Schreiben des Kurfürsten von Trier, sandte ihm alles zu und erinnerte ihn an sein Versprechen, nach dem Tode von La Roche seinen beiden Söhnen eine jährliche Pension von vierhundert Talern zu zahlen.

Nach wenigen Tagen wurde ihre Bitte abschlägig beschieden. Sophie war enttäuscht und machte sich von Stund an über fürstliche Versprechen keine Illusionen mehr.

Glücklicherweise hatte Carl bereits eine Anstellung, und sie mußte nur noch dafür sorgen, daß Franz in gute Dienste kam. Beruhigend war einzig, daß wenigstens sie eine Leibrente aus der Witwenkasse erhielt und so jährlich über sechshundert Gulden verfügen konnte. Dies war zwar ein bescheidenes Auskommen, aber es sicherte Sophie die Aufrechterhaltung ihrer Gewohnheiten.

Als sie in La Roches Unterlagen sein Testament fand, atmete sie auf, denn es enthob sie aller Auseinandersetzungen mit den Kindern. Da Carl sich schon vorsichtig nach dem Verbleib der Gemäldesammlung und der väterlichen Bibliothek erkundigt hatte, war ihr klar, daß so manches Unliebsame auf sie zugekommen wäre.

So aber stand schwarz auf weiß festgehalten, daß alles in ihrem Besitz blieb, solange sie lebte. Noch über seinen Tod hinaus bestätigte es sich, was für ein weitdenkender Mann ihr La Roche gewesen war.

Sophie verfaßte ein zweites wichtiges Schreiben, in dem sie den Landgrafen von Darmstadt bat, ihren Sohn Franz auf Probe anzustellen. Bald darauf brachte ein Courier einen Brief aus dem Kammersekretariat, den sie aufgeregt öffnete und aufgeregt las: Frau von La Roche. Der Sohn ist als Assessor beim Fürstlichen Oberforstamt mit dem Anfügen ernannt worden, daß seine künftige Beförderung einzig von seinem Fleiß und seiner Geschicklichkeit abhängen werde.

Ihr fiel ein Stein vom Herzen. Nun war für Franz die Aussicht auf eine feste Anstellung nicht mehr fern. Sie zweifelte keinen Augenblick daran, daß er die Chance ergreifen würde. Nun konnten die zwei verläßlichen Quellen – der deutsche Wald und das deutsche Beamtentum – gediegen ihren Mann nähren.

Nachdem Sophie ihre Söhne und sich versorgt wußte, fühlte sie sich so erleichtert, daß sie sich wieder ihrer schriftstellerischen Arbeit zuwandte. Es war ohnehin höchste Zeit, die Poesie wieder dorthin zu bringen, wo sie hingehörte: auf die Buchseiten.

Lulu hatte noch einmal einen Versuch gemacht, sich mit Möhn auszusöhnen. Am Grabe ihres Vaters hatte er sie angefleht zurückzukommen, und sie hatte seinen Chapeaubas aus dem Schrank geholt und die Postchaise nach Koblenz bestiegen.

Plötzlich herrschte im Haus eine ungewohnte Stille, die Sophie als überaus erholsam empfand. Auch das wenige Personal hatte sie noch mehr reduziert und ihre Köchin entlassen. Nur Cordel, ihr altes Hausmädchen, war geblieben.

Beide trauerten sie um Sir Charles, der sich vor ein paar Tagen in seiner Altersschwäche unter einen Fliederbusch geschleppt hatte und seither nicht mehr gesehen worden war. Mit ihm war auch die letzte Unruhe aus dem Haus verschwunden. Das geräuschlose Ineinander der Stunden war so ungewohnt, daß Sophie glaubte, die Welt neu in Besitz zu nehmen. Manchmal kam es ihr vor, als rief diese Stille verborgene Energien wach. Die Gedanken drängten sich an, sammelten sich, ordneten sich und warteten darauf, zu Papier gebracht zu werden. In dieser Stille lag ein Sog, der Sophie fortwährend zu sich selber führte. Mal horchte sie in sich hinein, mal lauschte sie in die Welt hinaus, immer innerlich getrieben, immer angenehm ruhelos, umflutet von Worten, umstellt von Bildern. Sie eilte den Vorstellungen davon, hielt sie auf oder jagte ihnen hinterher, war beständig in Bewegung und genoß die Stille als ein geheimnisvolles Medium, das diese Kräfte band.

Sophie kam in ihrer Arbeit mehr als zufriedenstellend voran. Es freute sie, daß ihre drei Reisetagebücher einen so guten Absatz fanden, denn hin und wieder ging überraschend ein Honorar ein, was die Freude noch vergrößerte.

Sogar Wieland hatte diesmal an der Lektüre Vergnügen gefunden, ihr Frankreich-Reisejournal gleich zweimal gelesen und es außerdem noch im *Merkur* rezensieren lassen. Dies kam schon fast einer Auszeichnung gleich, zumal sie wußte, ihr cherissime ami gehörte zu denen, die das Reisen für ein entbehrliches Vergnügen hielten. Mit sicherem merkantilischen Sinn hatte er jedoch sofort erkannt, daß in Sophies Art zu reisen ein Novum lag. Bei ihr handelte es sich ja nicht um eine Erwerbsreise oder eine Kavalierstour, geschweige denn um eine empfindsame Reise oder gar wissenschaftliche Forschungsfahrt. Es war ein nützliches Unterwegssein, um sich ein eigenes Urteil zu bilden; eine nüchterne Berichterstattung dessen, was sie selber gesehen und selber erlebt hatte. Vor allem aber fand er ihr Reisetagebuch so ungewöhnlich, weil sie das Land mit dem besonderen, dem weiblichen Blick beschrieb. Dem Blick fürs Detail. Das hatte es bislang auf dem Markt der Literatur noch nicht gegeben. Darin lag für ihn der unverkennbare Reiz und die Neuheit, die zu Recht Anklang und Absatz finden mußte.

Dieses Urteil freute Sophie um so mehr, weil sie inzwischen von anderen Stimmen gehört hatte, die sich über ihre Reisetätigkeit lustig machten. Im Vertrauen wurde ihr berichtet, daß Frau Goethe vor kurzem in einer größeren Gesellschaft unter Beifall der Anwesenden gesagt haben soll, die La Roche flattere wie Noahs Taube überall umher und täte besser daran, in ihre Arche zurückzukehren. Sie wußte, daß Frau Goethe derlei Bemerkungen nicht zur allgemeinen Belustigung fallen ließ. Ihre Witze waren gezielt und von ganz besonderer Art: Sie glichen der Zugluft. Sie kühlten für einen Augenblick recht wohl, aber man bekam einen steifen Hals davon. Doch was auch gesagt wurde – für Sophie waren die Reisen höchst lehrreich gewesen und hatten sich außerdem noch ausgezahlt. Was wollte sie mehr? Und daß im Hause Goethe Dichten und Andichten eng beieinander wohnten, war ihr nichts Neues. Aufs Dichten verstand sich der Sohn, aufs Andichten die Mutter – an diese Talentverteilung hatte sie sich längst gewöhnt. Doch glücklicherweise waren die Begabungen anderer noch nie ein Anlaß zur Sorge für sie. Sophie dachte vielmehr daran, zu einer ganz besonderen Reise aufzubrechen und damit ihr Unterwegssein zu krönen. Sie wollte nach Italien fahren. Jetzt war sie in einem Alter, wo sie sich mit innerer Ruhe und gereiftem Blick den Kunstwerken nähern konnte. Für die Scharen der Neugierigen, die als Narren nach Italien fuhren und als Esel wieder zurückkamen, hatte sie nur ein bedauerndes Lächeln übrig. Sie wollte durch die Kunstgeschichte reisen und in der Hauptstadt der Alten Welt beginnen. Denn alles war nichts gegen Rom, wie sie bei Winckelmann gelesen hatte, und sie gab ihm recht: Man mußte die Werke der Kunst nicht mit fremden, sondern mit eigenen Augen gesehen haben, um sie als unverlierbaren Besitz in sich aufzunehmen.

Obwohl sie Wielands Reiseunlust kannte, fragte sie ihn dennoch, ob er sie nicht nach Italien begleiten wollte. Nichts konnte sie sich schöner vorstellen, als nach all den Jahren räumlichen Entferntseins in Gegenwart dieses geistvollen Mannes Padua, Venedig und Florenz zu besuchen, durch Oliven- und Pinienwälder zu fahren, das Adriatische Meer zu erleben, vor Michelangelos *Jüngstem Gericht* zu stehen, im Pantheon sich aus Zeit und Raum zu entfernen – es wäre eine Wallfahrt ihrer Seelen gewesen.

Doch Wieland meinte, sie sei im Herbst ihres Lebens noch zu jung, zu unternehmungsfreudig für ihn. Sie müßte erst noch älter werden, damit sie sich in Ruhe begegnen konnten. Er nämlich begann seine Blätter abzuwerfen und war so sehr im Weimarer Boden eingewachsen, daß ihn nur eine unwiederbringliche physische Notwendigkeit dahin bringen konnte, sich höchstens noch auf vier Meilen von zu Hause zu entfernen.

Sophie ärgerte sich, ihn überhaupt gefragt zu haben. Es war ein spontaner, unbedachter Einfall, mit dem sie in seine geordnete Lebenssphäre eingedrungen war und ihn in seiner poetischen Ruhe gestört hatte. Sie spürte plötzlich, daß sie noch immer ein viel zu ideales Bild von ihm in sich trug – das Bild seiner Jugend, das Bild eines agilen, fröhlichen und ungebundenen Mannes. Doch jetzt begriff sie, daß die schöne Erinnerung nicht mehr als ein Gefühl sein durfte, das man tief in sich einschließen mußte, um es von Zeit zu Zeit nur für sich selbst hervorzuholen und die matte Seele ein bißchen zum Funkeln zu bringen. Pfropfte man die schöne Erinnerung dem anderen auf, mißverstand er es womöglich gleich als einen Anspruch, fühlte sich vereinnahmt und zog sich zurück. Die schöne Erinnerung behielt ihre Wirkung wohl nur im wortlosen stillen Selbstgenuß. Sophie hätte wissen müssen, daß Wieland, der treusorgende Hausvater, anderes im Kopf hatte, als zu reisen. Schließlich war dies keine billige Angelegenheit. Wenigstens sechzig Carolin hätte er für die Reise veranschlagen müssen, und er hatte immerhin dreizehn hungrige Kinder, eine Frau und eine alte Mutter zu ernähren. Dies mit der Kraft der Poesie zu leisten, war ohnehin schon ein Meisterstück, das keine äußere Störung vertrug, sondern nur Respekt und Rücksicht verdiente. Jetzt erinnerte sie sich daran, daß er ihr einmal gesagt hatte, wer nach Italien fuhr und dort eine gute Figur machen wollte, mußte viel Geld ausgeben, um von diesen Menschen nicht wie ein schäbiger Hund behandelt zu werden. War doch ein Fremder, an dem sie nichts verdienten, nicht wert, von der italienischen Sonne beschienen zu werden. Sie hätte daran denken sollen, daß wieder eine seiner Töchter kurz vor der Heirat stand und der dichtende, fabulierende Vater ihre Aussteuer finanzieren mußte. Hätte ihr cher Wieland keine geniale Veranlagung gehabt, die ihm mit einer gewissen Leichtigkeit die Gedanken eingab, hätte ihn wohl die Versorgung seiner großen Familie längst in das Streckbett des Geistes gezwungen. Jeder andere, der so viel schrieb wie er, wäre wohl dieser Federfron erlegen oder hätte sich zu den bejammernswürdigen Figuren gesellt, die als eine Mischung aus Tendenzpoet und Soldschreiber ihr literarisches Dasein fristeten und damit nichts anderes bewirkten, als dem quakenden und piependen Chor der Dichterlinge eine weitere Stimme hinzuzufügen. Ihr cherissime ami war eben die Ausnahme. Eine Lichtgestalt auf dem deutschen Parnaß. Wahrscheinlich blieb nur noch die Bewunderung als die einzig mögliche Form, sich ihm zu nähern. Ihre Bewunderung machte ihm keinerlei Umstände, zwang nicht zum Aufbruch, kostete ihn weder Zeit noch Geld, sondern kam direkt auf seinen Schreibtisch geflattert, setzte im günstigsten Fall schöne Gedanken in Bewegung und tat seiner von Poesie gepreßten Seele gut und nichts als gut. So wollte sie es in Zukunft auch halten. Ein Mann wie er, der sich um den Geschmack der Nation verdient machte, sollte von ihr nur Zuspruch und Verehrung erhalten. Sie wollte ihn mit keiner Frage mehr stören.

Fast ein wenig schuldbewußt hängte sie sein Porträt über ihren Lesetisch und arbeitete weiter an ihrem Roman.

Wenige Wochen später atmete sie auf, daß aus ihrer Reise nichts geworden war und deutete Wielands Absage als ein Zeichen weiser Voraussicht. Franz stand plötzlich an einem heißen Julinachmittag schweißgebadet vor ihr. Er war im Galopp von Darmstadt nach Offenbach geritten, um der Mutter die größte Neuigkeit aller Zeiten mitzuteilen. In Paris herrschte Aufruhr. Man hatte die Bastille erstürmt. Vor wenigen Stunden hatte er das Glück gehabt, einen Augenzeugen zu sprechen. Diese Schilderung wollte er ihr keinen Augenblick länger vorenthalten. Unvorstellbar, daß dieses Bauwerk mit seinen acht Türmen, seinen zehn Fuß dicken Mauern, seinen Zugbrücken und Fallgittern jetzt in den Händen des Volkes war. Die Kompagnien der französischen Garde sollten zwar dem Sturm Einhalt gebieten, doch sie taten mit. Soldaten wurden zu Bürgern, Bürger zu Soldaten, und schon marschierten 150 Füsiliere und Grenadiere mit fünf Geschützen im großen Zug der Menge mit. Unter dem Ruf ›Tod oder die Bastille‹ wurde das Feuer auf die Festung eröffnet und Stunden später die ersten Opfer der Despotie befreit. Franz war begeistert, denn mit der Eroberung der Bastille schien ihm das Ende der Tyrannenherrschaft gekommen zu sein. Von jetzt an weht ein neuer Wind aus Frankreich herüber, sagte er seiner Mutter. Bald ist es auch in Deutschland mit der Willkür der kleinen Landesfürsten vorbei. Er beneidete seinen Bruder Fritz, der mit seiner Kompagnie am Schauplatz der Geschichte weilte.

Welch ein Glück, jetzt dabeisein zu dürfen, sagte er. Wenn es noch Gerechtigkeit gibt, kann sie nur von Frankreich kommen.

Im Hause seiner Mutter hielt es ihn nicht länger. Er eilte mit Sophie zu Elsa, um zu hören, ob sie neueste Nachrichten von Fritz aus Paris bekommen hatte und vielleicht schon mehr über den Fortgang der Revolution wußte. Doch Elsa war zu ihren Eltern nach Amsterdam gefahren, um den Ereignissen der Revolution näher zu sein. Sophie hatte ihren Sohn noch nie so unruhig und so begeistert erlebt. Als sie durch die Stadt zurückgingen, sahen sie überall Menschen in Grüppchen beisammenstehen und erregt aufeinander einreden. Zu Hause hatte sich unterdessen schon eine Reihe von Besuchern, Fremden und Nachbarn, eingefunden, um mit der Frau Schriftstellerin über das Jahrhundertereignis zu reden.

Sophie war nicht ganz so überrascht wie die anderen. Sie hatte die Verhältnisse in Frankreich aus nächster Nähe gesehen und geahnt, daß es dort nicht mehr lange gutgehen konnte. In einem Land, wo die Reichen immer reicher und die Armen immer ärmer wurden, mußte es dazu kommen. Vor allem aber mußten die Regenten inmitten von Verschwendung und angemaßten Privilegien einmal mehr daran erinnert werden, daß sie im Amt waren, um den Willen des Volkes zu achten.

Sophies Empfangsräume verwandelten sich auf einmal in einen Debattierclub. Mitten in seiner Begeisterung zog Franz ein Papier aus der Tasche und gab es seiner Mutter zu lesen. Sophie stieß einen Freudenschrei aus. Eine bessere Nachricht hätte es für sie nicht geben können: Franz hatte vom Landgrafen die Anstellung als Jagdjunker und Forstassessor mit 300 Gulden und Fourage für zwei Pferde bekommen. Diese Nachricht übertraf das Revolutionsereignis. Nun wußte Sophie ihren Sohn versorgt. Er hatte sein Probejahr bestanden und war in die Bahn gebracht.

Erleichtert atmete sie auf. Mochte die Schilderung vom Sturm auf die Bastille auch noch so aufregend sein – für sie war es das wichtigste, nun all ihre Kinder gut versorgt zu wissen. Sie hatten ihren eigenen Unterhalt. Sophie fühlte sich am Ziel ihrer Wünsche.

Plötzlich sah sie unter den Besuchern ein kleines weißes Hündchen, das sich unter einen Stuhl verkrochen hatte und ängstlich beobachtete, was da geschah. Gerade wollte sie fragen, wem dieses niedliche Geschöpf gehörte, als Franz auf sie zustürzte und sagte, daß er in seiner Begeisterung den Hund vergessen habe. Er fing ihn ein und gab ihn ihr. Es sollte eine Überraschung sein, ein Geschenk für seine Mutter. Er wußte, wie sehr sie ihren Charles vermißte, und nun sollte sie wieder einen Hund haben. Er fand, ein Pommer paßte am besten zu ihr.

Der Canis familiaris domesticus pomeranus war unwandelbar treu, wachsam und beweglich. Er verteidigte Haus und Hof, Garten und Gerät aufs allerzuverlässigste und sah in jedem Fremden, der sich näherte, zuallererst den Dieb. Jetzt, da sie allein im Hause lebte, schien ihm dies nicht die schlechteste Gesellschaft zu sein. Sophie war entzückt. Sie wußte nicht, worüber sie sich mehr freuen sollte: über den niedlichen kleinen Pommer, der winselnd auf ihrem Arm saß und sich bereitwillig streicheln ließ, oder darüber, daß Franz daran gedacht hatte, sie mit neuer Lebendigkeit zu umgeben. Sie wußte nur: Dieser Sohn war ihr Glück.

Allerdings stellte sich bei ihr, trotz seiner begeisterten Schilderung der Revolution, eine gewisse Skepsis ein. Sie sprach nicht darüber, um ihm nicht die Freude zu nehmen, doch sie dachte an die Folgen, die das Ganze haben könnte. War der Volkszorn einmal losgebrochen, gab es kein Halten mehr. Sie sah zwar auch, daß man mit Willkür und Maßlosigkeit keine Nation regieren konnte, und hielt eine Umkehr für dringend nötig, um den unerträglichen Übermut der Aristokraten zu beenden. Doch ihr wäre es lieber gewesen, dies auf dem Wege der vernünftigen Einsicht und der Reformen zu erreichen als durch eine Revolution. Ein großes Übel ließ sich für ihre Begriffe nicht mit einem noch größeren kurieren. Sicherlich konnte ein Sturm die Luft gründlich reinigen, aber sie zitterte bei dem Gedanken, daß dieser Sturm ihr zu nahe kommen könnte.

Die französischen Ereignisse ließen ihr fortan keine Ruhe mehr. Wo sie auch hinkam – überall bestimmten sie die Gespräche. Maxe schrieb ihr, daß Brentano um einen Teil seines Vermögens bangte, weil er großzügige Kredite an das französische Königshaus gegeben hatte. Lulu berichtete, wie sehr Koblenz sich über Nacht verändert hatte. Unablässig trafen Familien aus der französischen Noblesse mit ihrem gesamten Hausrat und ihren Domestiken ein, um hier Schutz vor der Revolution zu finden. Für viele Hausbesitzer schlug die große Stunde, denn die Nachfrage nach Wohnungen stieg sprunghaft an und trieb den Mietzins in horrende Höhen. Wer jetzt das Glück hatte, Stallungen zu besitzen, wurde über Nacht ein reicher Mann. Aus allem wurde Geld geschlagen. Noch nie hatte Lulu in Koblenz so viele Lustmädchen und anderes Hurengesindel gesehen, das am Reichtum der Emigranten teilhaben wollte. Eine Tochter aus gutem Hause brüstete sich damit, ihre Jungfernschaft für sechs Carolin an einen Franzosen verkauft zu haben. Alles lag im Rausch des Geschäfts. Die Preise stiegen ins Unermeßliche. Ein Paar Schuhe kostete inzwischen einen ganzen Konventionstaler und konnte nur noch von den Emigranten und den reicheren Koblenzern bezahlt werden. Die Wirtshäuser waren so voll, daß Möhn lieber zu Hause sein Bier trank, weil sein Stammplatz an einen Pariser Abbé vergeben worden war, der dem Wirt das Dreifache zahlte. Tag und Nacht mußten aus der näheren und ferneren Umgebung in großen Mengen Wein, Bier und Fleisch herbeigeschafft werden, denn die Vorräte der Stadt reichten nicht aus, um die Massen von Fremden zu verköstigen. Alles, was Räder hatte, war dafür unterwegs und fuhr goldene Gewinne ein. Sämtliche Köche und Konditoren der großen Gasthöfe mußten mit einer Vielzahl von Hilfskräften arbeiten, denn die französische Noblesse hatte großen Bedarf an den ausgesuchtesten Delikatessen, an Austern, See-Enten und Seezungen. Sogar der Kapaunenstopfer Schickhausen war vor Erschöpfung schon mehrere Male bei der Arbeit umgefallen. Dank ihrer Französischkenntnisse konnte Lulu so manchen Dolmetscherdienst leisten und hatte damit schon gutes Geld verdient, was Sophie besonders freute. Sie sah, daß ihre Tochter sich geschickt auf die neue Situation einstellte, und das war beruhigend zu wissen. Solange die Revolution solche Wirkungen zeitigte, mochte alles noch hingehen – Hauptsache, sie blieben von den unangenehmen Folgen verschont.

Was auch in den nächsten Monaten noch kommen würde, Sophie zwang sich, ihre Gedanken auf den neuen Roman zu konzentrieren und endlich die *Geschichte von Miß Lony* zum Abschluß zu bringen.

Außerdem hatte sie dem Verleger versprochen, den drei Bänden von *Rosaliens Briefen* einen vierten hinzuzufügen und wollte mit der Fortsetzung schon jetzt beginnen. Sie freute sich geradezu kindhaft darauf, denn nun konnte sie ruhig und ungestört arbeiten. Nun hatte sie nur noch eine Aufgabe: das Alleinsein auszufüllen. Dies fiel ihr um so leichter, weil sie diesen neuen Zustand als ein Spiel mit neuen Möglichkeiten genoß. Es war wunderbar, mit sich selbst zu zweit zu sein. Oft kam es ihr so vor, als sei sie aus einem Gatter auf ein freies Feld getreten. Die Fesseln der Ordnung lagen hinter ihr. Für niemanden sorgen, auf niemanden Rücksicht nehmen, niemandem Rechenschaft geben zu müssen, nur für sich selbst dazusein, zu tun und zu lassen, was sie wollte und was ihr in den Sinn kam, war eine Form von Freiheit, die sie bislang nicht gekannt hatte. Die genaue Tageseinteilung, die vom Rhythmus der Gewohnheiten und des Zusammenlebens geschaffen worden war, berührte sie nicht mehr. Alles, was sie jetzt tat, geschah ohne Aufwand und lange Vorbereitung. Wenn sie Hunger hatte, sah sie in der Küche nach, was da war, und mußte nicht nach einem kleinen ungeschriebenen Hausprotokoll warten, bis gemeinsam gegessen wurde. Auch die Besorgungen hatten den Charakter einer Vorratswirtschaft verloren. Was sie für sich brauchte, trug sie in einem Handkorb nach Hause und erledigte derlei Notwendigkeiten nebenbei. Des Morgens stand sie auf, wann sie wollte, mußte sich nicht pudern und nicht schminken und konnte ganz unbeobachtet durch das Haus gehen. Keiner stand hinter ihr, keiner neben ihr, keiner vor ihr. Kein kritischer Blick von Mann und Söhnen minderte ihr Selbstgefühl. Enthoben so vieler Pflichten, meinte sie manchmal, durch das Haus, durch den Garten, ja durch den ganzen Tag zu schweben. Wenn jetzt Besuch kam, empfand sie ihn nicht als Störung, sondern als eine angenehme Abwechslung. Da auf einmal alles zur Beschäftigung mit sich selbst geriet, alles auf sie konzentriert war, schien es ihr oft so, als führte jeder Gast angenehm von ihr fort, was ihn immer willkommen machte. Saß sie an ihrem Lesetisch, und flossen die Gedanken zu langsam in die Feder, stand sie auf, ging in den Garten und arbeitete im Gemüsebeet. Dabei sann sie über ihr Kapitel nach, und sobald sie den Faden gefunden hatte, setzte sie sich wieder an ihr Quartblatt und schrieb weiter. Sie mochte dieses unauffällige Zusammenfließen von praktisch-nützlicher Tätigkeit und stillem Fabulieren.

La Roche hatte das nie so recht begreifen wollen und darin eine fahrige, unkonzentrierte Art gesehen, sich mit einem Gegenstand zu beschäftigen. Denn Dichten war für ihn, wenn sie an ihrem Lesetisch saß, und Ausruhen davon, wenn sie sich im Haus oder im Garten zu schaffen machte. Er kannte nur ein Entweder-Oder. Sie aber bevorzugte das Ineinander, das sie nun ganz selbstverständlich wahrmachen konnte, ohne sich dafür rechtfertigen zu müssen.

Doch das Schönste am Alleinsein war der Umstand, daß keiner mehr die Tür hinter ihr schloß. Sie liebte es nun mal, wenn alle Türen offenstanden. Der Durchblick machte alles hell und heiter, und das Haus kam ihr größer und geräumiger vor. Aus dem einen Zimmer schaute ihr die Bibliothek, aus dem anderen ein Bild ihrer Gemäldesammlung entgegen, aus dem dritten leuchtete die Vitrine mit den Silbertellern herüber, und all das mehrte die Freude an dem, was sie noch besaß. Trotz ihrer finanziellen Verluste und Einschränkungen, mit denen sie sich längst abgefunden hatte, kam sie sich noch immer als eine gut etablierte Frau vor. Früher war dies ein Teil ihrer Reputation, jetzt gab es ihr ein Gefühl von Sicherheit und Schutz.

Oft ging sie auch nur im Zimmer auf und ab und

sagte laut die Dialoge für das nächste Romankapitel auf. Dieser Angewohnheit, den Text vor sich hinzusprechen, bevor sie ihn zu Papier brachte, konnte sie nun ganz ungehindert nachgehen, ohne befürchten zu müssen, es würde ihr jemand zuhören und sie besorgt auf dem Wege in die geistige Umnachtung wähnen.

Manchmal ließ sie sich auch nur von der Stille wie von einem metaphysischen Hauch umwehen und gab ihren kleinen heimlichen Sehnsüchten nach. Sie stellte sich vor, wie es wäre, wenn ein Ereignis eintreten würde, das noch einmal ihr Herz hochriß und sie verwandelte. Es wäre schön gewesen, traumhaft schön. Doch letztlich fand sie es besser, sich an ihren bewährten Grundsatz zu halten und nichts im Leben zu erwarten. Denn wer nichts erwartete, konnte auch nicht enttäuscht werden. Außerdem war sie nun schon sechzig Jahre alt, und für eine Frau von Sechzig mußte sich alles Große und Einmalige im Kopf abspielen. Da gab es keine Auswahl und keinen Anspruch mehr, da mußten die Reize dort wahrgenommen werden, wo sie sich einem boten. Wenn das Hineinträumen in die schönen Möglichkeiten noch ein gewisses Herzklopfen auslöste, konnte sie schon sehr zufrieden sein, zeigte es ihr doch, daß sie für derlei Eindrücke noch empfänglich war. Vor allem trieb es den Strom des Schreibens voran, und darauf kam es schließlich an. Aus diesem Strom floß eine ihrer Nährquellen, und wenn die versiegte, das fühlte sie deutlich, war es schlecht um sie bestellt.

In dieser Hinsicht beneidete sie ihre geschätzten Kollegen. Sie konnten sich in diesem Strom auch einmal eine Unterbrechung leisten, denn sie hatten alle noch ein feines Pöstchen, wie La Roche es genannt hätte, ein schönes Amt, das sie absicherte und ihnen über so manch eine poetische Durststrecke finanziell hinweghalf. Letztlich durften sie damit mehr als nur Dichter, sie durften amtierende Dichter sein. Sophie brauchte sich nur in ihrem Freundeskreis umzusehen: Fritz Jacobi, der Philosoph, war seit kurzem Zollinspektor, Merck Kriegszahlmeister, Goethe Geheimer Rat mit einem schönen Pensionsanspruch, Pfeffel Leiter der Militärakademie. Von den Brüdern Stolberg war Christian Amtsmann in Tremsbüttel und Friedrich Vizehofmarschall in Eutin. Der gute Herder amtierte als Generalsuperintendent und erster Prediger an der Stadtkirche zu Weimar. Freiherr Knigge war Oberhauptmann und Scholarch in Bremen, Gleim besaß ein lohnendes Kanonikat, und Matthias Claudius, der innig Empfindende, war Revisor an der Altonaer Speciesbank, was ihm immerhin achthundert Taler jährlich eintrug. Ganz zu schweigen von den Lehrstühlen. Denn wer einen Lehrstuhl erhielt, übernahm nicht einfach ein akademisches Amt, sondern bestieg den Thron in der Gelehrtenrepublik. Georg Jacobi hatte eine Professur für schöne Künste in Freiburg, Jung-Stilling eine Professur für Ökonomie und Kameralwissenschaften in Marburg, und Schiller war seit kurzem Professor für Geschichte in Jena.

Daß sich dem schüchternen jungen Dramatikus doch noch eine Geldquelle aufgetan hatte, freute sie ganz besonders. Aber seit sie gehört hatte, daß ihm am Hofe zu Darmstadt nach einer kurzen Lesung aus *Don Carlos* gleich der Titel eines Herzoglichen Rates verliehen worden war, machte sie sich um ihn keine Sorgen mehr. Das hätte ihr einmal passieren sollen. Für sie wäre so etwas undenkbar gewesen. Kein Amt, kein Titel, keine Pfründe, kein Aufstieg; sie hatte nichts zu erwarten. Für sie gab es eben das viel Bedeutsamere – die Ehe. Das war nicht nur das einzige

Amt, das ihr offenstand, es war mehr: Es war das Hochamt, die tägliche Weihe, die sich gnädig auf sie niedersenkte; es war die ganze Messe eines weiblichen Lebens. War Gloria, Kyrie, Credo und Halleluja, war Bittgesang und Dankgebet, fromme Lust und heiliger Eifer, tiefster Sinn und höchste Bestimmung. Sie kannte das alles und konnte nur froh sein, sich beizeiten an dieses Amt gehalten und seine Vorteile genutzt zu haben.

Wenn eine ihrer Enkelinnen – Sophie, Kunigunde oder die muntere Bettina, sich für den Beruf einer Schriftstellerin entscheiden sollte, dann konnte sie ihnen nur eines raten: bevor sie das Tintenfaß entstöpselten, sich einen wohlhabenden Ehemann zu suchen. Denn er war ihre Grundversorgung. Er war ihr Titel, ihr Amt, ihr Fortkommen. Mochten sich die Zeiten auch noch so sehr ändern, ja sogar revolutionär werden – ein Ehemann blieb für eine Schriftstellerin die sicherste Existenzgrundlage. Sophie war überzeugt, daß das auch in hundert Jahren noch so sein würde. Sei denn, eine Frau war von Geburt selber vermögend und hatte es nicht nötig, sich ihren Lebensunterhalt in einer Ehe zu sichern. Aber die Zeiten waren so, daß man nicht mit der Ausnahme, sondern mit der Regel rechnen mußte, und dies um so mehr, da ohnehin alles zum Dürftigen tendierte. Hatten die Enkelinnen mit einem passablen Brot- und Eheherrn für ihre Zukunft vorgesorgt, konnte sich poetisches Talent und Federfleiß desto ungetrübter entfalten. Das mußten sie stets kühl im Auge behalten, wenn sie sich dem Luxus des Schreibens widmen wollten.

Natürlich wähnte Sophie darin keinen idealen Zustand, aber solange Frauen keinen eigenen Beruf ausüben konnten, blieb ihnen keine andere Wahl. Die

Welt war nun einmal wie sie war und eine bessere konnten sie derzeit nicht haben. Dagegen zu rebellieren oder sich enttäuscht abseits zu stellen, hätte nichts genutzt und wäre höchstens als falsches Heldentum belächelt worden. Man mußte klug sein und sich den Gegebenheiten anpassen. Sie sah darin nichts Unterwürfiges und Demütigendes. Im Gegenteil: Anpassung war für eine Frau eine intelligente Leistung, ein Akt der Vernunft, den sie zur Wahrnehmung ihrer Vorteile einsetzen mußte.

Als Sophies neuer Roman erschien, bestätigte sich dieser Rat, und sie dankte dem Himmel, daß sie nicht allein aus den Einkünften ihrer Schriftstellerei leben mußte, sondern eine kleine Witwenpension bekam. *Rosalie und Cleberg auf dem Lande* verkaufte sich nicht. Sie bekam kein Honorar. Und nicht nur das: Zu ihrer Enttäuschung blieb auch das Echo aus. In keiner nennenswerten Zeitung eine Rezension, keine Briefe von Lesern, keine Einladung, und noch niemand hatte sie bislang darauf angesprochen. Es war, als sei der Roman gar nicht auf den Markt gekommen. Sie setzte die *Briefe über Mannheim* nach, gab auch noch eine Lebensbeschreibung ihrer Freundin heraus, aber auch hier blieben die gewohnten Reaktionen aus. So etwas hatte sie noch nicht erlebt.

Sophie war sich ganz sicher, daß es nicht an ihr liegen konnte. Sie schrieb ja nicht schlechter als früher, nein, sie hatte nur das falsche Thema zur falschen Zeit gewählt. Jetzt, wo alles nach Frankreich blickte, wollten die Leute von egalité und liberté lesen. Von ihrem Verleger wußte sie, daß auf der letzten Leipziger Messe viertausend neue Schriften erschienen und in mindestens dreitausend davon die Grundsätze der Franzosen angepriesen wurden. Das interessierte die

Menschen: jedes Buch ein Appell für Freiheit und Gleichheit, jedes Wort ein Bekenntnis, jeder Satz ein Manifest.

Sophie sah klar: In diesen menschenbeglückenden Zeiten wollte keiner einen Roman lesen über den Weg einer Frau zu ihrer Selbständigkeit. Jetzt waren Freiheitsoden und Hymnen gegen Fürstenknechte gefragt. Dies um so mehr, da es nun in Frankreich an die Grundlagen, ans Eigentum ging. Hätte sie in ihrem Roman eine Anleitung gegeben, wie alles dem Erdboden gleichgemacht, wie alles endlich nackter Mensch werden konnte, wäre sie zur Frau der Stunde und Heldin der Feder avanciert. Hätte sie ihre Rosalie dafür kämpfen lassen, daß derjenige, der Eigentum besaß, abgeben mußte an denjenigen, der keines besaß, hätte sie mit jedem Wort tüchtig in die politische Arena geblasen, wäre ihr Roman sicher reißend abgegangen, und sie wäre als Meisterin der Erzählkunst gefeiert worden. Sie sah es ja an Klopstock: Kaum hatte der vergessene Mann in Hamburg bei Sievekings Freiheitsfest ein Liedchen auf die Revolution angestimmt, stand sein Name plötzlich wieder in den Blättern. Vom *Messias* keine Rede. Nun war er der Freiheitssänger, und Knigge und Forster stimmten laut jubelnd in den Beifall ein. Sophie machte sich keine Illusionen: Wer jetzt gediegen seinen Weizen anbauen wollte, hatte keine Chance. Jetzt war das Aussäen von Tollkraut gefragt. Jede Stunde eine andere Sensation, jeden Tag eine revolutionäre Veränderung, jede Woche ein neues Gesetz, jeder Monat ein historischer Meilenstein. Überall ein neuer Anfang und eine neue Endgültigkeit. Für die einen Erwachen, für die anderen Untergang; unberechenbar jeder Augenblick, aber die Herzen entflammt und die Vortragssäle überfüllt, wenn irgend so ein hergelaufener

Stanzenschmied sich dem verzückt lauschenden Publikum als Freiheits- und Gleichheitspriester empfahl.

Sophie blieb von dieser Umbruchsstimmung unbeeindruckt. Sie war zwar enttäuscht, daß ihre neuen Bücher keine Leser fanden, aber sie spürte auch: Das, was jetzt kam, war nicht ihre Zeit. Ein Auffrischen des Ruhms wäre zwar gut gewesen, und eine erneute literarische Beachtung hätte ihr wohlgetan – aber nicht um jeden Preis. Schon gar nicht um einen politischen Preis.

Es gab genug Zunftmeister des Wortes, genug Schreiberseelen mit ehrlichem Streben aber geringer Kraft, die sich nur allzu bereitwillig vor den Karren des Zeitgeistes spannen ließen und gar nicht bemerkten, wie sie mit ihrer beflissenen Begeisterung die Feuerfahrt abwärts begleiteten. Wenn aristokratischer Fanatismus durch demokratischen Fanatismus ersetzt werden sollte, sah sie nicht, was damit gewonnen war. Sie sah nur, daß es nicht mehr lange dauerte, bis der Schrecken, der Terror, salonfähig wurde. Goethe sprach ihr aus dem Herzen, wenn er meinte, daß ihm alle Freiheitsapostel zuwider waren, weil sie alle am Ende doch nur ihre eigene Willkür durchgesetzt wissen wollten.

Auch ihr cher Wieland sah keinen Sinn darin, seine Gedanken noch länger den tumultarischen Ereignissen in Paris zuzuwenden. Politik war für ihn seit jeher eine Sache des Gezänks. Ein Auf und Ab von Miteinander und Gegeneinander, an dem ihn lediglich das Unpolitische, die Art des Vorgehens, die ewig wiederkehrenden Machenschaften interessierten. Wie sich die Dinge demnächst auch noch gestalten sollten, schrieb er, die wenigen Freunde, die ich habe – das ist meine Republik.

Sophie las den Satz mehrere Male und mit großer Genugtuung. Sie fand eine Wahrheit darin, die ganz ihrem Empfinden, ganz ihrer Erfahrung entsprach. Ob Monarchie oder Republik – weder auf das eine noch auf das andere konnte sie als einzelne Einfluß nehmen. Ob sie sich einmischte oder abwandte – die Haupt- und Staatsaktionen fanden ohne ihren Willen und ohne ihr Zutun statt. Fern von ihr wurden die Entscheidungen getroffen, taten sich fremd und übermächtig vor ihr auf, und sie konnte heilfroh sein, wenn die Ausläufer des Unwetters an ihr vorüberzogen und sie persönlich von all dem keinen größeren Schaden nahm. Mehr war vom Gang der Geschichte nicht zu erwarten. Letztlich blieb sie ihm ausgeliefert. Den Kreis ihrer Freunde jedoch konnte sie selber wählen. Dies war eine überschaubare Welt, in der es gab, was sie zum geistigen Leben brauchte: Austausch und Zusammenhalt. Mit ihren Freunden in Verbindung zu bleiben, war schließlich auch nicht von selbst zu haben, kostete Anteilnahme, Aufmerksamkeit und Korrespondenzfleiß, brachte aber auch ein belebendes Gefühl von Übereinstimmung und Zugehörigkeit.

Die wenigen Freunde, die ich habe – das ist meine Republik. Schöner hätte es ihr cherissime ami nicht sagen können, und was wollte sie mehr, als zu dieser Republik zu gehören. Nirgendwo war sie besser aufgehoben, nirgendwo spürbarer akzeptiert, nirgendwo mehr zu Hause.

Elsa, ihre Schwiegertochter, sah es genauso. Mit ihr sprach sie viel darüber. Es war überhaupt ein Vergnügen, sich mit ihr zu unterhalten. Sie war eine außergewöhnlich gebildete Frau, eine Kennerin der Literatur, und manchmal fragte sich Sophie im stillen, ob ihr Herr Sohn diese Qualitäten auch zu schätzen wußte.

Elsa war nicht schön, aber besaß eine Feinsinnigkeit, die ihrer Erscheinung etwas überaus Anziehendes verlieh. Sie kannte alle Bücher von Sophie, hatte auch die beiden letzten schwerverkäuflichen gelesen und mehrfach an Freunde verschenkt. Sophie wußte keinen in ihrer Familie, der ihren literarischen Arbeiten derart viel Aufmerksamkeit und Verehrung entgegenbrachte. Mit ihren Töchtern sprach sie nicht über ihre Arbeit, zumal sie beide genug mit sich selbst zu tun hatten. Carl machte ohnehin abfällige Bemerkungen über die Sentiments, die sie in ihren Büchern auskramte, und Fritz las wie sein Vater aus Prinzip keine Romane. Nur Franz bewunderte ihren Fleiß und ihren Erfolg. Er hatte ihr zwar schon oft beim Abschreiben und Kopieren geholfen, aber die Inhalte berührten ihn nicht, was sie auch von einem so jungen Mann nicht erwarten konnte. Elsa ersetzte ihr das alles in reichem Maße. Anfangs hatte sie so viel Respekt vor der berühmten Schwiegermama, daß sie immer in Sorge war, sie in ihrer Arbeit zu stören, und darum selten bei ihr erschien. Allmählich jedoch hatte sie sich auf Sophies Arbeitsrhythmus eingestellt, wußte, daß sie am späten Nachmittag empfing, und inzwischen besuchten sie sich oft und gern. Sie sprachen die Welt durch, schauten in die Zeit hinaus, tauschten die Journale, amüsierten sich gemeinsam über die beschränkten Köpfe, die unstreitig die zahlenreichste Menschenklasse bildeten, entwarfen neue Geschichten, die Sophie schreiben sollte, und sie spürte mit jedem Wort eine geistige Übereinstimmung, die den Stunden Genuß gab. Es war für Sophie etwas überaus Erfreuliches, wenn in den Kosmos der Verwandtschaft jemand eintrat, zu dem sie sich hingezogen fühlte. Darin lag ein Gewinn an sich, denn ihr mochte einer sagen, was er wollte – Verwandtschaft war eine

Beziehung des Zwanges. Feunde konnte man sich aussuchen, mit Verwandten mußte man sich abfinden. Stellte sich im Laufe der Zeit keine Sympathie füreinander ein, blieb Verwandtschaft nur der traurige Vorwand, sich fortgesetzt belästigen zu dürfen, und glich einer ewigen Nötigung zu falscher Freundlichkeit.

Sie hatte es ja mit ihrem Vater erlebt. An keinen Menschen dachte sie so ungern wie an diesen Mann. Mag sein, daß Natur und Zufall ihn zu ihrem Vater gemacht hatten, aber da ihm das Väterliche fehlte, blieb er ihr fremd und fern bis in den letzten Winkel ihrer Seele. Eigentlich hatte sie ihn schon aus ihrem Gedächtnis gelöscht, dennoch kam manchmal wie ein Erdstoß die Erinnerung an ihn hoch, und sie sah, wie er gleich einem zürnenden Vulkan in einem Wutanfall mit einer Eisenzange ihren Verlobungsring zerbrach, so daß alle Diamanten in die Dielenritzen kullerten. Anschließend mußte sie das Porträt ihres Verlobten vor seinen Augen in tausend Stücke schneiden und sämtliche Briefe von ihm in einem kleinen Windofen verbrennen. Denn der Herr Vater wünschte nicht, daß die Kinder seiner Tochter katholisch getauft würden. Gemäß seiner Religion wollte er eine muntere protestantische Enkelschar um sich haben. Da er sich als Dekan der medizinischen Fakultät im Besitz der neuesten medizinischen Erkenntnisse wähnte und darum zu wissen meinte, daß einer Ehe zwischen einem schon erfahrenen Mann und einer unschuldigen Frau mehr Mädchen als Knaben entsprangen, ließ er sich großmütig zu einem Kompromiß herab: Die Jungen sollten katholisch, die Mädchen evangelisch getauft werden.

Empört entwarf Bianconi für seine Verlobte einen Fluchtplan, doch Sophie gehorchte dem Vater.

Dann allerdings, als Gutermann eine neue Frau gefunden hatte, konnte er seine Tochter nicht schnell genug aus dem Haus haben. Nun interessierte es ihn nicht mehr, wen sie heiratete und wie ihre Kinder getauft wurden. Hauptsache, sie verließ das Elternhaus. Ob sie in einem Kloster, in der Ehe oder in der Tartarei verschwand – es war ihm gänzlich egal. Nur keinen Tag länger sollte sie ihm auf der Tasche liegen. Weg, nur weg, wie es die neue Frau wünschte.

Trotz allem sandte ihm Sophie Jahre später jedesmal höflich eine Geburtsanzeige ihrer Kinder, doch er ließ sie unbeantwortet. Er reagierte auch mit keiner Zeile auf eines ihrer Bücher, schwieg, als La Roche zum Kanzler ernannt wurde, und nahm auch sonst nicht den geringsten Anteil an ihrem Leben. Nur einmal bekam sie einen Brief, in dem er Weihnachtsgrüße anmahnte. Sie sollte ihrem Vater gefälligst pünktlich, wie es sich für eine Tochter gehörte, frohe Feiertage wünschen. Nicht irgendwann, sondern am ersten Weihnachtsfeiertag vormittags wollte er die Grüße auf dem Tisch haben, gleichsam als Vorspeise für den Festtagsbraten. Sie fragte sich, ob dieser Mann überhaupt noch eine Vorstellung von den Grenzen des Zumutbaren hatte. Daß er nach alldem noch wagte, Grüße anzumahnen, bestätigte ihr nur einmal mehr: Ihr verehrter Herr Vater besaß weder ein Verhältnis zu sich selbst noch zu anderen, und darum vermochte sie auch beim besten Willen nicht zu erkennen, wo für einen solchen Mann Achtung und Respekt herkommen sollten. Vatersein war keine naturgegebene Autorität und kein Daueranspruch auf Gehorsam der Kinder. Vater war ein Titel, den man sich erwerben mußte. Auch von einem Verwandten erwartete sie wenigstens ein Minimum an Höflichkeit und Einfühlungsvermögen.

Um so wohltuender empfand es Sophie, wenn sich dem Kreis ihrer großen Familie jemand hinzugesellte, mit dem sie eine höhere Verwandtschaft, eine Seelenverwandtschaft, verband.

Guter Dinge und bestätigt in ihrer Arbeit verließ sie Elsa. Als sie sich ihrem Haus näherte, sah sie vor dem Eingang Kisten und Koffer stehen. Sophie fürchtete schon, ein unangemeldeter Besucher würde bei ihr Quartier nehmen wollen, doch da hörte sie ein Schluchzen hinter sich, drehte sich um und sah Lulu vor sich stehen. Sie hatte einen Arm verbunden und hielt ihrer Mutter die Abschrift eines amtlichen Schreibens entgegen, das die Entlassung Möhns aus dem Amt beurkundete. Sophie überflog die Zeilen: Seine Trunksucht ist so notorisch und die Zeugenbeweise dafür so überflüssig, als wenn der älteste der Apostel am Gründonnerstag das Subdiaconat verlangte und deshalb den Taufschein beibringen müsse zum Beweise, daß er das nötige Alter habe.

Was sollte sie dazu sagen? Sie ärgerte sich, daß Lulu so wenig Fortune hatte. Jede halbwegs geschickte und gescheite Frau konnte Einfluß auf ihren Ehemann nehmen und ihn zu sich hinverwandeln, ohne daß er es merkte.

Sophie war alles andere als begeistert, daß Lulu nun wieder bei ihr Einzug hielt. Sie fand es deprimierend, eine Tochter um sich zu haben, die stets mit einem traurigen Gesicht umherlief, das jeden so anmuten mußte, als wolle sie nicht gestört werden in ihrem Kummer. Dieser Anblick stimmte sie herab. Zu sehr war sie mit ihren eigenen Gedanken beschäftigt, als daß sie die Kraft gehabt hätte, Lulu jeden Tag aufzumuntern. Außerdem sah sie auch nicht, worin Lulus Unglück bestand. Nun gut, sie war in ihrer Ehe gescheitert. Aber damit war sie schließlich nicht allein auf der Welt. Selbst die besten Menschen waren vor solchen Katastrophen nicht gefeit, und niemand konnte von ihr verlangen, ewig in einer Gift- und Gallegemeinschaft auszuharren. Lulu war zweiunddreißig Jahre alt und hatte noch allen Grund, an eine Zukunft zu denken. Jetzt, da Möhns Trunksucht amtlich bestätigt war und er seine Stellung als Revisionsgerichtssekretär verloren hatte, stand vor aller Augen fest, wer die Schuld an diesem Unglück trug. Niemand konnte es seiner Frau verdenken, wenn sie sich von ihm trennte. Sophie sah die Entscheidung der Tochter als gerechtfertigt an und meinte sogar, daß der Zeitpunkt für die Scheidung gekommen sei. Jetzt kam es nur noch darauf an, einen guten Advokaten zu finden. Als Lulu das hörte, trocknete sie sich die Tränen, bekam ein hellwaches Gesicht und eine entschlossene Stimme. Sie zeigte ihrer Mutter den Arm, den Mister Kannibal mit einem Messerstich verletzt hatte, und meinte, daß kein Grund zur Eile bestand. Solange sie seine Frau war, mußte er für sie sorgen und ihr die Summe, die sie zum Leben brauchte, anweisen. Daß der Alkohol ihn in den Schuldturm trieb, war vorerst unwahrscheinlich, denn er hatte die recht stattliche Erbschaft seiner Eltern angetreten.

Sollte ich inzwischen einen anderen Mann kennenlernen, sagte Lulu, ist noch immer Zeit für die Scheidung. Aber bis dahin muß Möhn zahlen. Sei denn, er macht mich zur Witwe, was die beste Lösung wäre. Aber nach allem, was dieser elende Säufer mir zugemutet hat, gibt es keinen Grund, ihm auch nur einen einzigen Heller, der mir zusteht, zu schenken. Jetzt will ich aus der Ferne seinen Untergang verfolgen. Mehr Genugtuung gibt es nicht.

Sophie schloß ihre Tochter in die Arme. Nun sah sie, wie sehr im stillen ihre eigene Vernunft in Lulu fortwirkte, wie sehr trotz des Schluchzens ein praktischer Sinn durchschlug. Sophie staunte noch mehr, als sie hörte, daß Lulu bereits von reichen französischen Emigranten wußte, die sich in Offenbach niedergelassen hatten und die eine Dolmetscherin suchten. Schon morgen wollte sie bei ihnen vorsprechen. Mit ihren Sprachkenntnissen hatte sie in Koblenz gut verdient, und solange eine solche Geldquelle auch in Offenbach floß, mußte sie ausgeschöpft werden.

So gefiel ihr die Tochter. Sie ging nicht zerrüttet, sondern trotzig gestärkt aus dieser jammervollen Eheerfahrung hervor. Sie war keine gebrochene Frau, sondern besaß Unternehmungsgeist und zeigte: Kein Mann war es wert, daß eine Frau an ihm zugrunde ging. Freudig half Sophie ihrer Tochter beim Auspakken der Kisten und Koffer und war beeindruckt von dem kostbaren Sevres-Porzellan.

Das ist doch nichts weiter, sagte Lulu, nur sperriges belastendes Zeug. Eine Frau wie ich, die in ständiger Ungewißheit lebt, muß ihr Vermögen transportabel halten und immer bei sich führen. Sie zeigte ihrer Mutter ein Edelsteinsäckchen aus feinstem Corduanleder. Sophie betrachtete die Juwelen, die Lulu vor ihr ausbreitete: wasserhelle Diamanten, Brillanten, Rubine, Smaragde, Saphire, Topase, Opale, Türkise und natürlich auch veilchenfarbene Amethyste, die als Talismane gegen die Verlockungen des Alkohols einen hohen Kaufwert hatten.

Sie sehen, liebe Mama, ich habe vorgesorgt. Stück um Stück. Unauffällig und eifrig meine Vermögensgrundlage den Verhältnissen angepaßt.

Sophie sah verblüfft zu, wie ihre Tochter die Edelsteine einpackte, und begriff: Sie hatte Lulu unterschätzt. Sie brauchte sie nicht aufzumuntern. Sie war in der Lage, für sich selber zu sorgen. Jetzt erst wurde

Sophie bewußt, daß das ihr zweiter Irrtum war, denn sie hatte auch schon Fritz unterschätzt. Sie hatte ihm nicht zugetraut, doch noch eine gediegene Existenz zu gründen. Aber, so sagte sie sich, es war besser, mit seinen lieben Kindern eine angenehme Überraschung zu erleben, als wenn es umgekehrt gewesen wäre und sie einem wie leibhaftige Sorgen ein Leben lang auf der Seele lagen.

Auf einmal hörte sie ein lautes Wiehern. Sie trat ans Fenster und sah Franz vom Pferd steigen. Noch ehe sie ihm entgegeneilen konnte, hatte er schon seine Schwester im Arm, kam strahlend auf seine Mutter zu und verströmte wie immer Heiterkeit im ganzen Haus. Er trug das Haar im Nacken sansculottisch rundköpfig gestutzt. Franz war nur auf der Durchreise und hatte wenig Zeit, denn er mußte seinen ersten großen Auftrag erfüllen und ganz in der Nähe einen Forst inspizieren. Er wollte nur kurz einmal bei seiner Mutter hereinschauen, Apfelkuchen essen und sich wieder in den Sattel schwingen. Diesmal hatte er ihr eine besondere Rarität mitgebracht – das neue Revolutionssymbol aus Frankreich.

Als Franz seine Tasche öffnete, sprang bellend der Pommer an ihm hoch, und ehe sich der Vierbeiner versah, saß ihm die rote Jakobinermütze auf dem Kopf. Die Frauen konnten sich vor Vergnügen kaum lassen, denn der Hund tapste damit so unwirsch und irritiert im Zimmer umher, daß sie nicht wußten, ob er einem bemützten Wächter oder eher einem Nachtwächter der Revolution glich. Er versuchte mit den Pfoten den Ballast abzustreifen, und je böser er zu knurren begann, desto poussierlicher empfanden sie seinen Anblick.

Ihr seht, wer die Mütze trägt, wird kämpferisch, sagte Franz. Die Jakobiner haben schon recht, wenn sie sagen, diese Mütze ist mehr als eine Kopfbedekkung, sie ist ein Bekenntnis.

Er ging in den Garten, freute sich, daß seine beiden Tannen so gut gediehen, betrachtete prüfend die Teiche mit den Wasserrosen, durchschritt das ganze Areal, rammte in die Mitte des Gartens einen Pflock ein und meinte: Hierher gehört unbedingt ein Freiheitsbaum. Den bringe ich das nächstemal mit.

Sophie fand seine nicht nachlassende Begeisterung für die Revolution geradezu rührend. In ihr lag das ganze unverbraucht Kindhafte ihres Sohnes. Aber wer, wenn nicht die Jugend, sollte an die Freiheit glauben. Vom Theoretisch-Idealen her war ja auch gegen die Forderungen der Franzosen nichts einzuwenden, und sie fand es auch ganz richtig, daß es keine Sache des Königs geben durfte, die der Sache des Volkes entgegenstand. Nur die Umsetzung dieses großen Ziels schien ihr fragwürdig. Doch Franz sollte in ihrem Garten ruhig seinen Freiheitsbaum pflanzen. Baum war Baum, gleich welchen Namen ihm die Geschichte gab. Ob er nun für die Freiheit stand oder nicht – schließlich wuchs er allemal, und ein hoher Baum war zu jeder Zeit und unter allen Herrschern ein schöner Anblick. Ohnehin fehlte in der Mitte des Gartens noch ein Blickpunkt. Außerdem schien es ihr sinnvoller, einen Baum zu pflanzen als eine Fahne zu hissen, lag doch das wirklich Bleibende allein in der Natur. Trotz aller Skepsis spürte Sophie, daß die Begeisterung ihres Sohnes etwas ungemein Belebendes und Faszinierendes für sie hatte, ja fast ungewollt einem Sonnenstrahl glich, der sie durchflutete.

Weil es ein schöner warmer Nachmittag war, ließ sie im Garten den Tisch decken, reichlich Apfelkuchen auftragen und freute sich, daß Franz nicht mit gerümpfter Nase am Tisch saß, sich nicht geziert und wählerisch gab und vor allem keine intellektuelle Jalousie machte, wie es sein Bruder Carl zu tun pflegte, sondern frisch zulangte. Ganz beiläufig teilte er seiner Mutter mit, daß er sich verlobt hatte und ihr demnächst Fräulein von Bülzingslöwen vorstellen wollte. Sie liest gerade Ihre *Sternheim,* sagte er, und ist ganz begierig, Sie kennenzulernen.

Daß Franz im Begriff war, eine Familie zu gründen, zählte für Sophie zu den erfreulichen Dingen des Lebens, stärkte ein solcher Schritt doch endgültig die Selbständigkeit ihres Sohnes. Nichts schien ihr den Erfolg von Erziehung mehr zu bestätigen, als wenn Kinder in der Lage waren, frühzeitig Verantwortung zu übernehmen und ihren eigenen Weg einzuschlagen. Je eher sie unabhängig wurden, desto stolzer konnte man auf sie sein.

Franz hielt es nicht lange am Kaffeetisch. Da er pünktlich im Forstrevier ankommen wollte und daher den Rest des Weges im Galopp zurücklegen mußte, zog er sich in sein Zimmer zurück und ruhte kurz noch etwas aus. Sophie füllte unterdes sein Proviantsäckchen mit Obst und Delikatessen und steckte auch noch ein paar Taler in das Felleisen, hatten doch junge Menschen stets reichlich Bedarf an Barem und wußten solche Aufmerksamkeiten ganz besonders zu schätzen. Dann ging sie in sein Zimmer. Sophie sah Franz mit hochrotem Kopf auf dem Bett liegen. Sie faßte an seine Stirn und bemerkte, daß er Fieber hatte. So kannst du jetzt nicht losreiten, sagte sie.

Obwohl Franz protestierte, machte sie ihm kalte Wadenwickel. Er versprach ihr, noch so lange zu bleiben, bis die Kühlung gewirkt hatte, doch dann bekam er Schüttelfrost und Schmerzen im Bauch. Unruhig sah er zur Uhr, weil er längst hätte aufbrechen müssen, aber Sophie gefiel diese tiefrote Gesichtsfarbe nicht, und sie ließ einen Arzt holen. Er kam mit dem Reaumurschen Wärmemesser, stellte gefährliches Fieber und einen doppelschlägigen Puls fest, prüfte die Zunge, die gelblich-weiß belegt und pelzig war, und meinte, daß es sich hier um eine Entzündungskolik handele. Seine Miene deutete an, daß er sich damit auskannte. Er setzte Franz ein laues, lösendes Wasserklistier und verordnete aufgelösten Höllenstein, um die giftigen Rückstände so rasch wie möglich aus dem Körper zu treiben. Sophie sollte ihm eine kräftige Brühe geben, auch wenn ihm der Appetit dazu fehlte, denn bei hohem Fieber mußte dem Körper Kraft zugeführt werden. Er riet dennoch, einen Spezialisten für Auskultation hinzuzuziehen, der durch Behorchen und Beklopfen des Körpers die inneren Geräusche ermittelte und daraus Aufschluß über den Zustand der inwendigen Organe gewann.

Ansonsten, sagte er, reizlose Kost, Biersuppe und Hühnerbouillon, und morgen schaue ich wieder herein.

Sophie eilte in die Küche, Lulu in die Apotheke. Kaum hatte Franz den aufgelösten Höllenstein geschluckt, erbrach er sich. Als Sophie das sah, konnte sie alle Ärzteverächter der Welt verstehen. Sie griff zu ihrem bewährten Hausrezept und gab ihrem Sohn eine Prise Glaubersalz, das die Verdauung beförderte.

Es trat keine Besserung ein. Die Schmerzen wurden stärker. Lulu holte den empfohlenen Professor für Auskultation. Auch er stellte Hochfieber fest, ließ Franz zur Ader, um die Blutstauung im Kopf zu mindern und das Gleichgewicht der Säfte wiederherzustellen. Er behorchte und beklopfte den Brustkorb und den Verdauungstrakt, diagnostizierte eine Druckempfindlichkeit in der unteren Bauchgegend, wie sie für eine Entzündung der Eingeweide typisch war, und ließ ihr Opium da, denn die Schmerzen konnten stärker werden. Der Professor ging, doch Sophie war nicht klüger als vorher. Sie machte unablässig Leibumschläge und gab Franz kräftigende Brühen, mal vom Huhn, mal vom Kalb, mal mit Ei, mal verquirlt mit Bier, alles reizlos und stärkend, doch die Schmerzen nahmen immer bedrohlichere Formen an. Sie gab das Opium. Es hielt nur wenige Stunden vor, dann setzten die Schmerzen desto heftiger ein. Der Arzt kam noch einmal, um nach dem Patienten zu sehen, machte ihm Mut und meinte, daß er durch dieses Tal hindurchgehen müsse. Auch Sophie sagte sich, daß Franz nicht der erste war, den eine Entzündung aus heiterem Himmel überfiel, doch sie wurde bei seinem Anblick immer unruhiger. Je länger sie an seinem Bett saß, alle Sinne lauernd auf ihn gerichtet, desto größer wurde ihre Ratlosigkeit. Sie fühlte sich klein und kläglich, wehrlos und unwissend; eine Frau, die sich noch vor Stunden anmaßend zu den aufgeklärten Wesen zählte, sich im Besitz von Verstand und Tatkraft wähnte und jetzt plötzlich zurückverwiesen war in die Grenzen ihrer brüchigen körperlichen Existenz, deren einziger Sinn darin bestand, das bißchen Lebendigkeit an seinem seidenen Faden festhalten zu können. Sie hoffte und betete, daß seine Schmerzen nachlassen würden, saß drei Tage und drei Nächte an seinem Bett, empfand jeden Schluck, den er zu sich nahm, wie einen Sieg des Willens, der die versprengten Kräfte der Gesundheit zu sammeln schien, doch auch sie konnte ihn nicht retten.

Voller Sorge beriet Lulu am Grabe von Franz mit ihren Geschwistern, was mit der Mutter geschehen sollte. Sie meinten, daß eine Kur in Pyrmont das beste für sie sei, doch Sophie packte ihre Koffer und floh in die Schweiz. Getrieben von der Illusion, die Zeit noch einmal zurückdrehen zu können, suchte sie all die Orte auf, an denen sie mit Franz vor sieben Jahren gewesen war. Zürich, Luzern, Genf, Lausanne, Chamonix – sie klammerte sich an die Erinnerung wie an einen letzten Rest von Lebendigkeit.

Mit Franz hatte sie den Mont Blanc bestiegen. Begleitet von zwei Führern, sechs Trägern und einem Steiger saß sie in einem kleinen hölzernen Lehnstuhl, der den steilen Berggrat hinaufbalanciert wurde. Links und rechts von ihr klaffte jäh der Abgrund, so daß schon der Blick in die Tiefe sie schwindlig machte. Sie verließ die Sänfte und ging zu Fuß weiter, eingefaßt von zwei Bergstangen, an denen sie sich festhielt. Nach Stunden wurde sie für den beschwerlichen Aufstieg belohnt: Wie eine kristallene Pyramide türmte sich der Mont Blanc vor ihr auf, die Felsenspitze des Dru zur einen, die des Aiguille du Midi zur anderen Seite, dazwischen ein Schneemeer von weißen Wellen, glitzernd im Spiel der Sonne, durchbrochen von himmelblauen Eisbergen, vor denen die Nebel wie Schleier vor der Unendlichkeit hingen. Alles lag so rein, so erhaben und unberührt vor ihr, daß sie glaubte, die Schöpfung zu schauen. Mit jedem Blick, jedem Atemzug sog sie soviel Ehrfurcht und Feierlichkeit ein, die sie in regloser Andacht verharren ließen.

Man lernt an die Allmacht zu glauben, wenn man hier oben steht, sagte sie zu Franz. Wie klein, wie niedrig scheint aller Stolz der Welt und alles, wovon wir eine große Idee hatten.

Ein Gewitter zog auf, und der Steiger drängte zum Abstieg. Damit sie nirgends hängenblieb, schlug er die Absätze ihrer Schuhe ab und befestigte sie als Trophäe über dem Eingang der Schutzhütte, wo bereits die Absätze einer Engländerin und einer Schweizerin hingen. Stolz ließ er sie wissen, daß sie die erste Frau aus Deutschland war, die er so hoch zum Mont Blanc geführt hatte. Wegen des heftig einsetzenden Regens wählte er einen kluftigen Ziegenweg, um so rasch wie möglich ins Tal zu gelangen. Gemsen sprangen heran und erschwerten den Abstieg. Auch die nassen Kleider wurden ihr hinderlich, doch sie erreichte unversehrt die Berghütte, wo sie schon bangend erwartet wurde. Sophie mußte sofort Hemd, Wams, Röcke und Strümpfe der Wirtin anziehen und ihre Kleider am Kamin zum Trocknen aufhängen. Franz besorgte ein Fäßchen weißen Berghonig zur Stärkung seiner Mutter, lieh von einem Geißhirten zwei Mäntel aus Murmeltierhäuten, die er Sophie umhängte, damit sie sich nicht erkältete, und sprach fortan voller Bewunderung von ihrem Wagemut.

Je länger Sophie am Fuße des Mont Blanc stand, um so schmerzhafter wurde die Erinnerung und machte sie so ruhelos, daß sie auch diesen Ort fluchtartig verließ. Alles in der Schweiz mutete ihr nur noch kalt und fremd an. Sie traf zwar noch mit Berühmten und Freunden zusammen, die sie unbedingt sehen wollten – mit Finanzminister Necker, dem Naturforscher Saussure, dem gelehrten Lavater –, aber sie konnte den Begegnungen nichts abgewinnen, konnte nicht wirklich zuhören, ihrem Gegenüber keine echte Aufmerksamkeit schenken. Sie war in Gedanken immer nur bei ihren Erinnerungen. Ihr war klar, so konnte es nicht weitergehen. Sie entschloß sich, dem Rat ihrer Töchter zu folgen, und reiste nach Pyrmont, um an den kohlesäurereichen Solquellen ihre Nerven zu stärken. Auch hier traf sie Freunde und Berühmte, die begierig auf ihre Gesellschaft waren, doch auch hier gab es nichts, was sie halten konnte. Sophie reiste ab.

Erst am Grab von Franz kam sie zur Ruhe. Sie dachte daran, wie recht Goethes Schwager hatte, als er ihr schrieb: Freuen Sie sich Ihres Alters, das Ihnen die Sicherheit gibt, Ihren Sohn bald wiederzusehen. Mehr Trost gab es für sie nicht.

Als sie nach Wochen der Abwesenheit ihr Haus betrat, schien die Welt verändert. Es herrschte Tumult. In der Straße hielten Kutschen und Reisewagen. Aus den Häusern wurden Kisten, Koffer und Pakete geschleppt und in die Fahrzeuge geladen. Sie sah, wie Nachbarn die Fensterläden schlossen, wunderte sich, weshalb Lulu ihr nicht wie gewohnt entgegenkam, und fand die Tochter im Empfangszimmer aufgeregt beschäftigt. Sie war dabei, die Gemälde von den Wänden zu nehmen und in große Holzkisten zu verpakken.

Sehnlichst hatte Lulu die Ankunft der Mutter erwartet und überfiel sie mit der Nachricht, daß die französische Revolutionsarmee Frankfurt besetzt hatte. Die Schwester und Brentano waren mit den Kindern aus der Stadt geflohen, hatten ihre wertvollsten Sachen gerade noch in Sicherheit bringen können, und Lulu rechnete damit, daß die Franzosen jeden Moment auch in Offenbach einmarschierten. Sie hüllte eilig ein Bild nach dem anderen in Bettücher und verstaute es in den Kisten, die sie in Ahnung der Ereignisse vor Wochen hatte anfertigen lassen.

Der Anblick der kahlen Wände berührte Sophie seltsam. Einen Augenblick glaubte sie, in die Fremde heimgekehrt zu sein. Doch dann besann sie sich nicht lange und rief das Hausmädchen. Zu dritt schafften sie die Kisten in den Keller, um sie vor dem Zugriff der Soldaten zu schützen. Revolutionäre, das wußte Sophie, hatten eine besondere Vorliebe für das Eigentum anderer. Kamen sie gar als Besatzer, machten sie ein Recht daraus.

Als sie beim Kaffee saßen, berichtete Lulu über das ganze Ausmaß der Katastrophe: Der Kurfürst hatte das Wappen von seiner Kutsche kratzen lassen und war bei Nacht und Nebel geflohen mit sämtlichen Wertpapieren, Schmucksachen, dem Archiv und dem gesamten Silber der Schloßkirche. Ihm waren die Domherren, der Adel und die hohe Geistlichkeit gefolgt.

Rheinauf rheinab alle durchlauchten Feiglinge auf der Flucht, sagte Lulu und zögerte, der Mutter das Schlimmste bekanntzugeben – eine Mitteilung, die vor Tagen der Kabinettsbote überbracht hatte. Ihre Witwenpension, liebe Mama, gibt es nicht mehr. Die Zahlungen sind eingestellt.

Sophie wurde kreidebleich. Nun war eingetreten, was sie immer befürchtet hatte. Nun bekam sie die Folgen der Revolution zu spüren und mußte sehen, wie sie sich durchschlug. Keine Ersparnisse, noch nicht einmal genügend Vorrat an Winterholz und keine Aussicht auf ein baldiges Honorar. Es war trostlos, so plötzlich ohne regelmäßige Einnahmen dazustehen.

Sie trat ans Fenster, blickte auf die Straße, sah die hektische Betriebsamkeit der Nachbarn, sah, wie sie versuchten, ihre Habschaft in Sicherheit zu bringen, und fragte sich, wer in solchen Zeiten einen Roman kaufen sollte, geschweige denn, wem jetzt der Sinn danach stand, erfundene Geschichten zu lesen. Jeder Besenbinder war im Moment besser dran als eine Schriftstellerin. Bloß nicht in Zeiten, wo die Wahrheit neu buchstabiert wurde, vom Wort leben müssen.

Mit Zahlen, mit Farben, mit der Stimme – mit allem ließ sich mehr verdienen als mit dem Wort. Nur gut, daß sie nirgendwo Schulden hatte und keinen Mietzins zu entrichten brauchte. Jetzt sah sie, wie recht La Roche hatte: Sie konnte noch so viele und noch so schöne Geschichten zu Papier bringen – das wichtigste Buch, in das eine Schriftstellerin ihren Namen eintragen sollte, war das Grundbuch. Hatte sie sich hier verewigt, war ein Teil ihrer Existenz gesichert. Was dazukam, blieb von Zufällen abhängig. Doch so, wie die Dinge jetzt lagen, rechnete sie mit nichts mehr. Nun mußte sie sehen, wo sie das Geld zum Leben hernahm.

V

Niemand hätte es für möglich gehalten, daß einmal der König von Frankreich das Schafott besteigen sollte. Doch nun war das Unfaßbare geschehen, und Sophie empfand sehr deutlich, daß seit dem Tag seiner Hinrichtung alles ein neues Maß bekommen hatte.

Die Zeit schien herausgebrochen aus dem gewohnten Ordnungsrahmen. Sie hatte kein Nacheinander mehr. Sie kam in Sprüngen, überschlug sich und ertrank in den unübersichtlichen Rinnsalen der Ereignisse. Sophie hätte ihr Aufnahmevermögen verdoppeln und verdreifachen müssen, hätte tausend Sinne gebraucht, um all das wahrzunehmen, was jetzt geschah. Alles kam nur noch plötzlich und brachial – eine Sturzflut der Geschichte, die über sie hereinbrach und so gewaltig war, daß sie statt befreiend eher lähmend wirkte.

Für alle Fälle hatte sie die Jakobinermütze wohl verwahrt. Niemand konnte wissen, wofür Franzens Geschenk noch einmal gut sein würde. Sollten die gallischen Revolutionäre ihr Haus stürmen, war sie entschlossen, ihnen mit dieser Mütze entgegenzutreten, sie zu beruhigen und ihnen zu signalisieren, daß sie keine Feindin des Neuen war. Denn wer auch demnächst den Thron bestieg – ob es sich um einen Fürsten oder um einen Volkshelden handelte, ob er aus dem Salon oder aus der Gosse kam – jeder lechzte doch nur nach der Krone der Macht. Zu einer Monarchie der Vernunft, wie Sophie sie erträumte und wie auch Schiller sie wollte, hielt sie weder den einen noch den anderen für fähig. Von der Klugheit regiert zu werden, war seit jeher nur die Ausnahme. Jetzt für die eine oder andere Seite Partei zu ergreifen, aufzubegehren gegen das, was geschah, mit Worten aufzurüsten gegen die Guillotine, wäre sinnlos gewesen und hätte am Lauf der Dinge nichts geändert. Viel wichtiger schien es ihr, die Balance zu bewahren und das Gleichmaß der Dinge im Auge zu behalten, um nicht durch zusätzliche Erregung der Gemüter die Unzufriedenheit im eigenen Lande voranzutreiben. Vor allem galt es, die Brüche der Zeit ohne größere Blessuren zu überstehen, und dies bedeutete, die Aufmerksamkeit zuallererst dem Naheliegenden und Praktischen zuzuwenden.

Kurzerhand erweiterte Sophie ihren Gemüsegarten um mehrere Beete, denn in so friedlosen Zeiten war es ratsam, sich Vorräte anzulegen und die Hauswirtschaft so zu bestellen, daß man sich notfalls einige Zeit selber versorgen konnte. Ihre Frankfurter Möhren, ihr Braunschweiger Kohl, die Markerbsen, die Puffbohnen, der Wintermeerrettich und ihr Steinkopfsalat gediehen prächtig. Doch am ergiebigsten war das Kartoffelbeet. Dies lohnte um so mehr, da sie seit kurzem zwei Kost- und Logiergäste ins Haus genommen hatte. Die geliebte Stille war seither gewichen, und sie konnte auch nicht mehr alle Türen offenstehen lassen. Aber dies war der geringste Verlust gemessen an der Tatsache, daß sie ja von irgend etwas leben mußte. Eine andere regelmäßige Einnahme gab es nicht, und so mußte sie von Glück sagen, daß sich ihr diese Geldquelle überhaupt aufgetan hatte. Außerdem handelte es sich nicht um beliebige Kostgänger, sondern um Söhne aus ersten Familien. Gewiß zahlten ihre Eltern nur darum so gut für Kost und Logis, weil sie erwarteten, daß der Aufenthalt im Hause der Staatsrätin und Schriftstellerin La Roche eine veredelnde Wirkung auf den holden Nachwuchs ausüben würde. Sie konnte die Eltern gut verstehen: Wohlschmeckende Löffelerbsen bekam man überall, doch von einer La Roche durfte man getrost noch geistige Speisung erwarten. Saßen sie gemeinsam bei Tisch, sprach sie darum selbstverständlich nie von Geld und anderen profanen Dingen, sondern berührte stets Gegenstände höherer Bildung: erläuterte das Gefühl vom Erhabenen und Schönen, wie sie es bei Immanuel Kant gelesen hatte, sprach über die Selbstbetrachtungen des Marc Aurel oder die Naturauffassung von Bernardin de Saint-Pierre und war stets darauf bedacht, daß die jungen Herrn samt ihren Hofmeistern aus jeder Begegnung eine bleibende Erkenntnis mitnahmen.

Traurig war Sophie allerdings, daß Elsa nicht mehr in ihrer Nähe weilte und ihr nun die Stunden eines literarischen Austauschs fehlten. Fritz war kaum in das schöne neue Haus mit den vielbewunderten Knotensäulen eingezogen, da hatte er es schon wieder zum Verkauf annonciert. Diesmal war es jedoch keine launige Grille ihres unsteten Herrn Sohnes, denn als Mitglied der *gardes françaises,* das sich auf die Seite des Königs gestellt hatte, schien es durchaus geraten, sich vor der Revolution in Sicherheit zu bringen. Er war mit Elsa in die Vereinigten Staaten emigriert, hatte in New York eine schöne Wohnung bezogen, auch schon eine Buchhandlung eröffnet und in Talleyrand seinen besten Kunden gefunden. Da Sophie in Filius Fritz nie einen Hoffnungsträger der Familie La Roche gesehen hatte, war schon die Tatsache, daß er in der Fremde Fuß gefaßt hatte, ein Erfolg an sich und stimmte sie zufrieden.

Seinen Brief aus Amerika gab sie noch einmal zum besten, als Maximiliane mit ihrer ältesten Tochter unerwartet vor der Tür stand, um die Mutter und Lulu zu besuchen. Doch Maxe hatte kein Ohr dafür. Um Bruder Chevalier Fritz war ihr noch nie bange gewesen. Zählte sie ihn doch zu den Menschen, die Sorgen hatten, um die man sie beneiden konnte.

Es fiel Sophie auf, daß Maxe schmal geworden war, und sie erfuhr, daß sie gerade eine Totgeburt hinter sich hatte und jetzt schon wieder schwanger war. Das zwölfte Kind, sagte sie verdrossen zum Himmel blikkend und enthielt sich jeder weiteren Bemerkung, weil die Tochter neben ihr stand. Sophie hatte eine stille Wut auf Brentano, der nun schon fast sechzig Jahre alt war und noch immer seinem Potenzdrang freien Lauf ließ, statt auch einmal an die Gesundheit seiner Frau zu denken. Schließlich hatte er in neunzehn Ehejahren seine Gattin ausgiebig genossen und konnte ihr auch einmal eine Pause gönnen. Der angenehme Umstand, die vielen kleinen Brentanos ohne die geringste pekuniäre Einschränkung standesgemäß großziehen zu können, war ja noch kein Grund, ihre Anzahl unentwegt zu vermehren. Sophie bewunderte, wie ihre Tochter das alles ertrug. Eine Märtyrerin hätte in ihren Augen nicht tapferer sein können.

Jedesmal wenn sich Maxe vom geschäftigen Trubel des Handelshauses erholen und nicht über Kontorangelegenheiten und Frachtbriefe reden wollte, entfloh sie mit ihrer Tochter Sophie Brentano. Das Wesen der Siebzehnjährigen war ganz Poesie. Ihre Freude an allem Schöngeistigen hatte etwas so Ansteckendes, daß es Maxe manchmal so schien, als würde in ihrer Gegenwart die eigene brachliegende Phantasie wieder zum Leben erweckt. Schon wie sie einen einfachen Vorgang in eine aufregende Geschichte verwandelte, wie sie hinter allem Vertrauten ein großes Geheimnis sah, wie genau sie beobachtete, wie treffend sie verglich, wie empfindsam sie sich ausdrückte – all das zeigte ihr, daß Sophie Brentano eines Tages in die Fußstapfen ihrer Großmutter treten und auch eine berühmte Schriftstellerin werden würde. Ihren Vornamen trug sie ja bereits. Auch diesmal hatte Maxe den Ausflug mit einem nützlichen Zweck verbunden und ihrer tapfer dichtenden Mutter zwei große Pakete mitgebracht, die der Kutscher hereintrug.

Auch wenn die Witwenpension gestrichen ist, liebe Mama, soll es Ihnen an nichts fehlen, sagte sie und öffnete die Pakete. Augenblicke später türmte sich der pure Überfluß auf dem Tisch und nahm sich in dieser kargen Zeit wie eine Göttergabe aus: Schwartemägen, Buiscuits, Marzipan, Wein, Kaffee, Tee, Schinken, Zitronen, Gewürze und Wachslichter. Sophie sah auf einen Blick, daß damit ihre Vorratswirtschaft für das nächste Vierteljahr gesichert war und ihr teure Ausgaben erspart blieben. Sie bedankte sich überschwenglich, doch Maxe meinte nur: Sagen Sie nichts dem Brentano. Der braucht das nicht zu wissen. Ich werde Ihnen jetzt jeden Monat zwei solcher Pakete packen.

Sophie fand es rührend, wie die Tochter für ihre Mutter sorgte. Ein besseres Kind konnte man sich nicht wünschen. Aber sie wollte unter keinen Umständen, daß Maxe dadurch Schwierigkeiten mit Brentano bekam. So sehr sie die Unterstützung gebrauchen konnte, so sehr sie sich auch an all den schönen Sachen freute – so wollte sie doch nichts hinter dem Rücken ihres Schwiegersohnes annehmen. Das hatte sie nicht nötig. Gewiß fielen bei den Riesenumsätzen des Handelshauses Brentano derlei Pakete nicht ins Gewicht. Doch Sophie schien sich ganz sicher zu sein, daß der Geiz eines Mannes tausendfältige Augen hatte und ihn zielstrebig dorthin führte, wo ihm etwas verlorenging. Nein, sie wollte nicht, daß Maxe wegen dieser Pakete ihrem Mann womöglich Rede und Antwort stehen mußte. Sophie hatte ihren Gemüsegarten, zwei Reihen Spalierobst und wünschte sich nur eines: helle Stunden und schnelle Finger, damit sie endlich die Fortsetzung der *Briefe an Lina* abschließen konnte.

Eigentlich hatte der Verleger von ihr einen moralischen Roman über die gegenwärtigen Ereignisse gewollt. Aber dazu war sie nicht zu bewegen. Um einen halbwegs guten Roman zu schreiben, mußte für sie ein Vorgang abgeschlossen sein oder zumindest einigermaßen überschaubar vor ihr liegen. Mit einer erfundenen Geschichte einzugreifen in ein Geschehen, das noch im Fluß war, hätte sie unglaubhaft gemacht. Denn das, was sie jetzt beschrieb, konnte morgen schon überholt sein, ja vielleicht gar nicht mehr existieren. Für das momentan rasche Auf und Ab, die sprunghaft wechselnden Ereignisse, taugte höchstens die kleine Form: Brief oder Tagebuch, Gedicht oder Epigramm, allenfalls Erzählung oder Novelle. Aber ein Roman erfaßte größere Zeiträume, und für Großes war jetzt nicht die Stunde. In ihren *Briefen an Lina* hingegen behandelte sie Fragen der Erziehung, und die gehörten zum Bleibenden inmitten politischer Veränderungen. Insofern war es das richtige Thema für die Zeit.

Ihr Verleger sah das anders. Er freute sich zwar auf ihre Linabriefe und gab ihr auch recht, daß die Eule der Minerva in der Dämmerung flog, aber er hätte trotzdem gerne aus ihrer Feder einen aufregenden Roman gehabt, in dem sich viele Leser wiederfanden. Eine Geschichte, die bewußt auf den Augenblick zugeschnitten war. Gleich, ob sie sich nun für oder gegen die Revolution aussprach – Hauptsache, etwas Aufwühlendes, Spektakuläres, das die Gemüter bewegte und für Gesprächsstoff sorgte.

Obwohl Sophie schon mehrere Verleger gehabt hatte – Reich, Orell, Geßner, Richter, Weiß, Gräff – dachte sie doch manchmal, wenn sie auch nur einen einzigen von ihnen gekannt hätte, so hätte sie alle gekannt. Es machte keinen Unterschied, denn letztlich wollten sie alle nur das eine: mit einem Buch Aufsehen erregen, um gut daran zu verdienen. Je größer die öffentliche Erregung, desto höher der Umsatz. Das waren ihre stillen Erwartungen an den Autor. Auch wenn sie ihm darum mit dem wärmsten Herzen entgegenkamen, so blieben sie doch kaltblütige Rechner. Der Gewinn war ihr Evangelium, der Schöngeist ihr Geschäftsinteresse. Alles andere blieb Vorwand und Tünche. Sie erlebte ja, wie es war: der Verleger fuhr vierspännig vor, und der Autor kam zu Fuß. Ihr jetziger Verleger hatte seiner Frau ein Kabriolet gekauft, damit sie ihren neuen Hut spazierenfahren konnte, und sie, die Autorin, schrieb sich die Finger wund, um das Holz für den Winter zusammenzubekommen. Aber so war die Welt der Literatur. Champagnertrüffel für den einen, Erbsenbrei für den anderen, und dazwischen die schönen Worte, manchmal als zinstragendes Kapital, meist aber nur als Wechsel auf die Zukunft. Wenn sie von ihrem Wieland, diesem Schoßkind der Musen, hörte, daß er seinem Verleger schrieb: Erheben Sie sich ehrfürchtig! Ich berühre Ihre Nasenspitze mit meinem schriftstellerischen Zepter, dann hatte sie ihr stilles Vergnügen daran, denn das war die Sprache, die auch ihr aus dem Herzen kam. Doch ein Dichterfürst wie Christoph Martin durfte sich solche Freiheiten herausnehmen. Sie konnte sich das nicht erlauben. Zwar besaß sie auch ein großes Ansehen, aber sie war kein Genie. Sie mußte bescheidener auftreten. Trotzdem – an ihrer Sicht auf die Herren Buchunternehmer änderte das nichts.

Ihre sanft aufsteigende Wut, die sie stets spürte, wenn sie sich mit diesen Dingen beschäftigte, wurde von einem retournierenden Boten unterbrochen. Unerwartet brachte er aus der Druckerei die Bogen zur Revision, die er korrigiert gleich wieder mitnehmen mußte. Wie immer war es eilig und dringlich, denn die *Erinnerungen aus meiner dritten Schweizerreise* sollten noch zur kommenden Messe erscheinen.

Sophie ließ alles stehen und liegen, setzte sich an den Schreibtisch und begann mit der Bogenrevision, dieweil der Bote im Nebenzimmer wartete. Sie ärgerte sich, daß das Manuskript so schlecht gesetzt war. Auf jeder Seite fand sie mindestens zehn notable Bokker. Zudem hatte sie Mühe, sich von der Anwesenheit des Boten nicht unter Zeitdruck setzen zu lassen und die Bögen womöglich gar flüchtig durchzusehen. Darum las sie Satz für Satz betont langsam und laut, denn wenn sie einen dieser tückischen Druckfehler übersah, konnte er nicht mehr ausgemerzt werden. Sie hatte die Endrevision. Letztlich war es ihr Buch, ihr Text, ihr Name, und jede Sinnentstellung wurde der Autorin und nicht etwa der Nachlässigkeit des Setzers angelastet.

Andererseits freute sie sich von Bogen zu Bogen mehr, daß es der Verlag mit der Veröffentlichung ihrer Reisebeschreibung so eilig hatte. Konnte sie doch nun in Kürze mit einer Überweisung rechnen. Wenn ihr Schweizbuch einen ähnlich guten Absatz fand wie ihre anderen Reisejournale, war ihre Versorgung für die kommenden zwölf Monate gesichert.

Seit der Stunde, da der Bote mit den korrigierten Bögen davongeritten war, lebte Sophie in der frohen Erwartung der Ankunft des Honorars – dem wahren Advent für eine Frau der Feder. Allerdings vermied sie es peinlichst, Vorausberechnungen anzustellen, um nicht irgendwelche Summen im Kopf zu fixieren, die nur Enttäuschung auslösen konnten, wenn sie am Ende nicht eintrafen. Mit derlei Schätzungen hatte sie schon böse Erfahrungen gemacht. Am günstigsten war es, mit dem allergeringsten Honorar zu rechnen, war dann doch jeder Gulden mehr ein Grund zur Freude. Diesmal wartete sie ganz besonders ungeduldig auf das Geld, denn sie hatte für eine dringliche Reparatur des Mansardenfensters eine größere Rechnung zu begleichen und konnte dies nicht mehr länger hinausschieben. Stand sie erst einmal in dem Ruf, zahlungsunfähig zu sein, kam in einer so kleinen Stadt wie Offenbach kein Handwerker mehr zu ihr. Nicht einmal ein Schuhflicker nahm dann noch einen Auftrag von ihr an. Weder als verwitwete Staatsrätin noch als Schriftstellerin konnte sie sich so etwas leisten.

Klopfenden Herzens ging sie täglich zur Poststation, um zu sehen, ob eine Anweisung für sie eingetroffen war. Sie lauschte auf jeden heranfahrenden Wagen, hielt ständig nach einem reitenden Courier Ausschau, ging jedesmal persönlich zur Tür, wenn der Postillion schellte und ließ sich ihre Enttäuschung nicht anmerken, wenn wieder kein Avisobriefchen für sie dabei war. Von Tag zu Tag nur schöne Hoffnung, die wenig tröstete, denn die Rechnung mußte bar beglichen werden. Dieses Warten auf das Geld raubte ihr alle Arbeitslust. Sobald sie einen Satz formulierte, hatte Sophie den Eindruck, mit gebundenen Händen und gebundenem Geist zu schreiben. Sogar die Feder kam ihr nur noch stumpf vor.

An manchen Tagen dachte sie daran, wieder zu heiraten. Ganz ohne Frage wäre dann vieles leichter gewesen. Doch die Auswahl blieb karg, und ihren Ansprüchen hätte genaugenommen nur einer genügt: Hofrat Bode. Witzig, gebildet und unambitioniert. Er hatte seinerzeit das Vorwort für *Rosaliens Briefe* verfaßt, war ein meisterhafter Übersetzer, dreimal verwitwet, ausgesprochen vermögend und stand bei allen Größen der Gelehrtenrepublik in hohem Ansehen. Er wäre der richtige gewesen. Aber es blieb nur ein Wunsch. Hätte er in ihrer Nähe gewohnt, hätte sie ihn ganz dezent und unauffällig in ihre Kreise ziehen, vielleicht erst als Hausfreund und später dann als Ehemann gewinnen können. Doch er lebte in Weimar, vergrößerte als Minister der Gräfin Bernstorff sein Einkommen und war dieser Frau, wie sie gehört hatte, auch privat ergeben. Sophie wunderte das nicht. Vielmehr bestätigte sich ihr darin eine Beobachtung aus ihrem Bekanntenkreis: Hatten Männer erstmal ein gewisses würdiges Alter erreicht, waren sie vor allem auf die Vermehrung ihres Vermögens bedacht und trafen – wenn überhaupt – nur noch vorteilhafte Arrangements. Sei denn, die Liebe kam über sie, weil eine Frau ihnen Jugend und Sinnlichkeit bot. Dann zahlten sie gerne zu. Doch damit konnte Sophie nicht dienen. Auch nicht mit dem anderen, dem blühenden Finanzstand. Durch sie konnte ein Mann sein Vermögen nicht vergrößern. Und wer sah schon in einer Autorin eine Zierde seines Ansehens? Den meisten Ehemännern galt sie doch ohnehin nur als ein schreibendes Hauskreuz, das man sich nicht ohne Not aufladen mußte. Es blieb schwierig, denn mehr als ihre Reputation besaß sie nicht. Das war zwar für eine Frau in ihrem Alter auch ganz schön, aber Jugend taugte zum Heiraten besser. Ach, es war müßig, solche Gedanken weiter zu verfolgen. Sie besserten nicht ihre Lage. Es war nun mal, wie es war: Jünger wurde sie nicht und vermögend noch viel weniger. Vielmehr mußte sie sehen, wie sie auch weiterhin allein zu Rande kam. Schließlich war sie bisher mit allen Situationen fertig geworden, und sie sah keinen Grund, nicht auch die bevorstehenden Niederungen zu meistern. Auf sich selbst war immer noch der größte Verlaß.

Weil das Honorar nicht eintraf, die Rechnung für den Zimmermann aber bezahlt werden mußte, entschloß sich Sophie, ihre Korrespondenzfreundin Gräfin Elise zu Solms-Laubach, ergebenst zu bitten, ihr eine goldgefaßte Dose abzukaufen. Es war ein schön gearbeitetes Stück, dessen Wert der Mineralist Meyer zwar nur auf sieben Carolin geschätzt hatte, aber immerhin... Wenn sie diese Summe von der verehrten, hochgeschätzten und edelmütigen Gräfin bekam, würde ihr so mancher traurige Morgen verschönert werden. Beim Abfassen dieser Zeilen wurde Sophie bewußt, wohin es mit ihr gekommen war. Damals, als ihre *Sternheim* erschien, konnte sie generös ihr Buchhonorar für wohltätige Zwecke stiften, konnte sich kaufen, was sie wollte, und jetzt mußte sie Bittbriefe schreiben. Damals war sie Ehefrau, Frau im Eheamt und jetzt Witwe, die sich inzwischen sogar das Journal *Paris & London* mit vier Personen teilen mußte. Jetzt sah sie, was einem Autor in dieser schönen satten Welt blieb, in der jeder kräftig nach Geld langte: Für einen Autor war die Hoffnung die größte Glückseligkeit, und wenn es nichts mehr zu hoffen gab, der Finis malorum. Nicht einmal der Weg sokratischer Mittelmäßigkeit – weder arm noch reich, aber in

Muße zu leben, schien ihr noch gangbar. Denn auch die bescheidenste Muße stellte sich nicht ein, wenn man immer nur auf Brotsuche sein mußte. Wahrlich eine grandiose Entwicklung! Ein gelungener Aufstieg zu freier Autorschaft. Kein Honorar. Kein Advent. Keine Freude. Nichts, was die Seele hob. Mit jedem Federstrich mehr hielt sie sich für das beklagenswerteste Geschöpf in dieser sublunarischen Welt und hätte weinen mögen über einen solchen finanziellen Tiefstand. Dann aber, als die sieben Carolin bar auf ihrem Handteller lagen, sagte sie sich, daß es noch nicht ganz so schlimm um sie stehen konnte, solange sie noch ein paar dieser rettenden Döschen in Reserve hatte.

Während sie dabei war, den Geldbetrag für den Zimmermann anzuweisen, ließ ein Herr Hofgerichtsadvokat Buri seinen Besuch melden. Sophie erschrak ein wenig. Überraschende Anwaltsbesuche zogen in der Regel nichts Gutes nach sich. Doch Wilhelm Buri war gekommen, weil er als Mitglied des Freundeskreises der Literatur einen Vortrag über sie halten wollte. Er hatte den Text mitgebracht und bat die verehrte Autorin, ihn durchzulesen und ihm Änderungs- und Ergänzungswünsche mitzuteilen, damit er ihren Intentionen gerecht werden konnte.

Sophie bat ihn in den Salon und merkte schon nach einer kurzen Unterhaltung, daß er über alles, was sie geschrieben hatte, genauestens im Bilde war. Verlegen gestand er der verehrten Autorin, daß er sich in seinen freien Stunden auch ein bißchen im poetischen Fach versuche und überreichte ihr ein kleines Gedichtbändchen, das er selber zuwege gebracht hatte. Doch seine schönste Aufgabe sah er darin, für das literarische Werk der Frau von La Roche zu wirken. Von Messebuchhändlern hatte er bereits das Angebot bekommen, diesen Vortrag in Frankfurt zu halten. Auch verschiedene Bibliothekare aus der näheren und ferneren Umgebung hatten ihn schon darauf angesprochen, und etliche Lesegesellschaften waren ganz begierig, daß er damit zu ihnen kam, denn man kannte zwar die Bücher der Frau von La Roche, wußte aber viel zu wenig aus ihrem Leben.

Fast ungläubig hörte Sophie ihm zu, denn sie hatte über all diesen täglichen Finanznöten und Rechnereien ganz vergessen, daß es doch noch schöne Seelen gab, die in diesen wirren Zeiten Romane lasen und – wie er ihr versicherte – gerade nach Büchern der La Roche verlangten. Wollten sie doch die Gedanken einmal auf etwas anderes richten als auf das täglich hohler tönende Zeitungsgetrommel. Sophie überflog den Text des Vortrages, der sie als ›teutsche Aspasia‹ feierte und war fast ein wenig irritiert, soviel Großartiges über sich zu lesen, und zu hören, was sie mit ihren Schriften für die Erziehung von Deutschlands Töchtern geleistet hatte. Ohne sie hätte das Bewußtsein einer weiblichen Selbständigkeit noch längst nicht diese Höhe erreicht. Erst durch sie waren Frauen zu Heldinnen von Romanen geworden. Sie hatte die Frauen von der Beschäftigung mit Nadel und Faden fortgeholt und gezeigt, daß sie durchaus noch zu anderem berufen waren, als das Regiment über Küche und Vorratskammer zu führen und sich dem Studium der gesellschaftlichen Gefälligkeit zu widmen. Nein, Sophie konnte sich nicht erinnern, in letzter Zeit ein so enthusiastisches Lob ihrer schriftstellerischen Arbeit bekommen zu haben. Jeder, der sie nur halbwegs kannte, wußte, daß sie nicht zu denen gehörte, deren Herz nach Lorbeer zappelte. Aber jetzt einmal so etwas Schönes über sich selbst zu lesen, tat ihr gut, ausgesprochen gut.

Voller Behagen lehnte sie sich in den Sessel zurück und ließ den Text Wort für Wort auf sich wirken. Dieser Vortrag konnte den Absatz ihrer Bücher nur befördern. Da sie dem Kränzchen für gegenseitige Rezensionen und Lobsprüche fernstand, erlangten ihre Bücher mit einer solchen Vortragsreise, wie Herr Buri sie geplant hatte, zweifelsohne erneute Aufmerksamkeit, und die konnte sie gebrauchen.

Sie ließ Wein und Gebäck kommen und versuchte die Unterhaltung von ihrer Person fortzulenken, doch Buri wollte nur über ihre Arbeit sprechen. Vor allem wollte er wissen, worin sie ihre Aufgabe als Dichterin sah. Derlei Fragen von Freunden der Literatur waren ihr zwar schon oft gestellt worden und hatten sie meistens gelangweilt, doch diesmal sagte sie heiter lächelnd: Sehen Sie, lieber Buri, der Philosoph mag Gedanken befördern, der Gelehrte Kenntnisse verbreiten, der Redner Einsichten klären und Leidenschaften lenken, der Dichter aber muß die Empfindungen veredeln. Das versuche ich mit jedem Buch. Und ein Buch ist nichts anderes als die Denkart meiner Seele, die in der Gestalt des Romans wie in einem Maskenkleid auf der Schaubühne der Welt erscheint.

Buri war beeindruckt. Weil sie wußte, daß er in ihr die große Dichterin sah, sprach sie auch den ganzen Abend in den gewähltesten Worten vom Wesen der Poesie, von Genie und Geschmack, kam auf den Unterschied zwischen Erzählung und Beschreibung, breitete sich über den Sprachstil aus und wurde immer eloquenter, je hingerissener er ihr zuhörte. Buri gestand der verehrten Dichterin, daß die Begegnung mit ihr all seine Erwartungen übertraf. Zu Recht, ganz zu Recht hatte er sie die teutsche Aspasia genannt.

Solche Besucher hätte sie sich öfter gewünscht, und natürlich brauchte er sie nicht schüchtern zu fragen, ob er ihr bei Gelegenheit von dem Echo auf seinen Vortrag berichten durfte. Ein Schöngeist war immer willkommen.

Erst im nachhinein bemerkte Sophie, daß sie im Salon vor leeren Wänden gesessen hatten. Aber es war noch zu früh, die Gemälde aus den Holzkisten zu holen und wieder aufzuhängen. Vor wenigen Tagen war Frankfurt unter heftigen Kämpfen zurückerobert worden. Keiner hätte es für möglich gehalten, daß die Einwohner ihr vaterländisches Phlegma überwinden und die französischen Eroberer zurückschlagen würden. Es gab doch noch Lichtblicke.

Lulu nahm die nächste Post und fuhr zu ihrer Schwester, die inmitten des Trubels kurz vor der Entbindung stand. Außerdem begann die Messe, die Lulu stets magisch anzog. Denn zu dieser Zeit füllte sich das ›Haus zum goldenen Kopf‹ mit interessanten Gästen, und noch immer hatte Lulu die stille Hoffnung, hier einen Mann kennenzulernen, der sie heiratete. Es mußte ja kein großer Handelsherr, kein Juwelier und kein Bankier sein. Ein halbwegs umgänglicher Erdensohn hätte ihr schon genügt. Nach all den Erfahrungen war sie weder verwöhnt, noch konnte sie als Frau von vierunddreißig Jahren größere Ansprüche stellen. Aber es mußte doch möglich sein, einen Mann zu finden, den sie bewundern und bewirtschaften konnte und von dem sie vor allem noch ein Kind bekam. Doch anscheinend gehörte es zu den ungeschriebenen Gesetzen der Natur, immer dann keinen Mann zu finden, wenn man dringend einen suchte.

Maxe konnte ihre Schwester verstehen. Schon die Vorstellung, für immer im Haus der Mutter zu wohnen und vielleicht – wenn Möhn eines Tages nicht mehr zahlungsfähig war – ihr auch noch auf der Tasche liegen zu müssen, ewig ihre Manuskriptbögen und ihre Briefe zu kopieren und das Leben zweier alleinstehender Damen zu führen – schon eine solche Vorstellung war belastend. Sie deutete der Schwester an, daß sie diesmal jemand ganz Bestimmtes für sie im Auge hatte und eigens darum ein Abendessen mit anschließender Hausmusik arrangieren wollte.

Maxe schien zuversichtlich, daß es diesmal werden würde, denn schließlich war es kein Leben für die Schwester, auf Möhns Tod zu warten. Das kann noch ewig dauern, sagte sie, und ehe du dich versiehst, sind deine Jahre vorbei. Jetzt nimmt dich ein Mann noch wahr. Bist du erst einmal vierzig, schaut er auf die Töchter.

Sie sprachen viel über das Duodram von Lulus Ehe, und auch Maxe sah ihre Verhältnisse in keinem allzu rosigen Licht. Sie hoffte nur, daß dieses ständige Kinderkriegen später einmal ihren Töchtern erspart bleiben würde. Sie sollten ihre Jugend genießen, solange es ging. Sollten alles an Lustpartien, Abendpromenaden, Konzerten und Wasserpartien auskosten und sich nur nicht zu früh in einer Ehe binden. Wozu auch? Geld hatten sie selber.

Lulu gab ihrer Schwester recht: bloß nichts überstürzen. Sich in Ruhe umschauen und ein paar Erfahrungen sammeln. Erfahrungen heilen im voraus.

Plötzlich stand Maxe auf und sagte: Ich glaube, es ist soweit. Ruf die Hebamme.

Kaum daß sie das Entbindungszimmer betreten hatte, herrschte im ganzen Haus eine angespannte Stille. Alle Kinder blieben in ihren Zimmern. Das Personal ging auf Zehenspitzen. Es wurde nur noch geflüstert, und die beiläufigsten Verrichtungen geschahen langsam und leise. Einer der Diener stand am Hauseingang und paßte auf, daß niemand läutete, damit die Gebärende nicht gestört wurde. Brentano lief unruhig im Flur auf und ab. Lulu saß mit ihrer Nichte Sophie Hand in Hand auf einer Bank vor Maxes Zimmer und lauschte aufgeregt auf jedes Geräusch, das von drinnen kam.

Als Stunden später die Hebamme das Neugeborene in warme Tücher verpackt dem Hausherrn in die Arme legte, atmeten alle auf, und es herrschte Freude und Jubel über die kleine Susanna, die die Geschwister nacheinander mit andächtiger Neugier besichtigten.

Lulu umsorgte ihre Schwester in den folgenden Tagen, besprach mit ihr die Details des bevorstehenden Hausmusikabends, schrieb auf mattem Elfenbeinkarton die Einladungen, faltete Tischservietten als Bischofsmützen und erledigte eifrig alle Einkäufe, die die Schwester ihr auftrug.

Maxe freute sich, das Wochenbett so gut überstanden zu haben und wieder wie gewohnt die Dinge des Hauses in die Hand nehmen zu können, als sie plötzlich hohes Fieber bekam. Noch während der Arzt gerufen wurde, stellte sich ein Bluthusten und Blutharnen ein. Lulu machte ihrer Schwester sofort Eisumschläge, doch mit einem Mal färbte sich das ganze Bett rot, und es schien, als würde alles Blut sturzbachartig aus ihr herausströmen wollen. Als der Arzt kam und das sah, öffnete er nicht mehr seine Instrumententasche.

Sophie hätte ein schmerzstillendes Arkanum gebraucht, um all das auszuhalten, was auf sie einschlug. Erst Franz, jetzt Maxe – es war gegen die Natur, wenn die Kinder vor den Eltern starben. Erschöpft saß sie in der Postchaise, die von Frankfurt nach Offenbach rumpelte und nahm kaum wahr, daß

Carl sie nach Hause begleitete. Besorgt um ihren Zustand versuchte er sie zu trösten. Den Toten ist wohl, liebe Mama, sagte er, nur die Lebenden werden mühsam glücklich. Ohne es zu wollen, traf er damit sein eigenes Befinden, denn plötzlich ließ er seinem Kummer freien Lauf und gestand ihr, wie unglücklich er war, daß Karoline von Dacheröden nicht ihn, sondern Humboldt geheiratet hatte. Carl kam einfach nicht darüber hinweg. Gewiß, er hatte eine nette Frau und ein braves Kind, aber er dachte immer nur an Karoline. Ihre Abwesenheit beschäftigte ihn Tag und Nacht und füllte ihn ganz aus. Mit ihr lebte er enger zusammen als mit seiner Frau, die ständig um ihn herum war und an der es nichts zu tadeln gab, weder im Aussehen noch im Charakter. Wachte er morgens auf, galt sein erster Gedanke Karoline; ging er abends zu Bett, sprach er noch ein Weilchen mit ihr; fiel ihr Name, schlug sein Herz höher; besuchte er Humboldt und stand sie dann leibhaftig vor ihm, wurde die Qual unerträglich, und anschließend lag er krank darnieder – nein, es war kein Leben, an der Liebe zu leiden. Vor allem machte er sich jetzt Vorwürfe, nicht auf Lotte Schiller gehört zu haben. Sie hatte ihm geraten, Karoline nicht so ohne weiteres dem Humboldt zu überlassen, sondern um sie zu kämpfen, wie Frauen es liebten. Doch nun war es zu spät. Verpaßt, sagte er, alles verpaßt. Es klang, als beneidete er seine Schwester darum, sich um das mühsame Glück nicht mehr sorgen zu müssen.

Sophie hörte ihm nicht zu. Ihr Aufnahmevermögen für jede Form von Unglück war erschöpft. Sie war froh, daß Carl gleich weiter zu seiner Familie fuhr und sie sich in ihre Arbeit stürzen konnte.

Sie schrieb nicht wie gewohnt, sie nahm Zuflucht zum Schreiben. Schrieb die *Briefe an Lina* in einem

Zuge fertig, schrieb, um zu vergessen, saß geduckt, gebannt, unruhig lauernd wie auf dem Sprung vor einer neuen Gefahr an ihrem Schreibtisch und baute mit jeder beschriebenen Manuskriptseite einen Schutzzaun um sich auf. Dennoch mußte sie sich zur Disziplin zwingen. Noch nie war ihr das Schreiben so schwer gefallen. Kapitel um Kapitel bewegte sie sich mühsam vorwärts. Die Suche nach einem gelungenen Ausdruck, nach einem treffenden Vergleich kam ihr endlos vor. Die Gedanken waren ohne Kern, die Worte ohne Mark. Das Schreiben glich einer Bedrängnis, denn sie hatte an Kraft, an Schwung, an Lust verloren. Sie hätte etwas gebraucht, an dem sie sich aufrichten konnte. Etwas Erfreuliches, Ermutigendes, das die Balance wieder herstellte, die sie stets als ihren Lebensmittelpunkt, ihr ruhendes Zentrum empfunden hatte.

Sophie wußte nicht, ob sie Tage oder Wochen so zubrachte und wurde jäh aus ihrem Wortversteck herausgerissen, als plötzlich ihr Schwiegersohn Brentano mit sieben seiner jüngsten Kinder vor ihr stand und sie bat, sich der Enkel anzunehmen. Die Geschäftsverluste, die ihm der Krieg brachte, mußten aufgeholt werden. Er hatte alle Hände voll zu tun, um die Bilanzen stabil zu halten und daher wenig Zeit für seine Kinder. Außerdem, so meinte er, fehlte ihnen spürbar eine weibliche Hand – wenigstens vorübergehend, bis die Internate ausgesucht waren.

Sophie blickte leicht betreten auf die munterbunte Enkelschar und sah, daß ihr keine Wahl blieb. Wer, wenn nicht sie, sollte sich um die Kinder ihrer Tochter kümmern? Peter Anton küßte ihr dankbar die Hände und legte einen stattlichen Geldbetrag auf den Tisch. Er entschuldigte sich, daß er nicht länger bleiben konnte, aber er mußte nach Hause zu seinen ältesten

Söhnen und seiner Tochter Sophie, die mit Fieber darniederlag und von ihrer geliebten Tante Lulu gepflegt wurde.

Ohne die Max, sagte Brentano, macht das Leben keine Freude mehr. Müde kletterte er in die Kutsche, und Georg, Clemens, Gunda, Christian, Bettina, Ludovica und die kleine Meline winkten ihrem Vater nach. Es war sibirisch kalt und schneite. Unwillkürlich erinnerte sich Sophie an jenen Wintertag vor neunzehn Jahren, wo gleichfalls so hoher Schnee lag und er mit dem Jawort ihrer Tochter beschwingt in die Kutsche gestiegen war. Peter Anton tat ihr in tiefster Seele leid, aber es blieb keine Zeit darüber nachzudenken. Die neue Situation drängte zum Handeln. Als erstes stellte Sophie wieder eine Köchin ein, dann richtete sie mit dem Hausmädchen die Zimmer her und bestellte gleich vier Wochen im voraus den Wäschetrockenplatz und die Bleiche.

Von früher wußte sie ja, wie es war, lärmende Kinder um sich zu haben und stellte sich innerlich auf eine ruhelose Zeit ein, doch ihre Enkel überboten alles. Ausgelassen tobten sie von morgens bis abends zwischen Garten, Küche und Mansardenzimmer treppauf, treppab, rein und raus; nicht etwa mit Stimmen wie Nachtigallen, nein, schrill wie Sirenen und schienen nur eins im Blut zu haben: Übermut und Exzentrik. Allen voran Clemens und sein liebes Schwesterchen Bettina. Clemens immer mit großem Mund und großem Portemonnaie und Bettinchen mit wunderlicher Phantasie und nichts als Verrücktheiten im Kopf. Mal öffnete sie die Hühnerställe, um die Tiere vor dem Suppentopf zu bewahren, mal band sie mit ihrem Strumpfband einen Gast, der neben ihr saß, am Tischbein fest; dann wieder schleppte sie körbeweise Naschwerk vom Krämer an, und immer konnte sie sich des Beifalls ihrer Geschwister sicher sein. Um nicht tatenlos zuzusehen, wie sich ihr Haus in eine Polterburg verwandelte, sah sich Sophie genötigt, den wilden Enkelschwarm nach den Prinzipien von Ordnung, Sparsamkeit und nützlicher Beschäftigung anzuleiten – auch auf die Gefahr hin, als altmodisch belächelt zu werden. Von wegen überall dort, wo man sich aufhielt, Spuren von Schmutz und Verwüstung zu hinterlassen! Ein Minimum an Akkuratesse gehörte zur eigenen Kultur und zur Pflicht gegenüber sich selbst. Gerade weil ihre Enkel einmal nicht zu Pflugknechten und Lohnlakaien bestimmt waren, mußte ihnen frühzeitig gezeigt werden, daß der gebildete Mensch ein doppeltes Leben zu führen hatte. Das praktische Leben seines Standes und seiner Familie und das geistige Leben seiner Begriffe. Je besser er das praktische Leben, diese lästige Macht des Kleinen, meisterte, um so freier konnte er sich dem geistigen Leben widmen. Auch die schillerndste Phantasie sproß aus der Ordnung des Alltags. Auch die abstrusesten Gedanken wurzelten im Boden von Pflicht und Gewohnheit.

Sophie mußte zwar schmunzeln, wenn Clemens und Bettina nach solcherlei Belehrungen das Winterholz im Garten nach den Gesetzen der Schönheitslehre zu stapeln begannen, aber sie hielt sie auch nicht davon ab. Jedes Ordnungsempfinden konnte den beiden nur nützen. Natürlich achtete sie auch streng darauf, daß mit Papier sorgsam umgegangen und jedes Blatt bis zum Rand beschrieben wurde. Ihre Enkel kamen zwar aus reichem Hause, doch niemand konnte wissen, in welche Verhältnisse sie später einmal gerieten. Reich sein galt schließlich nicht als ein Freibrief für Verschwendung.

Sophie kaufte rot-weiß gestreiftes Ulmer Leinen

für sechzehn Kreuzer die Elle und zeigte ihrer Enkelin Bettina, dieser wilden Wolkenschwimmerin, wie man sich selbst ein Kleid nähte. Sie sollte lernen, daß man sich nur die ersten und besten Kleider für teures Geld vom Schneider anfertigen lassen mußte; für den Rest brauchte es nur gute Einfälle und eigenes Geschick. Mit weißem, selbstgesponnenem Plattgarn stickte Sophie auf das billige Leinen schließlich noch niedliche Blumenkränze, was dem Ganzen etwas Gefälliges verlieh, wand um den Strohhut ein Band vom Stoff des Kleides und war zufrieden, daß das exaltierte Bettinchen so eifrig mittat. Bloß nicht sieben Enkel den ganzen Tag tatenlos herumsitzen lassen! Außerdem wollte sie nicht den Grundstock dafür legen, daß sie später womöglich gar an einem pflichtlosen Genußleben Gefallen finden konnten. Sie wollte tüchtige Enkel haben. Sparsam, ordentlich, honett und fleißig – damit mußte früh begonnen werden. Zusätzlich versammelte sie die lärmende Brentanoschar zwei Stunden am Nachmittag, um gemeinsam mit ihr zu lesen, zu musizieren oder im Naturalienkabinett über Pflanzen, Schmetterlinge und Mineralien zu sprechen. An den Wochenenden kamen meist noch die Kinder aus Peter Antons erster Ehe, um ihre lieben Halbbrüder und Halbschwestern zu besuchen. Wenn an solchen Tagen zwölf Kinder durch das Haus tobten, war Sophies Nervenkraft erschöpft. Abends fiel sie todmüde ins Bett und hatte für nichts mehr einen Gedanken und für nichts mehr einen Sinn.

Der Trubel im Hause blieb so groß, daß sie nicht einmal das Erscheinen ihres Buches bemerkte. Fast wäre ihr auch entgangen, daß der Verlag bereits den dritten Fortsetzungsband der *Briefe an Lina* angekündigt hatte, wenn nicht Lulu sie darauf aufmerksam gemacht hätte. Sie war gerade aus Frankfurt zurückgekommen, traurig und ohne Mann, und hatte zuvor noch kurz Frau Goethe besucht, weil sie am Tod der Schwester so aufrichtig Anteil nahm.

Lulu überlegte einen Augenblick, ob sie der Mutter überhaupt davon erzählen sollte, meinte dann aber, daß es nichts schaden konnte, wenn sie erfuhr, wie im Hause der heiligen Elisabeth über sie gesprochen wurde. Denn als sich einige der anwesenden Gäste über die gerade erschienenen Linabriefe unterhielten, fiel die Bemerkung: Die La Roche wird immer schlechter, seit sie für Geld schreibt. Woraufhin Frau Goethe meinte: Das sagt man in Weimar schon lange.

Sophie war zwar etwas konsterniert, fand jedoch, solange über sie und die Literatur geredet wurde, konnte es um die Wahrnehmung von Poesie nicht ganz so schlecht bestellt sein. Ja es schien ihr geradezu ein hoffnungsvolles Zeichen, wenn einmal nicht die neuesten Revolutionsalmanache, sondern ihre Linabriefe Gegenstand des Gespräches waren. Andererseits ärgerte es sie, daß man ausgerechnet ihr vorwarf, mit Büchern Geld zu verdienen, wo doch jeder andere Kollege auf dieser Bahn auch nicht umsonst die Feder führte. Kein Wort davon, daß der Sohn der Frau Goethe gerade erst vom Herzog ein großes komfortables Haus geschenkt bekommen hatte, wo er sorgenfrei und in Ruhe wohnen, leben und dichten konnte. Das war eben die edle Form des Honorars. Versteckt, diskret, wohltätig. Doch sie hatte keinen durchlauchten Mäzen. Sie hatte auch kein schönes Amt. Sie mußte vom Ertrag der Worte leben und machte nirgendwo ein Geheimnis, geschweige denn einen Hehl daraus. Mag sein, sie umgab sich nicht sichtbar genug mit einer dichterischen Aura. Sie kannte genügend, die so taten, als stünden sie haushoch über dem schnöden Mammon, dieweil sie auf dem Manuskriptrand ihre ausstehenden Honorare addierten. Tag und Nacht setzten sie die Zahl der Druckbögen ins Verhältnis zur Schriftgröße, korrespondierten unablässig über ihre Prozente und achteten darauf, daß ihnen kein guter Groschen verlorenging. Denn nichts verbitterte einen Autor mehr, als wenn der Verleger auch nur einen einzigen Heller mehr an ihm verdiente, als ihm zustand. Jüngst erst hatte sie von einem berühmten Kollegen gehört, daß er sich von seiner Rußlandreise ein Rechenbrett mitgebracht hatte, damit er nicht länger die Zahlen so nichtssagend auf das Papier kritzeln mußte. Schlugen dagegen die Kugeln auf dem Rechenbrett aneinander, ergab dies beim Addieren jedesmal einen so süßen Klang, daß seine Seele aufjauchzte. Doch wer mokierte sich schon über die kaufmännischen Fähigkeiten eines göttlichen Heldensängers? Wenn einer ihrer Gildegenossen in seiner neuesten Erzählung beschrieb, wie das stille Mondlicht sein Herz mit Götterruhe erfüllte, dann fand sie das höchst anmutig. Gleichzeitig wußte sie aber, daß er über den stimmungsvollen Bildern nicht vergaß: 8 Louisdor für den gedruckten Bogen zahlten die *Horen* und bis zu höchstens 3 Louisdor bekam er dafür beim *Teutschen Merkur.* Ob Meister oder Lehrling – im dichtenden Gewerbe kannte jeder die Honorarlage und wußte, daß die gute Bankeinlage der feste Fußschemel für die Unsterblichen war. Nur sprach man nicht darüber.

Sicherlich hätte es wegen der poetischen Jalousie Eindruck gemacht, wenn sie sich gleichfalls ganz transzendent gegeben hätte, sanft dahinschwebend wie die lieben Vögelein: Sie säen nicht, sie ernten nicht, sie sammeln nicht in die Scheunen, und der himmlische Vater nähret sie doch. Es wäre wohl besser gewesen, allerorten so zu tun, als lebte sie von der reinen Anschauung, vom Rosenduft des Schönen. So wollte man sie sehen. So sollte der Dichter sein: erhaben, wortgewaltig und omnigescheit dahinwandelnd auf arkadischen Höhen. Sie kannte das hehre Ideal, daß durch ihn die Götter sprachen. Vox poetae, vox dei. Dazu paßte es nun mal nicht, daß auch für das gekrönte Dichterhaupt die Poesie letztlich die Verwandlung des schönen Wortes in klingende Münze war. Sie machte das keinem ihrer Kollegen zum Vorwurf. Wenn er gut schrieb, bewunderte sie ihn, schrieb er schlecht, so entschuldigte sie ihn und stellte sich vor, er habe sein Bestes tun wollen. Eines aber einte doch alle: keiner von ihnen hatte die Absicht, eine Zeile umsonst in die Welt zu setzen.

Daß Wieland inzwischen die Gesamtausgabe seiner Werke edierte und den Lesern Band für Band seiner Opera omnia für insgesamt stattliche 250 Taler präsentierte, war normal. Bei ihr hingegen brauchte bloß die dritte Fortsetzung der Linabriefe angekündigt zu werden, und schon hieß es, sie schriebe für Geld und würde immer schlechter. Wenn wirklich so etwas im gelobten Weimarland gemunkelt wurde, dann kam es nicht von den Dichtern, sondern von deren Frauen. Lotte Schiller vorneweg. Und die chère mère Goethe war ohnehin stets dankbar, einen dezenten Seitenhieb gegen Sophie verteilen zu dürfen. Aber was sollte sie machen? Frauen, die nicht durch ihre Männer zu Ruhm kamen, waren den beiden nun mal ein Dorn im Auge. Insofern begriff sie schon, weshalb gerade ihr vorgeworfen wurde, mit Büchern Geld zu verdienen. Sie drang in das Revier der Angebeteten vor und maßte sich an, was ihr nicht zustand.

Sophie ahnte, daß Frau Lotte ihrem Mann damit kräftig in den Ohren lag, denn der treffliche Schiller hatte sie schon des längeren nicht mehr besucht, und auch der Goldsohn Goethe ließ nur noch Grüße bestellen, statt ihr endlich wieder einmal einen Brief zu schicken. Aber sie hatte mehr zu tun, als sich darüber Gedanken zu machen. Sie konnte den Damen nur raten, öfter einmal in der Bibel zu lesen: Epheser 4, 29. Mehr war dazu nicht zu sagen.

Glücklicherweise gab es anderes, Erfreulicheres, dem sie ihre Aufmerksamkeit zuwenden konnte. Es waren die Besuche Buris. Am liebsten wäre er jeden Tag gekommen, doch so sehr ihr seine Verehrung auch wohltat – sie mußte haushalten mit ihrer Zeit. Vier ihrer Enkel waren zwar längst im Internat, und sie hatte nur noch drei zu betreuen, aber es fiel ihr trotzdem nicht leicht, sich wieder ganz auf ihre Arbeit zu konzentrieren. Sie schrieb gerade an einer umfänglichen Erzählung, dem *Schönen Bild der Resignation* und trug sich literarisch mit größeren Plänen. Manchmal hatte sie den Eindruck, je älter sie wurde, desto schneller flogen die Wochen, die Monate dahin, und ehe sie sich versah, war wieder ein Jahr um. Untrüglich rückte damit nicht nur das eigene Vergehen näher. Es schien ihr auch der geheime Wink zu sein, die Zeit, die noch blieb, für Wesentliches zu nutzen. Darum war sie immer mehr auf einen konzentrierten Umgang mit sich selbst bedacht. So sprach sie mit Buri meist nur über ihre Bücher oder las ihm aus ihrer neuesten Arbeit vor. In allem war er ein aufmerksamer Zuhörer und demonstrierte durch seine Person, daß sie mit ihrer Prosa ein Samenkorn ausgestreut hatte, das in schönen Seelen aufging. Vor allem schien ihr sein Alter ein Beweis zu sein, daß sie mit ihren Büchern noch immer eine Brücke zwischen den Generationen schlagen konnte. Daß sie mit ihm auch in den Ansichten zur Zeit übereinstimmte, fand sie zusätzlich aufmunternd, zeigte es doch: die Kräfte der Vernunft, auch wenn sie noch so sehr an den Rand gedrängt wurden, wuchsen immer wieder nach. Auch Buri hielt es für sinnvoller, sich mit den Schriften der deutschen Philosophen statt mit der französischen Revolution zu beschäftigen. Kamen sie dennoch zufällig auf die nachbarlichen Weltüberwinder zu sprechen, waren sie sich einig, daß Frankreich zwar dringend einer Veränderung bedurft hatte. Doch hätte es genügt, den Baum auszuschneiden und zu veredeln, statt ihn gleich mit der ganzen Wurzel auszureißen.

Vor allem aber war Sophie angetan, mit welchem Eifer der literarisch entflammte Justizrat allerorts Vorträge über sie hielt. Sie freute sich auch, wenn er ihr stolz berichtete, wie sehr sie von ihren Lesern geschätzt wurde. Doch in einem ging ihr seine Begeisterung zu weit: Buri meinte, daß seine verehrte La Roche zu den wenigen weiblichen Autoren gehörte, denen der Nachruhm sicher war. Schon jetzt stand für ihn fest, daß ihr Name von späteren Generationen mit Ehrfurcht genannt werden würde. Diesen guten Glauben schrieb sie einzig seiner Jugend zu und gab sich jedesmal, wenn er davon anfing, Mühe, ihm beizubringen, wie profan und augenblicksgerecht es auf dem Felde der Literatur zuging. Letztlich galt auch hier, was seit jeher Gesetz war: Die Leistungen der Männer wurden in Erz gemeißelt, die der Frauen in den Sand geschrieben. Hätte er sie näher gekannt, hätte er überdies gewußt, daß ihrem Wesen nichts ferner lag, als eitles Hoffen auf Unsterblichkeit. In der irdischen Welt zu leben, reichte ihr allemal und war anstrengend genug. In der Nachwelt mochten sich andere tummeln. Letztlich blieb es doch eine grobe

Selbsttäuschung, bei Lebzeiten bestimmen zu wollen, was auch später bloß dem Zufall unterlag. Und zu den Menschen, die wie Leibniz auf Ruhm bedacht waren, noch ehe sie ihn hatten, gehörte sie nicht. Von der Bewunderung der Nachwelt hatte sie weder Freude noch einen anderen Gewinn. Jetzt wollte sie wahrgenommen werden und wirken. Jetzt sich freuen und etwas vom Echo ihrer Arbeit spüren. Zu erleben, daß ihre Bücher inzwischen in England, Frankreich und Holland übersetzt waren und demnächst auch eine Ausgabe der *Sternheim* in Amerika erschien – das entschädigte sie für manchen Verlust und manchen Verzicht. Die jüngsten Begegnungen mit Madame de Staël, Therese Forster und der Fürstin Gallitzin, die Achtung, die sie bei den Großen des Geistes genoß – das war es, was sie ehrte. Nein, sie mußte ihrem Jungenthusiasten und Literaturfreund deutlich sagen: Wenn einst ihre literarische Reputation auf dem Gottesacker begraben lag und ihre Person in die Nacht der Vergessenheit geraten war, dann zählte sie sich wahrlich nicht zu den Autoren, die ihrer fröhlichen Auferstehung entgegenharrten. Leben und gesund sein war schließlich auch ganz schön und genügte ihr vollkommen.

Tage später, als sie nach längerer Korrespondenzpause spontan ihrem Wieland einige dieser Überlegungen mitteilen wollte, brachte der Postbote einen Brief von ihm. In dieser Gedankenübertragung sah sie einen Beweis dafür, daß es den gleichgestimmten Ton ihrer Seelen noch immer gab und freute sich, daß weder die Jahre noch die räumliche Entfernung daran etwas geändert hatten. Wieland teilte ihr mit, er werde demnächst ein Schloß und die Ortschaft Oßmannstedt als Alters-, Land- und Musensitz erwerben. Ein herrliches ausgedehntes Areal, anderthalb

Meilen von Weimar an der Ilm gelegen für den Preis von 22 000 Talern. In Kürze besaß er genügend Platz, um die Freundin seiner Jugend behaglich und komfortabel unterzubringen, und darum lud er sie schon jetzt ein, ihn in seinem Osmantinum zu besuchen. Fast beschwörend fügte er hinzu, daß es eine Pflicht des Herzens sei, sich noch einmal zu sehen, bevor sie aus dieser Welt gingen.

Sophie faßte es nicht. Daß sich ein deutscher Dichter ein Schloß kaufte, war ja schon ungewöhnlich genug. Aber daß er auch noch eine ganze Ortschaft dazu erwarb – das hatte es noch nicht gegeben. Bislang war es ihres Wissens nur Pope in England gelungen, vom Ertrag seiner poetischen Werke sich einen Landschaftspark mit einer Grotte anlegen zu können. Wieland übertraf alle. Was für ein Weg vom armen Plinius zum Erblehnherrn!

Gleichzeitig fragte sie sich aber auch, ob er nicht jedes Maß verloren hatte, ja ob er nicht wahnsinnig geworden war, sich mit einem solchen Besitz zu belasten. Von Landhaushaltung und Ackerwirtschaft verstand er doch nichts. Außerdem hatte er ja auch noch zehn kleine Wielande zu ernähren und einige Töchter auszusteuern. Seine treuergebene Dorothea, die ihm in zwanzig Jahren vierzehn Kinder geboren hatte, wurde auch nicht jünger und besaß nicht mehr die Kräfte, einem solchen Landgut vorzustehen. Und ein Mann wie er, der von morgens bis abends seine Stunden dichtend und denkend am Schreibtisch verbrachte, hatte doch nicht die geringste Ahnung, was da für Arbeit ins Haus stand.

So sehr sie seinen Mut zum Erwerb bewunderte, so sehr fürchtete sie, daß er sich damit übernehmen würde. Ein Musensitz war zwar sehr schön und wünschenswert, aber es mußte doch nicht gleich eine kleine Grafschaft sein. Ach, ihr Christophorus Martinus! Welch ein Teufel mag ihn bloß geritten haben? Und was für Illusionen, wenn er schrieb, daß er künftig das Doppelte und Dreifache arbeiten wolle, um diesen Besitz erhalten zu können. Wie konnte er sich bloß unter einen solchen zusätzlichen Druck begeben? Weder mit seinen Kräften noch mit seinen Einnahmen war er jemals verschwenderisch umgegangen. Kaffee, Wein, Tinte und Papier hatten ihm stets zum Schreiben genügt, und nun lud er seiner Feder ein Schloß mit Ortschaft auf!

Seufzend legte sie den Brief zur Seite und antwortete noch am selben Tag, denn eines sollte er unbedingt wissen: Auch sie wollte ihn noch einmal sehen.

Am liebsten wäre sie mit der ersten Frühlingssonne zu ihm aufgebrochen, denn nun war sie doppelt neugierig, ihren Dichtervetter in seiner neuen Umgebung und seiner neuen Rolle als Gutsherr zu erleben. Doch die Zeiten waren noch immer so unruhig, daß sie es nicht wagte, sich weit von zu Hause zu entfernen. Um Frankfurt wurde wieder gekämpft. Seit Tagen lag die Stadt unter schwerem Bombardement. Karawanen von Kutschen kamen von Frankfurt und sorgten für Lärm und Chaos in den Straßen. Ihr Nachbar André, der eine große Musikalienhandlung besaß, baute eilig sein Teleskop im Garten ab. Für Sophie war dies ein sicheres Zeichen, daß die französischen Freiheitsmänner jeden Augenblick auch in Offenbach auftauchen konnten und sie mit Einquartierungen rechnen mußte.

Sophie brachte mit Lulu ein paar Lebensmittelvorräte in ein sicheres Versteck, als plötzlich Frau Goethe in der Tür stand. Sie war aus Frankfurt geflohen und wollte sich ein paar Tage bei ihrer lieben La Roche vor dem großen Feuer in Sicherheit bringen, denn rings um den Römer brannten die Häuser.

Sophie freute sich, daß ihr nichts passiert war, ließ sofort den Kaffeetisch decken und ein Zimmer für sie herrichten. Lulu gab ihrer Mutter zu verstehen, nicht über Personen mit der guten Goethe zu reden, weil sie wußte, welche Runden das machte. Aber Frau Aja schien diesmal auch kein Interesse dafür zu haben. Ihre Wohnung in Frankfurt hatte sie abgeschlossen, die Wertgegenstände in einer eisernen Kiste im Keller verwahrt, und nun galt es abzuwarten, ob das Haus noch stand, wenn sie zurückkam. Sophie staunte, wie ruhig sie das sagte. Ohne eine Spur von Nervosität saß Frau Goethe am Kaffeetisch, derweil vielleicht gerade in diesem Augenblick ihr gesamtes Hab und Gut in Flammen aufging. Sophie mußte sich eingestehen, daß sie an ihrer Stelle in Panik geraten wäre. Doch Frau Rath winkte nur ab. Das Grämen vor der Zeit hielt sie für ein unnützes Geschäft. Außerdem wollte sie niemand mit Furcht belästigen. Furcht, sagte sie, steckt an wie ein Schnupfen. Und was bedeuteten schon Möbel und Wertgegenstände. Alles war ersetzbar. Wert war nur ihr Leben, und das befand sich in Sicherheit. Zudem hatte sie gehört, daß jeder Frankfurter Bürger einen Teil seines Silbers zum Einschmelzen geben mußte, damit die Kontributionssumme aufgebracht werden konnte. Verluste gab es folglich so oder so, und für den Frieden kam es ihr ohnehin auf ein Silberbesteck mehr oder weniger nicht an. Und ihrem Sohn gar mit Wertpäckchen zur Last zu fallen, wollte sie nicht, denn schon zu viele Frankfurter Bekannte schickten ihm jetzt ihre Wertsachen zur Aufbewahrung. Sie wollte den ganzen Kriegskram vergessen und öffnete im Laufe des Nachmittags zwei Flaschen Rüdesheimer, den sie eigens aus ihren Beständen mitgebracht hatte, trank mit Sophie auf die gute Gesundheit all ihrer Freunde und wurde immer vergnügter. Als besonders angenehm empfand sie es, daß die Staatsrätin La Roche einmal nicht die empfindsame Dame herauskehrte, sondern ganz natürlich und unambitioniert wirkte, so daß es eine Freude war, sich völlig ungezwungen mit ihr über die praktischen Dinge unterhalten zu können. Frau Goethe hatte nämlich schon die wichtigsten Arbeiten hinter sich, hatte für das ganze Jahr Butter eingemacht, ihre Molken gekocht, auch den Holzvorrat gesichert und die Große Wäsche besorgt. Wenn ihr Haus ohne größere Schäden blieb, konnte sie gelassen den Ereignissen entgegensehen. Und ob die Franzosen das rechte oder das linke Rheinufer besetzten, war ihr herzlich egal. Hauptsache ihren Lieben in Weimar ging es gut. Vor allem riet sie Sophie Lotterie zu spielen, denn das brachte Spaß und Spannung. Für ihren Sohn kaufte sie ständig Lose in der Frankfurter Lotterie, ließ sie durch alle Klassen laufen und hatte ihm jüngst erst wieder zu seiner größten Freude einen Gewinn gesichert.

Sie redete in einem fort, und Sophie staunte, wie wenig sie die allgemein trostlose Lage und die Bedrohung aus Frankreich berührten. Es schien fast so, als existierte sie gar nicht für sie. Frau Goethe hatte dafür eine einfache Erklärung: Nachrichten, die Angst und Schrecken auslösten, mied sie prinzipiell, denn sie konnte schließlich nicht das Unglück der ganzen Welt auf ihre Schultern laden. So etwas nahm den Lebensmut und machte krank. Lächelnd fügte sie hinzu: Ich gehöre zwar nicht zu den verzagten Hasen, doch ich bin längst dahingekommen, mich durch nichts, aber auch gar nichts im Essen und im Schlafen stören zu lassen.

Je größer der Abstand zu diesem Besuch wurde, desto deutlicher sah Sophie, wie recht Frau Goethe hatte: Sich nur nicht für das ganze Elend dieser Welt verantwortlich fühlen. Sich nur nicht über Dinge grämen, die dem eigenen Einfluß entzogen waren. Was nützte ihr das Klagen darüber, daß mit Beginn der Revolution alles darniederging? Was half es ihr, sich darüber zu ärgern, daß jeder mit Fortschrittspathos die Menschen- und Bürgerrechte beschwor, aber niemand an die Pflichten erinnert werden wollte? Kein Wort davon, daß die schönsten Menschenrechte nichts taugten, wenn ihnen nicht das Bewußtsein der Menschenpflichten innewohnte. Wer allein schon von Pflicht sprach, wurde doch gleich als Royalist verdächtigt. Aber gegen fortschreitende Dummheit war nichts zu machen, und auch dem moralischen Verfall konnte sie nur wehrlos zusehen. Allerdings hatte sie den Eindruck, daß jetzt am Ende des Jahrhunderts auch alles mit beschleunigter Bewegung geschah und es mit dem Niedergang zügig voranging. Es schauderte sie bei dem Blick in die politische Welt. Keine gestaltende Kraft, keine Zukunftsaussicht, keine Hoffnung. Nur der Geist von Eroberern, die alles niedertraten statt zu pflanzen. Ob sie das *Frankfurter Journal,* den *Hamburger Correspondenten* oder die *Kölner Zeitung* aufschlug, es lohnte der Mühe nicht. Jede Nachricht volltönend und epochal. Jeder Schritt ein historischer Meilenstein. Seiten voller Klingklang und Blendwerk. Doch in Wahrheit nur leere Kassen und Stolpern von einer Misere zur nächsten Misere. Dazwischen Größenwahn, Geschwätz und Flickschusterei von morgens bis abends. Die jungen Männer schlaff, schal und für jedes läppische Wehwehchen gleich einen Seelenarzt. Statt in der Pflicht zu leben, durch Fleiß und nützliches Bestreben sich selbst ihren Stamm und ihren Adelsbaum zu gründen, nur neblige Phantasien im Kopf. Fern jeder Gedanke an ein Gemeinwohl, fern jeder Sinn für das Ganze. Nicht anders die Landesväter und Fürstlinge aller Art. Ergebenst bereit zum Kniefall, feige und unentschlossen, bibbernd und bang vor jeder fremden Haubitze und nur auf Rettung der eigenen Pfründe aus. Sie hätte sich nicht träumen lassen, daß das philosophische Saeculum einmal so zu Ende gehen würde: nichts was zum Mittun beflügeln konnte. Keine Aufmunterung, kein wahrer Geist, keine Vaterlandsliebe. Ach, nirgends keine Größe.

Mag sein, es war bloß eine Stimmung, die sie erfaßte, ein ahnungsvolles Gefühl. Aber sie spürte, sie teilte es mit vielen, auch wenn sie nur mit wenigen noch normal empfindenden Menschen darüber reden konnte. Um so mehr drängte es sie, Wieland wiederzusehen, denn in diesen Fragen hatten sie immer das gleiche Denken, die gleiche Haltung zur Zeit, und nichts war belebender, als im anderen eine Bestätigung der eigenen Sicht zu finden.

Für den kommenden Sommer kündigte sie ihm ihren Besuch an und ließ sich von einem erstklassigen Schneider ein neues Reisehabit anfertigen. Wenn sie auch seit der letzten Begegnung fast dreißig Jahre älter geworden war, so sollte ihr geliebter Wieland doch sehen, daß sie an Eleganz nichts eingebüßt hatte. Auch den Mietwagen bestellte sie rechtzeitig und wies Lulu an, sich in ihrer Abwesenheit vor allem um den Garten zu kümmern und es dabei so wie sie selber zu halten: Kohl war ihre Pflicht, Blumen ihre Passion. Doch der Tod Brentanos durchkreuzte ihre Pläne.

Sophie fuhr nach Frankfurt zur Beerdigung. Als sie im ›Haus zum goldenen Kopf‹ eintraf, waren die Formalitäten bereits geordnet. Franz, sein zweitältester Sohn und Geschäftsnachfolger, hatte alles im Griff. Als Vormund seiner jüngeren Geschwister machte er auf Sophie einen kühlen und entschlossenen Eindruck, ja sie meinte sogar, die kaufmännischen Talente seines Vaters schauten ihm aus jeder Westentasche. Nach der Testamentseröffnung teilte er ihr mit, daß sämtliche Kinder Peter Antons mit einem Vermögen von je 75 000 Talern bedacht worden waren und er das Geld für seine Geschwister gut und gewinnbringend anlegen werde.

Sophie stockte der Atem, als sie diese Summe vernahm. Seinen Kindern hatte ihr Schwiegersohn eine Barschaft von insgesamt 900 000 Talern hinterlassen. Jetzt begriff sie, daß er nicht nur reich, sondern astronomisch reich gewesen war. Vor allem verblüffte sie, wie gelassen der junge Herr Franz diese Summe aussprach, so als sei es das selbstverständlichste auf der Welt, mit einem solchen Erbe ausgestattet zu werden. Er zeigte weder Freude noch Erstaunen, sondern schien nur von der kühlen Überlegung beherrscht, wie er dieses Geld vermehren konnte. Er bat sie, sich auch weiterhin ihrer drei jüngsten Enkel anzunehmen. Selbstverständlich gegen Entschädigung der Unkosten.

Als Sophie nach Hause fuhr, kam sie sich bettelarm vor und fragte sich, was *sie* eigentlich ihren Kindern hinterlassen konnte außer ein paar schönen Gemälden, die in Holzkisten lagern mußten. Das ganze ehrenvolle Elend der Poeterei stand ihr wieder vor Augen – die klägliche Existenz des Hangens und Bangens, unsicher vom ersten bis zum letzten Wort, ausgeliefert den Launen des Geschmacks; diese hitzige Kopfarbeit fürs weite Blaue, für nichts und wieder nichts, notfalls für den Hungerlohn der Zufriedenheit. Selbst Fürst Wieland mit seiner Musengrafschaft war dagegen ein armer Wicht. Kein Leben eines einzelnen Poeten reichte aus, um auch nur annähernd zu einem solchen Vermögen zu kommen, wie es ein jeder ihrer Enkel geerbt hatte. Da mußten sich schon mehrere Wortgewaltige zusammentun, mindestens aber drei Dichtergötter im Verein Tag und Nacht fabulieren, was das Zeug hielt, um sich zu dieser Sternensumme emporzuschreiben. Es war müßig, darüber nachzudenken. Dennoch fand sie es beruhigend zu wissen, daß die Kinder ihrer Maxe später einmal ein Leben ohne Geldsorgen führen konnten. Vermögende Enkel großzuziehen fiel ihr tausendmal leichter als solche, die zu guter Letzt noch auf das Geld ihrer Großmutter angewiesen waren. Wenigstens blieb die Genugtuung, daß sich für ihre Kindeskinder erfüllte, was sie in ihrem Leben so vergeblich gewünscht hatte: von einer respektablen Finanzausstattung getragen zu sein. Immerhin sah sie eine aufsteigende Linie, und das war Anlaß zur Freude.

Obwohl Sophie trotz aller Aufregung pünktlich zur Ostermesse dem Verlag das Manuskript ihres Oneida-Romans senden konnte und sich von Stund an auf den Sommer bei Wieland freute, mußte sie erneut die Reise zu ihm verschieben. Fritz, ihr Sohn, war aus Amerika gekommen und nahm bei ihr Quartier. Im ersten Moment freute sie sich, doch schon nach wenigen Tagen geriet seine Anwesenheit zur Belastung. Des Morgens erschien er in einem leichten Cassaquin mit goldenen Trotteln, spielte sich als der neue Hausherr auf und gab dem Personal Anweisungen. Mittags bevorzugte er einen schön gedeckten Tisch mit wenigstens vier Schüsseln, nachmittags nahm er aus einem Meißner Täßchen Zimmetthee mit Mandelmilch, und den Abend beliebte er beim Wein zu verbringen. Offensichtlich gefiel es dem 41jährigen Herrn Sohn, den ganzen Tag herumzulungern, seine Schwester Lulu von der Arbeit abzuhalten und sich von seiner Mutter bedienen zu lassen.

Sophie tröstete sich damit, daß es sich nur um einen kurzen Besuch handeln würde, doch da gestand er ihr, daß er nicht mehr nach Amerika zurückkehren werde. Die Buchhandlung in New York hatte er aufgelöst, denn sie brachte ihm nur Verluste ein. Von Elsa und den Kindern hatte er sich für immer getrennt und wollte nun noch einmal ein neues Leben beginnen. Rußland lockte ihn.

Sophie war empört. Jeder halbwegs tüchtige Mann besaß in diesem Alter eine gediegene Existenz und trug Verantwortung. Chevalier Fritz dagegen ließ kurzerhand Frau und Kinder sitzen, um seiner Abenteurerlaune freie Bahn zu geben. Sie hatte ja nie erwartet, daß ihr Ältester einmal etwas Bedeutendes auf dieser Welt zustande bringen würde. Aber sie hatte doch gehofft, daß er wenigstens klug genug war, das Glück, das ihn so unverdientermaßen weich gebettet hatte, mit beiden Händen festzuhalten. Doch nicht mal dazu taugte er.

Tagelang redete sie auf ihn ein, beschwor ihn, zu Elsa und seinen Kindern zurückzukehren oder sie nachkommen zu lassen, doch nun mußte sie auch noch hören, daß er keinen einzigen Dollar, ja nicht einmal mehr einen halben Kreuzer besaß. Auf der Überfahrt war ihm sein gesamtes Barvermögen von Piraten geraubt worden. Sophie lachte gereizt auf, denn jetzt begriff sie, worum es ging: der weitgereiste Junior wollte Geld von ihr. Kein Geld, keine Ehre und dafür tischte er ihr auch noch diese schlecht erfundene Seeräubergeschichte auf! Jedes weitere Wort konnte er sich ersparen, denn sie kannte ihren windigen Fritz und wußte Bescheid: In kurzer Zeit hatte er Elsas Geld durchgebracht, vielleicht am Spieltisch, vielleicht im Casino, hatte dann vor seiner Verantwortung die Flucht ergriffen, sich nach Europa eingeschifft und hoffte nun, daß seine treugläubige alte Mutter vor Rührung verging und ihm mit einem schönen Sümmchen auf die Beine half. Soweit kam es noch!

Genaugenommen hätte es umgekehrt sein müssen, zumal er wußte, daß sie keine Pension bekam. Jedem anderen Sohn mit Ehrgefühl wäre es selbstverständlich gewesen, seine Mutter in einer solchen Situation zu unterstützen, doch er fragte nicht mal, ob sie etwas brauchte. Er wollte Geld. Immer nur Geld. Sie arbeitete bis zur Erschöpfung, um sich und Lulu durch diese menschenbeglückenden Zeiten zu bringen, aber der große Herr Sohn leistete sich den Luxus, seine Familie zu ruinieren und glaubte in einem Wahn von Selbstüberschätzung, Eltern seien einzig dazu da, um die Nichtsnützigkeit der Kinder zu finanzieren. Sein Vater hatte genug, übergenug für ihn bezahlt und, wie es sich nun zeigte, all das mühsam Erworbene in einen Sumpf ohne Ende geschüttet. Nun war Schluß damit. Selbst wenn sie Rücklagen besessen hätte – mit keinem einzigen Heller wollte sie seine weiteren Abenteuer finanzieren. Er war gesund, kräftig und arbeitsfähig und mußte sehen, wie er zu Rande kam. Gewiß, Sohn blieb immer Sohn, aber ab eines bestimmten Alters trug jeder für sich selbst die Verantwortung, und Leichtfertigkeit mußte nicht auch noch unterstützt werden. Wäre ihm ein tragisches Schicksal widerfahren, hätte freilich alles anders ausgesehen. Aber bei ihm war alles selbstgewollt und selbstgesucht. Von ihr hatte er nichts zu erwarten.

Sie reichte ihm ein Dutzend leinerner Stiefelstrümpfe, damit er in Rußland nicht fror. Dann verließ sie das Zimmer und schrieb Elsa einen Brief.

Tief beschämt, einen solchen Sohn zu haben, der es nicht wert war, den Namen La Roche zu tragen, flehte sie ihre Schwiegertochter an, mit den Kindern nach Deutschland zurückzukommen und eine Stelle als Erzieherin anzunehmen, was sie jederzeit vermitteln konnte. Alles wollte sie für sie tun, um die Not zu lindern, in die sie ihr Sohn, dieser Unwürdige, gestürzt hatte. Glauben Sie mir, teure Elsy, jetzt erst verstehe ich den Ausspruch der Königin von England in seiner ganzen Wahrheit: Es ist süßer, um ein Kind zu weinen, das tot ist, als über eines, das lebt. Dann siegelte sie den Brief mit ihrer Gemme und trug ihn noch am gleichen Tag zur Poststation.

Lulu nutzte den Augenblick der Abwesenheit ihrer Mutter, holte ihr Edelsteinsäckchen und steckte dem Bruder einige Solitäre zu. Wenn er sie versetzte, konnte er fürs erste eine Weile davon leben. Fritz tat ihr leid, denn sie wußte, was es hieß, reich zu heiraten und dann unglücklich zu sein.

Sophie wollte ihrem Sohn keinen Gedanken mehr widmen, doch tief in ihrer Seele setzte sich dieses Unglück fest, nagte und fraß in einem fort, nahm ihr die Ruhe, und sie fragte sich fortwährend, was sie falsch gemacht hatte bei seiner Erziehung, daß er derart mißraten konnte. Wieland hatte schon recht, als er ihr damals schrieb, man kann nicht lauter vortreffliche Kinder haben. Aber auch jetzt war ihr diese Feststellung kein Trost. Bloß mit den Kindern keine Bilanz ziehen! Franz und Maxe, ihre Lieblinge, tot. Carl tüchtig, aber unglücklich. Lulu nun doch zur Scheidung entschlossen und Fritz eine haltlose Natur. Nicht auszudenken, wenn sie ihre einzige Aufgabe darin gesehen hätte, ein Leben für die Kinder zu führen. Wäre das ihre Seligkeit und ihr Ziel gewesen, stünde sie jetzt vor einem Scherbenhaufen und müßte an sich selbst, an der Welt und allem ringsum verzweifeln. Doch glücklicherweise hatte sie noch ein anderes, ein Leben für die Literatur geführt. Das war zwar auch nicht die reine Freude, aber wenigstens mangelte es ihr hier nicht an Ehre und Bestätigung.

Als sollte es Sophie nicht vergönnt sein, in Ruhe arbeiten zu dürfen, und ohne diese ständigen Unterbrechungen an ihrem Schreibtisch sitzen zu können, überraschte sie Franz Brentano, der Enkelvormund, mit einer unangenehmen Vertragsangelegenheit. Im Nachlaß seines Vaters hatte er einen Kaufcontrakt über ihr Haus gefunden, aus dem hervorging, daß das Haus nicht ihr, sondern in die Brentanosche Erbmasse gehörte.

Sophie fiel aus allen Wolken und meinte, daß ein Irrtum vorliegen müsse, denn schließlich hatte La Roche das Haus damals korrekt erworben. Zum Glück hielt sie in ihren Amtspapieren gute Ordnung und konnte Herrn Franz den Kaufcontrakt La Roches vorlegen. Allein schon dazu genötigt zu sein, brachte sie in eine peinliche Lage. Sah es doch so aus, als hätte sie unrechtmäßig etwas für sich in Anspruch nehmen wollen. Wäre Franz nicht der Sohn aus Brentanos erster Ehe gewesen, sondern ihr leiblicher Enkel, hätte es zweifellos so etwas nicht gegeben. So aber stand sie betroffen im Zimmer und sah zu, wie Franz mit Geschäfts- und Advokatenblick den Kaufvertrag studierte und schließlich herausfand, daß La Roche mit diesem Vertrag nur eine Teilzahlung geleistet hatte. Den Rest hatte Brentano beglichen.

Sophie hörte davon zum ersten Mal. Sie hatte sich zwar damals über den niedrigen Kaufpreis gewundert, aber begriff jetzt, daß Maxe und Brentano stillschweigend die andere Hälfte bezahlt hatten, wohl um ihrem guten La Roche auf diese Weise den sehnsüchtigen Wunsch nach einem eigenen Haus zu erfüllen. Nur so konnte sie sich im nachhinein die zwei Kaufverträge erklären.

4500 Gulden, meinte Franz, seien zwar nicht die Welt, aber sie mußten korrekt bezahlt werden. Da er wußte, daß die Großmama La Roche keine Witwenpension bekam und von ihren Büchern nicht leben konnte, aber seine Halbschwestern bei sich aufgenommen hatte und für sie sorgte, schlug er ihr einen Kompromiß vor: Er zahlte ihr jährlich 1000 Gulden für die Betreuung ihrer drei Enkelinnen, und sie tilgte davon mit 200 Gulden jährlich die andere Hälfte der Kaufsumme.

Sophie blieb nichts anderes übrig, als dem zuzustimmen, zumal es noch ein recht kulantes Angebot war. Außerdem hatte sie sich inzwischen so sehr an ihre Grillenhütte gewöhnt, daß schon die Vorstellung, sie verlassen zu müssen, ihr wie ein kleiner Vortod erschien. Dennoch war es deprimierend, auf die Großherzigkeit des reichen Brentanosohnes angewiesen zu sein.

Sophie fürchtete neue unangenehme Überraschungen und wollte nur noch eins: ihren Wieland wiedersehen. Drei Jahre hatte sie die Reise verschieben müssen. Nun wartete sie ungeduldig auf die erste warme Sommersonne, packte eine Kiste voller Geschenke, englischen Kattun für seine Frau, weiße Shawls für die Töchter, etliche Bouteillen Champagner für den Meister, füllte ihre Reisekanzlei, schrieb ihr Testament und brach auf. Maxens Liebling, Sophie Brentano, begleitete sie. Dies war ihr besonders angenehm, weil sie sich mit ihr stundenlang über Fragen der Literatur unterhalten konnte und dabei immer ein großes Vergnügen empfand. Außerdem hoffte sie im stillen, ihre Enkelin würde sich mit Wielands Sohn Ludwig verbinden, und es könnte sich auf diese Weise ihre eigene Beziehung zu Wieland vollenden. Ihre schöne Enkelin hatte zwar als Kind ein Auge verloren, aber sobald sie zu sprechen begann, vergaß man diesen Makel und war fasziniert von ihrer bizarren Empfindsamkeit. Sophie zweifelte nicht daran, daß sie seinem Sohn gefallen würde, zumal auch er, wie sie vom Vater wußte, eine starke Neigung zur Poesie besaß.

Ihre Wallfahrt zu Wieland war gemessen an all den anderen Reisen eine Strapaze. Angesichts der schlechten Straßen wünschte sie sich, daß die Landesherrn jeden Tag vier Stunden in einer Postkalesche hin und her geführt wurden, um durch diese Erfahrung ein gerechtes Gefühl für ihre Mitmenschen zu bekommen. Die Gasthöfe waren schmutzig, die Wirte unfreundlich, und sie hatten so viele Zollhäuser zu passieren, daß es gar nicht lohnte, den Geldbeutel wegzustecken. Hinter Fulda wurde dann auch noch der Wagen umgeworfen, und sie mußten in einer Einöde im Schlamm versunken die Nacht zubringen. Es war eine Zumutung. Und doch – je näher sie dem Marktflecken Weimar, diesem Bethlehem der Literatur kamen, um so aufgeregter wurde sie. Immerhin hatte sie ihren cherissime ami fast dreißig Jahre nicht gesehen. Auch ihre Enkelin war gespannt, wie der berühmteste Dichter Deutschlands die Großmutter empfangen würde.

An der Grenzgemarkung Oßmannstedt wurde der Wagen angehalten. Im Auftrag des Herrn Hofrat Wieland überbrachten ihnen zwei berittene Knechte

Blumen und Kirschen zur Begrüßung und geleiteten sie den Rest des Weges bis zum Schloß. Links und rechts erstreckten sich die Wielandschen Äcker und Wiesen, und alles war so gut bestellt, so wohlgeordnet, so üppig und ausgedehnt, daß Sophie ob des heiligen Dichters von einem Staunen ins andere fiel.

Als der Wagen endlich vor dem Schloß zum Stehen kam, war sie so durchgerüttelt und durchgeschüttelt, daß ihr beim Aussteigen für Augenblicke schwindlig wurde. Knechte und Mägde eilten herbei, doch sie fing sich gleich wieder und schritt leichtfüßig und elegant auf die Schloßtreppe zu, wo bereits Wielands Frau und vier seiner Töchter zum Empfang bereitstanden. Sophie begrüßte sie alle voller Rührung, denn sie sah Dorothea und die Töchter zum ersten Mal. Schließlich erschien er selbst wie die aufgehende Sonne – ihr großer Christoph Martin in Stiefeln, langem Mantel, breitem roten Gürtel und schwarzer Kappe – eine imposante Mischung aus rüstigem Bauer und edlem Poet. Einen Augenblick rang sie nach Luft. Tränen schossen ihr in die Augen, und sie eilte mit jugendlichem Schwung auf ihn zu. Wäre nicht ihr großer Sommerhut gewesen, hätte sie ihm ganz gewiß in den Armen gelegen. So aber gab es Jubel aus der Distanz, Herzensblicke, Seelenseufzer und viele schöne Worte.

Wieland führte seine Gäste sogleich ins Gesellschaftszimmer, wo schon der Tisch aufs prächtigste gedeckt war. In den hohen Bodenvasen standen Blumenbouquets, auf den Nebentischen Weine und Liköre, Obst und Gebäck in silbernen Tafelaufsätzen. Wohin sie auch blickte, alles mutete so an, als sollte eine Fürstin empfangen werden. Für Formen der Wertschätzung hatte Sophie im Laufe der Jahre einen Blick bekommen und wußte darum einen solchen

Empfang wohl zu deuten: Sie war sehnlichst erwartet worden.

Gleich am nächsten Morgen führte Wieland sie in die weiten Fluren seines Musensitzes, den sie mit brennender Neugier durchschritt. Er zeigte ihr den Wirtschaftshof, die Stallungen und die Scheunen, natürlich auch seinen neuen Landauer-Wagen, der ihn immerhin 250 Taler gekostet hatte, sprach stolz von seinen Schafen, die in der Ferne auf seinen Wiesen weideten, erklärte ihr den Unterschied zwischen Fleisch- und Wollschafen, hielt ihr einen wissenschaftlichen Vortrag über die neueste Zucht von Merinos und führte sie dann durch die prächtige Lindenallee zum Ufer der Ilm, vorbei an kunstvoll angelegten Wasserbecken, an Springbrunnen, Pavillons, Terrassen und der Orangerie. Sophie war überwältigt. Nicht nur, daß er sich so etwas anschaffen konnte, glich einer Sensation. Dies alles zu erhalten war ja mindestens noch einmal so teuer, und sie fragte sich, wie er das finanzierte. Von Schritt zu Schritt bestätigte sich ihr, daß ein großer Poet eben doch ein großer Unternehmer war, ein Fabrikant von Ideen, der augenscheinlich um so höher honoriert wurde, je besser er die Worte verwertete. Ohne Frage, dieses herrliche Besitztum war ein Abbild seines Geistes – alles groß, alles gestaltet, alles durchdacht.

Wieland verhehlte ihr nicht, daß er mit Hypotheken belastet war. Dank Herders Vermittlung hatte er einen Kredit von 10 000 Talern vom Herzog von Sachsen-Gotha-Altenburg bekommen. Wäre dies nicht geschehen, hätte er zu weit ungünstigeren Bedingungen eine Anleihe bei der Altenburger Kammer-Leihbank aufnehmen müssen. So aber konnte er mit dem Zinsfuß recht zufrieden sein. Jetzt galt es eben, das Dreifache zu arbeiten. Jetzt mußte er doppelt stark dichten, um die Schulden zu tilgen. Das war ihr das Angenehme: An Wielands Seite kam man immer wieder in die Realität zurück.

Als sie am Ufer der Ilm standen, lauschte Sophie einen Moment dem Rauschen der Birken. Unauffällig betrachtete sie ihren Dichtercousin. Sie fand, der Rauhreif der Jahre gab ihm erst das wahre, würdige Aussehen eines der dienstältesten Poeten des Vaterlandes, und sie dachte unwillkürlich daran, wie er sie vor fast fünfzig Jahren auf den Knien seines Herzens bat, ihn niemals zu verlassen und ewig zu lieben. Sie hoffte, daß ihn in diesem Augenblick ebenfalls die Erinnerung anwehen würde, wartete auf ein Wort, eine Andeutung, auf irgendeine Regung, doch er zeigte ihr nur voller Eifer die Stellen, wo er Weiden setzen wollte, um auf natürliche Weise die Uferböschung zu befestigen und neugierigen Kahnfahrern den Einblick zu nehmen. Er rang noch mit sich, ob er Lorbeer- oder Silberweiden pflanzen sollte, denn erstere wurden zwölf, letztere dreißig Meter hoch, und die Anschaffungskosten differierten beträchtlich.

Je länger sie ihm zuhörte, desto mehr verstärkte sich bei ihr der Eindruck, er hätte eigentlich auch mit sich selbst reden können. Wären sie früher auf einer solchen Uferpromenade entlangspaziert, hätte er den Honig aus den Bäumen tröpfeln sehen. Doch jetzt interessierte ihn nur noch die Frage, ob er die Bäume anderswo kostengünstiger als in der Weimarer Hofgärtnerei bekam. Etwas enttäuscht ging sie neben ihm, sagte sich aber dann, daß es nach dieser langen Zeit der räumlichen Entfernung wohl nur eine langsame Annäherung an ihre frühere Zeit geben konnte. Glücklicherweise war sie ja noch mehrere Wochen bei ihm zu Gast.

Ihre Anwesenheit sprach sich in Weimar so schnell

herum, daß ihr von Stund an kaum noch Zeit für solche Spaziergänge blieb. Goethe kam eigens nach Oßmannstedt, um sie zu begrüßen, und lud sie in sein Haus zu einem Empfang ein, den er und sein Küchenschatz Christiane ihr zu Ehren gaben. Die verwitwete Herzogin bat sie zum Tee. Auch Schiller ließ es sich nicht nehmen, die verehrte La Roche in seinem Haus zu begrüßen, woraus Sophie amüsiert folgerte, daß der Einfluß von Frau Lotte auf ihren Dramatikus wohl doch nicht ganz so groß war, wie behauptet wurde. Kotzebue war begierig, die grande dame der Feder endlich kennenzulernen. Herder und seine Frau aßen gleich mehrere Male mit ihr zu Mittag, schätzten sie ihre Gegenwart doch so hoch wie ihre Schriften. Schließlich mußte Sophie noch dem Direktor der Malerakademie, Rat Krause, für ein Porträt Modell sitzen. Es schien ihr zwar höchst überflüssig, daß sich sein Pinsel mit ihren zerfallenen Zügen beschäftigte, aber es war nun einmal der Wunsch der Herzogin, ein Porträt der berühmten La Roche zu besitzen.

Als Sophie dann endlich zur Ruhe kam und mit Wieland all die zurückliegenden Jahre in der Erinnerung wachrufen wollte, schien er daran wenig Interesse zu haben. Vielmehr spazierte er stundenlang mit ihrer Enkelin durch die prächtigen Anlagen seines Besitztums. Immer häufiger sah sie die beiden im Schatten der Bäume wie durch einen griechischen Hain wandeln. Nachmittags saß er mit der Enkelin im Pavillon und las ihr aus seinem Aristipp-Roman vor, an dem er gerade arbeitete. Einmal kam sie zufällig vorbei, und es bot sich ihr eine rührend malerische Szene, ein geradezu bühnenreifes Bild: Der Großmeister des Wortes thronend auf einem hochlehnigen Sessel wie Aristippos, der Philosoph. Ihm zu Füßen seine Geliebte, die Hetäre Lais, ihre kleine Enkelin, verzückt zu ihm aufschauend und berauscht jeder Silbe lauschend. Ach, ihr guter alter Wieland, noch immer der große Ichler! Das waren Stunden, wie er sie liebte: vor einem schönen jungen Sinnenwesen mit seinen Gedanken paradieren zu können und dafür bewundert zu werden. Er, der All-Einzige, der ohne Frage Größeres als die Größe kannte und von dem darum jedes Wort unsterbliche Poesie war, die das empfindsame Tochterkind unweigerlich in eine süße Erregung versetzen mußte. Sie fragte sich, was sich der alte Zausel eigentlich einbildete.

Natürlich hatte er gute Gründe, ihr, Sophie, einen solchen Auftritt nicht zuzumuten. Sie wußte ja, daß hinter all seinen schönen Metaphern auch nur ein Cassa-Buch lag, in dem kräftig addiert und gerechnet wurde. Einnahmen und Ausgaben säuberlich untereinandergeschrieben und die Summe gezogen, die nichts weiter war als der Saldo mortale eines deutschen Dichterlebens. Derlei nüchterne Blicke mußten ihn freilich herabstimmen. Für ein junges Menschenkind wie ihre Enkelin hingegen war alles neu, alles klarer, reiner Quellgesang. Auf sie wirkte der ganze Zauber der Worte noch.

Allmählich aber tröstete sich Sophie damit, daß Vetter Wieland sich nur darum zur Enkelin hingezogen fühlte, weil er in ihr die Jugend der Großmutter suchte. Gewiß, Sophie war inzwischen alt geworden und er mit seinen achtundsechzig Jahren selbstverständlich ein Jüngling geblieben. Bei ihr waren es die Silberlocken, bei ihm das Lorbeerhaupt. Sie kannte ja die unterschiedliche Art, das Alter zu betrachten. Doch daß er das Bild ihrer Jugend nun in der Enkelin suchte, zeigte ihr: Im Grunde seines Herzens verlangte er noch immer nach seiner englischen Sophie.

Trotzdem, Sophie hatte sich alles ein bißchen anders vorgestellt. Während sie die meiste Zeit bei seiner Frau Dorothea saß und ihr beim Flachsspinnen und der Leinwandbleiche zusah, turtelte der große Dichter mit der Enkelin Brentano durch die Wiesen seines Osmantinums. Um das zu erleben hätte sich Sophie die Strapazen der weiten Reise ersparen können und wahrlich besser daran getan, das teure Reisegeld für den Kauf des Winterholzes zu verwenden. Im stillen ärgerte sie sich, nicht zu Hause geblieben zu sein und an ihrem neuen Roman weitergearbeitet zu haben. Andererseits sah sie, daß ihre Enkelin von Tag zu Tag sichtbar aufblühte, was sie ihr um so mehr wünschte, da sie seit dem Tod ihrer Mutter ständig kränkelte. Da auch noch ihr Lieblingsbruder Clemens zum Studium nach Jena gegangen war und sie niemanden im Hause Brentano mehr hatte, bei dem sie ihre poetischen Kenntnisse ausbreiten konnte, mußte es ja geradezu eine Erholung für sie sein, wenn der erste Dichter Deutschlands ihr so viel Aufmerksamkeit schenkte. Aber auch Wieland wurde immer heiterer und gestand seiner alten Freundin, daß er noch nie so gut gearbeitet hatte, seit sie mit ihrer Enkelin bei ihm zu Gast war. Das volle Licht der Gedanken strömte in jeden Satz, die Passagen gelangen vortrefflich, alles ging flott aus der Feder. Wenn er dann der wunderbaren Tochter ihrer Max ein fertiges Kapitulum vortrug und ihr sinnreiches Urteil daran nichts auszusetzen fand, erlebte er einen Zuwachs an Glückseligkeit.

Um ein solches Geständnis war er dann doch zu beneiden, denn nicht mit jedem Mann meinte es Amor in diesem Alter noch einmal so gut. Sophie wunderte sich über nichts mehr. Wenigstens war es tröstlich zu wissen, daß sie ihm mit ihrer Anwesenheit nicht zur Last fiel, sondern vielmehr zur Beschleunigung seines Schreibflusses beitrug. Wenn auch nur indirekt über die Enkelin, aber sie blieb die Urkraft. Trotz ihrer Falten gab es doch noch eine Wirkung auf den großen Christoph Martin. Gleichwohl hätte sie ganz gerne mit ihm auch einmal über ihre neuesten Bücher gesprochen, hätte sein Urteil über *Mein Schreibetisch* hören wollen, zumal die Rezensenten darüber ganz unterschiedlicher Meinung waren. Aber da er nicht von selber davon begann, mochte sie ihm das Gespräch nicht aufdrängen. Außerdem hatte sie von Herder genug Gutes darüber gehört, und das bedeutete ja auch etwas.

Beim Abschiedsessen, als sie alle im Gartensalon saßen, sagte Sophie ganz spontan, daß sie ihrem letzten Buch den Titel *Sommerabende* geben werde, und Wieland entgegnete ebenso spontan, sie solle ihm rechtzeitig das Manuskript zusenden, damit er es mit einem Vorwort versehen könne, wie es der ehrwürdigsten aller deutschen Schriftstellerinnen gebühre.

Kaum daß der Winter über dieser Reise vergangen war und sie auch noch einen isländischen März überstanden hatte, erschien die Enkelin bei ihr, um sich von der Großmama zu verabschieden. Sophie Brentano hatte es eilig, denn draußen wartete ihre Kutsche, die sie zu Wieland bringen sollte. In einem Pavillon hatte er eigens mehrere Zimmer für sie herrichten lassen, mit jedem Brief auf ihren erneuten Besuch gedrängt und sie beschworen, mit der ersten Nachtigall zu ihm zu kommen.

Sophie glaubte sich verhört zu haben. Sie fragte sich, was in ihre Enkelin gefahren war. Sie hatte doch nun schon alles von diesem alten Mann gehört. Viel Neues konnte er ihr nicht mehr bieten. Die Passagen aus seinem letzten Roman kannte sie. Und eine so weite Reise zu unternehmen, um seiner Eitelkeit ein paar schöne Stunden zu bieten? Da gab es doch Besseres zu tun. Wenn schon, dann sollte sie in die große Welt fahren, statt in einen so stillen, abgeschiedenen Ackerwinkel, wo es für einen jungen Menschen wenig Abwechslung gab. Außerdem wußte Sophie aus Erfahrung, daß jeder Leser am besten beraten war, wenn er seinen geliebten Dichter nie näher zu Gesicht bekam. Distanz erhielt die Illusion und ersparte so manche Enttäuschung. Die Enkelin kannte die meisten Bücher von Wieland, und sich an dem Werk eines Dichters zu erfreuen, genügte voll und ganz. Alles darüber hinaus war jugendliche Verblendung. Außerdem sollte sie die Anstrengungen der Reise bedenken. Der Wagen konnte steckenbleiben, und selbst eine Nachtfahrt war nicht ausgeschlossen. Auch die anderen Gefahren sollte sie nicht auf die leichte Schulter nehmen. Wurden doch einer alleinreisenden Frau auf Weg und Steg scharfe Blicke nachgeschickt. Sie konnte ihr nur dringend raten, von dieser Reise Abstand zu nehmen.

Sophie Brentano hörte sich das alles ruhig an, doch dann sagte sie ihrer besorgten Großmama, daß keiner sie so gut verstand wie Vater Wieland. Keiner war ihrem Herzen so nahe. Sobald er neben ihr ging, spürte sie die Magie seiner Seele und fühlte sich so, als könne sie der weiten Schöpfung Trotz bieten. Überall sah sie seine Erscheinung. Seine Stimme durchwehte ihr Ich, und wenn sie an ihn dachte, glühte ihr Herz wie ein Feuerofen. Ach, sie konnte es kaum erwarten, Wieland wiederzusehen.

Als Sophie sah, daß ihre Enkelin nicht aufzuhalten war, packte sie ein Kistchen Wein, beste Rheingauer Traube, dazu ein Säckchen Blumenzwiebeln und ließ ihrem Herrn Vetter, dem ersten Konsul der Literatur, schönste Grüße bestellen, verbunden mit den besten Wünschen für Gesundheit und selbstverständlich Tatkraft. Allerdings brauchte sie ihm Tatkraft nicht bis ins hohe Alter zu wünschen, denn da war er ja bereits angekommen. Die Enkelin beruhigte die Großmama, daß sie sich keinerlei Sorgen zu machen brauche und bestieg fröhlich die Kutsche. Sophie lächelte, denn das Weitere konnte sie sich denken. Sie war sich ganz sicher, daß sie im nächsten Werk Wielands das Bild vom Geist und Charakter Sophie Brentanos wiederfinden werde.

Acht Wochen später kam mit reitender Post ein schwarzgesiegelter Brief von Wieland. Weil dies höchst ungewöhnlich war, öffnete ihn Sophie sofort und überflog die Zeilen. Einen Augenblick lang schien alles stillzustehen. Dann ging sie in den Garten, setzte sich in ihre Laube und schaute in die Tannen, die Franz gepflanzt hatte. Sie faßte die Nachricht nicht. Sophie Brentano war unerwartet an einem hitzigen Nervenfieber gestorben und lag an dem heiligsten Platze in Wielands Park begraben. Sophie hatte nur noch einen Wunsch: sich wie eine Schnecke in ihr Gehäuse zurückzuziehen. Nichts Trostloses mehr hören, nichts Trostloses mehr sehen zu müssen.

Schon bald darauf überbrachte ihr Franz Brentano ein Schreiben des Hausanwalts. Er teilte mit, daß nach Frankfurter Erbrecht der Großmutter, Staatsrätin von La Roche, ein Teil des Vermögens der Enkelin zufiel. Als Sophie die beträchtliche Summe vernahm, bewegte sie keine Miene. Hätte sie einen solchen Betrag jemals aus ihrer literarischen Arbeit gewonnen, wäre es ein Anlaß zu Jubel und Freude gewesen. Doch dieses Geld mochte sie nicht anrühren. Auf der Bank sollte es zu einem guten Zinsfuß angelegt und für ihre Kinder aufgehoben werden. Das allerdings hatte sein Gutes. Der Gedanke, ihnen eine solche Barschaft hinterlassen zu können, war beruhigend. Auf diese Weise ging sie nicht arm aus der Welt und konnte sicher sein, daß ihre Erben eines Tages sich gern und mit Achtung an sie erinnern würden.

Doch mehr Gedanken wollte sie sich darüber nicht machen und stürzte sich in die Arbeit. Sie schrieb von Sonnenaufgang bis zur Abenddämmerung und hatte bloß Sorge, die Feder könnte stehenbleiben. Sie schrieb einen Roman, mit dem sie ihrem Sohn Franz ein Denkmal setzen wollte und bedauerte, nicht wie Wieland einen persönlichen Sekretär zu haben. Dann wäre sie noch schneller vorangekommen und hätte nicht in dieser ewig gebückten Haltung über dem Papier verharren müssen. Sie hätte frei auf und ab gehen, in die Bäume schauen und dabei dem Sekretär diktieren können. Aber jede Form von Bequemlichkeit mußte teuer bezahlt werden. Sie war schon froh, daß die brave Lulu sich um ihre drei Nichten kümmerte und ihr auch noch das mühselige Kopieren abnahm, was erhebliche Kosten sparte.

In den Wintermonaten saß Sophie in eine Felldecke gehüllt am Schreibtisch und hatte es besonders gern, wenn der Pommer quer über ihren Füßen lag und sie zusätzlich wärmte. Da sie in letzter Zeit des Nachts oft lange wachlag, nahm sie seit kurzem jeden Abend vor dem Zubettgehen ein Fußbad mit Senfkörnern und trank dazu ein Glas Mohnmilch, was der Schlaflosigkeit spürbar abhalf. Nur flüchtig nahm sie noch die Rezensionen ihrer Romane wahr. Ihre Arbeiten galten zwar als würdig und verdienstvoll, doch von ihrem Verleger wußte sie, daß die Verkaufszahlen rapide sanken. Hätte sie einen Roman wie Schlegels *Lu-*

cinde geschrieben, frech, frivol und respektlos, hätte sie mit einem schönen Nachschuß rechnen können. Aber so gab er ihr zu verstehen, wer sich den Luxus leistete und am Ton der Zeit vorbeischrieb, mußte sich mit geringen Auflagen begnügen und konnte froh sein, wenn überhaupt noch ein paar Exemplare vom Markt abgingen.

Sophie kannte dieses Gerede inzwischen nur zu gut. Es waren immer dieselben versteckten Ermahnungen, immer dieselben indirekten Aufforderungen, so wie andere zu schreiben, so viel Aufsehen zu erregen und so gut wie sie zu verkaufen. Doch was ging sie das an? Sie hatte sich noch nie nach anderen gerichtet. Sie schrieb, was sie für richtig hielt, gab die Dinge in der ihr eigenen Weise wieder und mehr, als die Zeit mit ihren Büchern zu begleiten, wollte sie nicht.

Einmal allerdings unterbrach sie für einen Tag die Arbeit, um mit Lulu die Gemälde aus den Kisten zu holen und sie wieder an die Wand zu hängen. Gleich wohin der kleine Herr Buonaparte seine Truppen noch lenken würde, gleich ob er ihnen Plündern und Beschlagnahmen befahl – sie hatte sich die Bilder gekauft, um sich an ihnen zu erfreuen und nicht, um sie im Keller zu lagern. Solange sie noch lebte, wollte sie einen Genuß davon haben und sie nicht in Erwartung eines Verlustes oder irgendeiner Beschädigung ständig versteckt halten müssen. Wenn schon der Blick in die Welt nicht mehr lohnte, dann wollte sie wenigstens ihre unmittelbare Umgebung schön haben und sich das Stubenleben so angenehm wie möglich machen.

Als Wochen später Herder zu Besuch kam, tat es ihr fast gut, daß endlich wieder einmal jemand voller Bewunderung vor ihren Bildern stand und sie einem kunstliebenden Betrachter über alle Details Auskunft geben konnte. Herder kam gerade von einer Kur aus Aachen und wollte es sich nicht nehmen lassen, der verehrten Kollegin seine Aufwartung zu machen. Obwohl er vierzehn Jahre jünger als sie war, meinte sie, einen alten weltmüden Mann vor sich zu sehen. Vielleicht entstand dieser Eindruck auch durch sein abgenutztes Reisekostüm, dieser ärmlichen Abbétracht. Der Anblick rührte Sophie, denn er führte ihr erneut die Situation der Autorschaft vor Augen. Es reichte eben nur zum Allernotwendigsten, zumal wenn man wie Herder für eine große Familie zu sorgen und sechs Söhne in der Ausbildung hatte.

Herder bestätigte es ihr schon nach einer kurzen Unterhaltung. Er war zwar erst zum Präsidenten des Oberkonsistoriums mit hundert Reichstalern Zulage ernannt worden, aber trotz fleißigster Arbeit kam er auf keinen grünen Zweig. Sein Sohn August luntschte nun schon seit Jahren auf der Universität herum und kostete ihn den letzten Heller. Er, Herder, ging seinerzeit mit 3 Talern 9 Groschen Preußisch Courant auf die Universität und machte sich eine Ehre daraus, so schnell wie möglich fertig zu werden, um seinen Eltern nicht länger auf der Tasche zu liegen. Aber der Herr Sohn gefiel sich im Lernschlentern, hatte einen adligen Hang, jagte Luftbildern nach, träumte den ganzen Tag und meinte, sein Vater müsse ihm ein solches Leben finanzieren. Jüngst hatte Herder ihm auf einem Zettel aufgelistet, was er seine Eltern bislang gekostet hatte und hoffte nun, daß er sich zusammenreißen würde. Sophie erinnerte das an ihren Fritz. Sie fand es fast tröstend, in jeder größeren Familie von einem schwierigen Stammhalter zu hören und konnte nur abwinken. Doch auch auf dem literarischen Felde gab es wenig Erfreuliches. Am liebsten hätte auch er wie Wieland jetzt sein Gesamtwerk ediert, aber der Verleger meinte, er würde keine 700 Exemplare verkaufen, und Neues mochte Herder nicht mehr schreiben. Die Welt war eine andere geworden. Das Publikum, so meinte er, wollte nur noch dummes, albernes Zeug lesen. Die Menge der Heerscharen, Krethi und Plethi, Ohim und Zihim, die waren es, die über den zeitlichen Ruhm, über Ansehen und Glück eines Autors entschieden, und darum konnte er fast froh sein, von der Masse nicht mehr wahrgenommen zu werden. Er riet ihr dringend, die Federarbeit zu beenden. Sechstausend Schriftsteller gab es inzwischen in den deutschen Landen. Jeder hoffte, von seiner Arbeit zu leben, doch nur Pasquille wurden gut honoriert. Oder gleich ins Körperliche gehen. Adlige schildern, die in ihren Abteien saßen, die fraßen, soffen und wie die Steinesel hurten – damit brachte sich selbst der durchschnittlichste Scribent in den Lichtkegel des Tages.

Sophie hörte beeindruckt zu und spürte, wie jedes seiner Worte Lebensöl auf ihr Flämmchen goß. Endlich bekam sie wieder einmal die Bestätigung, daß es noch Dichter gab, die einen realen Blick auf die Dinge hatten. Sie wurden zwar immer weniger, aber Herder sagte lächelnd: Solange wir leben, sind wir auch da.

Sie ging mit ihm in den Garten und ließ einen ihrer besten Weine servieren, einen Hochheimer von 1771, dem Jahr, in dem ihre *Sternheim* erschienen war. Ein goldenes Jahr, meinte er mit einem Anflug von Melancholie, und sie freute sich, gerade diese Flasche, die sie stets für einen besonderen Gast aufgehoben hatte, mit Herder trinken zu können. Dabei sprachen sie über die neuesten Erkenntnisse von der Nützlichkeit der Brennessel und waren sich einig, in diesen zerrütteten Zeiten damit zum Wesentlichen gekommen zu sein.

An dieses Gespräch erinnerte sich Sophie, als sie drei Jahre später mit der Arbeit an ihrem letzten Roman begann. Sie ließ ihre Heldin Melusine zu ausgedehnten Pflanzenreisen aufbrechen, beschrieb begeistert die Schönheit von Bäumen und Blumen, betrachtete Erdbeerstauden und Moosfelder, zeigte den Wert, den auch das vermeintlich niedrigste Gewächs für den Menschen hatte und wollte Satz für Satz bewußt machen, daß die Schule der Natur die Schule Gottes war.

Ihr Verleger gab *Melusinens Sommerabende* keine Chance. Zu schwärmerisch, zu pädagogisch. Vor allem warf er ihr vor, daß sie zur Belehrung der Leser seitenlang ihren Lieblingsphilosophen Bernardin de Saint-Pierre zitierte. Wer las schon in einer Welt, in der Napoleon zu befehlen hatte, einen Roman, der von Eichen, Ulmen und Pappeln erzählte? Das Risiko, mit diesem Buch einen Verlust zu machen, war ihm zu hoch. Der Buchhandel stand in keinem Flor, und darum konnte er nur solche Bücher herausbringen, von denen er die berechtigte Hoffnung hatte, daß sie einigermaßen gut vom Markt abgingen.

Sophie schickte Wieland das Manuskript, schilderte ihm die betrübliche Situation und wartete von Stund an gespannt auf sein Urteil. Schließlich war er der Nestor auf dem deutschen Parnaß, und wenn ihm ihr Buch gefiel, dann brauchte sie sich über die Risikoscheu ihres Verlegers nicht zu grämen. Dann wußte sie wenigstens, daß seine Kritik an ihrem Roman nur kaufmännische Gesichtspunkte hatte.

Von Tag zu Tag wurde ihre Ungeduld größer, und sie ärgerte sich fast ein bißchen, daß Wieland mit seiner Antwort so lange auf sich warten ließ. Schließlich wußte er doch, wie sehr man nach dem Abschluß eines Manuskripts auf das Urteil eines Berufenen lauerte. Statt des ersehnten Echos auf ihren Roman sandte Wieland einen Gratulations-Brief zu ihrem 75. Geburtstag, was sie enttäuscht als ein Ausweichen empfand. Für sie gab es wichtigere Dinge, und sie sah auch nicht, worin das Verdienst lag, 75 Jahre alt zu werden. Doch was sie dann las, bewegte sie tief: Mit Rührung und Dank gegen die unsichtbare Hand, die unsere Schicksale lenkt, erinnere ich mich der seligen Tage, die ich, ewig teure Sophie, mit Ihnen lebte und des so wohltätigen Zaubers, den Sie mit dem ersten Blick auf mein ganzes Wesen warfen. Damals kannte ich weder Sie noch mich selbst, ich hatte keinen Begriff davon, daß es möglich sei, nicht mit Ihnen und für Sie zu leben. Aber es war eine idealische, eine wahre Zauberwelt und selbst die Sophie, die ich so innig und so schwärmerisch liebte, war nicht die wahre Sophie Gutermann, sondern die Idee der Vollkommenheit, die sich in ihr verkörpert darstellte und diese wunderbare platonische Liebe hervorbringen mußte, deren süße Täuschungen einen so mächtigen Einfluß auf meine ganze innere und äußere Existenz gehabt haben. Nichts ist wohl gewisser, als daß ich, wofern uns das Schicksal nicht im Jahre 1750 zusammengebracht hätte, kein Dichter geworden wäre.

Sophie las diesen Brief mehrere Male, legte ihn wie zur Stärkung für den Tag schon morgens neben ihre Kaffeetasse, denn ein schöneres Bekenntnis hätte es von ihrem Christoph Martin nicht geben können. Zwar etwas spät, aber immerhin.

Doch noch mehr freute sie sich, als er ihr kurz darauf mitteilte, daß er *Melusinens Sommerabende* herausgeben und mit einem Vorwort versehen werde. Er hatte es damals bei ihrem ersten Roman so gehalten, und es war ihm ein Vergnügen, diesen kleinen Dienst ihr auch beim letzten Roman erweisen zu dürfen.

Selbstverständlich wollte er ihr auch einen wackeren Verleger verschaffen. Erste Gespräche führte er schon.

Sophie atmete auf. Nur eine kleine Bitte hatte er noch: Sie sollte dem Buch eine Selbstbiographie beifügen, eine Skizze ihres Lebens, wodurch das Werk einen Zuwachs an Verkäuflichkeit und damit einen stärkeren Absatz erhalten würde.

Sophie fand eine solche Beigabe zwar unnütz und ohne Belang, aber sie folgte seinem Rat, der stets vorteilhaft für sie gewesen war. Dann ging sie in ihr Arbeitszimmer und schrieb einige Begebenheiten aus ihrem Leben auf.